1

Montag, 4. September

Drei Uhr morgens.

Die Stunde des Wolfes, in der die Nacht am dunkelsten, am stillsten ist.

Die Zeit, in der Hexen ihr Unwesen treiben und ihr Meister, der Teufel, umgeht. Diese Stunde, in der das Böse erwacht und die meisten Verbrechen begangen werden. In der tiefste Ängste hervorkriechen und die Schlaflosen heimsuchen.

Die Stunde, in der Alpträume am realsten sind.

Selbst hier, abseits der Theater und Clubs, der Tattoo-Studios und Cafés unter der Regenbogenflagge, wo immer noch ein Hauch von Marihuana in der Luft liegt und von Love & Peace. Jenseits der Straßen, durch die Rock, Blues und Punk pulsieren und der rebellische Geist der Avantgarde. In denen sich der Rausch der Nacht dem Morgen entgegenstreckt, immer am Rand des Mutwillens, der Gewalt.

Hier, diesseits vom Washington Square Park und seinem Marmorbogen, versteckt zwischen klotzigen Apartmenthäusern, in denen es hip ist, reich zu sein wie Krösus, aber trendiger als am Central Park West. In einer der ruhigen, fast biederen Seitenstraßen, in der die Nächte still sind und verträumt, sogar in dieser Stadt, die angeblich niemals schläft.

Die Lampe auf dem Nachttisch streut ihren sanften Schein über Gemmas Gesicht. Über die Kissen und Laken, zerwühlt wie ein aufgerissenes Stück Asphalt. Im Halbdämmer des restlichen Schlafzimmers glüht das rote Auge des Fernsehers, im Lauf der Nacht vom Timer in den Standby-Modus versetzt.

Mit einem schmatzenden Geräusch löst sich Gemmas Unterarm vom Cover des Paperbacks, das sie im Schlaf an sich gepresst hat.

Gedämpftes Licht. Stimmen, die im Flüsterton aus dem Fernseher rieseln. Ein Buch. Gemmas dreifacher Talisman, um die Dämonen der Nacht in Schach zu halten.

Um diese Zeit werden sie ihr nichts mehr nützen, sie wird keinen Schlaf mehr finden, das weiß sie.

Sie stützt sich auf dem Waschbecken des winzigen Badezimmers ab, starrt sich selbst im Spiegel an, diese Fremde, die ihr viel zu vertraut ist.

Einzelne Locken haben sich aus dem Haargummi gelöst, kleben nass auf der Stirn, an den Schläfen; unter den Halogenlampen sieht ihr Gesicht grau und mürbe aus. Das Grün ihrer Augen ist zu einer undefinierbaren Farbe ausgelaugt, und die ersten Fältchen, nicht viele für vierunddreißig Jahre, haben sich vertieft.

Die Übelkeit wird sie den halben Tag begleiten, auch das weiß sie, und das Gefühl, nichts als staubige Holzwolle im Kopf zu haben.

Nach draußen zieht es sie, an die frische Luft, um in gleichmäßigen Joggingschritten den Schrecken des Traums davonzulaufen, seinen schalen Nachgeschmack auszuschwitzen und abzuschütteln.

Es ist noch zu früh. Selbst für die beschützte Idylle dort draußen, diese Hybride der Zehnerjahre aus neuem Yuppietum, grünen Smoothies und Fair-Trade-Kaffee mit Sojamilch.

Es ist die Nacht, der Gemma nicht traut. Reflexartig öffnet sie die Tür des Spiegelschranks, halbiert ihre Doppelgängerin mit einem scharfen Schnitt. Orange leuchten ihr die Tablettenfläschchen entgegen. *Nur für den Notfall!*, mahnt ihre eigene Handschrift auf einem Post-it, darunter erstreckt sich die Mobilnummer von Dr. Gould.

Gemma zögert, lässt dann die Schranktür zuschnappen.

Dies ist kein Notfall. Nur eine ganz gewöhnliche Nacht von Sonntag auf Montag; meist sind es die Wochenenden, die diese Träume mit sich bringen.

Während Kaffee durch die Maschine gurgelt, der Kühlschrank behaglich summt, schlägt Gemma Eier auf.

Backen beruhigt und tröstet. Das Abmessen von Mehl, Zucker und Backpulver hat etwas Verlässliches; all die vertrauten und tausendfach geübten Handgriffe, die aus simplen Zutaten einen Kuchen oder Muffins werden lassen, geben ihr Halt.

Wie früher, als Grandma noch da gewesen war.

Der frische Duft weicher Butter, der von Zitronenschale erinnern an zu Hause. An Nellie, die ihr das Backen beigebracht hat und deren Augen strahlen, wenn

Gemma sonntags Selbstgebackenes in das Pflegeheim mitbringt.

Vanille und Zimt, Safran und Kakaopulver sind wie eine warme Umarmung. Nicht mit dem trügerischen Versprechen, dass alles gut wird, morgen oder nächste Woche oder in einem Jahr. Sondern mit der Gewissheit, dass alles für den Moment gut *ist*, mag dieser auch noch so flüchtig sein.

Wie Gemma es bei Nellie gelernt hat. Bei Grandma.

Nur das Einschalten des Herds bedeutet einen Augenblick blanker Angst für Gemma. Jedes Mal wartet sie darauf, dass das Gas explodiert und das kleine Apartment in Feuer aufgeht.

Bis die blauen Flämmchen zahm aufglimmen und sie wieder atmen kann.

Trotzdem hat sie sich für Gas entschieden, als sie hier einzog. Gas ist verlässlicher, wenn sie später wiederholt kontrolliert, ob der Herd ausgeschaltet ist. Wie sie sich auch vergewissert, ob alle Fenster geschlossen sind, nirgends mehr Wasser läuft, bevor sie die Wohnung verlässt und dann gründlich überprüft, ob sie wirklich die Tür hinter sich abgeschlossen hat.

Heute wird sie länger dafür brauchen. Auch das weiß sie.

Gemma fühlt sich einigermaßen aufgeräumt, als sie das Haus verlässt. Zumindest weiß sie, dass sie so aussieht, die maronendunklen Locken leger hochgesteckt, ein gesund wirkendes Nachglühen auf dem Gesicht, nach der Joggingrunde im ersten Licht des Tages, der heißen

Dusche. Die restlichen Spuren der Nacht hat sie vor dem Spiegel sorgfältig wegretuschiert.

Wie frisch gewaschen ist dieser Morgen, nachdem sich die Hitze des Sommers selbst verzehrt hat. Die Bäume entlang der Straße filtern das Sonnenlicht; sattgrün sind sie wie die Sträucher der handtuchschmalen Vorgärten hinter niedrigen Eisenzäunen: Der Indian Summer ist noch einige Wochen entfernt.

Gemma schätzt es, in einer Straße zu leben, in der die Brownstones und Townhouses aufgereiht sind wie Macarons in einer mit Seidenpapier ausgeschlagenen Schachtel. Trotzdem genießt sie jeden Morgen den Augenblick, in dem sie auf die Fifth Avenue einbiegt. Eine der Schluchten in diesem menschengemachten Grand Canyon aus Stein und Stahl und Glas, auf dessen Grund mal zügig, mal stockend der motorisierte Fluss uramerikanischer Ungeduld vorwärtsströmt.

Sobald Gemma in das Brausen und Surren eintritt, in den Lärm aus Autohupen und kreischenden Bremsen, dem Radau der Baustellen und dem hallenden Heulen der Einsatzfahrzeuge, ist sie nur mehr ein Tropfen in diesem reißenden Fluss.

Ein einziger, winziger Tropfen inmitten von mehr als eineinhalb Millionen.

Männer in Anzug und mit Krawatte, deren gewichtige Stimmen es mit der Geräuschkulisse der Stadt aufnehmen wollen. Im Stakkato ihrer High Heels tippen Geschäftsfrauen Textnachrichten in Smartphones oder rufen lachend in Headsets. Mütter schieben mit einer Hand einen Buggy und halten in der anderen einen Kaffeebecher. Studenten mit Rucksäcken, die sich in die Klangwolke ihrer Kopfhörer zurückziehen.

Und dazwischen Gemma, ihre Sanduhrsilhouette in der New Yorker Uniform aus gut geschnittenem Hosenanzug und Trenchcoat. Das auf erwachsene Art noch immer mädchenhaft runde Gesicht mit den Katzenaugen ist dezent genug geschminkt, um nicht groß aufzufallen; eine Maske lässiger Toughness, die sie sich angewöhnt hat.

Drei Millionen Leben, immer in Bewegung, immer unterwegs, die sich im Vorbeigehen streifen, aber selten berühren. Es ist in diesem tosenden Fluss, dass sich die einzelnen Schicksale nahezu auflösen. In der Masse, in der Anonymität fließen all die kleinen und großen Tragödien ineinander zu einem kontinuierlichen Auf und Ab des Lebens.

Noch mehr seit der größten Tragödie von allen, die die Stadt ins Mark getroffen hat und die ganze Welt auf Jahre hinaus erschüttert. Eine Narbe ist geblieben, an der Südspitze der Insel und weithin sichtbar: eine Scherbe aus Glas, höher als alle anderen Wolkenkratzer, die geradewegs in den Himmel hineinschneidet. Daneben fangen zwei geisterhafte Fußstapfen aus fließendem Wasser und Bronzenamen das Nichts ein, das einmal die Zwillingstürme gewesen waren.

Seitdem sind sie hier alle Überlebende. Gezeichnet von den Ereignissen eines einzelnen Tages, unabhängig von dem, was das Leben davor und danach für sie bereitgehalten hat.

Es gibt keinen besseren Ort als Manhattan, um Zuflucht vor der eigenen Vergangenheit zu finden.

Am Union Square brüten die ersten Schachspieler vor ihren Brettern über dem nächsten Zug; von den Ständen des Farmers Market weht der Duft von frischem Gemüse herüber, von Kräutern und Schnittblumen. Gemma macht einen Bogen um die jungen Leute, die mit ausgebreiteten Armen Passanten anstrahlen, um *Gratis-Umarmungen* zu verteilen, wie die Pappschilder in ihren Händen es anbieten.

Unter dem grünen Pavillon taucht Gemma in den schnaubenden Drachenatem der Subway ein.

Vivaldi vibriert zwischen den gekachelten Wänden; schmeichlerische Töne, die ein älterer Mann mit seinen Bauarbeiterhänden der Violine entlockt. Für die teuren Behandlungen seiner krebskranken Frau spielt er, das teilen die schiefen Buchstaben auf dem Karton zu seinen Füßen mit.

Umso lieber schiebt Gemma die Kuchenbox unter den Arm und fasst in ihre Manteltasche. Seit Grandmas letzten Monaten weiß sie, was Krankenhäuser und Medikamente kosten, selbst wenn keine Heilung mehr in Aussicht ist, nur die Hoffnung auf ein wenig mehr Zeit.

Sein Dankeschön, als sie den eng zusammengefalteten Geldschein in den Korb fallen lässt, beantwortet sie mit einem knappen Nicken; danach sind ihre Schritte beschwingter. Jeder Zwanziger, den sie sonntagabends so faltet, dass er aussieht wie eine einzelne Dollarnote, und dann die Woche über an Straßenmusiker und Obdachlose verteilt, bedeutet einen Glücksmoment für Gemma.

Keinen Gedanken verschwendet sie daran, ob die traurigen Geschichten auf den Pappschildern stimmen. Ob die dramatische Lebensbeichte, mit der ein Schnorrer zwischen zwei Stationen die Passagiere im Zug überschüttet, auch der Wahrheit entspricht.

Ein geordnetes, solides Leben, fest verwurzelt in Job und Familie, in Freundschaften und Hobbys, ist in Wirklichkeit doch nur ein fragiles Gespinst.

Ein Missgeschick genügt, damit es reißt, eine falsche Entscheidung, ein Schicksalsschlag. Eine alte Wunde aus der Kindheit, längst vergessen, die wieder aufbricht. Ein Webfehler, der sich im Muster der Synapsen einschleicht und es unmöglich macht, noch innerhalb der Matrix alltäglicher Normalität zu funktionieren. In einer Kettenreaktion tut sich ein Riss nach dem anderen auf, und schneller, als man es für möglich gehalten hat, gleiten einem die Fäden aus der Hand.

Manchmal kommen ihr diese Geldscheine vor wie ein weiterer Talisman. Eine Absicherung dagegen, ebenfalls aus ihrer übersichtlichen Existenz herauszufallen. Obwohl Grandma ihr mehr hinterlassen hat, als sie für dieses kleine Leben braucht – ein schwacher Trost für all das, was sie verloren hat.

Vier Minuten dauert die Fahrt mit der Subway. Nicht viel länger als ein durchschnittlicher Popsong, normalerweise nicht lange genug, um Panik aufkommen zu lassen. Heute ist jedoch ein besonders schlechter Montag.

Eine achtlos fallen gelassene Plastiktüte, vom Sog des Zuges auf die Stromschiene zwischen den Gleisen gewirbelt, die zu schmoren beginnt. Ein Pappbecher, der dort kokelt und in Brand gerät. Eine Ratte, angelockt vom Geruch eines weggeworfenen Stücks Pizza, bekommt im Gleisbett einen Stromstoß und geht dann ebenfalls in Flammen auf.

Bilder von funkensprühenden Kurzschlüssen in der antiquierten Subway haken sich in Gemmas Kopf fest. Gedanken an die Brände, die jedes Jahr mehrere Hundert Mal den Betrieb lahmlegen, sogar die Evakuierung eines Zugs, einer Station nötig machen.

Eingezwängt zwischen Menschenleibern kämpft Gemma gegen die Vision eines flammenden Infernos in der Schwärze des Tunnels, dreißig Fuß unter der Erde. Gegen das Wissen um die Tonnen von Fels und Beton und Stahl über ihr; eine Vorstellung wie ein Schraubstock, der sich enger und enger um sie schließt.

Sie atmet, so gut sie kann, und vergewissert sich bei jedem Atemzug, dass es verschiedene Aftershaves und Parfums sind, die die muffige Luft im Zug pfeffern; Shampoos, Schweiß und Kaffeeatem und die künstliche, schon schale Minze eines Kaugummis. Kein Rauch, kein Feuer.

Die Stimme aus den Lautsprechern, die mit mechanischer Gelassenheit die nächste Station ankündigt, wird zum Rettungsanker; der Zug verlangsamt seine Fahrt und kommt in den Lichtern der Plattform zum Stehen.

Blind und taub lässt Gemma sich im Gedränge aus dem Abteil spülen, auf die Treppen zu, in das Labyrinth aus Gängen und Ebenen hinein.

Erst als die feuchtheiße Luft der Subway in angenehme Kühle umschlagt, sich die Menge um Gemma zerstreut, bleibt sie stehen, plötzlich aus dem Takt gebracht, plötzlich verloren. Die Menschen, die an ihr vorübereilen, verschwimmen zu Schlieren.

Wie ein Tritt in die Magengrube ist die jähe Unsicherheit, ob sie den Herd nach dem Backen tatsächlich ausgeschaltet hat, kein Flämmchen mehr brennt, kein Gas ausströmen kann. Ob sie die Tür hinter sich wirklich zugezogen und auch abgeschlossen hat. Sie muss umkehren, sie muss nachsehen, das Schlimmste verhindern; ein Drang, der so mächtig ist, dass er ihr den Magen umdreht und die Knie zittern lässt.

Bis sich die von den Wänden zurückgeworfenen Stimmen, die hallenden Schritte zu einem vertrauten Muster anordnen, an dem sie Halt findet. Im Sonnenlicht, das durch die riesigen Fenster hereinfällt und sich in Pfützen auf dem Steinboden sammelt, schmilzt der Nebel in ihrem Kopf und mit ihm die Panik.

Der hohe weite Raum des Grand Central Terminal ist ein sicherer Ort für Gemma.

Nicht, weil seit 9/11, seit den Bomben des Boston-Marathons schwer bewaffnete Soldaten der National Guard hier Wache halten und das Police Department mit Spürhunden Streife läuft. Sondern weil der gewaltige Granitbau ein Stück Ewigkeit verkörpert, unerschütterlich und unverrückbar, während in seinem Innern das Leben im vertrauten Rhythmus der Stadt pulsiert.

Gemma braucht nur wenige Schritte, um in den Takt New Yorks zurückzufinden. In routiniertem Laufschritt weicht sie den Touristen aus, die die Sternbilder am türkisgrünen Gewölbe bestaunen und abfotografieren, und fädelt sich zwischen die Menschen ein, die nach einem komplexen System durch den Bahnhof hasten.

Ihr Trauma ist für diese Episoden der Panik verantwortlich, das hat sie bei Dr. Gould gelernt, vielleicht unbewusst zuvor schon gespürt; das Trauma des Durchlebten ebenso wie des Vergessenen.

Nur Erinnerungsfetzen sind übrig geblieben. An ihre Mutter. Ihren Vater. Jene Nacht. Ein paar Bruchstücke mehr hat Dr. Gould zutage gefördert. Der große, überwältigende Rest ist von den durchlebten Schrecken wie ausradiert. Von der Zeit fortgespült, sie war ja noch so klein gewesen.

Ein doppelter Verlust, den ihre Seele seitdem zu kompensieren versucht.

Es wurde besser, mit den Jahren und Dr. Goulds Hilfe. Es wurde schlimmer, nach 9/11. Mit Grandmas Krankheit und Tod. Als Nellie irgendwann nicht mehr nur einfach alt war, sondern zunehmend gebrechlich und verwirrt.

Wenigstens ertrinkt sie nicht mehr in Angst und ihren Zwängen so wie früher einmal, sie hält sich mit Paddelschlägen tapfer über Wasser.

Wie ein Fisch schwimmt Gemma durch die Ströme von Passanten, im Aquarium aus spiegelnden Fassaden, auf Patience und Fortitude zu, die beiden steinernen Löwen, die hinter der nächsten Ecke auf sie warten.

Für Gemma gibt es keinen sichereren Ort als die New York Public Library.

Wachpersonal und ein ausgeklügeltes Sicherheits- und Brandschutzsystem behuten die Millionen von Büchern und Mikrofiches, Fotografien und Drucke, Manuskripte und Dokumente, Tagebücher, Notizen und Briefe: von Virginia Woolf, von Wordsworth, von Byron, Shelley und Keats und den schriftlichen Nachlass von Katharine Hepburn. Eine Gutenberg-Bibel, gleich sechs First Folios von Shakespeare und das erste auf amerikanischem Boden gedruckte Buch, das Bay Psalm Book von 1640. Ein Krönungsalbum der Romanows und aus dem Jahr 1493 die einzige vollständig erhaltene Kopie des Briefes, in dem Kolumbus die gerade entdeckte Neue Welt beschreibt.

Mit den Keilschrifttafeln untergegangener Zivilisationen und kostbaren Handschriften aus dem Mittelalter ist die New York Public Library mehr als eine wissenschaftliche Bibliothek. Ein Tempel der Bibliophilie ist sie, in dem Haarlocken von Charlotte Brontë, Walt Whitman und Edgar Allan Poe wie Reliquien aufbewahrt werden. Jack Kerouacs Krücken und der Brieföffner von Charles Dickens, aus Elfenbein und der Pfote seines geliebten Katers Bob gefertigt. Das Zigarettenetui von Truman Capote, Mary Poppins' Regenschirm und die Stofftiere, aus denen A. A. Milne Pu, den Bären, und seine Freunde schuf.

Eine Kathedrale gesammelten Wissens, erbaut aus jedem noch so kleinen Detail über New York, Amerika und die Welt, über die Künste und Wissenschaften, in der die Grundlagen für die Polaroidkamera und für den Fotokopierer entwickelt wurden und wo Betty Friedan ihren *Weiblichkeitswahn* schrieb. Marlene Dietrich war hier, Grace Kelly und Jackie Kennedy Onassis; Bob Dylan, Norman Mailer und Tom Wolfe.

Millionen Besucher sind es jedes Jahr, die an sieben Tagen die Woche hierherkommen, um zu lesen, zu schreiben, zu recherchieren und zu lernen oder einfach nur, um die Schönheit des Gebäudes zu bewundern. Um diese Atmosphäre von Bücherliebe, Sammelleidenschaft und Wissensdurst aufzusaugen, die immer ehrwürdig und gewichtig ist, aber nie steif, nie verstaubt.

Zwischen den Mauern und Säulen und Treppen aus Marmor, den holzgetäfelten und oft verschwenderisch bemalten Wänden der Lesesäle verschmelzen Vergangenheit, Gegenwart und Zukunft. Eine Zeitlosigkeit, die sich gegen das Vergängliche alles Irdischen stemmt.

Eine Bastion gegen das Verlorengehen. Gegen das Vergessen.

Nirgendwo fühlt Gemma sich mehr zu Hause als im Lesesaal der Map Division. Mit seinen Atlanten und Nachschlagewerken, den Farben von Lindgrün und Gold und dunklem Holz ein Raum, in dem man automatisch seine Schritte, seine Stimme dämpft. Im weichen Licht, das durch die hohen Fenster fällt, und im Schein der Kronleuchter ein Raum wie eine warme Decke, eine Tasse Tee.

Zu Hause, das ist Gemmas Schreibtisch im angrenzenden Büro; so sehr, dass sie immer als Erste da ist, egal, wie viele frühe Stunden des Tages sie damit verbracht hat, sich nach einer schlechten Nacht wieder in den Griff zu bekommen, und als Letzte wieder geht.

Montags ist das E-Mail-Postfach der Map Division besonders voll: All die Studenten und Professoren, die über das Wochenende an den Lücken, den Sackgassen in ihren Recherchen verzweifelt sind. Die Lehrer, die dann erst dazu kommen, ihre Fragen zu formulieren oder den Besuch ihrer Klasse zu planen. Die Freizeithistoriker und

Hobby-Ahnenforscher, denen werktags die Ruhe für ihre Passion fehlt.

Die ersten Anfragen fallen in die Zuständigkeit von Kathryn Farris und Mark Nygard; Gemma leitet sie gleich in deren interne Accounts weiter. Den Schriftsteller, der an einem Roman über Salem und seine Hexenverfolgungen schreibt und dazu Einsicht in die entsprechenden Karten von damals benötigt, wird sie selbst übernehmen. Genau wie die Studentin, die an einer Arbeit über den Amerikanischen Unabhängigkeitskrieg sitzt, und den Grafiker, der sich zur Inspiration den Mercator-Atlas von 1636 ansehen möchte.

Die nächste E-Mail enthält nur drei Zeilen.

Es wurde mehr; ich gab den Befehl;
dann gab es kein Lächeln mehr.
Da steht sie, als wäre sie lebendig.

Spam, der durch den Filter gerutscht ist, oder ein dummer Scherz von jemandem, der zu viel Zeit hat. Gemmas Hand an der Maus bewegt den Cursor automatisch auf das Icon, das die E-Mail in den Papierkorb befördert.

Der Klick dazu bleibt aus, als Gemmas Blick sich am Absender fängt: bernstein@yahoo.com.

Der Familienname ihres Vaters, der angeheiratete Name ihrer Mutter. Der Nachname, der in ihrer Geburtsurkunde steht und den Grandma ändern ließ; der Umstände wegen, kurz nachdem sie die Vormundschaft übernommen hatte. Seit Gemma alt genug gewesen war, sich nicht nur über einen Vornamen zu definieren, sondern diesen auch um einen Nachnamen zu ergänzen, hat sie von sich selbst immer nur als Gemma Cabot gedacht.

Die Welle der Erinnerung, die durch Gemma flutet, versackt in einem Schwarzen Loch, das plötzlich aufklafft und sie verschlingt.

»Gemma?«

Jedes grau gesträhnte Haar akkurat an seinem Platz, tippt Kathryn konzentriert an ihrem Computer, einen Becher Kaffee und ein Stück des mitgebrachten Kuchens zwischen den Papieren auf ihrem Schreibtisch. Die Beine überkreuzt, hat Mark es sich auf seinem Stuhl gemütlich gemacht, während er gut gelaunt telefoniert und dabei seine Krawatte streichelt: Die Map Division in Interviews und Führungen ebenso locker wie fundiert nach außen zu repräsentieren ist ihm eine Herzensangelegenheit.

Gemma kann sich nicht daran erinnern, wie die beiden das Büro betreten und ihre tägliche Arbeit aufgenommen haben; trotzdem deutet nichts darauf hin, dass ihnen Gemmas Blackout aufgefallen wäre.

Die Furcht, für wer weiß wie lange die Kontrolle über sich verloren zu haben, ballt sich kalt in Gemma zusammen.

»Gemma? Alles in Ordnung?«

Linda aus dem Lesesaal, mit ihrem hellblonden Pixie-Cut eine moderne Tinkerbell im Hosenanzug, mustert sie, die Stirn gerunzelt.

»Entschuldige, ich war in Gedanken. Was hast du?«

»Jemanden mit speziellen Fragen zu den Karten von Captain Cooks Reisen.«

Dankbar für die Ablenkung vertieft Gemma sich in Lindas Notizen.

»Hast du vielleicht Lust, heute Abend etwas trinken zu gehen? Nur Jada, Claire, Gavin und ich. Und Andrew.«

Die Art, wie Linda seinen Namen hinzugefügt, ihn betont hat, lässt Gemmas Wangen warm werden. Noch mehr, als sie Lindas blassgraue Augen auf sich spürt. Als ob sie ahnt, wie oft Andrew Sullivan durch Gemmas Gedanken spukt, seit er letzten Monat zum Team der Map Division gestoßen ist.

Der Kontrast zwischen seinem tintendunklen Haar und dem irritierend wachen, blauen Blick verleitet Gemma zum Tagträumen. Nur zu gern lässt sie sich von seiner Stimme umgarnen, geschmeidig und mit gerade genug Schärfe wie ein White Russian, die ihr Komplimente zu ihrem Fachwissen und ihrer Erfahrung macht, dahinter ein kaum verborgenes Interesse an ihr als Person. Als Frau.

Die Rückkehr in die Realität ist jedes Mal ein Sturz aus großer Höhe.

Es ist eine Sache, mit Linda oder Claire zum Lunch im Bryant Park zu sitzen, mit Kathryn oder Mark in einer Kaffeepause zusammenzustehen, wenn es fast immer um die Arbeit geht, persönlich ist, aber nicht privat.

Einen Abend unter Kollegen, irgendwo in der Stadt, in der fremden Umgebung einer Bar, traut Gemma sich nicht zu. Nicht diese Intimität, die sich unweigerlich mit fortschreitender Stunde einschleicht: Erzählungen von überfürsorglichen Müttern und von Vätern, die sich im Alter wieder wie Teenager gebärden. Leichtherzige Klagen über sture Ehemänner und kapriziöse Freundinnen, über Hypotheken, renitente Kinder und ungerechte Lehrer.

Gemma fürchtet die Fragen, die mit jedem Schluck näherrücken. Diese Fragen nach den menschlichen Koordinaten ihrer Existenz. Es gibt keinen Weg, vom Drama in ihrer Familie zu erzählen, ohne hastige Entschuldigungen heraufzubeschwören. Verlegene Blicke und ein Unbehagen, das die Stimmung am Tisch tötet.

Sie hat es versucht, früher einmal, mit Freundschaften und Liebesbeziehungen, und irgendwann aufgegeben. Zu viele Verabredungen waren es, zu denen sie zu spät oder gar nicht erschien. Zu viele in letzter Minute abgesagte Wochenendtrips, weil sie es nicht schaffte, sich von ihrem Apartment zu trennen. Von all den Dingen, die sie überwachen und kontrollieren muss, um das drohende Unheil abzuwenden.

Es braucht einen Heiligen mit engelsgleicher Geduld, um es mit jemandem auszuhalten, dessen Tage straff um Ängste und deren Kontrolle organisiert sind. Der Licht und eine beständige Geräuschkulisse braucht, um einschlafen zu können. Der in Panikstarre verfällt, wenn ein Steak auf dem Grill anbrennt, einen kerzenerleuchteten Raum nicht romantisch, sondern beängstigend findet und morgens um halb vier Kuchen bäckt.

Jemanden wie Fiona.

Erst eine zugeloste Mitbewohnerin im College mit eigenen Problemen, später eine Schicksalsgefährtin an hellen und dunklen Tagen. Ein Band, das Zeit und Entfernung, ihrer beider Eigenarten und Schwierigkeiten überdauert hat und Gemma umso kostbarer ist.

Denn selbst in dieser Stadt der Exzentriker und Neurotiker, in der Stunden beim Psychiater so alltäglich sind wie ein Besuch der Oper oder im Museum, ist es nur schwer, jemandem begreiflich zu machen, dass auch Jahre auf der Couch ein solches Handicap nicht restlos beseitigen, sondern nur den Umgang damit lehren.

»Ich kann heute Abend nicht. Pilates.«

Gemma ist bewusst, dass sie in einem Käfig aus Defiziten sitzt, aus verschwiegenen Wahrheiten und Notlügen. Aber wenigstens geben ihr seine Gitter die Verlässlichkeit, die sie braucht.

2

Freitag, 15. September

Gemmas Augen haben sich am Bildschirm festgesaugt. An der dritten E-Mail von bernstein@yahoo.com in zwei Wochen.

Ihr Herz war – wie soll ich's sagen – zu leicht zu erfreuen,
zu leicht beeindruckt; sie liebte, worauf ihr Auge fiel,
und ihr Blick schweifte weit umher.

Es hat nicht die Fertigkeiten einer Spezialistin für altes Kartenmaterial gebraucht, nicht das Recherchewissen einer Bibliothekarin, um diese Zeilen zu identifizieren und einzuordnen. Eine einfache Google-Suche mit Copy & Paste hat genügt: *My Last Duchess* von Robert Browning, irgendwann nach seiner Italienreise im April 1838 geschrieben und 1842 in seinen *Dramatic Lyrics* veröffentlicht.

Ein dramatischer Monolog zur Zeit der italienischen Renaissance, in dem der Herzog von Ferrara dem Emissär eines Grafen, des Vaters seiner künftigen Braut, bei einem Rundgang seine Kunstschätze präsentiert: das Porträt seiner *letzten Herzogin*, von ihm aus Eifersucht und Hochmut zum Schweigen gebracht.

Eine bildreiche und schaurige Historienerzählung, die sich nach überlieferter Lesart auf Alfonso II. d'Este bezieht, den fünften Herzog von Ferrara. Ein Blaubart, der angeblich seine erste Frau Lucrezia aus dem Hause Medici vergiftete, um Barbara von Österreich heiraten zu können, obwohl es für diese Tat keine historischen Belege gibt.

Was will bernstein@yahoo.com? Eine verschrobene Art des Flirts? Eine nicht weniger sonderbare Einladung zu einem bizarren Spiel?

Das waren keine Zeilen, die ein schüchterner Verehrer schicken würde, eher ein Stalker.

Ein Grund, weshalb Gemma die E-Mails nicht beantwortet, sondern sie in einem eigenen Ordner ihres internen Accounts aufbewahrt; dass sie es gewohnt ist, zu dokumentieren, zu archivieren und zu kategorisieren, ein anderer.

Jeder hier in der Map Division hätte sie in die Hände bekommen können und sicher auch gleich ohne Zögern gelöscht. Wäre Gemma nicht verlässlich die Erste morgens mit Zugriff auf den Account, so gut wie nie krank und nur im Urlaub, wenn die Verwaltung sie dazu drängt.

Und die Einzige, die in diesen E-Mails eine Bedeutung sucht und findet: Zwischen diesen E-Mails und ihrer eigenen Biografie gibt es mindestens einen Berührungspunkt zu viel, um es als bloßen Zufall abzutun.

Italien, wo Gemma als kleines Mädchen ein Dreivierteljahr gelebt hat; ein ganzes Jahr hätte es werden sollen. Wo sie bei einem Hausbrand ihre Eltern verloren hat: Sylvia Elizabeth Forsythe Cabot Bernstein, die ihrer Herkunft abtrünnig gewordene Park-Avenue-Prinzessin. Clifford Bernstein, Professor für Geschichte am Vassar College mit Schwerpunkt auf der italienischen Renaissance.

Seltsam, solche Fakten im Nachhinein gelernt zu haben wie die der Geometrie oder wie Vokabeln, anstatt sie bewusst mitzuerleben.

Die unterschwellige Drohung in den Gedichtzeilen jagt ihr keine Furcht ein. Es ist die Angst davor, ihnen zu viel Bedeutung beizumessen, die ihr zu schaffen macht.

Kindheitsmuster drängen sich auf: Die Überzeugung, es hätte an jenem Tag Vorzeichen gegeben. Etwas im Flug der Vögel, dem Flackern der Kerzen. Ein bestimmtes Lied im Radio, verschüttetes Salz oder ein gesagtes Wort, das zum verhängnisvollen Zauberspruch wurde.

So wie sie danach, nachdem Grandma sie nach Hause geholt hatte, überall nach weiteren Zeichen Ausschau hielt. Auf Plakaten und Verkehrsschildern. Im Fernsehprogramm und in den glänzenden Magazinen neben Grandmas Sofa.

Damit sie dieses Mal aufmerksamer war und Grandma und Nellie warnen konnte. Damit die beiden nicht auch einfach von dieser Welt verschwanden und nie wieder zurückkamen.

»Deine Post.«

»Danke.«

Es ist ein dicker Packen, den Mark auf ihrem Schreibtisch ablegt, obwohl sie auch die reguläre Post unter sich aufteilen.

Großformatige Kuverts aus steifem Papier, darin die luxuriösen Kataloge, die Auktionshäuser und Kunsthändler auch in der digitalen Ära noch drucken lassen, um ihre Schätze würdig zu präsentieren. Bescheidenere Mappen, die den Bestand einer aufzulösenden privaten Sammlung dokumentieren. Anschreiben von Nachlassverwaltern und manchmal von Personen aus dem ganzen Land, die etwas auf dem Dachboden gefunden haben, von dem sie glauben, es könnte für die Map Division von Wert sein. Kleine Werbegeschenke, die signalisieren sollen, dass man die Bibliothek nicht nur aufgrund ihres Rufs und ihres Status, sondern auch als Geschäftspartner schätzt: Der jährlich veröffentlichte Finanzbericht zeigt, dass Stiftungserträge, Einnahmen und Spenden, Zuschüsse und Förderungen auch in schwierigen Zeiten wie diesen für ein solides Budget sorgen.

Der Inhalt eines kleinen gepolsterten Umschlags lässt Gemma die Stirn runzeln; ein Goody, eingewickelt in ein paar Seiten der *Las Vegas Sun*, schmierig von Druckerschwärze, hat sie noch nie auf ihrem Schreibtisch gehabt.

Ratlos dreht sie das Gebilde aus silbernem und goldenem Draht zwischen den Fingern. Erst auf den zweiten Blick ähnelt es einem Anhänger oder einem Ohrring, zu verschnörkelt, um modisch zu sein. Nichts Wertvolles, die drei Perlen, die am unteren Rand aufgefädelt baumeln, sind aus Plastik, aber es ist von geschickten Fingern gefertigt.

Eine Ahnung streift sie. Ein blasser Lichtschweif in der Finsternis des Nichtwissens. Des Rätselns. Als ob sie diese Form in ihren Händen schon einmal irgendwo gesehen hat, vor langer Zeit, ohne sich bewusst daran zu erinnern.

Das Unbewusste lässt sich nicht täuschen, erklärt Dr. Gould ihr oft, überzeugt, ihre Gier nach Kontrolle ließe nach, je mehr sie aus diesen dunklen Tiefen ans Licht heraufholt. Manchmal klingt es für Gemma wie eine Warnung. Als ob sie sich vor dem fürchten muss, was dort alles lauert.

Der Umschlag ist in Las Vegas abgestempelt. Gemma kennt niemanden dort, und ihr fällt niemand ein, der ihr etwas so Merkwürdiges schicken würde, in sperrigen Druckbuchstaben an sie adressiert und ohne Absender.

Gemma stopft das Schmuckstück mitsamt dem Zeitungspapier zurück in den Umschlag und vergräbt ihn tief in einer der Schreibtischschubladen.

»Ich bin die nächsten Stunden in der Gruft.«

Sieben Stockwerke tief reicht das Magazin der Bibliothek; zusammen mit den zwei Etagen unter dem Bryant Park mehr als einhundert Regalmeilen, die nur selten ein Besucher während einer Führung zu sehen bekommt, kaum häufiger ein Journalist oder ein TV-Team.

Die Gänge, in denen der Bestand der Map Division lagert, ähneln tatsächlich den Räumen einer Gerichtsmedizin: klinisch und steril unter den Neonlampen, in dieser Nicht-Farbe zwischen Beige, Grau und bleichem Grün. Die vergitterten Stahltüren, nur von ausgewählten Schlüsselkarten zu öffnen, erinnern an den Hochsicherheitstrakt eines Gefängnisses.

Ein riesiger Tresor für eine halbe Million geografischer Dokumente, eine der größten und vielfältigsten Sammlungen der Welt.

Gemma ist gern hier unten, allein in dieser allumfassenden Stille, beruhigend durch das gleichmäßige Summen der Klimaanlage. Hier sind die Regale nicht zu einem gigantischen Bücher-Tetris wie drüben am Bryant Park optimiert; es gibt kein elektronisches Abrufsystem, das mittels einer ausgefeilten Technik jedes Buch in weniger als vierzig Minuten in den Lesesaal befördert.

Hier braucht es Kraft, um einen der Atlanten aus seinem Fach zu wuchten, und gleichzeitig Feingefühl, um den kostbaren Folianten dabei nicht mehr zu strapazieren als nötig. Dasselbe Fingerspitzengefühl, das die Karten und Stadtpläne in den flachen Schubladen der Rollregale verlangen, von denen noch lange nicht alle katalogisiert sind.

Der Teil ihrer Arbeit, den Gemma am meisten liebt: die Biografie einer Karte zu verfassen, ihr Zuhause mit einer Anschrift zu versehen.

Die ersten Karten und Atlanten dieses Bestandes sind gerade digitalisiert und online gestellt worden. Ein sinnvoller Schritt, und doch kommt nichts dem Zauber gleich, die Originale zu sehen, zu berühren.

Das in unterschiedlichem Ausmaß gealterte, oftmals brüchige, dann wieder erstaunlich zähe Papier unter den Händen, ist sich Gemma des Laufs der Zeit bewusst, wie er sich vom sechzehnten bis in das einundzwanzigste Jahrhundert spannt. Die Geschichte von Städten, Ländern und Kontinenten, Menschen und Nationen ist hier greifbar, detailreich in diesen Zeugnissen festgehalten; die Geschichte aber auch dieser Sammlung, seit 1898 zusammengetragen und 1911 hierher umgezogen.

Ein Archiv, das seither nie aufgehört hat, zu wachsen und an Tiefe, an Bedeutung zu gewinnen: Im Zweiten Weltkrieg nutzte sogar der militärische Geheimdienst die Karten hier zur Vorbereitung der Angriffsstrategie.

Gemma liebt diese Entdeckungsreisen durch Raum und Zeit; das verbindet sie mit Kathryn und Mark. Diese Gegenwärtigkeit des Vergangenen. Ein Sinn für Geschichte und Geschichten. Für Systematik und Ordnung.

Eine Ordnung, die Gemma heute vermisst. Dass sie den Gedichtzeilen Namen, Daten und Orte zugeordnet hat, beruhigt sie nicht, im Gegenteil. Doch sie kann den Versen Brownings nicht entkommen, so weit sie sich auch zwischen die Rollregale zurückzieht, so tief sie auch in den Inhalt der flachen Schubladen abtaucht.

Eine Last sind diese Verse, verstörend und bedrückend.

Benommenheit breitet sich in Gemma aus. Ein Gefühl des Unwirklichen, als ob die Ebenen der Welt ins Rutschen geraten sind.

Bis sie begreift, dass es die massive Wand des Rollregals ist, die sich unaufhaltsam auf sie zubewegt.

»Halt! Hier ist noch jemand! Stopp!«

Der Gedanke an den Sicherheitsmechanismus blitzt in ihrem Kopf auf, und doch sieht sie sich von Tonnen aus Stahl zerquetscht wie ein Insekt. Von all diesem aufgehäuften Wissen zermalmt.

»Stopp! Anhalten!«

Mit aller Kraft stemmt sie sich gegen das Regal, mag es auch noch so sinnlos sein; erst als die Wand wieder stillsteht, schafft sie es, sich zitternd durch den engen Tunnel hindurchzuzwängen.

Die endlosen Reihen der Regale liegen verlassen da, ihre Kurbelräder wie schwarz glänzende Augen.

»Hallo? Ist da jemand?«

Ihre Stimme verhallt ungehört. Über dem stoischen Summen der Klimaanlage ist nur ihr eigener Atem zu hören, merkwürdig verzerrt und wie verdoppelt. Fast ein Flüstern, ein Raunen.

Wo ist es?

»Hallo?«

Schweiß rinnt ihr über die Schläfen, durchnässt die Bluse unter dem Blazer, dabei fröstelt sie.

Sie hat nie an die Geister geglaubt, von denen Eunice so gern den Touristen erzählt, wenn sie vor den Lesesälen im oberen Stockwerk Aufsicht hat, ihre raue Stimme zu einem unheilvollen Flüstern gedämpft. Wohl aber an den Dämon des Wahnsinns, der immer schon gegenwärtig schien, immer lauernd, immer drohend, seit jener Nacht in Italien.

Als ob in dem kleinen Mädchen damals etwas kaputtgegangen war, das erst jetzt, so viele Jahre später, sein ganzes Ungemach entfaltet.

Pandoras Büchse, an deren Deckel die E-Mails bereits gerüttelt haben, hat sich für Gemma geöffnet.

3

Sonntag, 17. September

Die Sonne, die durch die Glasfront strömt, lässt die verblichenen Farben des Aufenthaltsraums karibisch leuchten. Unter den Goldsprenkeln, die vom Fluss hereintanzen, verschwinden die Kratzer im Boden und die angeschlagenen Kanten des Mobiliars.

Nellies Augen schimmern feucht, und ein Lächeln zittert um ihre welken Lippen.

»Sylvia! Endlich! Warum kommst du deine alte Nellie jetzt erst besuchen?«

Hinter Gemmas Brustbein fühlt es sich wund an, als sie die Hand auf ihrer Wange umschließt und behutsam drückt.

»Nicht Sylvia. Ich bin es. Gemma.«

Ein Schatten legt sich auf Nellies Gesicht, braun und faltig wie eine Dattel. Um ihre weißen Brauen zuckt es, dann entzieht sie Gemma abrupt die Hand.

»Das weiß ich doch!«

Wie sich ihre knorrigen Finger, kaum mehr als dürre Ästchen, in ihrem Schoß unruhig verschlingen und wieder lösen, verrät ihre Verwirrung. Es tut weh, mitanzusehen, wie es Nellie verlegen macht, dass Vergangenheit und Gegenwart in ihr langsam zu einem ununterscheidbaren Brei zerfließen.

Für den Moment lenken frisch aufgebrühter Kaffee, der Blütenhauch aus den Vasen und das Aroma des Zitronenkuchens in der geöffneten Box vom Geruch nach Medikamenten ab, nach Desinfektionsmittel und alten Menschen.

Gemma hätte Nellie gern exklusiver untergebracht; die Mittel, die Grandma eigens dafür hinterlassen hat, hätten es hergegeben. Nellie hatte sich dagegen gesträubt. Sie wollte ihren Lebensabend unter anderen Haushälterinnen verbringen, zwischen Lehrerinnen und Buchhaltern, Chauffeuren und Ladenbesitzern im Ruhestand.

Also war es das Pflegeheim von Riverview auf Roosevelt Island geworden, diesem schmalen Streifen Land, der sich inmitten des East River unter die Queensboro Bridge duckt.

Jäh erhellt sich Nellies Miene wieder. »Du hast Kuchen mitgebracht!«

»Lemon Drizzle Cake«, erklärt Gemma ein zweites Mal.

»Dass du daran gedacht hast …« Nellie ist genauso gerührt wie zehn Minuten zuvor schon einmal und streichelt rasch über Gemmas Handrücken, wie verstohlen.

Nellie scheint gut aufgehoben hier, wirkt glücklich in ihrem hellen Zimmer mit Blick ins Grüne, auf den Fluss und die Skyline Manhattans dahinter.

Zwei alte Damen, ihre Haartönungen auf die flauschigen Jogginganzüge in Pink und Lila abgestimmt, sitzen kichernd über einem Kartenspiel zusammen. An eine

Galapagos-Schildkröte erinnert der Mann, der über seine Gehhilfe gebeugt durch den Raum schlurft. Ein anderer Senior im Rollstuhl schaut auf den Fluss hinaus, seine Baseballkappe tief ins Gesicht gezogen. Vielleicht döst er auch in dieser sonntäglichen Ruhe; erst nach dem Mittagessen werden Besucher in das Pflegeheim strömen.

Seit den auf beiden Seiten zwar freundlichen, aber unbeholfenen Begegnungen mit Nellies Nichten und Neffen, deren Kindern und Enkeln, kommt Gemma lieber am Vormittag. Schließlich ist sie nicht im eigentlichen Sinne Familie, obwohl es sich danach anfühlt.

»Wie geht es dir?«, erkundigt sie sich, während sie den Kuchen anschneidet. »Was gibt es Neues?«

Nellie beugt sich vor; hinter den Brillengläsern blitzen ihre Augen auf.

»Dieser Neue, Mr Washington – du erinnerst dich, ja? Da drüben. Am Fenster. Im karierten Hemd, mit der blauen Kappe. Nicht so auffällig, sonst merkt er noch, dass wir über ihn reden! War früher bei der Post. Und jetzt stellt sich heraus – er schummelt beim Bingo! Hat noch nicht einmal ein schlechtes Gewissen, wenn man ihn dabei erwischt!«

»Nein!« Ein Schmunzeln im Mundwinkel, gibt Gemma sich entrüstet und schiebt die gefüllte Kaffeetasse näher zu Nellie. »Er sieht so harmlos aus.«

Nellie geht auf diese Bemerkung nicht ein; sie ist mit den Gedanken längst schon woanders. Immer häufiger ähneln Gespräche mit ihr einem Korb voller Wolle, über den eine Katze hergefallen ist: Endlosschleifen, festgezurrte Knoten, ausgefranste Fäden.

Andächtig bewegt Nellie den ersten Bissen Zitronenkuchen im Mund, eine Fülle von Regungen auf dem Gesicht und Verwunderung im Blick. Als würde sie Fragmente der Vergangenheit herausschmecken und halb vergessene Erinnerungen.

»Zitronentarte«, murmelt sie. »Die mochte deine Mutter am liebsten. Hauchdünner Mürbeteig, eine Schicht dunkler Schokolade und eine aus selbst gekochter Himbeermarmelade unter dem Lemon Curd. Ja, das hat sie geliebt. Dass jeder Mundvoll buttrig und fruchtig schmeckt, süß und salzig und säuerlich und herb. Wie das Leben, hat sie einmal gesagt. Und ich dachte, was redest du da, du bist doch viel zu jung, du kannst davon noch gar nichts wissen.«

Die Kuchengabel in ihrer Hand zittert; mit unsicheren Fingern legt Nellie sie auf den Tellerrand. Aus dem Ärmel ihres Cardigans nestelt sie ein Stofftaschentuch hervor und wischt sich über die Wangen.

»Sie klang so glücklich, zuletzt. In den Briefen, den Postkarten. Die paar Mal, die sie aus Italien anrief. Immer nur kurz, weil es doch so teuer ist.«

Gemma hat sie wieder und wieder gelesen, in verschiedenen Stadien ihres Lebens. Die Briefe, diese Postkarten, die, zusammen mit anderen Briefen, anderen Karten, mit Fotos zwei Stahlkassetten in Gemmas Bücherregal füllen.

Erst diese Woche hat Gemma sie wieder zur Hand genommen, diese Sätze voller Sonne und Lebensfreude. Auf der Suche nach einem Hinweis inmitten dieser Poesie aus Landschaften, Städten und Menschen. Nach einer Spur zwischen den Schilderungen von üppigen Mahlzeiten und *dolce far niente* und einer unbekümmerten kleinen Gemma, die ihr fern und fremd ist.

»Kannst du dich erinnern, woran genau mein Vater in Italien gearbeitet hat? Ich weiß darüber so gut wie nichts.«

Nellie blinzelt hinter ihrer Brille, reibt sich mit dem Taschentuch über die Nase.

»Ach, Kind, das ist so lange her … Und meistens hat Sylvia mit Mrs Cabot darüber gesprochen.«

Nellies Blick kehrt sich nach innen.

An der Art, wie sich ihre Stirn verwirft, ihr Kinn zuckt, die Finger rastlos über den geblümten Rock wandern, ist herauszulesen, wie sehr es sie anstrengt, durch den zähen Schlamm ihres Gedächtnisses zu waten. Gemma bereut ihre Frage auch sofort.

»Ich erinnere mich an … Was war das noch? Ich glaube, Professor Bernstein war viel in Archiven. Manchmal ließ deine Mutter so eine Bemerkung fallen. In alten Kirchen. Er hat etwas gesucht, dort. Etwas Wichtiges. Etwas mit einem Bild … oder einem Gedicht?«

Hilflos sieht sie Gemma an, als ob sie hofft, eine Frage in einer Prüfung richtig beantwortet zu haben.

Wo ist es?, hallt der geisterhafte Atemzug in Gemma nach.

Gemma legt den Kopf in den Nacken und blickt die Fassade des grau-beigen Klotzes von Haus hinauf, in den Roaring Twenties erbaut. Problemlos findet sie die Fenster wieder, hinter denen sie aufgewachsen ist, mit Blick über den Central Park und auf das Metropolitan Museum. So hoch oben, dass der Verkehr auf der Fifth Avenue kaum zu hören war.

Sie hat nie gefragt, an wen der Makler das Apartment verkauft hat; sie hat auch jetzt kein Verlangen danach, sich vorzustellen, wer heute dort wohnen mag.

»Miss Cabot!«

Lächelnd geht sie auf den livrierten Doorman zu, der ihr im Schutz des schmiedeeisernen Vordachs zuwinkt, ihr herzlich die Hand schüttelt.

»Jackson. Hallo.«

Die Spur von Silber an seinen Schläfen ist dichter geworden, ansonsten hat er sich kein bisschen verändert, seit sie das letzte Mal hier gewesen ist.

Mit dem Daumen deutet er nach oben. »Sehnsucht nach Ihrem alten Zuhause?«

Gemma denkt an das weitläufige Apartment mit den hohen Räumen, den dicken Teppichen und Vorhängen und den schweren Möbeln, immer makellos und auf Hochglanz poliert. Viel zu groß war es ihr erschienen, als sie vom College zurückkam, zu pompös; darin schlägt sie ihrer Mutter nach, soweit sie weiß.

Zu Hause – das waren allein Grandma und Nellie gewesen.

»Nur ein kleiner Anflug von Nostalgie.«

Es hatte ein hartes Stück Arbeit bedeutet, das Apartment auszuräumen. Zu entscheiden, welche Dinge sie behalten wollte und welche sie weggab; der letzte Schritt zum Erwachsenwerden, mit achtundzwanzig Jahren.

Die Vergangenheit ist vergangen, geht es Gemma durch den Kopf. An ihr festzuhalten macht sie zu einem Gespenst, das keine Ruhe findet und ewig sein Unwesen treibt.

Aber was, wenn die Vergangenheit keinen Abschluss finden kann und sich bis weit in die Gegenwart hinein ausdehnt, weil zu viel ungesagt geblieben ist, unergründlich und im Dunkel?

»Meine Großmutter hatte nicht zufällig noch irgendwo im Haus etwas eingelagert, das seither aufgetaucht ist?«

»Leider nein, Miss Cabot. Und wenn, hätten wir Sie sofort benachrichtigt. Wir haben ja Ihre Adresse im Village.«

»Natürlich. Danke, Jackson. Es war schön, Sie zu sehen.«

»Gleichfalls, Miss Cabot. Und bestellen Sie Nellie Grüße!«

Was die New York Public Library für das schriftliche Erbe der Menschheit ist, ist das Metropolitan Museum für die Kunst.

Beide in der progressiven Ära vor dem Ersten Weltkrieg erbaut, in dieser extremen Zeit zwischen Glanz und Elend, ähneln sie einander in ihrem klassischen Profil. In ihrer Atmosphäre von lebendiger Gediegenheit und der Wertschätzung des Schönen, Alten, Kostbaren.

Wie eng vertraute Geschwister sind sie, von denen sich eines zu majestätischen Ausmaßen ausgedehnt hat, um seine gesammelten Ausstellungsstücke unterzubringen: all die Kostbarkeiten aus den verschiedensten Kulturen der Welt, von der Antike und dem alten Ägypten bis weit in die Neuzeit hinein.

Mit Grandma war Gemma oft hier, erst in kindgerechten Dosen, später ausgiebiger. Meistens, wenn es in Strömen regnete oder Schneestürme ihre Last über der Stadt abluden, hatten sie das Met doch praktisch vor der Haustür.

Museen und Galerien waren Grandma wichtig; nicht nur, weil sie Wert auf Bildung legte. Sondern vor allem, weil sie Gemma etwas von dem mitgeben wollte, was ihre Eltern begeistert und schließlich zusammengebracht hatte.

Ein Sonntagsritual, das Gemma beibehalten hat.

In den von Menschen übervollen und lärmerfüllten Räumen hält Gemma Ausschau nach etwas, das dem Schmuckstück aus dem gepolsterten Umschlag ähnelt, inzwischen von der Schreibtischschublade ihres Büros auf den Sekretär gewandert, den Grandma ihr zum Einzug in das kleine Apartment geschenkt hat.

Ihre Suche im Internet wie das Stöbern in Kunstbildbänden der Bibliothek während ihrer Mittagspausen hat kein passendes Gegenstück zutage gefördert.

Lange bleibt sie vor einem weiß-blauen Teller aus der Porzellanfabrik der Medici stehen, datiert auf zwei Jahrzehnte nach dem Tod von Lucrezia de' Medici, der ersten Ehefrau von Alfonso d' Este, dem Herzog von Ferrara. Vor der Kamee aus Lapislazuli, die Cosimo de' Medici zeigt, Lucrezias Vater; das Porträt von ihm in eiserner Rüstung ist leider nicht ausgestellt.

Cosimo. Seine Frau, Eleonora von Toledo. Lucrezia. Alfonso, düster-schwermütig, und Barbara von Österreich, hochmütig-steif: Gemma hat die Gesichter vor Augen, die die Bildersuche im Internet vor ihr ausgebreitet hat, meist von Bronzino gemalt, dem Hofmaler der Medici. Die Abbildungen, die sie in den altersgilben

Büchern ihres Vaters herausgesucht hat, von Grandma, zusammen mit anderen Erinnerungsstücken, hervorgezaubert, als Gemma alt genug gewesen war.

Das war seine Epoche, seine Welt, das hat sie immer gewusst. Doch seit den E-Mails und dem Schmuckstück in der Post sind das alles Puzzleteile, die auf den ersten Blick zusammenzupassen scheinen, sich aber nicht ineinanderfügen wollen.

Als ob Gemma versucht, auf Biegen und Brechen ein Hirngespinst Wirklichkeit werden zu lassen. Weil sie der fixen Idee verfallen ist, hinter den E-Mails, hinter dem Umschlag aus Las Vegas läge eine tiefere Bedeutung verborgen.

Oder aber, als ob ihr noch Puzzleteile fehlen.

Schwere weinrote Vorhänge. Eine gepolsterte Bank unter den Spitzengardinen der Fenster. Ein achteckiger Tisch mit Einlegearbeit, alten Büchern und einem Globus. Ein Spiegel über dem Kamin, auf dem Sims Kerzenständer, gerahmte Bilder und eine Uhr, davor ein Ledersessel: die Gothic Revival Library im entlegensten Raum des Museums.

An der Balustrade aus dunklem Holz, die vor allzu neugierigen Besuchern schützen soll, ist Gemma auf den Schreibtisch vor dem Kamin konzentriert. Auf die kleine Bronzeskulptur dort: zwei Hände, die einander umschlingen, eine männlich, eine weiblich.

Robert Browning und Elizabeth Barrett Browning.

Auf ihren Porträts die absolute Verkörperung von Yin und Yang: er bärtig und von erdverhafteter Vitalität, sie durchscheinend blass, die großen Augen tiefdunkel wie ihre Korkenzieherlocken, ein Geschöpf von ätherischer Entrücktheit.

Wie ich dich liebe? Lass mich zählen, auf wie viele Arten und Weisen …

Bis heute eines der meistzitierten Liebesgedichte; ihre *Sonnets from the Portuguese* machten sie berühmt. Geschrieben für Browning, der zeit ihres Lebens in ihrem Schatten stand, obwohl schließlich im Poets' Corner der Westminster Abbey beigesetzt.

Eine legendäre Dichterliebe, wie Mary und Percy Bysshe Shelley, Virginia und Leonard Woolf, Sylvia Plath und Ted Hughes. Sinnbilder für Höhenflüge auf den Schwingen der Literatur und für tragische Abgründe, überlebensgroß und unsterblich.

Schwer vorzustellen, dass sich dahinter lebende, atmende Menschen verbargen, die Blut vergossen, wenn sie sich in den Finger schnitten, und einen Alltag zwischen Mahlzeiten, Toilettengängen und Zähneputzen kannten.

Für Gemma noch schwerer vorzustellen bei Elizabeth Barrett und Robert Browning. Eine Geschichte wie das Melodram eines viktorianischen Romans: Sie, das literarische Wunderkind, die längste Zeit ihres Lebens von einer mysteriösen Krankheit ans Bett gefesselt, und er, ebenfalls von früher Hochbegabung, der sich eines Tages dazu entschließt, der von ihm verehrten Dichterin zu schreiben.

Ich liebe Ihre Verse von ganzem Herzen, liebe Miss Barrett …

Der erste Satz eines Briefwechsels, der in die Literaturgeschichte eingeht. Das Liebeswerben zweier Gleichgesinnter, von Seelenverwandten, für die Nachwelt festgehalten in Tinte und Papier. Gefolgt von heimlichen Treffen, einer heimlichen Hochzeit und der Flucht vor Elizabeth Barretts despotischem Vater nach Italien.

Zwei Kinder, vergeistigt und versponnen, die sich nach Never-Neverland retten, um niemals erwachsen zu werden.

Ein Eindruck, an dem bislang auch die schwergewichtige Biografie nichts geändert hat, die gerade Gemmas schlaflose, unruhige Nächte begleitet: *Der dunkle Turm: Eine zeitgemäße Annäherung an Elizabeth Barrett und Robert Browning* von Dr. Sisley Ryland-Bancroft.

Doch jetzt, vor dieser Skulptur, abgeformt von den leibhaftigen Händen der beiden Dichter, dann mit Bronze ausgegossen und nahezu unbearbeitet, gerät in Gemma etwas in Bewegung.

Brownings Hand, von zupackender Sanftheit, ist die eines Mannes aus Fleisch und Blut. Zart und fast mager und nicht mehr jung, jedes Knöchelchen, jede Sehne sichtbar, ist die von Elizabeth Browning. Wie vertrauensvoll sie sich in die Hand ihres Mannes schmiegt, darin aufgehoben und behütet ist, ist von einer unerwartet sinnlichen Körperlichkeit.

Wie ein Versprechen: Komm, geh mit mir, ich halte dich auf unserem Weg, scheinen diese Hände zu sagen; das lebensechte Zeugnis eines unzerstörbaren Bandes zwischen zwei Menschen.

Ein Sehnen gräbt sich durch Gemma hindurch, höhlt sie aus, ohne dass sie sagen könnte, wonach oder nach wem, treibt ihr schließlich Tränen in die Augen.

Vielleicht liegt etwas von ihrer eigenen Geschichte

wirklich noch im Dunkeln, und es ist Robert Browning, der den Schlüssel dazu in seiner Hand hält.

Den Kopf voll unentwirrbarer Gedanken, steigt Gemma die Treppen zu ihrem Apartment hinauf. Der Tag heute hat sie aufgewühlt; klein und verletzlich fühlt sie sich. Sie hofft, keinem ihrer Nachbarn zu begegnen, der ein paar Worte über das Wetter oder die unzuverlässige Müllabfuhr loswerden will.

Nach nicht einmal einer Vierteldrehung öffnet der Schlüssel klackend die Tür.

Gemma ist sicher, sie hat abgeschlossen, mehrfach. Sich dessen auch vergewissert, ebenfalls mehrfach. Wie sie es immer tut.

Der Boden unter ihren Füßen gibt nach, und das elende Gefühl, versagt zu haben, durchflutet sie. Die Angst, nicht alles getan zu haben, um eine mögliche Katastrophe zu verhindern.

Bis ins Mark erschöpft und auf weichen Knien, schleicht sie durch ihr Apartment, stellt die Kuchenbox ab, schlüpft aus dem Mantel, den Schuhen.

Ihr Blick friert auf dem Sekretär ein, wo das rätselhafte Schmuckstück auf seinem gepolsterten Umschlag liegt. Obwohl sie es jedes Mal sorgsam darin verstaut, wenn sie es betrachtet hat.

Die Angst, gerade im Abebben begriffen, schießt erneut in Gemma auf. Zittrig und mit stolperndem Herzschlag beginnt sie, Stück für Stück, Winkel für Winkel das Apartment abzugehen, Schublade um Schublade abzusuchen, ebenso fieberhaft wie vorsichtig.

Als müsste sie fürchten, irgendwo verborgene Ungeheuer aufzuscheuchen.

Drei Stunden später verkriecht sie sich im Bett, die Arme um die angezogenen Knie geschlungen.

Das silbergerahmte Foto von ihr und ihren Eltern kurz vor der Abreise nach Italien, das auf dem Kaminsims normalerweise zur Küche hin blickt, zeigte in Richtung Couch. Und zwischen den Büchern ihres Vaters war der Fantoni hinter dem Ferguson einsortiert; dabei nimmt Gemma es mit der Reihenfolge genau, wenn sie ein Buch zurückstellt.

Früher hat sie manchmal gegenüber Dr. Gould gescherzt, dass es seine Vorteile hat, an Zwängen zu leiden: Man ist immer auf alles vorbereitet, trägt immer Sorge, dass man nichts verliert, hält immer automatisch Ordnung.

Jetzt ist ihr nicht mehr nach solchen Scherzen zumute.

Das Fundament, das sie sich über Jahre hinweg in disziplinierter Kleinarbeit errichtet hat, um mit ihren Ängsten ein relativ normales Leben führen zu können, bröckelt mit einem Mal.

Oder es ist tatsächlich jemand hier gewesen.

Jemand, der weiß, wie Gemma ihre Sonntage verbringt. Jemand, der sie beobachtet, wer weiß, wie lange schon.

Gemma zieht die Schultern hoch, vergräbt sich tiefer in sich selbst.

Die Idee, die Polizei anzurufen, hat sie sofort wieder verworfen; was sollte sie ihnen auch sagen? Es fehlt ja nichts, Grandmas Schmuck ist ebenso vollständig wie ihre Dokumente in der feuerfesten Stahlkassette.

Spätestens bei dem Gedanken, wie die Beamten sich hier überall umsehen und die Tablettenröhrchen im Spiegelschrank finden oder die abgehefteten Rechnungen von Dr. Gould, kann Gemma sich vorstellen, zu welchem Schluss sie kommen. Reflexartig streckt sie sich nach dem Telefon, um Dr. Goulds Notfallnummer zu wählen; auf halbem Weg verharrt ihre Hand in der Luft. Sie weiß, was er ihr sagen wird, in all den Jahren hat er nicht nur sie gründlich kennengelernt, sondern auch sie ihn.

Was glauben Sie eher, Gemma, wenn Sie ehrlich sind? Dass Sie von heute auf morgen unzuverlässig geworden sind oder dass jemand in Ihrer Wohnung war? Und falls dem so ist – was könnte derjenige gewollt haben?

Gemma greift zum Hörer. Mit wachsender Unruhe lauscht sie dem wiederholten Freiton, atmet auf, als es am anderen Ende klickt.

»Hallo, Gem.« Fionas dunkle Stimme umschließt sie wie eine Umarmung.

»Hallo, Fee.« Gemma versucht gar nicht erst, ihre zittrige Stimme auszugleichen.

Einen Herzschlag lang ist es still in der Leitung. Gemma sieht Fiona vor sich, eine Walküre mit dem kräftigen Profil und dem langen, onyxglänzenden Haar ihrer indianischen Vorfahren.

»Hamsterrad oder Ölpest?«, fragt Fiona dann.

Die grelle Panik, im Zwang gefangen zu sein. Die lähmende Erschöpfung danach: Fiona kennt diese Zustände in Gemmas Seelenleben.

»Beides.«

Der Rattansessel knarrt leise, als Fiona sich hinsetzt;

sicherlich im gewohnten Schneidersitz, barfuß, in ausgefranster Jeans und einer bunten Tunika.

»Erzähl.«

Fiona ist keine passive Zuhörerin; sie schnauft auf, wenn sie emotional reagiert, fragt nach, wenn sie etwas genauer wissen will, schüttelt den Kopf, dass ihre schweren Ohrringe gegen den Telefonhörer klackern.

Und doch geht dabei dieselbe buddhagleiche Geduld von ihr aus, mit der sie in monatelanger Arbeit einen neuen Globus anfertigt. Einzelstücke nach historischen Vorgaben oder eigenen Ideen, nach den Wünschen von Museen, Fernsehproduktionen oder betuchten Kunden. Jeder eine Welt für sich, entstanden aus akribischer Recherche, Planung und millimetergenauer Präzision.

In Fionas eigenen Worten ein Handwerk, das das Talent eines Michelangelo erfordert, die Fertigkeiten eines Uhrmachers, die Besessenheit eines Fanatikers und die Hingabe einer Nonne.

»Du hättest schon früher anrufen können«, sagt Fiona schließlich, mehr Angebot als Vorwurf.

»Ich weiß. Es ist nur alles so … irrational. Als ob ich dabei bin, verrückt zu werden.«

»Auf mich wirkst du kein bisschen verrückt, Gem. Wenn es dir Angst macht, ist es real. Wie deine Zwänge. Die sind auch nicht aus Elfenlachen und Glitzerstaub entstanden, sondern haben eine Ursache.«

Eine Weile schweigen sie. Kein verkrampftes, unterkühltes Schweigen ist es, sondern warm und harmonisch. Ihre Atemzüge sind im Dialog miteinander, all die kleinen bewussten oder unwillkürlichen Bewegungen.

Diese Freundschaft ist mindestens genauso in dieser Art von einträchtigem Schweigen gewachsen wie in gegenseitig anvertrauten Worten, denkt Gemma manchmal. Damals, in Bryn Mawr, als Fiona unter ihrem Gewicht litt und zwischen Hungerphasen und Fresslust pendelte. Während Gemma mit ihren Sommersprossen und den Kurven an den richtigen Stellen auf amerikanisch-süße Art als hübsch galt, aber auch als sonderbar, verschlossen wie eine Auster.

Es ist dunkel geworden. Im Lichtschein aus den Fenstern gegenüber, dem Leuchtkegel der Nachttischlampe scheinen in allen Ecken des Zimmers Schatten zu lauern und sich nach Gemma auszustrecken.

»Das Schlimmste ist«, flüstert Gemma nach einer Weile, »dass ich mich nirgends mehr sicher fühle. Nicht in der Bibliothek. Nicht mehr unten in der Gruft. Noch nicht einmal mehr hier.«

Ihr Apartment, seit zehn Jahren ihre Zuflucht vor allem, was ihr Angst macht, ist in nur einem Tag zu einem Gefängnis geworden, das ihr dennoch keinen Schutz mehr bieten kann.

»Du weißt, dass du jederzeit zu uns kommen kannst. Gideon und ich haben nichts dagegen, jeden Morgen noch warme Muffins zum Frühstück zu bekommen und nachmittags einen Kuchen auf den Tisch.«

Obwohl sie sich den Tränen nahe fühlt, muss Gemma lächeln. Sie mag Gideon, bei dem Fiona nach einer Reihe von Beziehungsexperimenten mit Männern und Frauen ihren sicheren Hafen gefunden hat. Er hat etwas von einer Jesusgestalt, hätte dieser jemals die vierzig überschritten und wäre ein Meeresbiologe mit einer Harley in der Garage gewesen.

»Und ich hätte auch nichts dagegen, mal wieder für einen Tag oder zwei Großstadtluft zu schnuppern.«

Fiona ist sich nicht zu schade, die rund sechs Stunden in ihrem Pick-up zurückzulegen und hier zu übernachten. Nur damit sie Gemma bei ihren abschließenden Kontrollen in der Wohnung beistehen kann, bevor sie sie nach Cape Cod mitnimmt, bereit, jederzeit ein Back-up für Gemma zu liefern, dass auch wirklich der Herd aus ist und die Tür abgeschlossen.

Der Gedanke an Cape Cod verlockt Gemma. Das Holzhaus, lavendelgrau gestrichen wie die Abenddämmerung, voller Reiseandenken aus Indien, Mexiko und Marokko, Frankreich und Kenia. Fionas Werkstatt, in der sich die salzige Meeresluft mit dem Geruch von Papier und Holz, von Farbe und Leim und Lack mischt. Zeiten dort bedeuten einen weiten Himmel über Sandstränden und Leuchttürmen und das Farbenspiel des Atlantiks. Bootsfahrten mit Gideon, um Wale zu beobachten, und ausgedehnte Abendessen mit frischem Fisch und einer Flasche Wein.

Tage bei Fiona und Gideon sind glückliche Tage, mit friedlichen Nächten.

Eine Idylle, die momentan fast zu perfekt erscheint.

»Danke, Fee. Aber ich hätte das Gefühl, ich würde das mitbringen, was mir hier solche Angst macht. Wie einen Virus, der sich dann auch bei euch einnistet.«

»Wer immer dieses böse Spiel mit dir treibt, kann es ruhig auch hier versuchen«, grollt Fiona, ganz kämpferische Erdmutter.

Gemmas Blick fällt auf den Nachttisch, auf das dicke Paperback der Doppelbiografie, neongrelle Haftmarker zwischen den Seiten. Gemma streicht über die sepiatonigen Porträts von Elizabeth Barrett und Robert Browning. Über die Satzfetzen in deren beider Handschriften, die sich über das glänzende Cover ranken.

»Am liebsten würde ich ganz weit weg fahren«, flüstert sie. »Wenn es mir nur nicht wie eine Flucht vorkommen würde.«

»Ja, und? Ich wüsste nicht, was daran verwerflich wäre. Mach doch.«

I

Das ist meine letzte Herzogin, gebannt in Öl, dort an der Wand,
als wär' sie lebendig, so sieht sie aus. Nun, ich nenn'
dies Werk ein Wunder; Fra Pandolfs Hände arbeiteten
emsig manch einen Tag daran, und da steht sie.

Da saß er und starrte mich an.

Er konnte nicht anders, das ist seine Profession, sein Broterwerb. Dafür ist er aus der goldenen Stadt in den Norden gekommen, aus dem Frühling in den Winter. In diese Festung hier, eine verbotene Insel inmitten der Straßen und Gassen.

Ich konnte nicht anders als zurückzustarren, es gab nichts anderes, an dem mein Blick Halt gefunden hätte. Nicht nach all den Monaten, in denen ich jeden Winkel des Castellos mit meinen Augen erkundet hatte, erst neugierig, dann mit Beklemmung.

Mittlerweile ist nichts als Stumpfsinn übrig geblieben.

In seinem blauen Kittel, als Schutz über Hemd und Hosen gezogen, ist er kräftig wie ein Bauer, strotzend vor Gesundheit, um die ich ihn beneide.

Vor allem seine Hände fielen mir ins Auge. Kantig und schwerknochig, scheinen sie besser dazu geeignet, Holz zu hacken oder Mist zu schaufeln. Und doch ist seine Rechte in der Lage, mit einem Stück Kohle feinste Linien und Schattierungen auf das Papier zu bannen.

Diese starken männlichen Hände, die kräftigen Handgelenke wollen nicht recht zu seinem Gesicht passen, das weich ist wie das eines Cherubs. Mädchenhaft rot und voll ist der Mund, der noch kein einziges Mal gelächelt hat. Ein Widerspruch zu der Kerbe im Kinn, der Stupsnase, die ihm etwas von einem Schelm verleihen. Zu seinem Namen, der so fröhlich klingt wie Musik und Tanz und sprudelndes Gelächter.

Allori. Wie die Lorbeeren. Ein passender Name für einen Künstler, der doch sicher danach strebt, Ruhm und Ehre zu ernten.

Ich fragte mich, wie alt er wohl sein mag, ob gerade zwanzig oder schon weit darüber. Schwer zu sagen, das Aussehen, das Gebaren eines Menschen kann täuschen. Ich bin gerade sechzehn Jahre alt geworden, vor ein paar Tagen erst, fühle mich aber so viel älter, das letzte Jahr hat zehnfach gezählt.

Ich wagte nicht, den Maler darauf anzusprechen, auch nur ein einzelnes Wort an ihn zu richten. Schüchternheit ist einer meiner Mängel, und derer habe ich viele.

Die unförmige Kappe hatte er tief in die Stirn gezogen. Ich kann nur raten, ob sein Haar glatt oder lockig oder etwas dazwischen ist. Bestimmt braun oder schwarz, denn seine Augen sind dunkel, dunkler noch als meine, sie glänzen wie Oliven.

Wenn er nicht mich anstarrte oder das Papier vor sich prüfend begutachtete, wanderte sein Blick durch den Raum, zu dem einsamen Fenster hin. An Licht und Luft hatten die Baumeister des Castello Estense gespart. Nach draußen schien sein Blick zu gleiten, als wünschte er sich ebenso wie ich, nicht hier zu sein, in dieser Stadt zerbrochener Träume und Hoffnungen und toter Gefühle. Dann wieder musterte er Jacopa auf dem Schemel in der Ecke, ihr Gesicht ledrig wie eine Dörrfeige. Und jeder Schritt auf dem Korridor draußen, jede Tür und jedes Ächzen des Mauerwerks ließ ihn unruhig blinzeln.

Natürlich weiß er um die harte Hand des Hausherrn, des Herrschers über die Ebene um die Stadt, von der Mündung des großen Flusses bis ans Meer. Ein kriegerischer Rivale für Mailand und Venedig wie zuvor für Florenz. Ein Narr, wer glaubt, dass jemand, der die Poesie schätzt, die Musik und die Kunst, eine sanfte Seele sein muss.

Eine Närrin, wie ich eine gewesen war.

Der Herzog von Ferrara kennt nur die Leidenschaft für Macht. Für eine Grausamkeit, die nicht einmal vor der Frau haltmacht, die ihn zur Welt gebracht hat.

Als könnte er meine Gedanken lesen, so eindringlich erforschten mich die Olivaugen des Malers. Als wollte er jeden meiner Knochen vermessen, unter meine Haut kriechen. Nur zu gerne hätte ich ihm diese forschenden Augen ausgekratzt, hätte ich die Kraft dazu aufgebracht.

Ich bereute meinen Zorn sogleich. Er macht nur seine Arbeit. So lange ist auch er ein Gefangener hier, den Launen des Herzogs ebenso ausgeliefert wie ich. Doch während das Ende seiner Haft bereits in Sicht ist, in ein paar Wochen, einigen Monaten, erstreckt sich meine auf Lebenszeit.

»Ihr erinnert Euch nicht mehr an mich.« Seine Stimme, dunkel und rau, tastete sich in meine Gedanken. »Nicht wahr, *Serenissima*?«

Ein paar Herzschläge lang fühlte ich mich verloren. Wie vor eine Rätselaufgabe gestellt und kläglich daran gescheitert.

»Ich war an Eurem Hofe. In Florenz. Mit meinem Meister, als er die Entwürfe für die Porträts Eurer Schwestern und Brüder anfertigte.«

Langsam schälte sich die Erinnerung heraus. Natürlich hatte ich ihn nicht erkannt, diesen Burschen, der über die Jahre in seine zu langen Beine und zu großen Füße hineingewachsen war, in seine überbreiten Schultern. Ich muss heute in demselben Alter sein wie er damals.

»Ihr wart damals ungefähr so.« Seine Linke legte sich auf den Scheitel des kleinen Mädchens, an das er sich erinnerte. »Scheu wie ein Fuchs. Hinter den Röcken der Frauen habt ihr euch immer versteckt.«

Auch ich erinnerte mich an dieses kleine Mädchen, pummelig und mit noch brandrotem Haar. Ein struppiges Küken inmitten der graziösen Mädchen, der schmucken Jungen, die unsere Schwaneneltern in die Welt gesetzt hatten. Sogar Giovanni, der auf einem frühen Kinderporträt noch aussieht wie ein vollgefressener Bacchus, hatte sich rasch zu einem kleinen Engel ausgewachsen, mit dunklen Locken und einem Alabastergesicht.

An *Messer* Bronzino erinnerte ich mich, den Maler mit dem langen Bart, von meinem Vater empfangen wie ein guter Freund, von meiner Mutter wie ein würdiger Gast. Und an seinen Gehilfen Sandro, der anders war als die Burschen im Stall und in der Küche, die mich mit ihrem Gebrüll, ihrer ungebärdigen und oft ruppigen Energie erschreckten.

Still war Sandro, von einer tiefen Ernsthaftigkeit, mit der er alles um sich herum beobachtete und sogar mich bemerkte, das Mädchen im Schatten. Nur für mich malte er verwunschene Wälder und Feenstädte, auf der Rückseite verworfener Skizzen, mit Farbresten von seines Meisters Palette. Nur für mich schnitzte er aus Stückchen Brennholz Einhörner und Zauberer und Elfen, und ich gewann ihn dafür umso mehr lieb.

Grunzend fuhr Jacopa auf. Ihre alterstrüben Augen blinzelten suchend umher, bevor sie wieder dösend in sich zusammensank.

So gering schätzt mich mein Gemahl, dass er einer halb tauben und fast blinden Greisin meine Tugend anvertraut. Mein Mangel an weiblichen Reizen ist über jeden moralischen Zweifel erhaben.

Mit dem Ärmel des Kittels wischte Sandro sich über das feucht glänzende Gesicht. Als ob ihm große Hitze zu schaffen machte, obwohl kein noch so hoch brennendes Feuer die Räume des Castello Estense erwärmen kann, die Mauern vollgesogen mit dem brackigen Wasser des Burggrabens.

Erst unter Jacopas grummelndem Schnarchen richtete Sandro erneut das Wort an mich.

»Der *Serenissimo Signore* und die *Serenissima Signora* sorgen sich um Euch, *Serenissima.* Zu lange haben sie kein Wort mehr von Euch gehört.«

Mein Vater, der dunkle Prinz, streng, aber warmherzig, ebenso gerecht wie fürsorglich. Meine Mutter, leidenschaftlich und gläubig, die nichts mehr liebt als ihre Kinder und das Reisen und die im Kartenspiel königliche Reichtümer hätte anhäufen können, wenn sie gewollt hätte. Isabella mit ihrem kupfernen Haar, immer ein Lied auf den Lippen, und Maria, von noblem Wesen, belesen und schön wie ein Stern. Francesco, der Stammhalter, unserem Vater wie aus dem Gesicht geschnitten und von aufbrausendem Temperament. Ferdinando, äußerlich sein Zwilling, aber großherzig und besonnen. Giovanni mit seiner Fröhlichkeit, seinem sanften Gemüt. Garzia, goldhaarig und apfelbäckig und übermütig, und Pietro, feingliedrig und grüblerisch.

Tränen schossen mir in die Augen, dabei hatte ich geglaubt, längst schon keine mehr übrigzuhaben.

»Auf keinen meiner Briefe habe ich eine Antwort erhalten. Von niemandem.«

Um ein Bündnis mit Ferrara zu schließen, den Frieden zu sichern, hatten sie mich hierher verkauft und dann vergessen.

»Das waren auch die Worte des *Serenissimo Signore* und der *Serenissima Signora*. Briefe, die ohne Echo blieben.«

Eine Grausamkeit mehr, die der Herzog ersonnen hat: das Band zwischen meiner Familie und mir zu durchschneiden.

»Deshalb bin ich hier, *Serenissima*.«

Ich bin doch nicht in Ungnade gefallen. Ich habe immer noch einen Platz im Gedächtnis meiner Familie. Sie haben sogar jemanden entsandt, der nach mir sehen soll, auf umsichtige, taktvolle Weise, um den brüchigen Frieden mit Ferrara nicht zu gefährden.

Meine Finger verkrampften sich im Schoß, damit mir dieses Fetzchen Hoffnung, so zart, so neu, nicht wieder entglitt.

Ich kenne Sandro, den Maler, kaum, und doch ist er mir an diesem einen Tag zum Freund geworden.

4

Donnerstag, 21. September
Oxford

Oxford bezaubert Gemma mit seinen Kuppeln und Türmen, Erkern, Bögen und Fialen, den idyllischen Wasserläufen. Jeder Stein, jeder Dachziegel scheint Geschichte zu atmen, Gelehrsamkeit zu verströmen, und die gewundenen Straßen sind voller energiegeladener junger Menschen. Gemma fragt sich, ob sie in ihrer Collegezeit auch so selbstsicher, so zielstrebig gewesen ist, jemals so unbeschwert, so fröhlich gewirkt hat.

In der Verwaltung der New York Public Library schien man erleichtert, dass Gemma einmal aus eigenem Antrieb Urlaub beantragt hat, sodass es kein Problem gewesen war, ihn kurzfristig zu genehmigen. Ihr Reisepass war noch gültig, noch von der Auktion in London vor zwei Jahren.

Auch Dr. Gould hat die Entscheidung begrüßt, sich spontan aus ihrer eng abgesteckten Wohlfühlzone hinauszubewegen, und Nellie fand, Gemma brauche dringend diesen Urlaub, sie sehe so blass und abgespannt aus.

Doch jetzt erst, im Kreuzgang des Magdalen College, die grauen Mauern gilb und von Flechten überkrustet, kann Gemma sich selbst vorstellen, hier so etwas wie Urlaub zu verbringen; sogar der Rasen scheint hier grüner zu leuchten als andernorts.

Der grüblerische Ausdruck jedoch, mit dem die verwitterten Statuen von ihren Simsen hinunterblicken, als hätten sie etwas zwischen den weißen Blütenköpfen der Hortensien verloren, erinnert Gemma bei jedem Schritt daran, dass sie nicht ohne Hintergedanken hierhergekommen ist.

Die weiße Kassettentür mit der Namensplakette, die auch auf der Website des Colleges ein Porträtfoto des Professors ersetzt, steht offen.

Zwischen dem papierbedeckten Schreibtisch und dem überdimensionalen Ledersofa schichtet eine Männergestalt konzentriert die Türme von Büchern um, die in den überquellenden Regalen keinen Platz mehr gefunden haben.

Gemma klopft an den Türrahmen. »Entschuldigen Sie bitte …«

»Ja?«

Es ist ein noch sehr junger Mann, der sich aufrichtet, offenbar ein Student oder ein Doktorand. Das Violett des Hemdkragens beißt sich mit dem Rot des Pullovers und mit der grün gemusterten Krawatte; die Hose und das Sakko aus Cord scheinen aus verschiedenen Jahrzehnten zu stammen.

»Ich suche Dr. Sisley Ryland-Bancroft.«

»Ja?«

Er streicht sich eine Strähne seiner braunen Haare

zurück, die unordentlich lang sind, aber doch zu kurz, um rebellisch zu wirken. Hoch aufgeschossen und schlaksig, sieht er keinen Tag älter aus als fünfundzwanzig.

Gemmas professionell-höfliche Miene fällt in sich zusammen.

Sie braucht einen Moment, um zu begreifen und sich wieder zu fangen. Auch in der Doppelbiografie der Brownings war kein Autorenfoto abgedruckt, nur eine beeindruckend lange Vita, und Gemma hat es versäumt, das Internet gründlicher nach Professor Ryland-Bancroft zu durchforsten.

»Ich weiß.« Seine scharfen Wangenknochen färben sich, und ein Grübchen blitzt neben dem Mundwinkel auf. »Die Bürde der Hochbegabung.«

Seine Brauen ziehen sich zusammen, als er Gemma in ihrer dunklen Jeans und dem Trenchcoat mustert, forschend, aber nicht unfreundlich, dafür sind seine braunen Augen zu sanft.

»Wie kann ich Ihnen helfen?«

»Gemma Cabot. Aus New York. Wir haben einen Termin.«

Jetzt ist es an Professor Ryland-Bancroft, sich zu sammeln.

»Natürlich. Verzeihung. Wir hatten gemailt. Wegen Brownings *Duchess*, richtig?«

Unruhig wühlen seine Hände in den Sakkotaschen, während er die teils gefährlich schiefen Stapel auf dem Sofa und auf dem Stuhl vor dem Schreibtisch in Augenschein nimmt.

»Was halten Sie von Kaffee?«

Nach den eineinhalb Stunden im Pendelbus von Heathrow, die anstrengender gewesen waren als die sieben Stunden Flug, hat Gemma zwischen den steifen weißen Laken des Hotelbetts tief und traumlos geschlafen, sich mit einem feudalen Frühstück wieder geerdet. Trotzdem hat die Zeitverschiebung bei ihr ein Gefühl des Surrealen hinterlassen, als ob ein Teil von ihr noch irgendwo über dem Atlantik festhängt.

»Kaffee wäre großartig.«

»Fabelhaft. Ich hoffe, es macht Ihnen nichts aus, ein paar Schritte zu gehen.«

Einen in Kürbisfarben gestreiften Schal um den Hals gewickelt, eine abgeschabte Ledertasche quer umgehängt, schlendert Professor Ryland-Bancroft neben Gemma her.

Während er sich nach ihrem Flug erkundigt, sie sich über die New York Public Library unterhalten, die er gut kennt, und über ihre Arbeit in der Map Division, erwidert er immer wieder die Grüße der Studenten, die ihren Weg kreuzen: strahlend die der Mädchen, bewundernd die der jungen Männer.

Auch hinter der taubenblauen Fassade des Cafés, das bis in den hintersten Winkel Pariser Flair verströmt, erhellen sich Studentengesichter an den Tischen, als Ryland-Bancroft nickt und grüßend die Hand hebt. Auf eine bescheidene, fast scheue Art, die Gemma sich für ihn erwärmen lässt.

Über den großen Tassen Milchkaffee beginnt sie stockend, von der Arbeit ihres Vaters zu erzählen, die ihn mit Frau und Kind für ein Forschungsjahr nach Italien geführt hat. Aufmerksam und ohne sie ein einziges Mal zu unterbrechen, hört Ryland-Bancroft zu, während er die Teekarte in ihrem Halter und die Streuer von Pfeffer, Salz und Zucker in millimetergenauer Symmetrie ausrichtet.

Die Art, wie seine Augen dabei allein den Bewegungen seiner überschlanken Hände folgen, die Geräuschkulisse aus Stimmen und Lachen, dem Klappern von Besteck und Porzellan und Glas, machen es leichter für Gemma; flüssiger erzählt sie von dem Brand am Stadtrand in Florenz. Von Grandma und Nellie. Von den E-Mails, dem Schmuckstück.

»Wie alt waren Sie bei diesem Brand?«, fragt Ryland-Bancroft schließlich in eine Pause hinein.

»Ich war vier.«

Ryland-Bancrofts Blick hebt sich kurz; sein fein gezeichneter Mund spannt sich an, wird dann wieder weich, als er damit fortfährt, die Utensilien auf dem Tisch zu absoluter Perfektion zu arrangieren.

»Und Sie glauben, es könnte eine Verbindung geben zwischen den Recherchen Ihres Vaters und diesen E-Mails?«

»Ich weiß es nicht. Es ist so ein Gefühl. Ich wüsste nicht, warum mir sonst jemand so etwas schicken sollte. Noch dazu mit dem Namen meines Vaters im Absender.«

»Ich verstehe«, sagt Ryland-Bancroft mit dem geschliffenen, pointierten Akzent, der wie eine unverkennbare Melodie überall hier in der Stadt zu hören ist.

Es klingt, als ob er es tatsächlich versteht.

Er betrachtet die ausgedruckten E-Mails, die Gemma vor ihm ausbreitet.

Ein Blatt nach dem anderen nimmt er zur Hand, sortiert sie, verschiebt sie auf dem Tisch und ordnet sie schließlich nach einem bestimmten Muster an.

Das Gedicht ist vollständig: Am Morgen ihres letzten Arbeitstages hat Gemma die letzten Zeilen in der Mailbox gehabt. Als ob der unbekannte Absender wusste, dass sie diesen Account für einige Zeit nicht mehr nutzen konnte, ein Gefühl wie Spinnweben auf der Haut.

Auf eine merkwürdige Weise bedauert Gemma, dass sie nun nicht erfährt, ob nach dem Gedicht noch etwas anderes per E-Mail gekommen ist, und gleichzeitig ist sie erleichtert; sollen Kathryn und Mark sich darum kümmern.

»Die Crux dabei ist, dass wir praktisch nichts über die Entstehungsgeschichte der *Duchess* wissen.«

Ryland-Bancroft klemmt eine Haarsträhne hinter das Ohr. Seine Stimme ist tief, sie beruhigt, ohne einschläfernd zu sein, und die Art, wie die Bewegungen seiner Hände seine Worte unterstreichen, hat etwas Hypnotisierendes.

»Sie muss irgendwann nach Brownings Italienreise 1838 geschrieben worden sein, auf der er seinen sechsundzwanzigsten Geburtstag feierte. Von den vier Wochen dort verbrachte er zwei in Venedig. Eine reiche Inspiration für seinen *Sordello*, an dem er bereits geraume Zeit schrieb. Und wir wissen, dass er vier Tage lang die Atmosphäre in Asolo für *Pippa Passes* aufsaugte. In Ferrara war er jedoch nicht und auch nicht in Florenz. Genauso wenig wissen wir, ob er irgendwo zwischen Venedig, Vicenza, Padua und Verona von Alfonso d'Este und Lucrezia de' Medici gehört haben könnte. Und falls ja, wo genau und wie. Ob er das Gedicht mit der gleichen Intention geschrieben hat, wie es später interpretiert wurde. Erst lange Zeit danach war ihm etwas darüber zu entlocken. Dass des Herzogs Befehl im Gedicht lautete, die Herzogin zu töten oder aber sie in einem Konvent zum Schweigen zu bringen. Seine Rache dafür, dass sie seine Überlegenheit in selbst den geringsten Dingen nicht anerkannte. Ihn dadurch unbeabsichtigt in seiner absurden Eitelkeit kränkte. Aber nie hat Browning darüber gesprochen oder geschrieben, was ihn gerade zu diesem Stoff bewogen hat.«

Gemma ist enttäuscht; sie hat auf wesentlich mehr gehofft.

»Ich fürchte, ich kann Ihnen nicht weiterhelfen, Miss Cabot. Es tut mir leid, dass Sie umsonst diesen weiten Weg auf sich genommen haben.«

»Ich wollte hier sowieso ein paar Tage verbringen«, erklärt Gemma, eine Spur zu schnell. »Mir die Stadt ansehen und vielleicht die Briefe Brownings im Archiv des Balliol College.«

Ryland-Bancrofts Blick bleibt auf ihr liegen. Gemma ertappt sich dabei, wie sie die Ärmel ihres schwarzen Rollkragenpullovers langzieht und ihre Finger darin verschwinden lässt.

»Ich verstehe.«

Gemmas Wangen werden heiß; hastig greift sie zu ihrer Tasse und trinkt in kleinen Schlucken den kalt gewordenen Kaffee aus, um Ryland-Bancroft nicht ansehen zu müssen.

Er räuspert sich, bewegt die Seiten noch einmal über

den Tisch, deutet dann auf die einzige Abbildung darunter: eine ausgedruckte Fotografie der rätselhaften Postsendung.

»Das ist dieses Schmuckstück, das in Las Vegas abgeschickt wurde?«

Gemma bückt sich nach ihrer Handtasche und holt das Gebilde aus seinem Umschlag.

»Seltsam.« Seine Stirn legt sich in Falten. »Warum schickt derjenige die *Duchess* Stück für Stück per E-Mail, aber das hier als physisches Objekt? Ein Foto hätte doch den gleichen Symbolcharakter.«

»Ich habe es mir schon gründlich angesehen. Es ist zu filigran, um irgendwo darin etwas zu verstecken, eine Botschaft oder Ähnliches.«

Ein kaum sichtbares Lächeln wandert zwischen ihnen hin und her; Gemma kann fühlen, wie ihre Gedanken im Gleichklang schwingen.

Er neigt den Kopf, dreht das Blatt um jeweils ein paar Grad und wieder zurück, während er das Foto studiert, immer wieder einen Blick auf das Original wirft. Ein Funke des Interesses ist in seinen Augen aufgeglommen.

»Es ist jedenfalls nichts aus dem Nachlass der Brownings. Noch ist etwas Vergleichbares in ihren Briefen erwähnt. Das wüsste ich.«

Sein Gesicht ist in Bewegung; Gemma sieht ihm an, dass er versucht, eine Verbindung zwischen diesen einzelnen Teilen herzustellen.

»Dürfte ich mir das Foto für ein paar Tage ausborgen? Ich möchte es einem Kollegen zeigen, einem Kunsthistoriker. Vielleicht kann er mehr dazu sagen.«

Dass Gemma im Archiv des Balliol College nichts über *My Last Duchess* finden würde, hat sie vorab gewusst. Die Sammlung an Büchern, Manuskripten, Skizzen und Fotografien stammt ausschließlich aus späteren Jahren, noch zu Lebzeiten vom Dichter selbst gestiftet, nach seinem Tod von seinem Sohn Robert Wiedemann Barrett Browning, genannt Pen, und dessen Frau Fannie ergänzt.

Trotzdem durchstöbert sie die Kisten, die der Archivar eine nach der anderen vor ihr auf dem Tisch des Lesesaals abstellt. Es tut gut, einmal auf der anderen Seite zu sitzen, in diesem Fall sogar neben einem bodentiefen Fenster mit Blick ins Grüne.

Die Briefe von Brownings Hand, in steilen eckigen Buchstaben verfasst, berühren Gemma eigentümlich. Vielleicht, weil sie so alltäglich sind, sich mit der Hochzeit von Pen und Fannie befassen, mit Dinnereinladungen und Besuchen. Nur wenige Passagen erzählen von der Arbeit an einem neuen Gedichtband oder einem abgesagten Interview, gehen auf Pens Malerei ein.

Ich weiß sehr wohl, Du willst Dich genauso sehr auszeichnen, wie ich es will – aber die Zeit rast, und mit ihr die Jugend: also, mach mich glücklich, bevor ich sterbe, indem Du Dich als Sohn Deiner wundervollen Mutter beweist – und Du, liebste Fannie, bring ihn dazu, sich Deiner würdig zu erweisen!

Immer sind diese Briefe um ein Postskriptum seiner Schwester Sarianna ergänzt.

Liebster Pen,
wir leben hier so ruhig, dass es der liebsten Fannie oder Dir wenig Interessantes zu berichten gibt. Dein Papa ist von guter Gesundheit. Ich bringe ihn dazu, mehr Fleisch und weniger Gebäck zu sich zu nehmen als früher. Das Wetter ist auch wärmer.

Das Wetter und das eigene Befinden; Begegnungen mit alten Bekannten und der Tod alter Weggefährten: Briefe eines ausklingenden Lebens:

Die Gedenkfeier war in der Hauptsache eine ruhige, das Wetter die ganze Woche über glänzend – und Oxford (die Parks &c.) lieblicher als in meiner Erinnerung … Es ist bemerkenswert, wie ich sogleich jedes Symptom körperlicher Beschwerden verliere – vergesse, was Husten bedeutet, sobald ich dort ankomme.

Gemma hätte auch bequem von zu Hause aus die digitalen Versionen dieser Briefe einsehen können. Aber hier ist es, als ob seine Stimme durch den Raum vibriert, während Gemma in den Originalen liest.

Die Stimme des alten Mannes auf den letzten Fotografien, weißbärtig und rundlich wie Santa Claus. Klarer noch als die Version, die Gemma als Audiodatei im Internet gefunden hat, 1889, nur acht Monate vor dem Tod des längst berühmten Dichters, von Edisons Phonographen aufgezeichnet. Flach und verrauscht klingt sie da, brüchig wie Tonaufnahmen aus dem Zweiten Weltkrieg, und gerade dadurch seltsam nahe. Als ob das Viktorianische

Zeitalter, so fern, so vergangen, überraschend an die Tür zur Gegenwart klopft.

Fast noch mehr berühren sie die Erinnerungsstücke, die im Archiv aufbewahrt werden: Lorbeerblätter von Brownings Sarg in Venedig. Eine Libelle in einer Schachtel. Brownings Handschuhe, Krawatte und Taschentuch. Ein Ring aus dünnem, schwarz angelaufenem Gold mit Gravur: VIS MEA, meine Kraft.

Es sind immer die greifbaren Dinge, die den unmittelbarsten Kontakt zur Vergangenheit herstellen.

Wenn Gemma nicht im Archiv sitzt, spaziert sie mit ihrer Kamera durch Oxford, geht ins Museum oder macht es sich in einem Café gemütlich, wo sie Ansichtskarten an Nellie schreibt, an Fiona und Gideon, an Kathryn und Mark und Dr. Gould, in Ryland-Bancrofts Biografie der Brownings liest.

Was als Flucht aus New York begann, fühlt sich an diesen Tagen wirklich wie Urlaub an, auf eigene Faust an einem fremden Ort, ungewohnt und neu.

Männer und Frauen

Das Erstaunliche ist nicht, dass sie beide mit einem solchen Talent gesegnet waren. Wunderkinder gibt es viele – aber nur den wenigsten gelingt es, aus ihrer Begabung auch etwas zu machen. Und noch viel seltener gehen zwei Genies miteinander eine dauerhafte Beziehung ein, unterstützen und beeinflussen sich gegenseitig.

SISLEY RYLAND-BANCROFT, DER DUNKLE TURM: EINE ZEITGEMÄSSE ANNÄHERUNG AN ELIZABETH BARRETT UND ROBERT BROWNING

Florenz, Mai 1854

Florenz. Die Stadt der Träume und Hoffnungen.

Endlich wieder in Florenz, zu Hause in der Casa Guidi. Endlich wieder ein Sommer in Sicht, nach dem Winter in Rom, der kein Ende nehmen wollte.

Dass alle Wege nach Rom führten, war ein Mythos; sieben Jahre hatten sie gebraucht, um den Weg dorthin zu finden.

In diese Stadt, in der sie wenig Ewigkeit gefunden hatten und die ihnen auch nach Monaten nicht wie das

Haupt der Welt erscheinen wollte, trotz ihrer Größe, der grandiosen Bauten und Brunnen, auf den Spuren der glorreichen Antike. Vor allem Elizabeth hatte unter dem Lärm und der Ruppigkeit der Metropole gelitten, die so wenig Ähnlichkeit mit ihrem geliebten, verspielten und beschwingten Florenz hatte.

Eine Zeit, die gleich zu Beginn überschattet war vom Tod des kleinen Joe Story, des Sohns von Bekannten und Pens Spielkameraden, bald nach ihrer Ankunft. Ein Schock, von dem sich vor allem Elizabeth nur schwer erholt hatte; wie ein schlechtes Omen für alles, was noch kommen sollte. Ein altes Schreckgespenst, das sie erneut heimsuchte.

Ein erzwungenes Exil war Rom gewesen; immerhin warm genug, dass Elizabeth sich auskurieren konnte und zu Kräften kam, im Januar sogar wieder ausging.

Froh waren sie jetzt, zurück in den vertrauten vier Wänden zu sein, in der gewohnten Umgebung. Im gleichmäßigen Tagesablauf des so glücklichen, so produktiven Winters ein Jahr zuvor.

Aufstehen um sieben, Frühstück um neun, und während Wilson Pen nach draußen in die Sonne mitnahm, arbeiteten sie, *in den hellen Bändern des Morgens*; Robert am Schreibtisch des kleinen Wohnzimmers, Elizabeth im Sessel des großen Salons, die Türen des Speisezimmers dazwischen fest verschlossen, bis zum Mittagessen um drei Uhr.

Nichts, das neben Ruhe und Zurückgezogenheit dem Dichten förderlicher gewesen wäre als eine strikte Routine, davon waren sie beide überzeugt.

Ein neues Kapitel ihres schreibenden Lebens wollten sie hier aufschlagen, in Florenz, der Schönen, der Dichterstadt.

Im Salon sah Elizabeth von ihrer Näharbeit auf.

Flush, der Spaniel, der Elizabeth schon länger durch ihr Leben begleitete als Robert, drückte seine goldbraune, inzwischen weiß gestromerte Schnauze in ihren Schoß. Dass er in Londoner Zeiten zweimal von Hundefängern gegen Lösegeld entführt worden war, gehörte ebenso zur Familienlegende der Barrett Brownings wie Pens unsanfter Umgang mit Flushs breitem Schwanz, den schlanken Pfoten und fransigen Ohren, von Elizabeth in zweien ihrer frühen Gedichte schwelgerisch beschrieben, als der Junge noch sehr klein gewesen war.

Ein kleines Lächeln zeichnete sich um Elizabeths herzförmigen Mund ab; in ihren Augen, dunkel wie Jettperlen, glitzerte eine Spur von Ironie.

»Deinem Blick nach zu urteilen, hast du dich noch immer nicht mit meinem neuen femininen Steckenpferd arrangiert.«

Robert schmunzelte. »Was immer dir Freude macht, Ba, mir soll es recht sein.«

Sein Seufzen, als er entdeckte, dass sie einen neuen Kittel für Pen mit Rüschen besetzte, unterdrückte er; sie konnte nicht aufhören, ihn wie ein Püppchen anzuziehen, dabei war er mit seinen fünf Jahren längst diesem Alter entwachsen.

Er beugte sich über das weinrote Sofa und küsste Elizabeth zärtlich auf die Wange, atmete für einen Augenblick den Duft ihrer schwarzen Locken ein, schwer und süß wie Maiglöckchen.

»Bis später.«

Ihre fragile Hand, in ihren Äderungen, der Knochigkeit das einzige Anzeichen, dass sie bereits Ende vierzig und nicht immer gesund gewesen war, strich genauso zärtlich über das Revers seines Jacketts.

»Lass dich inspirieren. Und denk daran, wir haben Gäste zum Tee!«

»Wünsch mir Glück«, sagte er, wie er es immer tat, wenn er das Haus verließ oder sich auch nur zum Schreiben in das Nebenzimmer zurückzog.

Sein Schmunzeln verlosch bereits an der Tür.

Sobald er auf die Piazza San Felice trat, verfiel er in seinen gewohnten Rhythmus, nicht zu langsam, nicht zu schnell, vor allem regelmäßig, im Einklang mit seinem Atem.

Spazierengehen lockerte die Gehirnmuskeln, verkrampft vom Brüten und Grübeln über dem nächsten Wort, nächsten Satz, nächsten Reim. Umherwandern befreite den Geist, ließ die Seele schweifen und rief die Inspiration herbei.

Seine Wege durch die Stadt folgten keiner bestimmten Richtung, suchten nicht nach einem Ort. Ein Ziel hatten sie gleichwohl: Ein Bild vor dem inneren Auge erstehen zu lassen, einen Ausdruck auf der Zunge zu spüren, auf die er am Schreibtisch vergeblich gewartet hatte.

Jeder weiß, wie endlos eine Stunde sich ausdehnen kann. Ein Blatt Papier vor sich, eine Idee in sich, die in Worte gefasst werden will, ist eine Stunde jedoch oft nicht mehr als ein Wimpernschlag. Noch viel weniger sind es zwei Stunden, drei, vier, mehr.

Die Uhr wird zum Feind, wenn die Inspiration auf sich warten lässt.

Ein Gedicht pro Tag war sein Ziel gewesen, letztes Jahr in Florenz, den Winter über in Rom. Mit *Love Among the Ruins* hatte er dieses Versprechen gehalten, mit *Women and Roses* und *Childe Roland* und dessen dunklem Turm.

Danach war der Strom an Worten dünner geworden und ausgetröpfelt.

Er wusste, Elizabeth arbeitete genauso hart wie er, und dennoch schien ihr das Schreiben so viel leichter zu fallen. Während er mit den Worten, den Sätzen rang wie mit einem hundertarmigen Seeungeheuer, das sich nicht bändigen und noch weniger zähmen ließ. Manchmal waren Sätze wie dürres Holz, das ihm unter den Händen zerfaserte und splitterte, dann wieder wie Sand, der davonrieselte, bevor er ihm eine Form geben konnte.

Morgen wird ein besserer Tag, sagte er sich selbst, im Takt seiner Schritte, die ihn durch Florenz führten. Morgen schreibst du dein nächstes Gedicht. Wenigstens zur Hälfte.

Wenigstens den Anfang, die erste Zeile.

5

Montag, 25. September

Der Worcester Place, eine ruhige Seitenstraße nur ein paar Ecken vom ehrwürdigen Ashmolean Museum entfernt, ist leicht zu finden.

Obwohl sie auf diesen Moment gewartet hat, seit Professor Ryland-Bancroft am Donnerstag im Café ihre Nummer in sein Notizbuch geschrieben hat, verharrt Gemma unschlüssig vor der Ziegelsteinfassade des Doppelhauses. Als er heute Morgen anrief, hat sie zugestimmt, sich am Nachmittag hier zu treffen, dankbar, dass er sich um ihr Anliegen gekümmert hat, und in automatischer Höflichkeit.

Erst danach waren ihr Bedenken gekommen, ein Gefühl des Unstimmigen, Unzeitigen.

Im Fenster des Nachbarhauses bewegt sich eine Gardine, und Gemma gibt sich einen Ruck.

Ryland-Bancroft öffnet ihr in einem geblümten Hemd und einer Strickjacke, die wie von einem beleibten Großvater geerbt aussieht.

»Miss Cabot. Schön, dass Sie es einrichten konnten.«

»Danke, dass Sie sich die Zeit nehmen.«

»Nicht der Rede wert. Ich hoffe, es ist wirklich in Ordnung für Sie, dass ich Sie hierhergebeten habe. Hier haben wir mehr Ruhe als in einem Café oder Restaurant. Ich arbeite ohnehin am liebsten zu Hause. In meinem Büro klingelt oft das Telefon, und obwohl gerade keine Vorlesungen sind, kommen manchmal Studenten unangemeldet vorbei. Die bemerken immer schnell, dass ich schlecht Nein sagen kann.«

Herzlich wirkt er, und doch breitet sich im Flur ein Augenblick befangener Stille aus.

Wie er am Saum der Strickjacke zupft, sich dabei tiefer in dieses Ungetüm zurückzieht, erinnert Gemma an einen Einsiedlerkrebs. Sie ahnt, dass dies hier genauso sein schützendes Schneckenhaus ist, wie es ihr Apartment im Village immer war; umso mehr kommt sie sich wie ein Eindringling vor.

»Möchten Sie mir vielleicht Ihren Mantel geben?«, fragt er unvermittelt, eine leichte Röte im Gesicht und mit einer jähen Handbewegung, als wäre es ihm eben erst nach angestrengtem Nachdenken eingefallen.

Während Gemma aus dem Mantel schlüpft, lenkt ein Gemälde über der Kommode ihre Aufmerksamkeit auf sich: eine Flusslandschaft in dicken Pinselstrichen, die Pastelltöne wie verwaschen. Gemma fühlt sich an Bilder erinnert, die sie im Metropolitan Museum oft gesehen hat.

»Tatsächlich ein Sisley. Ein Familienerbstück, das meine Mutter mir geschenkt hat, sie hat eine Schwäche für Impressionisten. Ich interpretiere es als Entschuldigung dafür, dass sie mich nach einem ihrer Lieblingsmaler benannt hat. Obwohl es sicher der Charakterbildung dient, als Junge die ganze Schulzeit über Sissy gerufen zu werden.«

Sein Grübchenlächeln wirkt ansteckend auf Gemma.

»Es hätte schlimmer kommen können. Mein Bruder hat einen Pissarro über dem Kaminsims und grollt unserer Mutter bis heute. Ich bin jedoch überzeugt, dass er ohne die Erfahrungen, die ihm dieser Name beschert hat, nicht ein solch knallharter Anwalt geworden wäre. Brontë, das vergötterte Nesthäkchen, hat ihre Brüder dann gerächt.«

Er deutet auf ein gerahmtes Foto an der Wand: eine engelhafte junge Frau, zerbrechlich wie eine Balletttänzerin, Lebenslust und einen unbeugsamen Willen in den bernsteinhellen Augen.

»Keiner in der Familie hat je ein Talent für Technik gezeigt. Auf der Seite meiner Mutter sind alle musisch begabt, die Ryland-Bancrofts seit Generationen Psychologen, Philosophen, Geisteswissenschaftler, Juristen – das bringt der Name mit sich. Bei jedem Familientreffen muss Brontë sich anhören, dass sie allein aus Trotz im Silicon Valley Software designt. Obwohl alle dankbar sind, dass sie sich per Standleitung um die gesamte familiäre Computerausstattung und unsere Handys der neuesten Generation kümmert.«

Gemmas Blick wandert über die Ansammlung von Familienfotos.

Die Mutter von klassischer Schönheit, über die Zeit gereift, der Vater auf der schroffen Seite guten Aussehens und zunehmend ergraut. Die drei Kinder in verschiedenen Lebensphasen, ab und zu ergänzt um einen Hund, eine Katze. Die Kleidung, die Räumlichkeiten und das

Haus, die manchmal unscharf im Hintergrund auszumachen sind, skizzieren eine Familie zwischen altem Geld und Freigeistigkeit.

Verbunden nicht nur durch die aristokratisch klaren Linien ihrer Gesichter, die vor Intelligenz sprühenden Augen; Gemma kann den liebevoll-ironischen Tonfall zwischen ihnen hören, wie er auch in den Bemerkungen des Professors mitschwingt.

»Ich kann mir nicht vorstellen, ohne auch nur einen von ihnen groß geworden zu sein«, sagt er leise. »Geschweige denn ohne sie alle. Ich hätte mich vollkommen verloren gefühlt.«

Gemma denkt an ihre eigenen Familienfotos.

Viel zu wenige sind es. Zu kurz war die Zeit, die sie zusammen hatten. Es gibt keine Fotos, auf denen im direkten Vergleich zu sehen ist, dass Gemmas Kindergesicht deshalb rund geblieben ist, weil sie die weichen Züge ihrer Mutter geerbt hat, und dazu die schmal zulaufenden grünen Augen. Keines, in dessen Rahmen festgehalten ist, dass Gemmas blondes Kinderhaar bald schon das dunkle, rötliche Braun der Locken ihres Vaters annahm und dass sie ihren großen Mund von ihm hat.

Es gibt fast ausschließlich Fotos aus dem Davor, ohne Gemma, und aus dem Danach, von Gemma; zwei Generationen, zwei Leben, vor der Zeit auseinandergerissen.

Kein Foto wird je zeigen, wie Sylvia mit vierzig, mit fünfzig ausgesehen hätte, Clifford mit sechzig.

»So ist es auch. Immer noch.«

Den Kopf gegen den Türrahmen gelehnt, erwidert Ryland-Bancroft ihren Blick, ruhig und auf wohltuende

Art mitfühlend. Als ob er geduldig wartet, bis der Nachhall von Gemmas Worten irgendwo in den Ritzen des Flurs versickert ist.

»Möchten Sie eine Tasse Tee?«

Auf handgestrickten Socken geht er voraus; hastig löst Gemma die Schnürsenkel ihrer Sneakers und lässt sie im Flur stehen.

»Sie meinten am Telefon, Ihr Kollege hat das Vorbild für dieses Schmuckstück identifiziert?«

Gemma reibt verstohlen über ihre Jeans; ihre Handflächen sind feucht vor Aufregung, und allmählich lockert sich die Anspannung, die sie mit hierhergebracht hat.

Es ist der Raum, der diese Wirkung auf sie hat, mit seinen warmen Farben, seinem sanften Licht. Der Blick durch die Sprossentür in ein Gärtchen auf der idyllischen Seite der Wildheit; vor allem der vertraute süß-staubige Geruch der vielen Bücher.

»Vereinfacht gesagt.«

Ryland-Bancroft lässt sich auf das dunkelrote Sofa fallen, verschränkt seine langen Beine zum Schneidersitz und hebt einen Laptop auf die Knie.

»Tatsächlich war es so, dass das Stück Dr. Davenport zwar bekannt vorkam, er es aber nicht identifizieren konnte. Er hat per E-Mail zwei weitere Kollegen zu Rate gezogen. Ich hoffe, das war in Ihrem Sinne. Setzen Sie sich doch. Dr. Hohenfels hat einen Link mitgeschickt. Hier.«

Er dreht den Laptop zu ihr um.

Da ist es. Das Schmuckstück, wie es in ziseliertem Gold und Perlenglanz vom Ohr einer Frau baumelt. Ihr längliches Gesicht wirkt weich, leuchtet wie von der Sonne getönt, die Augen darin dunkle Brunnen.

Gemmas Blick gerät in den Strudel aus Grüntönen, verliert sich dann in der Weite der Landschaft hinter dem Fenster.

Ist das eine Prinzessin, Daddy?

Es ist auf jeden Fall eine Dame von edlem Geblüt.

Erzählst du mir ihre Geschichte?

Später, Kätzchen. Erst einmal muss ich ihre Geschichte finden.

Das Ticken der Standuhr verbindet sich mit Gemmas Pulsschlag, erscheint ihr mal flach und stolpernd, dann wieder dumpf und in die Länge gezogen.

»Kennen Sie dieses Bild?«

»Ich bin nicht sicher«, murmelt Gemma mit trockenem Mund. »Da waren viele solcher Porträts in den Büchern meines Vaters. In seinen Unterlagen.«

»Ich drucke es Ihnen aus, ja?«

Irgendwo im Raum beginnt das Gerät zu summen. Ryland-Bancroft stellt den Laptop auf dem Couchtisch ab und springt auf.

Gemma ist dankbar, dass er ihr ein paar Minuten allein mit dem Bild gibt; dankbar für die Tasse Tee, an der sie ihre Hände wärmen kann, ihr ist plötzlich kalt.

Farbig bedruckte Seiten breiten sich um den Laptop auf dem Tisch aus. Dazwischen verstreut sind Textseiten und handschriftliche Notizen: das Ergebnis der Recherchen zu der verworrenen und widersprüchlichen Geschichte des Bildes, das in Frankfurt am Main hängt.

Während sie mit untergeschlagenen Beinen auf dem Sofa sitzen, zerlegen Gemma und Ryland Bancroft das Gemälde in seine Elemente.

»Das ergibt doch keinen Sinn.« Gemma wundert sich über die Daten auf der Museumswebsite. »Bildnis einer Dame, um 1675 bis 1680. Und gleich darüber der Maler: Pieter de Kempeneer, geboren in Brüssel um 1503, gestorben in Brüssel um 1580. Zwei verschiedene Jahrhunderte.«

Zu viele Missing Links sind es, die sich nach und nach auftun, oder sie beide sind zu blind, um sie zu finden.

Die unklare oder strittige Herkunft eines Objekts ist nichts Neues für Gemma, damit hat sie sich oft genug beim Katalogisieren von historischen Karten oder Atlanten auseinandergesetzt. Hier findet sie es frustrierend, vielleicht, weil es sie persönlich betrifft; eine Frustration, die ihr Jagdfieber jedoch nur noch mehr anfeuert.

»Kempeneer ist nur einer der zahlreichen Maler, denen es im Lauf der Zeit zugeschrieben wurde. Hier habe ich auch zwei verschiedene Angaben, wann diese Dame in Grün das erste Mal im Verzeichnis des Museums auftaucht.«

»Wenn wir den Maler kennen würden, könnten wir herausfinden, wer sie ist. Oder umgekehrt: Wenn wir sie identifizieren können, wüssten wir vielleicht auch, wer sie porträtiert hat.«

Wie ineinandergreifende Zahnräder sind die Gedanken, die jeder von ihnen dabei verfolgt, die Fakten, die sie sich gegenseitig zuspielen.

Ryland-Bancroft blättert in seinen Notizen, greift nach einer der ausgedruckten E-Mails.

»Dr. Hohenfels schreibt, dass sich die Experten uneins sind, ob der Maler flämischer oder italienischer Herkunft ist. Angesichts der Tatsache, dass Ihr Vater in Italien recherchiert hat und Brownings *Duchess* ebenfalls in Italien spielt, schließe ich die Flamen schon einmal aus.«

»Ein gewagter Schluss, Herr Professor«, wirft Gemma ein, fast übermütig im Rausch der Spurensuche. »So ohne jeglichen kunsthistorischen Beleg, der diesen stützen könnte.«

»Ich weiß.« Ryland-Bancroft schmunzelt. »Aber der einzig logische, angesichts der Hypothese, die wir untersuchen. Hier habe ich außerdem die Angabe, es könnte sich um eine Dame aus dem Hause Medici handeln. Hat Ihr Vater vielleicht in Florenz über die Medici gearbeitet?«

Kurz nach den ersten E-Mails von bernstein@yahoo.com hat Gemma das Vassar College angeschrieben, ob dort noch Papiere ihres Vaters lagern. Doch alle Unterlagen waren an Grandma geschickt worden, mittlerweile in Gemmas Besitz und wie die Publikationen ihres Vaters mehr als einmal gelesen. Und nichts davon enthält einen Hinweis, was seine Arbeit mit diesem Gemälde oder Robert Browning in Verbindung brächte.

»Möglich. Die italienische Renaissance war sein Spezialgebiet. Aber genauso gut hätte er vor Ort über die Pazzi oder die Borgia arbeiten können.«

»Nicht, wenn wir wiederum die *Duchess* in ihrer etablierten Lesart ins Spiel bringen. Dann müssen es die Medici sein. Und die Este.«

Kann diese Dame in Grün mit den kunstvollen Ohrgehängen tatsächlich Lucrezia de' Medici sein, Brownings *Last Duchess*?

Gemmas Finger fliegen über die Tastatur des Laptops, zaubern auf dem Bildschirm das bekannteste Porträt Lucrezias hervor, gemalt von Agnolo Bronzino, zumindest in seiner Werkstatt.

Kaum durch die weiße Stickerei aufgehellt, verschmilzt die steife schwarze Robe mit dem finsteren Hintergrund. Die roten Steine am Gürtel, der Haarschmuck, das Medaillon in ihrer Hand erinnern an Blutstropfen. Aus Porzellan oder Marmor scheint das Gesicht zu sein, kalt und glatt in seiner Blässe. Vorwurfsvoll scheint sie den Blick des Betrachters zu erwidern, vielleicht auch ängstlich; die Augenpartie wirkt angeschwollen wie bei einer schweren Krankheit, vielleicht auch von vielen Tränen.

Ein gespenstisches Porträt für ein junges Mädchen, selbst im Spannungsfeld zwischen Prunk und Grausamkeit der Renaissance.

Kränklich und von schauriger Düsternis die eine, lebensstrotzend, sinnlich und farbenfroh die andere: zwei Frauen, so verschieden wie Tag und Nacht.

Und doch …

»Eine gewisse Ähnlichkeit ist vorhanden«, meint auch Ryland-Bancroft hinter Gemmas Schulter; frisch und würzig riecht er, wie gerade aufgebrühter Tee mit Zitrone. »Die Konturen des Gesichts. Der Schnitt der Augen. Der Mund und die Form der Hände.«

Das Ticken der Standuhr, eben noch so gemütlich, scheint Anlauf zu nehmen, dann zu zögern.

»Es ist zu einfach«, fügt er nach einer kleinen Pause hinzu, wie enttäuscht.

»Genau«, murmelt Gemma. »Darauf hätte man schon

längst kommen können. Vor allem kann ich mir nicht erklären, wofür mein Vater dann ein Jahr in Italien verbringen wollte. Um nachzuweisen, dass Bronzino die Dame in Grün gemalt hat? Dass sie Lucrezia de' Medici ist? Der Herzog tatsächlich seine Herzogin ermorden ließ?«

»Nun …«

Ryland-Bancroft lässt sich im Sofa zurückfallen; selbstvergessen wippt sein angezogenes Bein im Takt seiner Gedanken.

»Es wäre sicher nett, zu wissen, wer Ihre Dame in Grün gemalt hat. Obwohl vermutlich keine kunsthistorische Sensation. Sie ist keine Mona Lisa, deren Identität Forscher seit Jahrzehnten beschäftigt. Und Bronzino ist weder ein da Vinci noch ein Caravaggio. Auch sonst ist unter den zugeschriebenen Namen keiner, der außerhalb gewisser Kreise große Wellen schlagen würde. Andererseits gibt es wohl kein noch so geringes Detail, auf das sich ein Wissenschaftler nicht gierig stürzen würde, gleich, in welcher Disziplin, welcher Thematik. Das ist das täglich Brot eines jeden Forschers. *Publish or perish* – veröffentliche möglichst viele Bücher und Aufsätze, oder du gehst sang- und klanglos in der Masse unter. Vor diesem Hintergrund halte ich es durchaus für denkbar, dass Ihr Vater tatsächlich eine Spur zu den historischen Fakten hinter der Legende von Lucrezia und Alfonso verfolgt hat.«

»Aber?«

Ryland-Bancrofts Blick verliert sich in der Ferne, während er mit den Fingerknöcheln am Kinn entlangreibt.

»Mir lässt die Frage nach der Wahrscheinlichkeit keine Ruhe. Ihr Vater hat Mitte der Achtzigerjahre offenbar

Hinweise zum historischen Hintergrund entdeckt, die ihn nach Italien geführt haben. Wenn wir jetzt alle Geschichtswissenschaftler und alle Kunsthistoriker, die sich mit der italienischen Renaissance befassen, bündeln und dagegenstellen – ist es nicht merkwürdig, dass bis heute offenbar kein Einziger ebenfalls dieser Spur nachgegangen ist und etwas darüber geschrieben hat? Als ob Ihr Vater eines Luftschlosses wegen zu dieser Forschungsreise aufgebrochen ist. Nicht ausgeschlossen, ja, aber wohl auch nicht gerade wahrscheinlich.«

Gemma denkt an die Bücher, die Papierstöße, über denen ihr Vater saß, wenn sie an der Hand ihrer Mutter in das Kämmerchen neben der Küche tapste, um gute Nacht zu sagen; solche Momente sind ihr im Gedächtnis geblieben.

»Alle seine Unterlagen sind in jener Nacht verbrannt.«

»Und trotzdem schickt Ihnen dreißig Jahre später ein unbekannter Absender Post, die die Lücken im Bild zwar nicht ausfüllt, aber nichtsdestoweniger dazu passt. Das können wir natürlich als bloße Spinnerei abtun, aber daran glaube ich nicht, dafür passt es einfach zu gut. Was immer die Beweggründe dieses großen Unbekannten sind – er hat einen guten Grund für dieses Rätsel. Und sicher auch dafür, unerkannt zu bleiben.«

Kühl rieselt es Gemmas Rückgrat hinunter, unter dem Rollkragenpullover kräuselt sich die Haut ihrer Unterarme.

»Was glauben Sie?«

»Ich weiß es nicht. Es ist nur …«

Ryland-Bancroft schüttelt den Kopf; Ratlosigkeit hat

sich auf sein Gesicht gelegt, am Übergang zur Verträumtheit.

»Browning. Warum ausgerechnet Browning?«

Er springt so jäh vom Sofa auf, dass Gemma zusammenzuckt.

»Es gibt einen Aufsatz von 1969, der als Inspiration für Brownings *Duchess* ein ganz bestimmtes Porträt ausgemacht haben will. Eines in der Dulwich Collection, die Browning von klein auf häufig besucht hat.« Zielsicher zieht Ryland-Bancroft einen schmalen Bildband aus dem Bücherregal.

Gemma nimmt ihn aufgeschlagen entgegen und betrachtet das blasse, geradezu fade junge Mädchen, das sich in Grau und Schwarz aus der Finsternis schält, auf ähnliche Weise wie Bronzinos Lucrezia. Die einzigen Farbtupfer sind ihre aufgeworfenen Lippen und eine winzige Blüte in ihrem streng zurückgekämmten Haar.

»Sie sieht Lucrezia kein bisschen ähnlich.«

»Nicht nur das – es ist auch definitiv wesentlich später entstanden. Kein Grund, weshalb Browning nicht trotzdem davon inspiriert sein konnte. Allerdings …«

Ryland-Bancroft löst sich von dem Regal, an das er sich angelehnt hat, und streckt die Hände aus wie die Schalen einer Waage.

»Hier haben wir das Schmuckstück, das uns zu der Dame in Grün geführt hat, die vielleicht Lucrezia de' Medici ist, vielleicht auch nicht. Und hier Brownings *Duchess*, die nach der etablierten Forschung auf der Legende der Ermordung Lucrezias durch Alfonso basiert. Sowie die Frage, wo und wie Browning sich dazu inspirieren ließ.«

Seine Hände nähern sich einander an, stoßen locker zusammen.

»Der gemeinsame Nenner sind Lucrezia und Alfonso. Ansonsten lassen sich diese beiden Fragen nicht verknüpfen. Höchstens dadurch, dass Browning möglicherweise die Dame in Grün gekannt hat. Was vielleicht die einzige Verbindung ist, vielleicht aber auch nicht.«

Die Hände entfernen sich wieder voneinander, umfassen einen gedachten Raum.

»Meine Hypothese an diesem Punkt ist, dass mehr dahintersteckt. Etwas, das tiefer geht. Das größer ist als das, was wir gerade erkennen können. Eine Geschichte, die Gemälde und Gedicht miteinander verbindet. Deshalb auch das Jahr, das Ihr Vater in Italien verbringen wollte. Die rätselhafte Post, die Sie erhalten haben.«

Ein Gedanke steht plötzlich im Raum, schwergewichtig wie ein Elefant, mitten im Zimmer. So unwirklich, dass sie ihn bisher immer ignoriert hat; jetzt ist er nicht mehr zu übersehen.

Wäre etwas davon groß genug, wichtig genug gewesen, um ein tödliches Feuer heraufzubeschwören?

Gemma legt den Bildband zur Seite und zieht die Knie an die Brust, umschlingt sie fest; sie wünscht sich, all das hier wäre nur ein Zeitvertreib. Eine fantasievolle Schnitzeljagd rund um ein Hirngespinst.

Nichts, das real ist, mit klebrigen Fingern in Gemmas Leben wühlt.

»Dr. Hohenfels hat die Telefonnummer und die E-Mail-Adresse des Kurators in Frankfurt mitgeschickt. Vielleicht weiß er mehr über die Geschichte der Dame in Grün?«

»Vielleicht«, flüstert Gemma.

So viele Vielleichts, und nichts davon konkret, nichts greifbar.

Gemmas Blick fällt auf das Porträt in Grün, dutzendfach verteilt auf dem Tisch wie in einem Kaleidoskop: komplett und in unterschiedlichen Ausschnitten, jedes Detail bis zum Maximum vergrößert, damit ihnen keines davon entgeht.

Trotzdem hält das Verlangen sie gepackt, dieses Gemälde mit eigenen Augen zu sehen. Als ob die unbekannte Dame ihre Geheimnisse Gemma nur von Angesicht zu Angesicht anvertrauen wird.

Jenseits der Fenster ist es längst dunkel geworden, als Gemma schließlich im Lampenlicht des Flurs in ihre Sneakers schlüpft, ihren Mantel anzieht.

»Danke für das Abendessen.«

Satt in Leib und Seele ist Gemma nach dem asiatischen Gericht, das Sisley für sie beide gekocht hat. Nach den Gesprächen über ihrer beider Schulzeit und Studienjahre diesseits und jenseits des Atlantiks, über Bücher und Bibliotheken und die Schönheit historischer Karten.

Seit diesem Abend kann Gemma die Reaktionen von Sisleys Studenten nachvollziehen. Auf eine elfisch feingliedrige Art gut aussehend, versprüht er jungenhaften Charme, von einer tiefen Ernsthaftigkeit im Gleichgewicht gehalten. Seine Aura des Genies hat etwas wohltuend Unperfektes, Nahbares; sie hätte am College gern einen Professor wie ihn gehabt, vielleicht auch heimlich für ihn geschwärmt.

»Es war mir ein Vergnügen. Wo sind Sie untergebracht?«

»Im Vanbrugh House. St. Michael's Street.«

»Ich bringe Sie hin.«

Sisley greift sich einen dunklen Mantel vom Kleiderständer, wickelt mit einer Hand den orangefarbenen Schal um seinen Hals und greift mit der anderen nach einem Paar ausgetretener Turnschuhe.

»Es macht wirklich keine Umstände«, erklärt er, während sie die Stufen hinabgehen und durch die abendlich erleuchteten Straßen. »Ich schlafe nicht viel und wandere nachts oft durch die Stadt. Das hilft mir, mich zu sortieren.«

Er muss ihren Blick im Schein der Straßenlaternen aufgefangen haben.

»Zu viel Hirnaktivität. Haben mir zumindest die Ärzte früher bescheinigt. Dass ich als Fünfjähriger regelmäßig meine Eltern mitten in der Nacht aufweckte, um solche Dinge wie das Konzept der Unendlichkeit auszudiskutieren, damit kamen sie noch zurecht. Oder damit, dass ich das Essen auf meinem Teller nach Größe und Farben sortierte. Aber dass ich abends einfach nie müde wurde, kaum Interesse daran hatte, mit anderen Kindern zu spielen, und ohne eine strikte Routine überreizt und nervös reagierte – das war ihnen dann doch nicht geheuer. Also ist meine Mutter mit mir erst zu einem befreundeten Psychologen, dann zu einem Neurologen gegangen. Beide konnten außer einem monströsen IQ nichts Ungewöhnliches feststellen, und manches hat sich dann auch verwachsen. Ein paar meiner sonderbaren Angewohnheiten habe ich allerdings noch. Ich war ehrlich erleichtert, dass Sie Asiatisch mögen. Das gibt es montags immer bei mir, niemals etwas anderes. Sonst fühlt sich gleich alles schief an, wie aus dem Takt geraten. Hätten Sie lieber Pasta gehabt, hätte ich Sie auf morgen vertrösten müssen.«

Gemma nickt; sie versteht diese Art von Ritualen. Die existentielle Bedeutung festgelegter Abläufe.

»Wenn meine Großmutter Besuch bekam, habe ich mich immer versteckt. Meistens irgendwo in den Schränken. Nicht vor den Leuten an sich, sondern vor der Unruhe, die sie in unser Zuhause mitbrachten. Das war jedes Mal, als ob die Achse meiner Welt ins Trudeln geriet.«

»Ja, das kenne ich. Das habe ich auch oft gemacht. Ich wollte nie jemandem die Hand geben, das mache ich heute noch nicht gern. Nicht, weil ich Angst vor Keimen oder etwas in der Art hätte. Ich brauche nur viel Zeit und ein gewisses Maß an gewachsener Vertrautheit, bis ich jemanden so nah an mich heranlassen kann.«

Wie herber Honig fließen Stimmen und Musik aus einem Pub. In der Scheibe, die sie vom schummrigen Inneren trennt, von den feierfreudigen und lachenden Menschen, tauschen ihre transparenten Spiegelbilder ein Lächeln: Zwei Außenseiter, die sich miteinander wohlfühlen, in genauso gelöster Stimmung wie die Besucher des Pubs, nur auf eine stillere Weise.

Als die Tür aufspringt, ein Pulk junger Leute kichernd und johlend hervorbricht, gehen sie weiter durch die Nacht, die noch spätsommerlich mild ist, aber bereits die Kühle des Herbstes ahnen lässt.

»Wie lange werden Sie in Oxford bleiben?«

»Ich weiß es nicht.«

Kehrt sie jetzt nach New York zurück, wird sie mehr Fragen als Antworten mit nach Hause bringen.

»Ich denke, Sie sollten nach Frankfurt fliegen, falls Sie können. Wenn auch nur für einen Tag oder zwei. Neben aller Logik hat auch die Intuition ihre Berechtigung.«

Bang denkt Gemma an ihr verwaistes Apartment, das ihr aus der Ferne so ungeschützt vorkommt. Obwohl sie Clyde aus dem Stockwerk über ihr, der seit acht Jahren an der nächsten Great American Novel schreibt, einen Schlüssel anvertraut und das Versprechen abgenommen hat, regelmäßig danach zu sehen.

Die Angst, die Bücher und Unterlagen ihres Vaters, die Fotos und Briefe von ihren Eltern und Grandma könnten ein Raub der Flammen oder von einem Wasserschaden geflutet werden, hat sie den ganzen Flug über gequält. Gewissenhaft, wie sie ist, hat sie alle Schriftstücke, alle Bilder eingescannt und in ihre Cloud hochgeladen. Doch in ihrer digitalen Gestalt, irgendwo in einer elektronischen Wolke schwebend, kommen sie ihr noch flüchtiger, noch verwundbarer vor als die physischen Objekte.

Hier in Oxford hat sie kaum daran gedacht; erst seit ihr dieser Abstecher nach Deutschland im Kopf herumgeht, zittert die Angst wieder durch sie hindurch.

Wie zur Strafe, dass sie ebenso leichtfertig wie selbstsüchtig von ihrem geplanten Weg abweicht.

Am Kirchturm, das Schild des Hotels mit den darunter geparkten Fahrrädern schon in Sichtweite, durchbricht Sisley ihr Schweigen.

»Hören Sie, Gemma … Ich weise im zwischenmenschlichen Bereich einige Defizite auf, das weiß ich. Ich muss mir solche Spielregeln antrainieren und trete dann zuverlässig doch wieder in einen Fettnapf. Deshalb verzeihen Sie, falls ich mich Ihnen aufdränge. Aber allein die Möglichkeit einer Verbindung zwischen Brownings *Duchess* und der Dame in Grün …«

Er vergräbt die Hände tief in den Hosentaschen, zieht die Schultern hoch.

»Würde es Ihnen etwas ausmachen, wenn ich Sie nach Frankfurt begleite?«

II

Setzt Euch, seht sie an, so es Euch beliebt? Ich sagte
»Fra Pandolf« mit Bedacht, denn nie lasen
Fremde wie Ihr in diesem gemalten Antlitz,
in der Tiefe und Leidenschaft des ernsten Blicks,
ohne sich zu mir zu wenden (da niemand sonst
den Vorhang beiseitezieht, außer mir),
als wollten sie fragen, sollten sie je es wagen,
wie ein solcher Blick zustande kam; so seid ihr nicht
der Erste, sich so umzuwenden, so zu fragen.

»Fühlt Ihr Euch nicht wohl, *Serenissima*?«

Es ist nicht Sandros Verschulden, dass ich bei seiner Frage, harmlos und sicher wohlgemeint, sogleich auf der Hut war. Jedes Wort auf die Goldwaage zu legen, die anderer ebenso wie die eigenen, das hatte ich in diesem einen Jahr am Hof von Ferrara gelernt.

»Seid Ihr gut untergebracht?«, entgegnete ich meiner Rolle gemäß. Herzoglich wollte ich klingen, ich fürchte jedoch, es klang nur nach kindischem Hochmut.

Seine Olivaugen weiteten sich erstaunt, bevor es in ihnen aufglomm.

»Ausgezeichnet, *Serenissima.* Habt vielen Dank für die behagliche Kammer und die vorzüglichen Mahlzeiten.«

Ich gab meinem Nicken etwas Hoheitsvolles, obwohl ich nichts dazu beigetragen hatte. Meine Pflichten als Herzogin sind anderer Natur.

»Verzeiht, *Serenissima,* ich wollte Euch mit meiner Frage nicht zu nahe treten. Es ist lange her, dass ich Euch zuletzt gesehen habe. Aber ich kenne Euch von den Porträts, die mein Meister malte, und ich kam nicht umhin, Euch sehr verändert vorzufinden.«

Meine Wangen brannten vor Scham, ich mied seinen Blick.

Man hat mir oft gesagt, ich sähe meiner Mutter ähnlich, was der Wahrheit entspricht und doch nicht zutrifft. Zwar habe ich ihre haselnussdunklen Augen, das schwere Haar mit dem Mahagoniglanz und ihr ovales Gesicht, meine Züge aber wiesen nie die Regelmäßigkeit der ihren auf. Diese Art von lieblicher Klarheit, die ihr etwas selbstverständlich Majestätisches gibt.

Isabella hat diese Schönheit geerbt, auf eine grazile, anmutige Art, dazu das spanische Temperament, eine Begabung für Musik und Mutters Klugheit und Charme. Maria indes bekam alles: die Farben und Züge und Eleganz unserer Mutter, einen Sinn für Schicklichkeit und Etikette und so viel Gelehrsamkeit, dass sie mit unseren Brüdern unterrichtet wurde und sie in allen Fächern überstrahlte.

Ich bin das Windei unter den Kindern. Ohne die hübsche Schale in Weiß, Creme oder Sandbraun, die das verletzliche Innere beschützt.

Wie Maria war ich rundlich, an der Schwelle zwischen Kind und Jungfrau. Doch während ihr Gesicht von sanftem Liebreiz war, die Augen, schimmernd zwischen hellem Blau und zartem Grau, ihm Frische verliehen, wirkte ich wie eine kindliche Matrone, streng und mit der Andeutung eines zweiten Kinns, die Lippen schmollend geschürzt.

Ein Schutzwall, so denke ich heute, gegen meine übermäßige Empfindsamkeit. Von *Messer* Bronzino auf dem zweiten Porträt eingefangen, das er von mir malte, nachdem die dicke Raupe sich versponnen hatte und aus ihrem Kokon geschlüpft war. Leider nicht als prächtiger Schmetterling, sondern als Nachtfalter in Schwarz und Weiß, feinnervig und fragil.

Ein Fortschritt, gewiss, aber weit von der atemberaubenden Schönheit entfernt, die meiner Ahnenlinie und Stellung gerecht geworden wäre. Und Schönheit ist doch alles, was eine Frau ausmacht in dieser Welt. Blutsbande, Mitgift und Tugendhaftigkeit sind nur zusätzliche Attribute. Allein übertroffen von der Fähigkeit, gesunde und starke Söhne zu gebären.

Wie grausam, ausgerechnet jetzt ein Porträt von mir in Auftrag zu geben, wo nicht einmal mehr das von mir übrig geblieben ist.

Pergamenten spannt sich die Haut über meine Knochen. Manchmal kann ich sie sogar rasseln hören, wenn ich mich mit müden Schritten durch die Korridore des Castello Estense schleppe. Anstatt ein neues Leben in mir zu tragen, scheint jeden Tag mehr Leben aus mir zu entweichen, während meine Seele sich mit Dunkelheit füllt.

Unter den forschenden Augen des Malers zog sich meine Brust zusammen. Ich versuchte, mir nichts anmerken zu lassen, tief und ruhig zu atmen, und musste dann doch klein beigeben. Den Mund in die Armbeuge gepresst, brach der Husten aus mir hervor.

Wie durch das Bellen eines Hundes aufgeschreckt, fuhr Jacopa grunzend aus ihrem Schlaf auf und blinzelte zu mir herüber. Fast ungehalten, als hätte ich sie mutwillig in ihrem Schlummer gestört.

»Es ist nichts weiter«, keuchte ich unter der Last auf meiner Brust. »Nur dieser lange Winter. Ich sehne mich nach nichts mehr als nach dem Frühling und seiner Wärme.«

Sandro schwieg, sah mich nur an mit seinen dunkel glänzenden Augen.

Vielleicht ist das so bei Malern, dass ihr Blick schärfer ist als bei anderen Menschen, sie mehr erfassen, mehr erkennen, wie Musiker über ein feiner gestimmtes Gehör verfügen.

Aber es war, als könnte er durch meine geröteten Augen hindurch bis in mich hineinsehen, bis zu den Sümpfen aus Traurigkeit und Angst hinunter.

6

Mittwoch, 27. September
Frankfurt am Main

Mainhattan.

Auf der Brücke über den Fluss kann Gemma ahnen, warum Frankfurt so genannt wird.

Die Wolkenkratzer, die sich am Wasser bündeln, könnten gut ein Segment von New York sein, aus der Skyline Manhattans herausgeschnitten und hierhin verpflanzt. Und auch hier hört sie aus allen Richtungen die Sirenen der Einsatzfahrzeuge, die jedoch anders klingen als zu Hause, melodischer und fast behäbig.

Eine kühle Stadt ist Frankfurt an diesem Tag unter wolkenverhangenem Himmel, grau und silbern und stahlblau. Nüchtern und zweckmäßig, auf das Wesentliche reduziert und deshalb oft rau ist diese Stadt; selbst kühnen architektonischen Entwürfen haftet etwas Bodenständiges an.

Grau ist auch die Farbe von Joachim Bellinghaus, dem Kurator des Museums, in seinem Anzug mit Weste, den Silbersprengseln in Haaren und Bart, den Augen hinter der Brillenfassung; ein neutrales Gegengewicht zu den

Farben, den Formen, mit denen er sich jeden Tag beschäftigt.

Umso lebhafter sind sein Blick, seine Mimik und Gestik, während er Gemma und Sisley durch den historischen Bau führt, dessen moderne Gestaltung durchdacht wirkt, der Kunst an den Wänden genug Raum lässt.

»Es ist tatsächlich äußerst selten, dass sich jemand nach unserer Dame in Grün erkundigt«, erklärt Dr. Bellinghaus in seinem wohlüberlegten, etwas schwerfälligen Englisch. »Höchstens, um die Frage des Urheberrechts zu klären, weil das Porträt für ein Buchcover verwendet werden soll. Aufgrund der Epoche, der Komposition und der Farbgebung ist es in dieser Hinsicht sehr beliebt.«

»Was schätzen Sie, wann es entstanden ist?«, fragt Gemma.

Dr. Bellinghaus lächelt. »Das ist eine gute und nur zu berechtigte Frage, Miss Cabot. Sehen Sie, die Kunstgeschichte ist keine exakte Wissenschaft wie die Chemie oder die Physik. Die Parameter, die wir untersuchen, sind von elastischer Natur. Die Kunstgeschichte ist eine Wissenschaft im Fluss, die immer auf der Suche bleibt. Nach neuen Erkenntnissen in der historischen Forschung. Nach neuen Techniken und Methoden, die uns weitere Hinweise geben.«

»Wie in der Literaturwissenschaft«, wirft Sisley gut gelaunt ein, die Hände in den Hosentaschen. »Ein Rätsel wird zur Antwort, eine Antwort zur Frage, eine immer geglaubte Wahrheit eine Lüge. Stets mit dem Risiko, dass Dokumente missdeutet oder falsch zugeschrieben werden. Weil man das sieht, was man sehen will. Dinge so kategorisiert, wie es dem eigenen Wunschdenken entspricht.«

Irritiert mustert der Kurator Sisley, der in seinem Cordsakko und dem zerknitterten weißen Hemd mit schmaler Krawatte aussieht wie der Prototyp eines jungen Poeten.

»Ganz so einfach machen wir es uns nicht«, erwidert Dr. Bellinghaus nachsichtig. »Wir nehmen zwar grundsätzlich eindeutige Fakten wie eine eventuell vorhandene Signatur oder eine historische Erwähnung mit in die Analyse auf. Trotzdem umfasst die Klärung der Identität eines Gemäldes weitaus mehr. Es gibt den künstlerischen Aspekt, der die Technik der Malerei untersucht, den Bildaufbau. Den historischen Aspekt, der die abgebildete Kleidung untersucht, die dargestellten Gegenstände und sie mit Mode und Zeitgeist einer bestimmten Epoche vergleicht. Schließlich den rein wissenschaftlichen Aspekt, der sich mit der Substanz des Untergrunds und der verwendeten Farben beschäftigt. Bitte hier entlang.«

Nicht viel mehr als ein Nebenzimmer abseits der Museumssäle ist der Raum, in den Dr. Bellinghaus sie begleitet; intim wirkt er, mit seinen dunkelroten Wänden, wie ein Boudoir.

Gemma muss nicht lange nach dem Gemälde suchen, das sie hierhergeführt hat: Seine leuchtende Aura lässt es größer erscheinen, als es tatsächlich ist. Der schwere Rahmen kann den wogenden Ozean in Grün kaum bändigen, und willig überlässt sich Gemma seinem Sog.

Lebendig ist sie, diese unbekannte Frau, in voller, sinnenhafter Blüte. Gemma kann sie beinahe atmen hören, den Pulsschlag unter ihrer Haut erkennen; jeden Moment könnte sie blinzeln, ihr Finger unwillkürlich zucken. Ständig scheint sich der Ausdruck auf ihrem Gesicht zu verändern: Mal ist sie stolz, mal verzagt und ängstlich; mal sehnsüchtig, mal resigniert, hoffnungsfroh oder von tiefer Traurigkeit. Ein kontinuierlicher Fluss menschlichen Bewusstseins, von Gedanken und Emotionen, eingefangen in einem einzigen Bild.

Trotzdem ist es kein Kunstwerk, vor dem sich die Massen drängen; niemand kennt seinen Schöpfer, niemand sein Modell. Ohne die Verknüpfung mit realen Personen, mit Namen und Ereignissen, Zeit und Ort ist ein Gemälde am Ende für den Betrachter doch nicht mehr als Farbe auf einem Untergrund. Erst die Geschichte dahinter oder auch nur eine Fantasie verleiht ihm seine Bedeutung.

Irgendwo in den Schatten des Gemäldes, in dem gedachten Raum, der zwischen der Leinwand und der Imagination des Betrachters entsteht, muss sie verborgen liegen – die Geschichte, die Gemma mit der Dame in Grün verbindet.

Mit übereinandergeschlagenen Beinen sitzt Sisley am Schreibtisch des Hotelzimmers und blättert durch die Notizen, die er sich im Museum gemacht hat. Um das Notizbuch verteilen sich die leeren Plastikverpackungen von Sandwiches, eine geöffnete Chipstüte und Schokoriegel, in dem winzigen türkischen Laden neben dem Hotel eingekauft, dessen Sortiment neben Zigaretten und Zeitschriften auch Rasierzeug und Prepaid-Karten für die halbe Welt umfasst.

Für ein Abendessen in einem Restaurant oder auch nur in einem Imbiss hat ihnen beiden die Geduld gefehlt. Die im Museum aufgehäuften Fakten, die angesammelten

Eindrücke verlangen nach Ruhe, die Flut an Assoziationen, an Fragen und Gedanken braucht Abgeschiedenheit.

Die Halle mit den Kronleuchtern und den Sprüngen im Marmor war von einer Gruppe Chinesen samt Rollkoffern in Beschlag genommen, die sich lebhaft unterhielten, während sie auf ihren Rundreisebus warteten. Also hatten sie sich in Gemmas Zimmer geflüchtet, gleich hinter der Glastür zwischen Treppenhaus und Hotelflur; zu ungeduldig sogar, um die paar Schritte mehr zu Sisleys Zimmer nebenan überhaupt in Erwägung zu ziehen.

»Giulio Romano«, zählt Sisley auf, während er auf seinem Tablet die Fotos durchgeht, die Gemma im Museum geschossen hat. »Sebastiano del Piombo. Girolamo da Carpi. Pieter de Kempeneer alias Pedro de Campaña alias sieben weitere Varianten dieses Namens … Alle werden als Urheber dieses Gemäldes gehandelt. Oder wurden es einmal, im Lauf seiner Geschichte.«

»Sofern es nicht von einem anderen Maler stammt«, wendet Gemma ein, ihr eigenes Tablet auf den Knien.

Auch das schmale Hotelbett ist übersät von den Seiten des in Oxford angesammelten Recherchematerials und mit Süßigkeiten; von den Stücken Marmorkuchen, die sie am Snackbüfett der Hotelhalle mitgenommen haben, sind nur noch Krümel auf den Servietten übrig.

»Oder das.«

In grüblerischem Schweigen trinken beide von dem Bier aus der Minibar.

Dr. Bellinghaus hat mit Informationen und Hintergründen nicht gegeizt; trotzdem haben sie immer noch mehr Mutmaßungen, Spekulationen und Interpretationen zur

Hand als alles andere. Sicher sind allein die Ergebnisse der wissenschaftlichen Untersuchung: Der Untergrund des Gemäldes mit der Inventarnummer 946 ist zeittypisches Pappelholz, 79 cm breit, 113,7 cm hoch, 3,7 cm dick, und der unbekannte Maler hat auf der weißen Grundierung das Porträt nicht nur in Details, sondern auch in großen Teilen wieder und wieder überarbeitet, wie Infrarotreflektographie und Röntgenaufnahmen gezeigt haben.

»*Pentimenti* nennt man übrigens diese kleineren Übermalungsspuren«, erklärt Sisley. »Oft mit *Reuestriche* übersetzt. Vom Italienischen *pentirsi,* bereuen. Ist das nicht interessant?«

»Die Landschaft im Fenster ist mit leichter Hand hingeworfen und blieb trotzdem unverändert. Nur die Frau hat er genau vorgezeichnet und dann doch mehrere Male umgestaltet. War er selbst nicht zufrieden, oder musste er es ändern?«, überlegt Gemma halblaut. »Und warum?«

»Unter der Mona Lisa verbirgt sich auch eine frühere Version des Porträts, unlängst erst durch ein neues Verfahren sichtbar gemacht. Nicht halb so rätselhaft lächelnd, übrigens.«

Gemma schaut aus dem Fenster, in den himmelhohen grauen Hinterhof, der sich langsam mit Dämmerung füllt.

Eine Zeit lang ist nur das Gurren der Tauben und ihr sirrender Flügelschlag draußen zu hören; das zischende Rumpeln der am Himmel über Frankfurt aufsteigenden und sinkenden Jets und manchmal eine Sirene.

Sie mag dieses Hotel schräg gegenüber vom Hauptbahnhof mit den Kunstdrucken von Monet und Renoir im Treppenhaus, von denen kein einziger gerade hängt, und dessen Aufzug altersschwach rattert und quietscht. Während die gesichtslosen Plattenbauten entlang der Straße von der Zeit und den Autoabgasen noch hässlicher gemacht worden sind, ist die Jugendstilfassade des Hotels wie ein übrig gebliebener Star der Stummfilmära: verwittert und mit bröckelndem Make-up, aber von noch immer fesselnder Schönheit.

»Ich muss die ganze Zeit daran denken, dass Browning dieses Bild vielleicht gekannt hat.«

Gemma wendet den Kopf. Sisleys Augen glänzen, rhythmisch tippen seine Finger auf die eng beschriebenen Seiten des Notizbuchs wie auf eine Klaviatur.

»1808, als französische Truppen unter Napoleon Rom besetzten, wurden große Teile der Sammlung Borghese verkauft. Darunter auch unsere Dame in Grün, im Inventar seit 1693. Auf irgendwelchen direkten oder verschlungenen Wegen muss das Bild dann nach England gelangt sein, in den Besitz des Kunsthändlers Alexander Day. Dort könnte Browning es gesehen haben, bevor es zusammen mit anderen Bildern 1833 versteigert wurde. Oder in den elf Jahren danach, in denen der Aufenthaltsort unbekannt ist, bevor es in der Kunstsammlung des niederländischen Königs auftaucht. Und zumindest, als der Inspektor des Städelschen Kunstinstituts schließlich bei deren Versteigerung 1850 den Zuschlag bekam, wurde es unter dem Titel *Bildnis einer Dame aus der Familie der Medici* geführt.«

Gemmas Herz schlägt ihr bis zum Hals; ihr Mund ist pelzig vom Bier, das sie inzwischen ausgetrunken hat, und trotzdem verlangt es sie nach mehr. Sie legt das Tablet beiseite und geht auf unsicheren Beinen zur Minibar; das starke deutsche Bier ist schnell in ihr Blut übergegangen.

»Spannend ist auch«, sagt Sisley neben ihr, »dass eine der jüngeren Zuschreibungen die Dame auf dem Bild als Renée de France identifizieren wollte, Alfonsos Mutter. Diese Hypothese ist zwar wieder verworfen worden, aber Sie sehen – die Kreise werden enger. Florenz und Medici, Ferrara und Este.«

Mit einem satten Ploppen springt der erste Kronkorken ab, dann der zweite.

»Ich bekomme nicht aus dem Kopf, was Dr. Bellinghaus über die Farbgebung gesagt hat. Wie ungewöhnlich es für die damalige Zeit war, ein ganzes Bild in Grün zu malen. Oder in Türkis, wie es in anderen Quellen bezeichnet wird.«

»Nun, Farbwahrnehmung ist etwas höchst Individuelles.«

Mit einem Nicken nimmt Sisley die geöffnete Bierflasche entgegen.

»Manche Menschen haben dafür einen feiner gestimmten Sinn als andere, Frauen generell mehr als Männer. Für die sind meist Rosa und Pink dasselbe und oft nichts anderes als Abstufungen von Rot. Und so ein Blau wie der Teppichboden hier ist für viele Männer nicht von Lila zu unterscheiden. Bei Türkis kommt erschwerend hinzu, dass diese Farbe nicht einheitlich definiert ist. Das namensgebende Mineral kann selbst Farbtöne im gesamten Spektrum zwischen kräftigem Blau und Grün aufweisen.«

Flauschig ist besagter Teppich unter Gemmas Sneakers, als sie zum Bett zurückgeht; bei jedem zweiten Schritt knarzt der Boden darunter. Bei ihrer Ankunft hier im Hotel hat das gelbe Muster sie schmunzeln lassen: Die Embleme haben sie an Windrosen auf alten Karten erinnert, an den oft kunstvoll verzierten Pfeil, der nach Norden weist.

Sie fühlt sich wohl hier, in diesem nostalgischen Zimmer, dessen Schranktür mit weißem Kunstleder und Ziernägeln gepolstert ist, wie es vielleicht in den Fünfzigern, den Sechzigern modern war; sie fühlt sich wohl hier mit Sisley.

»Über die Farbe als solche habe ich mir auch Gedanken gemacht«, greift Sisley den ursprünglichen Faden wieder auf. »Allein schon ein grobes Sichten von Porträts aus der Renaissance bestätigt, was Dr. Bellinghaus gesagt hat. Ich habe kein einziges gefunden, das fast ausschließlich in Grün gehalten ist. Kleidung in Grün, ja. Grün als Hintergrund auch. Aber niemals einheitlich und konsequent grün. Dr. Bellinghaus hat es damit begründet, dass Grün damals ein sehr teurer Farbstoff war, aus Kupfer oder Edelsteinen gewonnen.«

»Das war Blau auch. Deshalb gibt es auf Caravaggios Bildern so wenig Blau, meistens hat ihm das Geld dafür gefehlt.«

Sisley hebt die Bierflasche in einer triumphierend-zustimmenden Geste an, bevor er daraus trinkt. Nachdenklich betrachtet Gemma die Druckversionen ihrer Dame in Grün, die sich auf dem Hotelbett vor ihr ausbreiten.

Ist das eine Prinzessin, Daddy?

Es ist auf jeden Fall eine Dame von edlem Geblüt.

Eine oberitalienische Adlige, irgendwann um die Mitte

des sechzehnten Jahrhunderts gemalt, ist Dr. Bellinghaus' persönliche Meinung, plus minus zwei Jahrzehnte.

Das Einzige, was sie mit absoluter Sicherheit wissen: Sie haben einmal gelebt. Sie waren real, der Maler und sein Modell.

»Ob er uns etwas damit sagen wollte, als er sie in Grün malte?«

Ganz selbstverständlich gehen sie von einem männlichen Künstler aus. Eine rein statistische Wahrscheinlichkeit: Den Heerscharen von Malern der italienischen Renaissance steht kaum ein Dutzend Malerinnen gegenüber, keine einzige davon in Diensten der Medici oder der Este.

»Diese Urfassung der Mona Lisa, von der ich vorhin erzählte? Sie ist genauso wenig mit einem Namenszug signiert wie die später darübergemalte, die heute weltberühmt ist. Und dennoch hat Leonardo da Vinci sich darin verewigt. Die Ärmel des Kleides und die Stickerei am Ausschnitt sind in einem charakteristischen Farbton der Renaissance gehalten. Lohfarben, eine Art Gelbbraun. Wie das Fell eines Löwen, und deshalb auch *leonato* genannt. Und die Stickerei wiederum zeigt ein beliebtes Muster der Renaissance wie ein Flechtwerk aus Weidenruten. Und die Weidenrute heißt auf Italienisch *vinco*, Mehrzahl *vinchi*. Keine exakt gleiche Aussprache, aber verblüffend nah genug an Leonardo da Vinci.«

Lohfarben bis löwenbraun sind auch die Handschuhe, die die Dame in Grün in der Rechten hält, samtweich sieht das Leder aus. Der Griff ihres Fächers ist von ähnlicher Farbe, vielleicht aus Messing. Goldene Akzente finden sich auch in Form der Ohrringe. Der Halsketten. Des Kopfputzes. Der Goldfäden in der hauchzarten Spitze über ihren Schultern.

Von einem Detail zum nächsten springt Gemmas Aufmerksamkeit und kehrt doch immer wieder zum Gesicht der Dame zurück.

Die Farbflächen verschwimmen ihr vor den Augen; vielleicht sind es auch Tränen des Zorns, weil die Dame in Grün nichts von sich preisgibt, weiter stumm bleibt.

»Als ich noch klein war«, hört Gemma sich flüstern, die Zunge schwer, »saß ich oft stundenlang vor den aufgeschlagenen Bildbänden meiner Großmutter. Überzeugt, die Figuren auf den Gemälden würden irgendwann zum Leben erwachen und mit mir sprechen. Mich bei der Hand nehmen und durch ihre Welt führen.«

Sie blinzelt, wischt sich über die Augen.

»Und später dann, über einem historischen Atlas, den Grandma mir im Museum gekauft hat, wartete ich darauf zu schrumpfen. So klein zu werden, dass ich auf den Meeren dieser Karten davonsegeln könnte. Hin zu all den fernen und märchenhaften Ländern mit ihren Fabelwesen, die …«

Gemma verliert sich in der Landschaft des Gemäldes, auf Papier maximal vergrößert.

In ihrer Vorstellungskraft klettert sie hinter dem Rücken der Dame in Grün aus dem Fenster und springt in die Tiefe, hinein in die gewitterschwüle Luft. Gras und Moos sind weich unter ihren Füßen, Farnwedel rascheln, als sie auf die Bogenbrücke zugeht. Es gibt nur diesen einen Weg, den am gewundenen Flusslauf entlang, und …

»Gemma?«

Sie hat diesen Zustand der Angetrunkenheit erreicht, in dem sie sich leicht, geradezu schwerelos fühlt, ihr aber noch nicht schwindlig ist. Diesen Punkt, an dem die Gedanken ziellos und frei umherfliegen, der Verstand aber noch klar arbeitet.

»Vielleicht«, flüstert sie nachdenklich, wie traumverloren, »vielleicht müssen wir es wie eine Art Karte lesen.«

»Eine Karte«, murmelt Sisley. »Das Gemälde als Anordnung von Wegweisern, die uns irgendwo hinbringen. Zu einer tieferen Bedeutung des Bildes. Zu seinen Hintergründen, seiner Entstehungsgeschichte. Oder zu etwas anderem. O ja. Das gefällt mir. Ich mag solche Fährten. Solche Rätsel.«

Seine Finger wandern über die Oberfläche seines Tablets, zoomen in das Gemälde hinein und wieder heraus.

»Wir wissen, dass sich die Maler der Renaissance einer reichen Symbolik bedient haben, ganz ähnlich wie Dichter. Eine Art von Bildsprache, die heute fast vergessen ist. Was wir nicht wissen, ist, wo wir anfangen sollen ...«

Er starrt auf das Gebilde aus Draht und Perlen, das Gemma ihm in der flachen Hand hinhält; es ist ihr zur Gewohnheit geworden, es wie einen Handschmeichler zwischen den Fingern zu drehen, wenn sie über etwas nachdenkt.

Das Grübchen in seiner Wange taucht auf.

»Natürlich. Mit der Nachbildung dieses Schmuckstücks hat Ihnen der unbekannte Absender quasi den Anfangsfaden in die Hand gegeben.«

»Nicht nur das. Ich habe festgestellt, dass ich fast

immer einem bestimmten Muster folge, wenn ich das Bild betrachte.«

Gemma stellt die Bierflasche auf dem Nachttisch ab. Obwohl das Hotelzimmer klein ist, muss sie aufstehen und zum Schreibtisch hinübergehen, um Sisley zu zeigen, was sie meint. Ihr Finger schwebt über der Komplettansicht des Gemäldes auf dem Tablet.

»Das Gesicht, wie es aus den Grüntönen herausleuchtet, steht im Fokus des gesamten Gemäldes. Das ist die Stelle, die den Blick des Betrachters einfängt. Unwillkürlich folgt man dann dem Blick der Dame zum Fransensaum des Vorhangs. Dann den Ärmel hinunter zu dem aufgestützten Arm und über ihre Hände. Und von hier wandert der Blick des Betrachters hinauf zum Fenster und in die Landschaft hinaus. Ganz automatisch folgt man dieser Spirale im Uhrzeigersinn. Das Gesicht ist der Ausgangspunkt, der schließlich nach draußen führt. In die Ferne.«

Sisley nimmt sich Zeit, Gemmas Feststellung selbst zu überprüfen.

»Scharf beobachtet«, murmelt er schließlich.

»Und sehen Sie, wie das Licht auf den einen Ohrring fällt, während der andere im Schatten fast verborgen bleibt?«

»Also fangen wir mit dem Ohrring an.«

Sisley tastet nach dem Lichtschalter, und im aufdimmenden Schein der Deckenleuchte, auch aus einem der letzten Jahrzehnte übrig geblieben, betrachten sie beide die verlöteten Schleifen und Schnörkel, die Gemma hin und her wendet.

»Spiralen sind ein archaisches Symbol für die Sonne.«

»Ich habe an eine Volute gedacht. Diese Schneckenform kam während der Renaissance in der Architektur in Mode.«

»Vielleicht die Windung einer Ohrmuschel? Als Aufforderung, zuzuhören?«

»Eine zerbrochene Lemniskate? Ein Stück Unendlichkeit?«

»Oder vielmehr ein Symbol dafür, dass nichts unendlich ist?«

Das Adrenalin, das durch Gemmas Adern rauscht, vermischt sich mit dem Alkohol, macht ihre Finger unsicher; das Schmuckstück, beinahe gewichtslos durch seine leichten Materialien, entgleitet ihr wie ein dürres Blatt, fällt zu Boden.

Das gelbe Muster auf blauem Grund verfließt vor Gemmas Augen, schärft sich dann wieder, als sie sich langsam auf die Knie niederlässt.

»Fleur-de-Lys«, murmelt sie verblüfft.

Sisley kniet neben ihr; zwei Kinder, die beim Spielen im Gras ein ihnen noch neues Insekt entdeckt haben.

»Zwei davon.« Mit dem Finger zeichnet er das Lilienmuster im Schmuckstück nach. »Eine aufrecht, die andere auf dem Kopf stehend, und beide überlappen sich.«

»Also Frankreich?« Enttäuschung höhlt Gemmas Magengegend aus.

»Würde naheliegen. Die Königslilie ist das wohl bekannteste Symbol französischer Monarchen. Sie taucht allerdings auch andernorts auf. Im Wappen des mittelalterlichen Königreichs Bosnien, beispielsweise, in den Neunzigern für ein paar Jahre wieder aufgegriffen, und im Wappen einer Linie der Augsburger Kaufmannsfamilie Fugger. Und nicht zuletzt ist die Lilie ist auch das Wappen von Florenz.«

Florenz.

Die beiden Silben, die nach einer Blütenranke klingen, hallen in Gemma nach, gehen schließlich in einem drückenden Schweigen auf.

»Die Vorlesungen des neuen Semesters beginnen erst Mitte Oktober«, sagt Sisley nach einer Weile behutsam. »Und meine Sprechstunden könnte ich verschieben.«

Gemma blinzelt auf das Schmuckstück hinunter.

Auf die gelben Königslilien auf blauem Grund, die sich durch das ganze Zimmer erstrecken und in diesem Augenblick mehr denn je unzähligen Kompassnadeln gleichen, die allesamt in dieselbe Richtung weisen.

Die Knochen ausgraben

Ah, doch ein Mann sollte weiter greifen,
als seine Hand reicht,
oder wozu gäbe es den Himmel sonst?
ROBERT BROWNING

Florenz, Juli 1854

Die Stadt ächzte unter der Hitze.

Wie unter einem Brennglas war es tagsüber auf den Gassen und Plätzen; Menschen sah man kaum, und alle Fensterläden waren geschlossen, um die unbarmherzige Sonne auszusperren.

Erst am Abend öffneten sie sich zögerlich wieder, wagte man sich hinaus und atmete erleichtert die balsamische Abendluft ein.

Elizabeth war längst zu Bett gegangen, doch Robert hatte es noch einmal hinausgezogen in die wieder belebten Straßen von Florenz.

Von der Nacht geht ein besonderer Zauber aus. Eine Weite und gleichzeitig eine Konzentration, die die Grenze zum Reich der Träume, der Imagination durchlässiger macht.

Es ist die Zeit, in der die Musen erwachen und sich auf Wanderschaft begeben, und Robert Browning setzte sich auf ihre Spuren, in dieser Nacht.

Er dachte darüber nach, wann er eine falsche Abzweigung genommen hatte auf seinem Weg. Nicht hier, in Florenz, durch Weindunst und Gelächter und den Duft von Kräuteröl, während der Bäcker schon den Sack Mehl für das Brot morgen früh in seine Backstube trug.

In seinem Dichterleben.

In einem Haus voller Bücher aufgewachsen und von einem Tutor zu Hause unterrichtet, da zu freiheitsliebend für eine Privatschule, sprach er mit vierzehn Jahren fließend Französisch, Griechisch, Italienisch und Latein. Seinen ersten Gedichtband hatte er mit zwölf vollendet, und seine musikalische Begabung stach ebenfalls hervor.

Ein Wunderkind.

Pauline weckte die Aufmerksamkeit des großen Dante Gabriel Rossetti, und *Paracelsus* erntete Lob sowohl von Wordsworth als auch von Dickens.

So nahe glaubte er sich seinem Idol Shelley, mit gerade mal Anfang zwanzig, konnte er die Sterne des Dichterruhms schon an seinen Fingerspitzen fühlen – und dann nichts mehr.

Sein *Sordello* fiel bei Kritikern und Lesern durch und verbrannte seinen Namen für ernst zu nehmende Dichtung, gewinnbringende Druckausgaben. Seit *Bells and Pomegranates*, im Eigenverlag herausgebracht, hatte er nichts mehr veröffentlicht, seit *Christmas Eve and Easter Day*, und das war fünf Jahre her.

Manchmal schämte er sich heute für das, was er früher geschrieben, damals in jugendlicher Naivität und Größenwahn für brillant gehalten hatte.

Er sollte nicht klagen, das wusste er; in vielerlei Hinsicht war er glücklicher als viele andere Menschen.

Er hatte die Liebe seines Lebens gefunden und sie geheiratet, war nach Italien gezogen und Vater geworden. Sein Leben als Mann war reich und blühend, während er Elizabeths Gedichte las und mit ihr besprach und ihr bei der Veröffentlichung beistand, sich stolz über ihren stetig wachsenden Ruhm freute.

Seine eigene Dichterseele indes darbte und lag brach, abgeschnitten vom Herzblut der Poesie.

Wurde Kunst nur aus Sehnsüchten und Begierden geschaffen, niemals aus einer satten Seele?

»*Turista*?«

Ein Kerl, dürr wie eine Zaunlatte, an einer dunklen Straßenecke. Im blassen Licht aus den Fenstern eine abgerissene Erscheinung, sogar sein Grinsen hatte etwas Schäbiges.

»*Inglese*?«

Neugierig, fast abenteuerlustig war der Funke, der sich in Robert entzündete, ihn nicken ließ.

Das Grinsen seines Gegenübers verbreiterte sich, und seine hohle Hand streckte sich Robert entgegen.

Zwei Pfund verlangte er, und Robert zögerte. Aus der Untervermietung der Casa Guidi über den Winter hatten sie zwar noch genug für die nächsten Monate, aber Geld war trotzdem immer knapp, obwohl sie hier viel billiger lebten als in der alten Heimat England; frugal geradezu, fast von der sprichwörtlichen Florentiner Luft und ihrer Liebe.

Robert bezahlte die zwei Pfund.

Eine Sensation versprach ihm der Mann aus den Schatten, während er ihn durch verwinkelte Gassen führte, in denen es nach Ruß und Unrat roch. Ein Geheimnis, sehr beliebt bei englischen Touristen.

In einem finsteren Hinterhof fragte sich Robert, ob er hier Opfer eines Raubes werden würde. Furcht empfand er keine; nur so etwas wie Verzweiflung, und die hatte er bereits mit hierhergebracht.

Feuchtwarm schlug es ihm hinter der schweren Holztür entgegen, auf der schwach beleuchteten Treppe. Moder füllte die Atemluft; der unverwechselbare Hauch von Alter und Verfall.

Ein Abstieg in die Unterwelt war es, eine rutschige Steinstufe nach der anderen.

Staunend ging Robert die Nischen des Gewölbes entlang, in denen sich Knochen von Armen und Beinen stapelten, Rippen und Hüftschalen türmten, und Hunderte von leeren Augenhöhlen starrten ihm aus blanken Schädeln entgegen.

»*Un ossario*«, raunte sein Begleiter. Ein Beinhaus.

Fraglos ein beliebtes Ziel für englische Touristen; Robert kannte die morbide Faszination seiner Landsleute für den Tod. Ihr Faible für Schauriges, für Melancholie und Weltschmerz.

Eine gewiss einträgliche Einkommensquelle für Männer wie seinen Führer durch die Nacht, mit dem, was die berüchtigten Grabräuber übrig gelassen hatten.

»*Ecco* Medici.«

Robert bezweifelte, dass hier auch nur ein einziger Träger dieses Namens seine letzte Ruhe gefunden hatte, selbst wenn von illegitimem Blut und zu Lebzeiten in Ungnade gefallen.

Es machte nichts.

Hier spürte er es wieder, was er vergebens in den Straßen und Gassen von Florenz gesucht hatte. In den prächtigen Grabkapellen der Medici und den Kirchen, den Kreuzgängen der Klöster.

Den Zauber spürte er hier, dem er über den Büchern seines Vaters erlegen war. Den Bann, in den Shelleys Poesie ihn gezogen hatte. Die Kraft der Imagination, die der Seele Flügel verlieh und im Rhythmus der Verse in die Lüfte erhob.

Die Magie Italiens spürte er von Neuem, wie als Bursche vor den Gemälden der Museen und Galerien; ein Italien, das schon lange untergegangen war und dennoch lebendig blieb.

Das Italien, in das er als junger Bursche kopfüber eingetaucht war. Ein Land, dessen Atmosphäre, dessen Sinneseindrücke er mit beiden Händen packte und mit den Zähnen ein großes Stück herausriss, um daraus Gedichte zu schaffen.

Seine Finger wanderten über die Gebeine, samtig manche, porös und mürbe andere; einige waren wie poliertes Elfenbein, einzelne von etwas Schmierigem überzogen.

War es nicht das, was das Schreiben ausmachte? In die Tiefen hinabzusteigen und nach Knochen zu graben? Die Geister zu rufen und zu neuem Leben zu erwecken?

Zwischen den Speichen eines Ellbogens stießen seine Fingerkuppen an etwas, das nichts von einem Knochen hatte. Glatter war es. Wie die Sorte von Steinen, die sich leicht erwärmten, und mit einer erhabenen Oberfläche wie ein Relief.

Wie konnte das jemand übersehen haben, hier?

Sein Kopf wähnte eine Falle; seine Seele wusste, es hatte nur auf ihn gewartet.

Erst später, aus dieser Gruft, dieser Unterwelt zurückgekehrt an die Oberfläche, in die lebendigen Lichter der Stadt, holte er das Stück aus seiner Hosentasche.

Ein Stein war es, in der Tat. Opak und von dunkler Farbe, vielleicht vom Grün eines Malachits.

Das Frauenbildnis, das sich daraus formte, erinnerte ihn an ein Porträt, das er einmal gesehen hatte, in der Sammlung eines Kunsthändlers.

Wenige Einzelheiten waren ihm im Gedächtnis geblieben, nur dessen Essenz. Der Sog dieses gemalten Ozeans in Grün. Ein Ausdruck von fürstlichem Stolz wie abgrundtiefer Traurigkeit.

Ein Bildnis, das er sich viel später als das Lucrezias vorstellte, der unglücklichen Tochter der Medici, deren Geschichte noch besungen worden war, in Versen, in Liedern, in den Städtchen und Dörfern Norditaliens, die er als junger Mann durchwandert hatte.

Roberts Faust schloss sich um den Stein. Wie die sagenhafte blaue Blume ein Sinnbild für sein Sehnen und das Streben nach dem, was noch unendlich fern und unerreichbar scheint. Für die Schönheit der Dinge und Hoffnung.

Ein Zeichen der Musen und ein Versprechen.

Er würde seine Gedichte schreiben, den Band *Men and Women* vollenden.

Seinen Namen als Dichter würde er sich zurückerobern.

7

Freitag, 29. September
Florenz

Ihren Koffer und Sisleys Trekkingrucksack neben sich, beobachtet Gemma von dem knarzenden Sessel aus, wie Sisley an der rustikalen Rezeption der *pensione* das Einchecken übernimmt; er war es auch, der online diese Unterkunft gebucht hat.

Nach einem Auslandssemester und einem längeren Aufenthalt hier für die Biografie der Brownings ist sein Italienisch flüssig, wenn auch besonnener als das der Pensionswirtin. Wesentlich besser als das Gemmas, das das Italienisch alter Dokumente ist; Worte und Wendungen, die sie ständig neu aus ihrem Schullatein entschlüsseln muss, aus dem Spanischen, ihrem Französisch.

Aufgekratzt sind sie beide, seit Frankfurt; fieberhaft tickende Uhrwerke, deren Federn überstramm angezogen sind. Es ist nicht nur der Rausch der Spurensuche, sondern auch das Ausbrechen aus ihrem Alltag. Aus den Mustern, die sie beide brauchen, um jeden Tag aufs Neue Halt und Orientierung zu finden, Anker und Gefängnis zugleich.

Nur mit den aufgelesenen Fährten, einem groben Plan unterwegs zu sein, das folgt eigenen, neuen Regeln.

Eine ungeahnte Freiheit für Menschen wie Sisley, wie Gemma. Eine Strapaze: Es ist nur eine Frage der Zeit, bis die straffe Feder zurückschnappt oder bricht.

Noch verschwenden sie keinen Gedanken an die Überreiztheit, die so schnell auf den Verlust sicherer Strukturen folgt, an Panik und Erschöpfung; noch überwiegen Neugierde und Jagdfieber.

Der Wortwechsel an der Rezeption dauert ungewöhnlich lange, nimmt auf beiden Seiten an Lautstärke zu. Die überbordende Gestik und Mimik der Pensionswirtin schwankt zwischen Bedauern und Empörung, während Sisleys Handbewegungen etwas unbeholfen Flatterndes bekommen.

Etwas scheint nicht in Ordnung zu sein.

Gemma unterdrückt den Impuls, schon wieder mit zitternden Händen zu überprüfen, ob sie ihr Handy verloren hat, ihren Geldbeutel oder den Reisepass oder ihr Tablet im Hotelzimmer in Frankfurt liegen lassen hat. Es nützt ihr nichts, dass sie fast alles davon nachkaufen oder anders ersetzen könnte; die Sorge um diese Dinge ist nur das Symptom einer tiefer liegenden Angst, die Gemma fest im Griff hat.

Ihre vertrauten Zwänge hat sie seit dem Abflug nach Oxford gegen eine neue Kontrollsucht eingetauscht.

Sisley wählt auf seinem Handy eine Nummer nach der anderen, betrachtet dann längere Zeit das Display, das er mit dem Finger bearbeitet, bevor er es fahrig zurück in die Hosentasche schiebt.

Rote Flecke zeichnen sich auf seinem feinknochigen Gesicht ab, als er sich auf Gemma zubewegt.

»Ich fürchte, wir haben ein Problem.«

Schweigend starren sie auf das massive Himmelbett des Doppelzimmers.

Gemma fragt sich, ob dieselbe Situation für weniger einzelgängerische, weniger eigenwillige Menschen auch eine solche Katastrophe wäre. Sie weiß nicht einmal, ob es in Sisleys Leben eine Beziehung gibt; im Haus am Worcester Place hat sie nicht darauf geachtet.

Schließlich macht sie den ersten Schritt.

»Immerhin ist es ein sehr geräumiges Bett.«

»Ich habe versucht, einen Kollegen hier in Florenz anzurufen, bei dem ich vielleicht für die paar Nächte unterkommen könnte. Aber ich habe nur den Anrufbeantworter und die Mailbox erreicht.«

»Und es gibt keine Alternative?«

Sisley reibt sich über das Gesicht. »Leider nein. Es ist noch Hochsaison und außerdem Wochenende. Sie können das Bett gerne haben, ich nehme das Sofa.«

Gemma muss lächeln; kaum breiter als ein Loveseat in einem Kinosaal, ist das langbeinige Möbel entschieden nicht lang genug für Sisley.

»Wir kommen doch beide mit wenig Schlaf aus. Sollen wir einen Zeitplan ausmachen? Vier Stunden Sie, vier Stunden ich?«

Um Sisleys Mund zuckt es; sein Grübchen zeigt sich dabei immer wieder.

»Wäre ein guter Anfang für faire Verhandlungen. Wenigstens haben wir einen Balkon. In einer Jacke und mit einer Decke vielleicht ein Rückzugsort bis zum Schichtwechsel.«

Bei aller Enttäuschung, aller Unbequemlichkeit der Lage ist es wohltuend für Gemma, einmal nicht die Einzige zu sein, die kompliziert ist und überdurchschnittlich viel persönlichen Raum braucht.

Das Zimmer ist von ähnlich verblichener Eleganz wie die Fassade des schmalen Hauses, wie der Eingangsbereich und das eng verwinkelte Treppenhaus. Sie geht ein paar Schritte, um hinter die geöffnete Tür neben dem Bett zu spähen, dann hinter die neben dem Tisch und den Stühlen.

»Noch viel besser – wir haben zwei Badezimmer.«

Fast gleichzeitig greift jeder zu seinem Gepäck, und beide flüchten sich hinter die Tür des jeweiligen Badezimmers.

Sienagelb, Umbrabraun und gealtertes Weiß. Zinnober, Sepia, Mahagoni und Terrakotta, staubiges Grün: die Farben von Florenz.

Gemma hat beklemmende Flashbacks befürchtet oder Panikattacken; ohne Sisley hätte sie wohl nicht den Mut gehabt, in das Flugzeug zu steigen. Vorerst jedoch ist die Rückkehr hierher nur wie die Erinnerung an einen lange zurückliegenden Traum, von dem man nicht einmal mehr weiß, ob er schön oder schrecklich war, wachgerufen von einem Bild, einem Geräusch, einem Duft oder Geschmack.

Kirchenglocken unter dem blau lackierten und wolkengemaserten Himmel. Der bläuliche Dunst des frühen Morgens, der sich im Lauf des Vormittags zu Gold erwärmt, die Ecken und Kanten der Stadt sanft verwischt. Motorenknattern und die schwungvolle, impulsive Sprache, die nicht dafür geschaffen ist, leise zu sein. Gerüche, die sie erst jetzt, als Erwachsene, aufschlüsseln kann: starker Kaffee und sonnenwarmer Stein, verwelkende Blumen und eine Ahnung von Rauch. Trockene Erde und Kastanien. Flusswasser, mal frisch, mal brackig, und darunter der Geruch einer historischen Stadt, einem Holzfass ähnlich, in dem guter Wein herangereift ist.

»Da sind wir. Die Casa Guidi.«

Ein Haus, gelb wie Winterjasmin, die drei Fensterreihen mit grünen Holzläden, im Erdgeschoss ein Haushaltswarengeschäft und eine Bank.

»Übrigens mit den Medici direkt vor der Tür.« Sisley deutet auf die schmucklose Säule, die sich in der Mitte des Platzes emporreckt. »Cosimo de' Medici ließ sie zur Erinnerung an die Schlacht von Marciano aufstellen.«

Gemma sieht sich auf dem kleinen Platz um, kaum mehr als Winkel zwischen den Sträßchen, die sich hier treffen. Eine Scherbe Sonnenlicht zwischen den eng stehenden Häusern, an denen nichts schnurgerade ist, alles wie durch die Hände vieler Generationen gegangen wirkt.

Ein ganz gewöhnlicher Platz, wie es ihn wohl zu Dutzenden hier in Florenz gibt, umsäumt von Cafés und Bistros und dazwischen das grün leuchtende Neonkreuz einer Apotheke.

Und doch …

Die Hitze eines Sommertags. Ein sprudelndes Glücksgefühl im Bauch und der Geschmack von Zimteis. Der Halbdämmer eines Gewölbes und eine plötzliche Kühle, in der sich die sonnendurchwärmte Haut kräuselt. Kerzenflammen, schmelzendes Wachs und Weihrauch, der in der Kehle kratzt.

»Ist hier eine Kirche in der Nähe?«

»Gleich dahinter.« Sisley deutet auf das Eckhaus mit der Fassade aus grobem Naturstein. »Vom Balkon der Brownings aus kann man fast zur Kirchenmauer hinübergreifen. San Felice. Nach ihm ist auch dieser Platz benannt.«

Piazza San Felice.

Glaubst du, sie sind glücklich gewesen?

Ein schwaches Echo von Stimmen klingt in Gemma nach, veränderlich und flüchtig wie Wolkenfetzen.

Ihre Mutter, ihr Vater, die nicht müde wurden, ihre Eindrücke und Gedanken auszutauschen, Gemma etwas zu zeigen, zu erklären, ihre unerschöpflichen Fragen zu beantworten. Menschen auf der Straße, die sich verzückt zu dem blonden Kind an der Hand der blonden Frau hinunterbeugten, und das Lachen ihrer Mutter. Fremde, mit denen ihr Vater im Café ins Gespräch kam, weil sie ihn mit seinen dunklen Augen und der nussbraunen Haut, seinem lebhaften Italienisch für einen Landsmann hielten, und die sich nach einer Flasche Wein als Freunde verabschiedeten.

»Waren Sie schon einmal hier?«

Gemma bleibt stumm. Wie auf der Rückführung in ein früheres Leben kommt sie sich vor, in einer dieser Pseudo-Dokumentationen, die sie manchmal nachts in den Schlaf begleiten.

Etwas stimmt nicht, fühlt sich schief an wie das ausgetretene Pflaster unter ihren Füßen.

Es ist die Säule, umringt von Buchsbaumkugeln in Tontöpfen, dieses Ausrufezeichen aus grauem Marmor, das den Platz beherrscht.

»Ich glaube nicht.« Enttäuschung legt sich auf ihr Gesicht, beschwert ihre Stimme. »Es muss ein anderer Platz gewesen sein. Ohne eine solche Säule.«

»Browning hat diese Säule nie gesehen. Im Zuge der Erweiterung des Platzes wurde sie 1838 entfernt. Erst 1992 ist sie an ihren ursprünglichen Platz zurückgekehrt.«

Mit einem Mal scheint die Sonne auf der Piazza San Felice noch heller, während sich die Vergangenheit hinter Gemma zusammenzieht. Eine finstere, abgründige Präsenz in ihrem Rücken, ein unangenehmer Luftzug in ihrem Nacken. Jetzt ist sie froh um den Rollkragenpullover, der ihr eben noch zu warm war.

Umkehren kann und will sie nicht, es gibt nur ein Vorwärts. Sie streckt die Hand nach der massiven Holztür aus.

»Gehen wir hinein?«

»*Öffne mein Herz und du wirst seh'n*«, zitiert Sisley, während sie die Stufen hochsteigen, »*im Inneren eingeprägt Italien.* Brownings eigene Worte. Da ist etwas an Italien, das englische Schriftsteller von jeher angezogen hat. Die idyllische Schönheit der Landschaften. Die romantische Kulisse geheimnisvoller Ruinen. Die Herzlichkeit und Gastfreundschaft der Italiener. Eine Art von Freiheit, von Emotionalität und Sinnlichkeit, die sie zu Hause entbehren mussten und die sie hier inspirierte. Shelley und Keats.

Thackeray, Dickens und George Eliot. Bis hin zu E. M. Forster und Henry James.«

Gemma hebt eine Braue. »Henry James war New Yorker. Über die Familie seiner Mutter sogar mit langen Wurzeln dort.«

»Und doch hat er in England neue Wurzeln geschlagen in den vierzig Jahren, in denen er dort lebte. Darüber hinaus war er in vielerlei Hinsicht englischer als ein gebürtiger Engländer. Tut mir leid, aber der gehört zweifellos uns!«

Mit einer entschuldigenden Grimasse hebt er die Hände, und Gemma muss lachen.

»Dafür haben wir W. H. Auden und Christopher Isherwood bekommen.«

»Touché.«

Ein Grinsen im Mundwinkel, nimmt Sisley die letzten beiden Stufen zum zweiten Stockwerk mit einem langen Schritt.

Sie haben die Räume fast für sich. Nur ein älterer Herr in Trekkinghose und Polohemd wandelt noch auf den Spuren der Brownings; die Hände andächtig auf den Rücken gelegt, studiert er durch seine Brillengläser gründlich jedes Möbelstück, jedes gerahmte Bild.

»Über die Galerie kommt man zur Mansarde, die als Gästezimmer vermietet wird. Während der Arbeit an meinem Buch habe ich einige Zeit hier gewohnt. Sozusagen unter einem Dach mit den Brownings.«

Gemma kennt dieses Bedürfnis, in der Arbeit, die zugleich Leidenschaft ist, zu Hause zu sein.

Wie ein Stück Vergangenheit, bewahrt in einem Stück Bernstein, so ist es hier, zwischen den pistaziengrünen

Wänden, den roten Sofas und Sesseln. Das Rascheln von Seidenröcken über einer Krinoline vibriert noch in der Luft, das Kratzen einer Feder auf Papier.

»Da stehen sie«, flüstert Sisley neben Gemma, »unsterblich geworden, und schauen zu uns herunter. Die berühmtesten Dichter ihrer Zeit, die Edgar Allan Poe und Emily Dickinson beeinflusst haben, Ezra Pound, T. S. Eliot und Robert Frost. Brownings Gedicht *Childe Roland to the Dark Tower Came* hat sogar Stephen King zu seiner Fantasy-Saga *Der Dunkle Turm* inspiriert.«

Sie folgt seinem Blick zu den beiden Büsten oben auf dem Bücherschrank. Ikonenhafte Abbilder der beiden Menschen, die hier geatmet und gelacht, gearbeitet und geschlafen haben. Ihre Spuren sind hier konserviert, schattenhaft und doch noch immer fühlbar. In atomaren Partikeln, die jeder noch so gründlichen Renovierung, ja, der Zeit selbst widerstanden haben.

»Ich wünschte«, murmelt Gemma, »ich könnte Mr Browning fragen, ob Lucrezia wirklich für seine *Duchess* Pate stand. Was er über sie weiß. Und ob er sich vorstellen könnte, was mein Vater hier gesucht hat. Was sein Gedicht mit mir zu tun hat.«

»O ja. Das habe ich mir oft gewünscht. Mich mit einer Tasse Tee an den Tisch dort zu setzen und Robert Browning erzählen zu lassen. Zu hören, was Elizabeth Barrett zu sagen hat.«

Sisley zurrt den Gurt seiner Ledertasche zurecht und schiebt die Hände in die Taschen seiner weiten Bundfaltenhose.

»In den Nächten, in denen ich im Gästezimmer über

dem Manuskript saß – da war es manchmal, als würden die Wände durchlässig, der Lauf der Zeit aufgehoben. Als ob ich einfach von meinem Platz aufstehen könnte und hinübergehen und sie dort vorfinden.«

»So ging es mir lange mit meinen Eltern. Nachts bin ich oft aus dem Bett gekrochen, weil ich glaubte, sie wären nur eine Tür von mir entfernt. Ich war überzeugt, ich könnte immer noch auf den Schoß meiner Mutter am Küchentisch krabbeln, zu ihnen ins Bett kriechen.«

Hell sind ihre Augen, wirken wund wie eine verblassende Prellung. Mitfühlend erwidert Sisley Gemmas Blick.

»Für Browning war das Schreiben von Poesie ein Akt der Wiederauferstehung. In akribischer Recherche durchpflügt der Dichter die Wirklichkeit nach Material, das er dann mit seiner Imagination zum Leben erweckt. Dieser Gedanke vom Beleben des Toten findet sich auch in Brownings Werk, in Bildern wie dem von Faust oder dem biblischen Elischa.«

Gemma lässt seine Worte auf sich wirken.

»Manchmal denke ich, ich sollte diese Spur nicht weiterverfolgen. Die Dinge auf sich beruhen lassen, um meines eigenen Friedens willen.«

»Hatten Sie das denn zuvor – Ihre Ruhe, Ihren Frieden?«

»Nein.«

Ein kleines Lächeln wandert zwischen ihnen hin und her.

»Ich verbringe mein Leben damit, nach Mustern zu suchen. Nach Verbindungen und tieferen Wahrheiten. Nach Bedeutung. Ich halte das für etwas Urmenschliches, nicht nur in der Literatur. Das ist mein Antrieb bei allem, was ich tue. Was ist Ihrer?«

Mit so etwas wie Heimweh denkt Gemma an die Karten, die Atlanten in den Regalen der Map Division.

»Das Gedächtnis der Menschheit zu bewahren. Den Dingen auf den Grund zu gehen. Ihnen einen Namen zu geben. Struktur. Einen Platz.«

»Sehen Sie.«

Ihr beider Lächeln vertieft sich.

In seinem maulbeerdunklen Hemd mit Krawatte, der braunen Strickweste hat Sisley selbst etwas Viktorianisches. Ein Wanderer zwischen den Zeiten ist er, zwischen der realen und einer imaginierten Welt.

Gemma kann sich niemand Besseren an ihrer Seite vorstellen, um in ihrer eigenen Vergangenheit zu graben.

Aus dem Schatten des Ladeninneren tritt Gemma in das Licht des frühen Abends, gedämpfter als noch am Mittag und fast kupfern, aber kaum weniger warm.

Ungewöhnlich warm für diese Jahreszeit, selbst für Florenz, so gut hat sie die Verkäuferin immerhin verstanden; das Klima ist dabei, sich zu verändern.

Eine Wärme, auf die Gemma nicht eingerichtet war, sie hatte nur für ein paar Tage frühherbstliches Oxford gepackt.

Jeans, Rollkragenpullover und Sneakers in einer der beiden Tragetaschen verstaut, genießt Gemma das schwerelose Sommerkleid, die Luft an Armen und Beinen, die Leichtigkeit der Sandaletten.

Die Hand in Denkerpose aufgestützt, sitzt Sisley am

Tisch vor dem Bistro, in die Seiten einer Buchantiquität vertieft. Plötzlich ist sich Gemma des dünnen Stoffs bewusst, der sich an ihre Hüften schmiegt, des tiefen Ausschnitts. Geradezu nackt kommt sie sich vor ohne ihren bewährten Harnisch aus strengen Linien, festen Materialien.

Sisleys Blick fällt auf Gemma; er stutzt, verliert für ein paar Sekunden den Fokus, bevor sich seine Augen wieder auf sie richten. Ein Lächeln breitet sich langsam auf seinem glühenden Gesicht aus, und die Art, wie er die Hand hebt, befangen und freudig zugleich, beflügelt ihre Schritte.

Ein schwarzes Flattern wie der Flügelschlag eines Raben, am Rand ihres Gesichtsfelds, und die blauen Augen, das gemeißelte Kinn von Andrew Sullivan; sie hat seit New York nicht mehr an ihn gedacht.

Es kann nicht Andrew sein, der in einer Soutane über die Straße eilt, Gemma aus dem Rhythmus bringt.

Das Aufheulen eines Motors, die Stimme, die heiser ihren Namen brüllt, dringen zu spät zu ihr durch. Zerrissen zwischen Vorwärts, Rückwärts und Stillstand starrt sie dem Motorrad entgegen, das auf sie zurast, ein apokalyptischer Reiter in Schwarz und Rot.

Der Sog der Endgültigkeit erfasst Gemma wie ein Aufatmen. Ein Strudel, der sie sofort wieder ausspuckt, als das Motorrad scharf an ihr vorbeijagt, Gemma auf dem Pflaster aufschlägt.

Im benzingetränkten Luftzug bleiben die Stimmen der Passanten übrig, die auf Gemma einreden, sie bei den Armen, an der Schulter fassen, um ihr aufzuhelfen, ihre Handtasche und die Tüten auflesen.

Und Sisley, eine Säule aus Alabaster neben dem umgestürzten Stuhl, aber mit fahriger Gestik, wie gefangen in einem Netz widerstreitender Kräfte.

Die Balkontür vor der finsteren Welt draußen verschlossen, ist das gedämpfte Licht des Hotelzimmers wie ein Kokon.

Das Sommerkleid ist nicht mehr zu retten. Gemma hat es gegen ein langärmliges Shirt und Jogginghosen getauscht. Sie kühlt die aufgeschürfte, brennende Handfläche am Weinglas; in ihrer Hüfte pocht es noch.

»Bist du wirklich in Ordnung?«

»Halbwegs.«

Erstaunlich gefasst ist sie.

Obwohl es ihr jedes Mal den Magen umdreht, wenn sie den Motorradfahrer vor sich sieht, gesichtslos hinter dem Visier des Helms. Wenn sie noch einmal den Mahlstrom aus irrwitzigem Tempo und Zerstörungskraft auf ihrer Haut spürt, der sie packt und zu Boden schleudert.

»Fast mein ganzes Leben«, flüstert sie in den Raum hinein, »habe ich verzweifelt versucht, jegliches Unheil abzuwenden. Und dann ist da dieser Moment, in dem es buchstäblich von einer Sekunde zur nächsten aus einer Richtung kommt, mit der ich nie gerechnet habe.«

Etwas hat sich gelockert in ihr, losgeschüttelt in jenen Augenblicken auf der Straße, im Fallen, dem Aufschlagen auf dem Pflaster. Durch den Rotwein, den die Pensionswirtin Sisley in die Hand gedrückt hat, begleitet von Klagen über die Dreistigkeit von Taschendieben heutzutage.

»Du hast als kleines Mädchen miterlebt, wie deine

Eltern in einem brennenden Haus umkamen, und dabei selbst dem Tod ins Auge gesehen. Ich kann mir kaum ein einschneidenderes Erlebnis für ein Kind vorstellen. Der plötzliche Verlust der Eltern, die in diesem Alter alles sind. Das Wegbrechen des Gefühls, sicher und beschützt zu sein … Da ist es nur natürlich, dass du dich nach nichts mehr sehnst, als alles unter Kontrolle zu haben.«

Eine unerwartete Nähe ist zwischen ihr und Sisley entstanden.

Im sanften Licht der Nachttischlampe, das die physische Realität von Möbeln und Gegenständen aufweicht, ist es leicht, von Ängsten und Zwängen zu erzählen. Wie es ist, wenn ihre Augen, ihre Hände sehr wohl wahrnehmen, dass ein Fenster geschlossen, ein Herd ausgeschaltet, das Bügeleisen kalt ist, diese Informationen jedoch nie den Teil ihres Gehirns erreichen, der ihr ein Gefühl von Sicherheit geben kann.

Gemma lacht leise auf. »Du klingst wie mein Psychiater.«

Sisley, im Schneidersitz, schmunzelt und greift zur Weinflasche auf dem Nachttisch, beugt sich von seiner Seite des Betts herüber, um Gemma nachzuschenken.

»Was glaubst du, wo ich diese Art von Erkenntnissen herhabe?«

Unter Gemmas fragendem Blick zuckt er mit den Schultern.

»Eine Verwandtschaft voller Psychologen. Da schnappt man eine Menge auf, ob man will oder nicht. Und landet dann früher oder später selbst auf einer Couch. Besonders, wenn man selbst in einer an Exzentrikern gesegneten

Familie durch seine Eigenarten heraussticht. Andererseits kommt ja sogar unter günstigsten Umständen niemand unbeschädigt durchs Leben. Das ist der große Gleichmacher. Das Drama des Menschseins ebenso wie sein Trost.«

Gemmas Blick wandert zu den Balkontüren, froh, den konfusen, unberechenbaren, bedrohlichen Fluss des Lebens ausgesperrt zu wissen. Und doch ist da etwas wie Bedauern, durch das Glas davon abgeschnitten zu sein.

»Weißt du, was das Schlimmste ist? Dass ich wohl jetzt erst begreife, wie viel Kraft es mich gekostet hat. Und wie sinnlos es war, die ganze Zeit über.«

»Nicht sinnlos. Es hat dir ja offenbar den Halt gegeben, den du gebraucht hast.«

Gemma spürt, wie eine weitere Haarnadel ins Rutschen gerät, noch eine Haarsträhne herabfällt und sich zu den anderen gesellt, die sich über ihren Rücken, die Schultern kringeln. Es ist ihr die Mühe nicht mehr wert, Ordnung hineinzubringen; lieber trinkt sie noch einen großen Schluck, schöpft damit Mut.

»Sisley? Hattest du jemals in deinem Leben Angst, den Verstand zu verlieren?«

Sisley nimmt ihre Frage nicht auf die leichte Schulter. Er denkt gründlich darüber danach, bevor er antwortet.

»Nein. Weil ich weiß, dass der menschliche Verstand durch und durch rational arbeitet. Nur die Parameter, auf denen seine Logik basiert, entsprechen oftmals nicht der Realität. Warum fragst du?«

Andrew Sullivan, der in einem Priesterhabit durch Florenz geht. Ein Bild, genauso unwirklich wie die Erinnerung an die Straßen von New York, die Public Library und ihr Apartment.

Gemmas Gefühl für Raum und Zeit ist porös geworden.

»Vorhin auf der Straße … Ich war überzeugt, dort jemanden zu sehen. Jemanden, den ich aus New York kenne. Gekleidet wie ein Priester. Seitdem frage ich mich, ob dieses Hirngespinst heute meine Rettung war oder mich erst recht in Gefahr gebracht hat.«

Sisley streckt seine langen Beine aus, klopft umständlich eines der zahlreichen Kissen zurecht und lehnt sich zurück.

»Das passiert mir oft. Dass ich jemanden zu sehen glaube und auf den zweiten Blick feststellen muss, es ist doch jemand anders. Und dann begegne ich dieser Person tatsächlich noch später am Tag oder bekomme von ihr einen Anruf, eine E-Mail. Für mich der Beweis dafür, dass unsere Welt komplexer ist, als wir zumeist glauben. Dass Zeit doch nichts Absolutes ist, sondern eine zusätzliche Dimension des Raumes.«

Sein angezogenes Bein wippt im Rhythmus seiner Worte.

»Außerdem glaube ich an die Bedeutung von Symbolen. Nicht im Sinne eines magischen Denkens, dass Symbol X oder eine Handlung Y ein Ereignis Z heraufbeschwört. Sondern dass unser Unbewusstes in Form von Bildern, von inneren Stimmen mit uns kommuniziert. Allerdings haben wir verlernt, diese Sprache zu verstehen. Sie überhaupt wahrzunehmen. Oder aber wir überhöhen sie zu einer Art von Magie. Nur in Form von Literatur, von Kunst können wir noch etwas damit anfangen. Was du gesehen hast, hast du gesehen. Was es für dich bedeutet, musst du selbst herausfinden. Ich persönlich glaube allerdings nicht, dass uns das Unbewusste jemals ein Bein zu stellen versucht. Im Gegenteil.«

Gemma nickt und umschlingt ihre Knie, die erst jetzt, Stunden später, zu zittern anfangen. Sie fühlt Sisleys Blick auf sich.

»Soll ich besser nicht doch jemanden verständigen? Eine Freundin oder einen … einen Partner?«

Sie denkt an Fiona, die ihr weiter als einen Ozean und einen halben Kontinent entfernt zu sein scheint.

»Danke, wirklich nicht nötig. Und außer Nellie gibt es nur eine beste Freundin. Sonst niemanden. Ich bin nicht besonders gut in Beziehungen.«

Der Zwang lähmt jede Spontanität, höhlt jede sich anbahnende Freundschaft schnell aus, lässt Romantik und Verliebtheit verdorren.

»Ich auch nicht. Ich habe es ein paar Mal versucht, und jedes dieser Male endete in einem Fiasko.«

»Deine erwähnten Defizite im zwischenmenschlichen Bereich?«

Er schmunzelt.

»Auch. Die machen es jedenfalls nicht leichter, vermutlich genauso wenig wie deine Zwänge. Am schwersten wog jedoch immer die Ernüchterung, dass ich zwar in Hülle und Fülle viktorianische Liebeslyrik rezitieren kann, aber ansonsten wenig romantisch veranlagt bin. Eine fundamentale und nicht wiedergutzumachende Enttäuschung. Jedes einzelne Mal.«

Der Rotwein ist in Gemmas Arme und Beine gesickert, zirkuliert schwerfällig in ihrem Kopf. Sie stellt das Glas zur Seite, schiebt ihr Kissen zurecht und streckt sich aus.

»Möchtest du allein sein? Die Signora hat mir angeboten, ein Feldbett in der Wäschekammer aufzustellen.«

Gemma schüttelt den Kopf. »Bleib ruhig. Wenn du willst.«

Sisleys Augen wandern über die Weite des Doppelbetts.

»Ehrlich gesagt weiß ich das noch nicht.«

Gemma blinzelt mit schweren Lidern. »Würde es dir etwas ausmachen, so lange zu bleiben, bis ich eingeschlafen bin? Für ein Gedicht oder zwei?«

Sisley räuspert sich und legt den Kopf zurück.

Er wartet, bis sich die Stille des nächtlichen Hotelzimmers gesetzt hat.

»Ich heb mein Herz empor so feierlich«, driftet seine Stimme durch den Raum, sanft und warm. »Wie einst Elektra ihre Grabesurn'. Und mit Blick in Augen dein, schütt die Asche ich zu Füßen dir. Sieh und schau, welch Berg von Kummer da in mir verborgen lag …«

Gemma schließt die Augen.

Solange Worte da sind, fühlt sie sich gut aufgehoben.

Solange Sisleys Stimme da ist, weiß sie sich beschützt.

III

Werter Herr, es war nicht des Gemahls Beisein allein,
das auf der Herzogin Wange der Freude Glut rief hervor;
vielleicht wagte Fra Pandolf zu sagen: »Ihr Umhang
verhüllt meiner Dame Handgelenk zu sehr« oder »Farbe
darf niemals hoffen, die sanfte Röte zu kopieren,
die entlang des Halses sanft erstirbt.« Solch Zeug
war nichts als Höflichkeit, dachte sie, und Grund genug
für jener Freude Glut.

Ich bin am Tag des heiligen Valentin geboren, dem Schutzpatron der Liebenden, der einander Versprochenen und der glücklichen Ehen.

Ich würde darüber lachen, wäre es nicht so bitter.

Valentin von Terni starb an jenem Tag den Märtyrertod, weil er, den Geboten von Kaiser Claudius zum Trotz, Liebende im Namen des Herrn traute und ihnen Blumen aus seinem Garten dazu als Geschenk reichte.

Ich hätte wissen müssen, dass am Ende immer die Grausamkeit über jegliche romantische Empfindung siegt. Liebe ist nichts als ein Märchen, das niemals wahr wird.

»Habt Ihr eine Frau in Florenz zurückgelassen, *Messer* Allori? Kinder?«

Ich bin kühner geworden in seiner Gegenwart, so kühn, dass mir manchmal vor meinem eigenen Mut schwindelt. Jacopas schlafschwere Atemzüge, ihr Schnarchen und Brummen und Grunzen sind wie ein Schutzwall vor der hässlichen Welt jenseits der Tür. Sicher fühle ich mich, in der Kammer mit Sandro, wie an einem schöneren, einem besseren Ort.

Vertraut ist er mir geworden, seine Anwesenheit erhellt meine Tage. Ich muss zugeben, dass ich mich darauf freue, ihn zu sehen, wenn ich mich morgens von meinem Lager erhebe, war die Nacht auch noch so schlecht.

Vertraut scheine auch ich ihm geworden zu sein. Seine Kappe hat er abgenommen, jetzt weiß ich, dass sein Haar dick und glänzend rußbraun ist. Und er hat zu lächeln begonnen.

So wie er auch lächelte, während sein Finger die Kohlespuren auf dem Papier verrieb; einen ganzen Stoß an Blättern hat er bereits mit meinen Konturen und Schattierungen gefüllt.

»Nein, *Serenissima*. Ich bin nicht verheiratet.«

»Warum nicht?«

»Zum einen war ich die letzten Jahre auf Wanderschaft. Erst rund um Florenz, der Landschaften wegen, dann fünf Jahre lang in Rom, um Michelangelos Werk zu studieren. Da blieb mir keine Zeit für Tändeleien und Liebeswerben. Zudem wollen Frau und Kinder jede Nacht ein Dach über dem Kopf, jeden Tag Essen auf dem Tisch. Nicht nur dann, wenn ein Gemälde fertiggestellt und verkauft ist. Dass mich der *Serenissimo Signore* zum offiziellen Porträtisten von *Serenissimo* Francesco ernannt hat, ist eine große Ehre und vielversprechende Aussicht für mich. Aber eben nur ein Anfang.«

»Und zum anderen?«

Mit gesammelter Aufmerksamkeit zog er einen Kohlestrich auf dem Papier und verrieb wiederum diesen gründlich, während sich sein Lächeln vertiefte.

»Zum anderen will eine Heirat wohl überlegt sein. Schließlich ist es ein Bund für das ganze Leben, in dem man Tag für Tag die Arbeiten und Pflichten, die Sorgen und Nöte miteinander schultert. Mir ist noch keine Frau begegnet, bei der ich das ernsthaft in Betracht gezogen habe.«

Ich hatte vergessen, dass andere Leute frei entscheiden können, wem sie sich anvermählen; ich wusste immer, dass mein Vater darüber entscheiden würde – und lieber früher als später.

Vier Jahre alt war ich, als er mit dem Hause Montalto um mich verhandelte, und acht, als er mich Fabiano del Monte, dem Neffen des Heiligen Vaters, versprach. Bis er sein Trachten nach der Stadt Siena ausrichtete und mich dafür als Unterpfand benötigte. Wir Kinder garantieren nicht nur, dass unsere Blutlinie weiterlebt; wir sind auch der Einsatz im Spiel um Land und Macht, Krieg oder Frieden.

So wie Maria das Bündnis mit Ferrara sichern sollte.

Alle sagten, ich könne froh und dankbar sein, dass der Herzog in seiner Großzügigkeit mich nahm, obwohl erst kindliche dreizehn und ohne auch nur eine der begehrenswerten Eigenschaften Marias.

Ich war froh und dankbar, ja, mehr noch: Ich konnte mein Glück nicht fassen, dazu auserwählt zu sein.

Heute denke ich, es war ein schlechtes Omen, den Platz meiner toten Schwester einzunehmen.

»Wie denkt Ihr über die Ehe, *Serenissima*?«

Was hätte ich ihm antworten sollen?

Erwartet hatte ich eine Ehe wie die meiner Eltern. Mich darauf vorbereitet, eine so gute Ehefrau zu sein, wie es in meiner Macht stand, nach dem Vorbild meiner Mutter, trotz meiner Jugend, meiner Unvollkommenheit. Er würde es mir verzeihen, dachte ich, Geduld haben und meinen guten Willen anerkennen.

Doch da ist keine Milde in des Herzogs Wesen, keine Großherzigkeit. Nicht wie bei meinem Vater, obwohl von gleichem Rang und ein ruhmreicher Feldherr noch dazu.

Unbarmherzig gegen seine Feinde und gegen die Feinde von Florenz, betet er den Boden an, auf dem meine Mutter geht. Nicht nur zu seiner Gemahlin hat er sie gemacht, sondern zu seiner Gefährtin, ihm in allen Belangen des Staates ebenbürtig und ihr stets treu. Uns Kindern ein liebevoller Vater, den Jungen wie den Mädchen. Nicht nur den schönen und kühnen und brillanten, sondern auch den schwachen, unzulänglichen, und selbst Bia, der Erstgeborenen, die er vor seiner Heirat gezeugt hat.

Vielleicht ein zu großer, ein unerreichbarer Maßstab, selbst für den Herzog von Ferrara.

Lange dachte ich, ein Kind würde sein Herz vielleicht erweichen, wenigstens mit mehr Achtung für mich erfüllen. Heute denke ich, es hätte nichts geändert.

Das Opfer einer Täuschung bin ich geworden, und dass ich selbst daran eine Schuld trage, macht es nur schwerer.

»Ihr seid nicht glücklich, *Serenissima.*«

Ich hätte ihn zurechtweisen müssen für die Frechheit, die er sich da herausnahm. Stattdessen presste ich die Hand auf den Mund, um mein Schluchzen zu unterdrücken, und unter Tränen schüttelte ich den Kopf.

Mit Seitenblicken auf Jacopa, das Kinn im Schlaf auf die Brust gesunken, legte er Papier und Kohle zur Seite und stand auf, ging vor mir in die Hocke.

»Ich werde versuchen, dem *Serenissimo Signore* so rasch wie möglich eine Nachricht zukommen zu lassen. Er muss wissen, wie es um Euch steht, *Serenissima.*«

Er zog ein Tuch aus der Tasche seines Kittels und reichte es mir; scharf und wie harzig roch es, als ich mir damit die Tränen trocknete, obwohl sauber. Ein fast betäubender Geruch wie ein Parfum der Malerzunft.

Seine Hand, braun, stark und warm, schloss sich um meine, mager, kalt und weiß, und drückte sie behutsam.

»Verliert nicht den Mut, *Serenissima.* Es gibt immer Hoffnung.«

Gewiss wollte er nur höflich sein, allenfalls freundlich; trotzdem errötete ich, dankbar für diese Geste, für seine Worte.

Seither geht mir nicht mehr aus dem Sinn, wie sehnlichst ich mir wünsche, dass er mich noch einmal bei der Hand fasst und dann einfach mit sich fortnimmt. Hinaus aus dieser hässlichen, zugigen Burg, hinaus aus dieser feindseligen Stadt, ganz gleich, wohin.

Ich weiß, dass es nicht möglich ist, und trotzdem denke ich immerzu daran, und jedes Mal erglüht mein Gesicht wie im Fieber.

8

Samstag, 30. September

Für einen Moment weiß Gemma nicht, wo sie ist.

Kissen und Decke fühlen sich ungewohnt an, riechen fremd. Das Morgenlicht fällt von der falschen Seite herein, und sie ist unsicher, in welcher Richtung das Badezimmer liegt.

Dann erinnert sie sich und wendet den Kopf. Ihr Blick trifft sich mit dem Sisleys.

»Hallo.«

»Guten Morgen.«

Ein zaghaftes Lächeln stiehlt sich auf ihre beiden Gesichter.

»Wie fühlst du dich?«

Gemma horcht in sich hinein. Doch da ist nichts, außer einer tiefen Ruhe, wie zwischen zwei Stürmen; fast gespenstisch, wäre es nicht so herrlich.

»Erstaunlich gut. Konntest du denn einigermaßen schlafen?«

»Ziemlich gut sogar.«

Einige Herzschläge liegen sie so da, fast eine Armlänge entfernt und doch ganz nahe. In diesen Augenblicken unmittelbar nach dem Aufwachen, in denen alles einfach und klar und leicht ist. Staunend, Seite an Seite eine friedliche Nacht verbracht zu haben.

Bis das Bewusstsein einsetzt, mit einem Fremden im selben Bett zu liegen, in ungewohnter Intimität.

Hastig richtet sich Gemma auf. »Ich gehe ins Badezimmer.«

In einem dieser altmodischen durchgeknöpften Pyjamas aus Streifenstoff, einen Bartschatten im Gesicht, der aus ihm einen Halbstarken macht, folgt Sisley ihrem Beispiel.

»Gute Idee.«

Im Schutz des Badezimmers greift Gemma zu ihrer Zahnbürste, dreht das Wasser auf. Musik tröpfelt *piano* unter der Tür hindurch und steigert sich *fortissimo* zur Klangflut einer italienischen Oper.

Eine Mauer, die Sisley hochgezogen hat, um den Raum zwischen ihnen zu vergrößern, aber etwas Immaterielles zwischen ihnen im Gleichklang schwingen lässt.

Gemma erwidert das Lächeln ihres Spiegelbilds.

Heiter und unbeschwert ist der sonnige Morgen, der sich durch die geöffneten Balkontüren ergießt, als Gemma aus dem Badezimmer kommt, die Haare einfach zusammengebunden und in dem anderen Sommerkleid, das sie gestern gekauft hat. Das Aroma von Kaffee kitzelt sie in der Nase, der Duft von Eiern und noch warmem Brot.

Rasiert und in einem frischen Hemd unter der ärmellosen Strickweste, hebt Sisley den Kopf von dem Buch in seiner Hand.

»Ich dachte«, sagt er in die lebhaften Geräusche der Straße unten hinein und deutet auf den beladenen Tisch, »dass du vielleicht lieber hier oben frühstücken möchtest. Ich war so frei, ungefähr dasselbe zu bestellen, was du dir in Frankfurt vom Büfett geholt hast. Ich hoffe, das war in Ordnung.«

Unruhig streicht er eine Haarsträhne zurück. Ein glückliches Flattern im Bauch, setzt Gemma sich zu ihm an den Tisch.

»Danke. Sehr aufmerksam von dir.«

Ein Lächeln zuckt über Sisleys Gesicht. Eine leichte Röte auf den Wangen, verschanzt er sich hinter seiner Tasse.

Die Dächer ein unregelmäßiges Mosaik aus Terrakottascherben, erstreckt sich Florenz unter ihnen, dominiert von der Kuppel des Duomo. Ein gekräuselter See aus Stein zwischen den dunklen Hügelflanken in der Ferne und dem Grünufer der Bäume und Sträucher hier oben.

»Wird es gehen?«

Sisley meint nicht das steil ansteigende Sträßchen vor ihnen. Wie er trägt auch Gemma Sneakers, und die Prellung an ihrer Hüfte lässt sie nur bei dem einen oder anderen allzu festen Schritt zusammenzucken.

»Ich hoffe es.«

Schweigend gehen sie die von wildem Wein überwucherte Natursteinmauer entlang. Ländlich ist es hier, hinter dem Ortsschild von Florenz, zwischen Weinbergen, Obstgärten und Olivenhainen.

Weiter vorn tauchen Zypressensäulen den Asphalt in

Schatten; Gemma kann ein gelbes Haus erkennen und dahinter den zinnengekrönten Turm, der dieser Straße ihren Namen gegeben hat: Via della Torre del Gallo.

Gemma zögert und bleibt schließlich doch vor dem brachliegenden Hang jenseits der Mauer stehen. Wortlos blinzelt sie in die toskanische Landschaft hinaus, erschreckend gelassen, fast gleichgültig.

Sie weiß nicht, was sie hier gesucht hat, zwischen Pinien und Wacholder und silbrigen Olivenbäumen. Unter dieser Adresse auf den Briefumschlägen ihrer Mutter, so lange im Gedächtnis getragen.

Irgendein Grundstück könnte es sein, in einem x-beliebigen dörflichen Vorort Italiens.

Nur die Fakten beweisen, dass es derselbe Grund und Boden sein muss, auf dem sie als kleines Mädchen gespielt hat, während ihre Mutter im Schatten eines Baumes las. Und derselbe, auf dem in einer Nacht ihre Familie und ihr Leben, wie sie es gerade kennengelernt hatte, in Feuer und Rauch aufgegangen sind.

Dreißig Jahre und der unbezwingbare Lebenswille der Natur haben alle Spuren getilgt.

»Das ist ganz schön weit, von hier aus in die Stadt«, sagt Sisley in die Stille hinein. »Zu den Museen, Archiven und Kirchen.«

»Er hatte eine Vespa. In Himmelblau.« Ihre Augen schimmern auf. »Manchmal sind wir zu dritt damit in die Stadt gefahren. Meine Mutter hinten auf dem Sitz und ich zwischen den beiden eingeklemmt. Oder wir haben den Bus genommen, der ein paar Mal am Tag fuhr.«

Ein unbehagliches Gefühl hat sich zwischen Gemmas

Schulterblättern festgesetzt, unwillkürlich sieht sie sich um.

Auf der anderen Straßenseite hat eine Radfahrerin angehalten, beobachtet sie neugierig. Gemma zieht die Schultern hoch, um diesen aufdringlichen Blick abzuschütteln.

»Gemma?!«

In hektischen Bewegungen steigt die Frau ab, verheddert sich mit Armen und Beinen und dem Rock ihres blau gepunkteten Kleides, lässt das Rad einfach umkippen. Äpfel kullern aus dem Korb über die Straße, während sie auf Gemma zuläuft.

»Gemma! *Dio mio*!«

Gemma duckt sich, kann aber der überschwänglichen Freude dieser fremden Frau nicht ausweichen, die sie bei den Armen fasst, über ihre Schultern, ihre Haare streicht. Erst nach einigen Herzschlägen beginnt ihr Wasserfall aus Worten für Gemma Sinn zu machen.

»Ich war mir zuerst nicht sicher, ich hatte dich immer nur blond in Erinnerung, ich wusste ja auch gar nicht, wie du als junges Mädchen aussehen würdest oder als erwachsene Frau, woher auch, es ist ja schon so lange her, Gott, dreißig Jahre, fast ein halbes Leben, du warst ja noch so klein, aber du siehst deiner Mamma ja so ähnlich!«

Abrupt verstummt sie, einen feuchten Glanz in den dunklen Augen, ein wehmütiges Lächeln um den Mund.

»Du erinnerst dich nicht an mich, nicht wahr? Ich bin's, Gina. Die Tochter von Antonella und Giuseppe. Die Melfis, ein Stück weiter die Straße hinauf. Die große Schwester von Nando, mit dem du Löcher gegraben und Burgen gebaut hast.«

Gemma setzt zu einem Kopfschütteln an. Sie kennt diese Frau in den Fünfzigern wirklich nicht, keiner der Namen sagt ihr etwas.

Dann fällt ihr Blick auf das kleine Goldkreuz mit Rubinen, das in Ginas Ausschnitt funkelt, und ein Echo kindlicher Faszination für diesen Anhänger schwingt in Gemma nach.

Sie mustert das Madonnengesicht mit den Lachfalten, die ersten weißen Fäden in der schwarzen Haarflut, und von irgendwoher hört sie den Nachhall eines fröhlichen Lieds, zweistimmig, weiblich warm und kleinmädchenhaft hell.

»Du hast immer mit mir gesungen!«

»Ja, genau!« Gina lacht glücklich auf und wendet sich Sisley zu. »Gemmas Mann, *sì*? Gina. Gina Costa. Freut mich, freut mich sehr! Mein Englisch ist nicht sehr gut. Ist sehr lange her, ich habe es von Gemmas Mutter gelernt. Meine Mamma hat ihr im Haus geholfen, damals.«

Sisley zuckt zusammen, als Gina seine Rechte packt und kräftig schüttelt, ringt sich dann aber doch ein freundliches Lächeln ab, bevor er mit einer gemurmelten Entschuldigung davonhastet, um diejenigen Äpfel aufzusammeln, die die Straße noch nicht ganz hinuntergerollt sind.

»Ihr müsst unbedingt mitkommen, Nonna besuchen, die wird ihr Glück nicht fassen können! Wir haben uns immer gefragt, was aus dem kleinen amerikanischen Mädchen geworden ist, all die Jahre haben wir das, haben immer abgewinkt und gelacht, wenn Nonna gesagt hat, passt nur auf, eines Tages wird sie den Weg hierher wieder finden und uns besuchen und uns alles erzählen. Jetzt ist es doch wahr geworden, auf ihre alten Tage noch, deshalb müsst ihr einfach mitkommen!«

Im Sonnenschein vor dem Haus schmilzt der Panzer aus Zeit und Dunkelheit, taut so etwas wie Erinnerung auf.

Mit dem Duft des Landweins. Dem Geschmack der eingelegten Oliven, des salzigen Käses und der Salami. Mit dem bitteren Salat aus *puntarelle*, Löwenzahn zum Verwechseln ähnlich, und dem kräftigen Aroma der Tomaten, das Gemma schon vergessen hatte, nach Sommerluft und frisch gemähten Wiesen. Unter den runzligen Händen der Greisin auf der Bank neben Gemma, die immer wieder ein Schälchen oder den Brotkorb näher zu ihr hinschiebt, ihr den Ellbogen drückt, ihr über die Wange streichelt.

Keine Erinnerung an einzelne Momente, an konkrete Ereignisse ist es. Sondern ein Gefühl der Geborgenheit, eines verschütteten Glücks.

Ein Fotoalbum unter dem Arm, kehrt Gina aus dem Haus zurück und lässt sich wieder auf ihrem Platz zwischen Sisley und Gemma nieder. Unter dem Rascheln der Zellophanseiten blättert sie durch das Buch.

»Hier, das ist meine Mamma, zusammen mit deiner Mamma. Und hier, mein Babbo. Voller Stolz auf den Schreibtisch, den er dem Professor gebaut hat, weil im Haus keiner war und auch sonst kein Tisch übrig.«

»*Santo cielo*, so viele Bücher!« Nonna, verwittert wie Treibholz, schlägt die Hände zusammen; kehlig stimmt sie in das Lachen am Tisch ein.

Sie haben ihren Rhythmus gefunden, zwischen Damals und Heute, zwischen Italienisch und Englisch, und immer ist Sisley bereit, auf feinfühlige Art eine Brücke zwischen den beiden Sprachen zu bauen.

»Und hier, der Professor und deine Mamma im Garten eures Hauses. Babbo hat sich damals darum gekümmert.«

Gemma kann sich nicht sattsehen an den Fotos, die neu für sie sind und doch zutiefst vertraut.

Gina blättert die nächste Seite um, und Gemma blickt auf sich selbst, wie sie in einem Sommerkleidchen barfuß auf einem Holztisch steht und mit geschlossenen Augen die Arme hochreckt, als wollte sie die Sonne fangen.

Gemmas Hand legt sich auf das gemaserte Holz vor ihr; es ist tatsächlich derselbe Tisch, dasselbe Haus.

Hier ist auch ein anderes Foto von Gemma entstanden: ein Glas Limonade mit beiden Händen umklammernd auf dem Schoß von Nonna, damals schon eine Großmutter wie aus dem Bilderbuch. Daneben Gina, fast noch ein Mädchen, die in einem verwaschenen Fiorucci-Shirt in die Kamera lächelt. Gemma in kurzer Hose und Ringelhemd und ein kleiner Junge von vielleicht acht oder neun Jahren, der Nando sein muss, beide dreckverschmiert, Plastikschaufeln in der Hand und ein freches Grinsen auf den Gesichtern.

»Du warst oft bei uns. Deine Mamma hat gern hier Rast gemacht, wenn sie mit dir oben am Torre war oder auf sonst einem eurer Ausflüge, an den Tagen, an denen der Professor unten in der Stadt gearbeitet hat. Oder sie kam einfach auf einen Kaffee vorbei. Mamma hat sich immer darüber gefreut, die beiden verstanden sich gut, obwohl so verschieden. Deine Mamma hat sich für die Gegend hier und ihre Geschichte interessiert, und ich bin gern dabeigesessen, wenn sie von ihrem Zuhause erzählt hat. Von ihrem Leben dort.«

»Deine Eltern …« Gemma tastet sich behutsam vor.

Gina schüttelt den Kopf. »Leben beide schon länger nicht mehr. Krebs und das Herz. Ich glaube, ich habe erst da wirklich und ganz begriffen, wie es dir gegangen sein muss, als Kind.«

Gemma nickt nur. Die Erfahrung von Verlust und Trauer zu teilen lässt einen bis ins Mark mitfühlen und doch hilflos zurück und ohne Worte. Weil man am eigenen Leib erfahren hat, wie wenig Trost in bewährten Floskeln steckt, sind sie noch so aufrichtig gemeint.

Gina seufzt schwer auf. »Eine solche Tragödie … Woran erinnerst du dich noch, vom Feuer?«

Gemma feuchtet ihren trockenen Mund mit einem Schluck Wein an.

»An nicht allzu viel. Stimmungen und Farben. Gerüche und Empfindungen. Daran, wie mein Vater mit mir aus dem Fenster geklettert ist, um mich in Sicherheit zu bringen, und dann zurück in die Flammen gerannt ist. Zumindest träume ich nachts immer noch davon.«

Ginas Blick verliert sich zwischen den Kräutertöpfen und Gemüsebeeten.

»Es war eine so schöne Nacht, warm und voller Sterne. Ihr wart am Abend noch hier, deine Eltern haben mit uns ein Glas Wein getrunken. Es war seit längerer Zeit das erste Mal, dass der Professor wieder mit herkam, davor war er ganz in seine Forschungen vertieft. Aber er hatte … wie hat er es genannt? Einen Durchbruch. Ja, so hat er gesagt. Angespannt war er, weil die eigentliche Arbeit erst vor ihm lag. Aber auch unendlich erleichtert. Vor allem deine Mamma war glücklich, nachdem es in den letzten Wochen so aussah, als müsstet ihr umziehen, seiner Forschung wegen. Sie wollte hier in Florenz bleiben, nicht nach Rom oder Ferrara.«

Kühl rieselt es Gemmas Rückgrat hinunter.

»Hat er mehr über seine Arbeit erzählt?«

Gina nickt. »Oft und gerne. Aber immer nur, dass es um die Medici geht. Babbo und den anderen Nachbarn hat er ein Loch in den Bauch gefragt, nach alten Geschichten und Legenden. Was er genau gesucht hat, daraus hat er immer ein Geheimnis gemacht. Nur dass es seine Leidenschaft war, das hat man ihm angemerkt. Ich glaube, es hat auch nie jemand nachgefragt, weil er zwar ein offener und herzlicher Mann war, aber eben doch ein studierter Professor aus Amerika. Und ich gebe zu, ich habe immer nur mit halbem Ohr hingehört. Ich mochte es lieber, wenn der Professor und deine Mamma von New York erzählt haben. Ich war ja noch so jung, mit Flausen im Kopf und Träumen von der großen weiten Welt.«

Sie lacht auf.

»Und dann bin ich doch hier hängengeblieben, habe Fabio von nebenan geheiratet und vier Kinder großgezogen.«

Versonnen betrachtet sie ihr jugendliches Abbild.

»Das war ein solcher Schock in jener Nacht. Silvio hat das Feuer unten am Hang bemerkt, das Zimmer der Jungen ging zu dieser Seite raus. Er hat Alarm geschlagen und alle geweckt. Zuerst dachten wir, er hätte bloß schlecht geträumt. Nonna ist bei den Kleineren geblieben, während Mamma, Babbo, Carlo und ich hingerannt sind, nur im Nachtzeug, um zu schauen, ob wir helfen können. Mir wurde ganz anders, als ich gesehen habe, dass es euer Haus ist. Und dann standest du da, mutterseelenallein in deinem Nachthemd. Mamma hat dich auf den Arm genommen, Babbo ist zur brennenden Ruine gelaufen, aber dann war auch schon die Feuerwehr da und hat ihn davon weggeholt, weil nichts mehr zu machen war.«

Sisleys Mund spannt sich an, während er weiter mit der Gabel die Steine der Oliven auf seinem Teller zu einem akkuraten Muster anordnet.

»Keiner wusste, was jetzt erst einmal mit dir wird. Wir hatten ja keine Adresse von deinen Leuten in Amerika, keine Telefonnummer, keine Dokumente, nichts. Ein Polizeibeamter hat dann entschieden, dass du bei uns bleiben kannst, bis alles über das Konsulat geregelt ist. Wie lange war Gemma bei uns, Nonna? Eine Woche? Ja, ich glaube, eine Woche. Vielleicht ein paar Tage länger. Du hattest noch deine Verbände, daran erinnere ich mich. Dann kamen unangekündigt zwei Polizisten vorbei und haben dich ins Konsulat mitgenommen, zu deiner Nonna.«

Gemma verschränkt die Arme und lässt ihre Finger unter die losen Ärmel des Sommerkleids gleiten. Die Narben dort sind kaum zu sehen, leichte Unebenheiten, die nur unter grellem Licht ins Auge fallen. Gemma hat sie nie als Makel empfunden, sie scheinen ihr genauso natürlich gewachsen zu sein wie die starke Linie ihrer Nase, das dunkle Rotbraun ihrer Locken; jetzt ist sie sich ihrer überdeutlich bewusst.

»Daran habe ich gar keine Erinnerung«, murmelt sie und mustert ihr kindlich-unbeschwertes, fremdes Ich im Fotoalbum der Melfis.

»Du warst auch vollkommen verstört. Hast nicht geschlafen, kaum gegessen und so gut wie nicht gesprochen. Mamma, Nonna und ich haben danach oft an dich gedacht und uns gefragt, wie es dir wohl geht. Nicht wahr, Nonna?«

Gina blinzelt mit feuchten Augen und streichelt die Seiten des Fotoalbums.

»Mamma hat vorgehabt, die Abzüge deiner Mutter zum Abschied zu schenken, bevor ihr nach Amerika zurückgeht. Dazu kam es dann nicht mehr. Ich weiß auch gar nicht, wo die Negative sind … Ich frage meinen Sohn, ob er sie dir elektronisch schickt, ja?«

Der Abschied von Gina ist ihr schwergefallen. Noch mehr von Nonna, die Gemmas Hand umklammert hält und unablässig auf sie einflüstert, ihre altersbrüchige Stimme so dringlich, dass Gemma nicht alles versteht.

Trotzdem ist es eine Erleichterung, in den Kokon des Hotelzimmers zurückzukehren. In das bläuliche Licht nach Sonnenuntergang, schmeichelnd wie Kaschmir. In die rauchige und lieblich-süße Luft, die durch die geöffneten Balkontüren fließt, sogar die Motorengeräusche draußen, die Stimmen und das laute Gelächter unten auf der Straße dämpft.

Auf das ausladende Bett, das behagliches Wohnzimmer und Schlafstelle zugleich geworden ist.

Langsam legt sich der Taumel in Gemmas Kopf, in

dem sie während der Rückfahrt fortwährend kontrollierte, ob sie nicht den Schlüssel des Hotelzimmers verloren hat, Geldbeutel, Handy und Reisepass noch sicher in ihrer Handtasche sind. Auch Sisleys nervöses Zwinkern auf dem Rücksitz des Taxis, sein unruhiges Fingerzucken haben nachgelassen.

Gemmas Tablet an das angezogene Knie gelehnt, sieht er sich die Fotos an, die Gemma in ihrer Cloud hortet.

Von Sylvia, diesem Paradiesvogel in einem goldenen Käfig, immer schon unbeeindruckt davon, dass einer ihrer Vorfahren auf der Mayflower eingewandert war und ihr früh verstorbener Vater Glen einmal mit den Kennedys Tennis gespielt hatte. Die mit dem Punk flirtete und Unterschriften für verschiedene Anliegen der Umweltbewegung sammelte, gegen atomares Wettrüsten auf die Straße ging und gegen die amerikanische Unterstützung der Militärregierung in El Salvador.

Und kaum schien sie sich wieder gefangen zu haben, setzte sie ihre Rebellion fort, indem sie sich am noblen Vassar College in ihren Professor verliebte, einen jüdischen Jungen aus Hoboken, fast fünfzehn Jahre älter.

»Hast du Kontakt zur Familie deines Vaters?«

Die Beine unter sich gezogen, das Schmuckstück aus Perlen und Draht in der Hand, schüttelt Gemma den Kopf.

»Nach allem, was ich weiß, standen sie sich auch nicht sonderlich nahe. Keineswegs strenggläubig, aber doch in manchen Punkten konservativer als mein Vater. Erst wollte er gar nicht heiraten und dann kein nettes jüdisches Mädchen, sondern ausgerechnet meine Mutter, die nicht im Traum daran gedacht hat zu konvertieren. Umgekehrt war auch meine Großmutter wohl alles andere als begeistert. Nellie hat mir das einmal erzählt, obwohl ich mich nicht erinnern kann, dass Grandma jemals ein böses Wort über meinen Vater verloren hat. Sie hat mich sogar dazu angehalten, jedes Jahr eine Weihnachtskarte an die Bernsteins zu schreiben. Als nie etwas zurückkam, hat sie es irgendwann nicht mehr erwähnt.«

Sisley zieht eine Braue hoch. »Vielleicht hättest du besser Karten zu Chanukka geschrieben?«

Gemma lacht. »Dass dies das Problem gewesen sein könnte, habe ich auch erst später begriffen.«

Schmunzelnd widmet er sich wieder den Fotos.

Auch optisch waren sie ein ungleiches Paar, auf diesen verwaschenen gelbstichigen Bildern aus den frühen Achtzigern: Sylvia langbeinig und kurvig wie ein Pin-up-Model, in Farben von Milch und Honig, Clifford fast einen Kopf kleiner, die Gesichtszüge wie nur grob aus einem Block Holz geschnitzt, aber lodernd vor Lebensenergie, einem unwiderstehlichen Charisma.

Einige dieser Bilder stammen von Dinnerabenden, von verschiedenen Partys, einem Picknick mit Freunden. Immer sind Sylvia und Clifford das Zentrum der Aufmerksamkeit, alle Köpfe, alle Blicke ihnen zugewandt: ein hell leuchtender Doppelstern, der alles andere überstrahlt.

»Sie sehen sehr glücklich aus«, flüstert Sisley.

»Das waren sie auch.«

Gemma muss an die Skulptur im Metropolitan Museum denken, an die ineinandergelegten Dichterhände aus Bronze.

Zwischen ihrer Mutter, ihrem Vater war es auch eine solch große Liebe gewesen, auch ein solches Vertrauen. Das weiß Gemma nicht nur aus Grandmas Erzählungen oder aus den Briefen ihrer Mutter: Das trägt sie noch immer in sich. Aus dem Häuschen in Poughkeepsie, an das sie sonst keine Erinnerungen mehr hat. Aus Italien, wohin sie zu dritt voller Aufregung und Vorfreude aufgebrochen waren, bevor sie allein an Grandmas Hand zurückkehrte, traumatisiert und verwaist.

»Das spüre ich bis heute.«

Sisley legt den Kopf zurück und sieht sie unverwandt an.

»Damit haben sie dir etwas sehr Wertvolles hinterlassen.«

»Ich weiß.«

Das Lächeln auf Gemmas Gesicht verlischt.

»Ich habe mich oft gefragt, ob ich auch ein solcher Einzelgänger geworden wäre, hätte ich nicht ohne sie aufwachsen müssen.«

»Vermutlich schon«, erwidert Sisley und versenkt sich wieder in die Fotos. »Wie ich dir aus eigener Erfahrung sagen kann. Meine Eltern sind auch so furchtbar gesellig. Alle eigentlich. Außer mir.«

In der Stille, die auf seine Worte folgt, schwingt eine Art von Schwermut mit, die Gemma kennt. Eine Ahnung des fortwährenden Konflikts zwischen dem Alleinsein, das die Luft zum Atmen ist, und gähnender Einsamkeit. Die gesammelten Erfahrungen, anders zu sein, die Fingerabdrücke auf der Seele hinterlassen haben.

»Ich habe es satt«, platzt sie heraus, »dass dieser Brand und der Tod meiner Eltern mein ganzes Leben überschatten. Ich habe es satt, mich von diesen Zwängen bestimmen zu lassen.«

Sisleys Augen wandern im Zimmer umher.

»Ich schätze, ich weiß, was du meinst. Ich glaube, es gibt Verluste, die man nie ganz verwindet. Defizite, die sich nicht komplett ausgleichen lassen. Zu einem großen Teil ist man das, was das Leben aus einem macht. Aber zu einem mindestens genauso großen Teil das, was man selbst daraus macht. Das haben mich die Brownings gelehrt.«

»Wie meinst du das?«

»Na ja.« Sisley setzt sich zurecht, rückt dabei ein Stück näher zu Gemma. »Elizabeth war schon fast vierzig, als Browning ihr schrieb. Die längste Zeit ihres Lebens durch eine mysteriöse Krankheit ans Bett gefesselt, die vielleicht die Spätfolge eines Reitunfalls war, vielleicht Tuberkulose oder gar psychosomatisch – oder von allem etwas. Ihr Lebensweg schien vorgezeichnet, noch dazu durch den Widerstand ihres Vaters gegen eine Heirat jedes seiner Kinder. Und trotzdem raffte sie sich dazu auf, ihrem Leben eine neue Wendung zu geben. Traf sich heimlich in ihren vier Wänden mit Browning, heiratete ihn genauso heimlich und ging mit ihm nach Italien. Wider die Prognosen aller Ärzte bekam sie sogar einen gesunden Sohn. Und Browning, dem eine glänzende Zukunft als Dichter prophezeit worden war, spielte in dieser Ehe nur die zweite Geige und unterstützte seine Frau, wo er nur konnte, weil er von ihrem Genie überzeugt war. Was selbst in der heutigen Zeit noch nicht selbstverständlich wäre.«

Aufseufzend streckt Sisley die Beine von sich.

»Was ich damit sagen will … Das Leben formt einen,

aber diese Prägung ist kein unabwendbares Schicksal. Sie ist nicht in Stein gemeißelt. Es bleibt immer Raum für Veränderung. Für Wachstum.«

»Veränderungen machen mir Angst«, murmelt Gemma, des Widerspruchs zu ihren vorigen Worten bewusst.

»Mir auch. Im besten Fall machen sie mich nervös.«

Beide lachen leise.

»Weißt du«, setzt Sisley dann erneut an, »die Brownings machen mir immer aufs Neue Mut, mich selbst mit meiner Verschrobenheit zu akzeptieren. Der Mythos der beiden Wunderkinder, die zu großen Dichtern aufsteigen und sich dann auch noch in einer großen, unsterblichen Liebe finden, entbehrt nicht der Realität. Genauso wenig, dass man ihr Leben und Werk im Kontext ihrer Zeit sehen muss. Dass die viktorianische Ära melodramatisch und überspannt war, vom allgegenwärtigen Tod geprägt, von himmelschreiender sozialer Ungerechtigkeit und Doppelmoral – geschenkt, das ist hinlänglich bekannt. Auch das Klischee, dass jedes Genie einen Schuss Verrücktheit in sich hat – genauso geschenkt. Was bleibt, sind trotzdem zwei reichlich exzentrische Menschen, selbst für ihre Epoche, im Konflikt mit den Banalitäten des Alltags. Gerade Elizabeth Barrett lässt mich immer wieder aufs Neue über mich selbst nachdenken. Über meine Konflikte mit der physischen, der zwischenmenschlichen Realität.«

Gemma mustert ihn von der Seite. »Ich wusste nicht, dass es für dich so persönlich ist.«

Er schmunzelt. »Der beste Antrieb, um sich einer Sache mit Haut und Haaren zu verschreiben.«

Gemmas Gedanken wandern zu Landkarten und

Stadtplänen. Zu diesem sorgfältig geführten Tagebuch der Menschheit auf dem Weg vom Nichtwissen hin zur Gewissheit, in dem Kunst und Abenteuer, Imagination und Wissenschaft ineinander übergehen und manchmal schlicht dasselbe sind.

Karten sind das Bindeglied zwischen der mehrdimensionalen Welt und des Menschen Wahrnehmung und Geist. Auf Karten hat alles seinen Namen, seine Form, seinen Platz, selbst weiße Flecken. Karten geben der Leere eine Gestalt, schaffen Ordnung im Chaos. Geben Orientierung und zeigen Wege auf.

»Du hattest recht. Gestern, in der Casa Guidi. Ich bin hier, um meiner Vergangenheit auf den Grund zu gehen.«

»Und ich bewundere dich für deinen Mut. Ich weiß nicht, ob ich es geschafft hätte, an diesen Ort zurückzukehren. Auch nach so vielen Jahren.«

Dunkelheit hat den Raum erobert. Keiner von beiden tastet nach dem Lichtschalter. Ihnen genügt es, den anderen als Schemen auszumachen, im Schein aus den erleuchteten Fenstern gegenüber, im Leuchten des Displays auf Sisleys Knie.

Ihre Stimmen genügen, ihre Worte, aufgeladen von Gedanken, von Empfindungen.

»Ich kann dir nicht versprechen, dass wir auf alle Fragen eine Antwort finden«, sagt Sisley leise. »Aber dass wir finden, was an Spuren da ist – das verspreche ich dir.«

Auf dem nächsten Foto ist Clifford Bernsteins Gesicht nicht zu sehen; er schaut auf seine kleine Tochter hinunter, höchstens ein paar Monate alt, wie sie in seinem Arm liegt und zu ihm herauflächelt.

»Ich habe online ein paar Publikationen deines Vaters gelesen. Brillant. Absolut brillant. Ich hätte ihn gerne kennengelernt.«

»Ich wünschte, ich könnte dir sagen, dass er sich auch gern mit dir unterhalten hätte.«

»Ich weiß.«

Gemma spürt, wie Sisley neben ihr plötzlich unruhig wird.

»Was ist?«

»Nichts. Eigentlich. Es ist nur … Da ist dieser winzig kleine Gedanke, der mir neulich kam und seither nicht mehr aus dem Kopf will. Diese Nachahmung des Ohrrings, die du bekommen hast … Warum ausgerechnet das als Hinweise auf die Dame in Grün? Und nicht ein Handschuh, wie er auf dem Gemälde zu sehen ist, oder etwas, das an den Fächer in ihrer Linken erinnert?«

Unwillkürlich schließen sich Gemmas Finger um das fragile Gebilde.

»Weil es die prägnanteste Form im ganzen Bild ist? Am leichtesten wiederzuerkennen, wenn man weiß, wo man suchen soll?«

»Vielleicht. Aber warum sich erst die Mühe machen, Draht und Perlen in diese komplizierte Form zu bringen? Warum nicht einen Ausschnitt aus dem Gemälde, von mir aus auch eine Kunstpostkarte?«

»Was glaubst du?«

»Ich weiß es nicht. Aber da ist dann dein Name … Gemma ist unverändert aus dem Lateinischen ins Italienische gekommen und bedeutet Knospe oder Edelstein. Oder eben Schmuckstück.«

9

Sonntag, 1. Oktober

Immer noch ballen sich mehrere Dutzend Paare und Grüppchen vor ihnen zusammen. Gemma wirft einen Blick über die Schulter. Im grauen Säulengang ist die Schlange hinter ihnen zu den Ausmaßen eines Lindwurms angewachsen.

Ein Vorgeschmack auf das Gedränge, das im Inneren herrschen wird; schon jetzt fühlt sich Gemma eingekesselt, tastet einmal mehr in ihrer Handtasche herum, ob noch alles da ist.

»Nicht meine beste Idee«, wiederholt Sisley schuldbewusst. »Ich hätte daran denken müssen.«

Der erste Sonntag im Monat: freier Eintritt in den Uffizien, der Massen von Menschen angelockt hat.

»Möchtest du wieder gehen?«

Eine Frage, die Sisley bisher kategorisch verneint hat; jetzt zögert er. Seine Lider zucken; unter roten Flecken ist sein Gesicht blass.

»Ich wollte dir unbedingt den Bronzino zeigen. Im Original. Nicht als digitale Kopie.«

Seine Worte klingen genauso unschlüssig, wie es seine

Schritte sind, als sie sich in der Warteschlange weiter vorwärtsbewegen.

Das hektische Flattern seiner Finger beginnt Gemma selbst nervös zu machen. Ohne lange nachzudenken, greift sie nach seiner Hand, die kalt und klamm ist.

Ein Ruck fährt durch Sisley, bis in seine Fingerspitzen hinein. Er starrt auf ihrer beider Hände, als überlege er, wie er sich Gemma entziehen könnte, ohne sie zu kränken.

»Zusammen werden wir es schon schaffen, oder?«

Langsam entspannen sich Sisleys Finger, erwidern dann Gemmas Händedruck, während sein Gesicht eine normale Färbung annimmt. Mit einem tiefen Durchatmen nickt er.

Aneinandergeklammert stürzen sie sich wenige Minuten später tapfer in die Menschenmenge, die sich durch die prächtigen Säle wälzt.

In einer Brokatrobe in Perlweiß, Schwarz und Gold hat Eleonora di Toledo den Arm um die Schultern ihres Sohnes Giovanni gelegt: Ein blond gelockter Barockengel, der traumverloren in die Ferne schielt und dessen Brokatjacke das Lapislazuli des Hintergrunds aufgreift.

»Die Ähnlichkeit ist verblüffend.«

Gemmas Blick springt zwischen dem Porträt an der karmesinroten Wand vor ihnen und der Dame in Grün auf ihrem Smartphone hin und her.

»Sie könnten gut Mutter und Tochter sein. Gerade auch, wenn wir die verbürgte Lucrezia hinzunehmen.«

Ein Wischen mit dem Daumen, und auf dem Display

erscheint das finster-schaurige Porträt von Bronzinos Hand.

Auch Sisley vergleicht das Gemälde von Lucrezias Mutter mit Bildern auf seinem Handy.

»Mir ist aufgefallen, dass Bronzinos Porträts schärfere Linien und klarere Farbflächen aufweisen, während diejenigen, die Allori gemalt hat, ein wenig verwaschen wirken. Unsere Dame in Grün ist irgendwo dazwischen.«

Seine Stirn legt sich grüblerisch in Falten.

»Aber vielleicht sind wir mit beidem komplett auf dem Holzweg, und …«

»Sisley!«

Ein volltönender Bassbariton lässt sie auseinanderfahren.

Die Besucher kapitulieren vor der physischen Präsenz des Mannes, der mit ausgebreiteten Armen auf Gemma und Sisley zuschreitet. Wie das Rote Meer teilt sich die Menge vor diesem glutäugigen Lebemann in den besten Jahren, ein erstes Aufglimmen von Silber in den Haaren, dem Bart; eine *bella figura* in dem geschmackvollen Anzug, den er mit naturgegebener Eleganz trägt.

»*Osteria*! Sisley! Was machst du denn hier?«

Wiedersehensfreude umgibt ihn wie einen Heiligenschein, als er Sisley an sich reißt, an seine Hemdbrust drückt und ihm auf den Rücken klopft.

»Warum hast du nicht Bescheid gesagt, dass du kommst?«, schilt er liebevoll.

»Das habe ich!« Sisleys Stimme überschlägt sich beinahe. »Sowohl deinem Anrufbeantworter als auch deiner Mailbox!«

»Wirklich? Ah, Verzeihung. Ich war wohl in den letzten Tagen etwas abgelenkt. *Affari di cuore*, du verstehst? *L'amore*!«

Über die Schulter des edlen Sakkos fängt Gemma einen verzweifelten Blick Sisleys auf.

Sie strafft sich und streckt dem Fremden geschäftsmäßig-selbstbewusst die Hand entgegen, wie sie es im Umgang mit Antiquaren und Kunsthändlern gelernt hat.

»Gemma Cabot. *Buon giorno.*«

Augenblicklich gibt er Sisley frei, ergreift stattdessen Gemmas Rechte mit beiden Händen. Sein Strahlen bekommt eine blendende Intensität, während er Gemma in ihrem Sommerkleid mustert.

»Cesare. Cesare D'Onofrio.« Es klingt wie das Schnurren eines Gepards. »Äußerst erfreut, Miss Cabot!«

Er versetzt Sisley einen Schlag auf die Schulter.

»Lass uns zusammen essen, ja? Und dann musst du mir unbedingt verraten, wie ein Vogel wie du zu solch einer *donna magnifica* kommt!«

Es ist früh, gerade erst Mittag, die Terrasse am Wasser noch leer; vielleicht handelt es sich auch um einen Geheimtipp, fast versteckt im rückwärtigen Teil einer Weinhandlung.

Zwischen Lammrippchen, gegrillten Zucchinirollen und Pappardelle in Rotweinsugo tauschen die Männer Neuigkeiten aus. Sie haben mehr gemeinsam, als es der Anschein zunächst vermuten lässt. Eine starke intellektuelle Energie fließt zwischen den beiden und lässt ahnen, wie sich ihre erste Begegnung abgespielt hat, im Anschluss an einen Vortrag Sisleys über Brownings *Duchess.*

Nicht zu übersehen sind die neugierigen Blicke Cesares, die zwischen Gemma und Sisley pendeln, unausgesprochene Fragen stellen, Hypothesen entwerfen.

Wie in einem Boot ist es auf dieser Terrasse, mit Sicht auf die Arkaden und aufeinandergetürmten Fassaden am jenseitigen Ufer. Auf den Ponte Vecchio, dessen verschachtelte Fensterfronten und bemooste Dächer sich im Wasser spiegeln.

Durch die Gasse, zwischen Juwelieren, Uhrengeschäften und Souvenirbuden, haben sie den Fluss vorhin überquert; Händler, wie sie die Brücke wohl schon bevölkerten, seit sie gebaut wurde. Vergangenheit und Gegenwart scheinen hier in Florenz ineinanderzufließen wie die Kräuselungen auf dem Wasser des Arno.

»Gibt es denn Schöneres als den Anblick einer Frau, die in Gedanken versunken ist?«

Lächelnd mustert Cesare sie durch den Rauch seiner Zigarette, trinkt einen Schluck Espresso.

»Alles in Ordnung?«, erkundigt sich Sisley über seinem Tiramisu.

»Ja.« Gemma greift zur Kuchengabel. »Da ist nur dieses Lied, das mir nicht mehr aus dem Kopf geht.« Unter den fragenden Blicken der beiden Männer stimmt sie leise die Fragmente an, die sich in ihr festgehakt haben, in ihr nachklingen.

»*Sì, sì, ci voglio andare*, mhmhhmhmhh. Mhmhmhh *Ponte Vecchio, ma per buttarmi in Arno.*«

Sisleys Miene erhellt sich. »Puccini. O mio babbino caro. Aus *Gianni Schicchi*. Seit 1985 synonym mit *Zimmer mit Aussicht*, der kongenialen Verfilmung von …«

»Ah«, macht Cesare lachend und drückt den Rest seiner Zigarette aus, »viel zu traurig an einem so schönen Tag! Ein Mädchen, das gegenüber ihrem Vater eine Klage anstimmt, sich in den Arno stürzen will, wenn ihre Liebe zu einem Jüngling unerfüllt bleibt.«

O mein lieber Papa. Gemmas Kehle wird eng; sie legt die Gabel zur Seite, ihr ist nicht mehr nach Mandelkuchen.

»Mein Freund hier« – Cesares Hand schließt sich um Sisleys Schulter, rüttelt daran – »ist auch oft so schwermütig! Kein Wunder, wenn er sich nur zwischen seinen Büchern und alten Dokumenten vergräbt! Lebe, sage ich ihm immer wieder, lebe!«

Gemma und Sisley wechseln einen verstohlenen Blick, ein heimliches Lächeln.

Mit einem zufriedenen Seufzen lehnt Cesare sich zurück.

»Mich würde trotzdem interessieren, was genau euch hierhergebracht hat.«

Durch die Brille, die er aus der Innentasche seines Sakkos geholt hat, betrachtet Cesare die Dame in Grün, geht sie Detail für Detail durch. Was er vor sich hin murmelt, klingt nach einer Aneinanderreihung von Komplimenten; wie er dabei mit der Fingerkuppe seinen Oberlippenbart bürstet, hat etwas Sinnliches. Fast scheint er mit der unbekannten Dame zu flirten.

Obwohl in Cesares Erzählungen zuvor immer wieder amouröse Verstrickungen durchklangen, eine Livia, eine Elena auftauchten, wirkt er wie ein solider Ehemann. Als

Kurator mit den Uffizien und ihren Schätzen verheiratet und ihnen nicht nur treu, sondern mit ganzer Seele ergeben.

»Wir schwanken noch zwischen Bronzino und Allori«, erklärt Sisley.

»Kann sein, kann aber auch nicht sein«, knurrt Cesare, als wollte Sisley ihm die Gunst der schönen Frau auf dem Gemälde streitig machen. »Wetten würde ich darauf jedenfalls nicht abschließen. Bronzino war mehr als nur Alloris Lehrmeister. Sein Ziehvater wurde er nach dem frühen Tod von Alloris leiblichem Vater, und Allori hat ihn nicht nur manchmal Onkel oder sogar seinen Vater genannt. Er hat auch manche seiner Gemälde mit Bronzinos Namen signiert, als Zeichen seiner Dankbarkeit. Und unser Gemälde hier trägt noch nicht einmal irgendeine Signatur.«

Gemma hat ihr eigenes Tablet zwischen sich und Sisley gelegt.

Hier, unter freiem Himmel, über den Wassern des Arno, erinnert die Dame in Grün sie an einen grün schillernden Käfer, aufgespießt in einem Glaskasten. An einen exotischen Singvogel, der seine Flügel spreizt und doch weiß, dass er seinem dunklen Käfig niemals entkommen kann.

Cesares Finger zoomen in das Gemälde und wieder hinaus.

»Erstaunlich, wie Grün dieses Bild dominiert. Ansonsten sind die einzigen Farben das Weiß der Rüschen und Spitzen. Das rote Tischtuch, auf dem ihr Arm ruht.«

»Das ist mir auch aufgefallen«, wirft Sisley ein. »Die

Farben des modernen Italien. Aber da die Trikolore erstmalig 1797 während des Feldzugs Napoleons gehisst wurde, habe ich diesen Gedanken wieder verworfen.«

Cesare krault sich den gepflegten Bart.

»An sich richtig. Historisch gesehen ist die Trikolore ganz banal aus den Farben verschiedener Regimenter zusammengesetzt. Nach der Deutung, die sich im zwanzigsten Jahrhundert etabliert hat, steht ihr Grün für die Ebenen und Hügel des Landes, während Weiß die schneebedeckten Gipfel der Alpen symbolisiert. Rot schließlich ist das Blut, das in den Unabhängigkeitskriegen vergossen wurde. Gehen wir jedoch weiter zurück und lassen wir die Heraldik hinter uns, kommen wir zur traditionellen Symbolik der drei Farben. Grün ist die Hoffnung, Weiß der Glaube und Rot die Nächstenliebe. Die drei höchsten theologischen Tugenden. Eine heilige Dreieinigkeit, die sich oft in Zusammenhang mit den Medici findet.«

Cesare genießt sichtlich den Blick, den sich Gemma und Sisley zuwerfen.

»Meistens übrigens in Form von Federn dargestellt. Was uns zu dem Fächer bringt, den eure holde Dame in ihrer Linken hält.«

»Straußenfedern«, sagt Gemma.

Cesare nickt. »Es ist nicht ganz klar zu erkennen, aber ich tippe darauf, dass es drei Stück sind. Drei Straußenfedern für die drei Tugenden, derer sich die Medici rühmen – Hoffnung, Glaube und Nächstenliebe. Und nicht nur das. Straußenfedern waren in jener Epoche nahezu unerschwinglich, da aus Afrika importiert. Nur Familien, so reich wie die Medici, konnten sich diese leisten. Weshalb

Straußenfedern rasch zu einem Symbol der Medici wurden.«

»Was ist mit dem Griff dieses Fächers?«

»Ein *broncone*, ein sprießender Zweig. Manchmal mit dem Motto *semper virens* versehen.«

»Immer grün«, übersetzt Gemma leise, ein Vibrieren in der Stimme. »Immer lebend.«

»Vermutlich auch ein Symbol der Medici?«

Cesare schlägt Sisley zwischen die Schulterblätter. »So ist es, mein Freund. Und darüber hinaus im Einklang mit der Farbwahl. Grün ist nichts anderes als die Farbe des Lebens.«

»Siehst du vielleicht auch irgendeinen Hinweis auf die Este?«

Cesare reagiert mit einem Grinsen, das seine perfekten weißen Zähne sehen lässt. »Ich dachte schon, du fragst nie. Ich habe es allerdings auch beinahe übersehen. Euer unbekannter Maler hat es gut versteckt. Das Tischtuch unter ihrem Ellbogen.«

Nicht zum ersten Mal ist Gemma unschlüssig, ob die Dame in Grün sich auf den Tisch stützt oder ihn im Gegenteil von sich weg und aus dem Gemälde hinausschieben will.

»Die Bordüre am Rand erinnert mich an eine massive Kette«, flüstert sie. »Wie eine Fessel.«

»Ja, nicht wahr? Wartet kurz. Wo habe ich denn …« Cesare tippt auf sein Smartphone, legt es schließlich vor Gemma und Sisley auf den Tisch. »Das originale Wappen der Este, wie es früher dargestellt wurde.«

Gemma kann auf dem Tischtuch nur Blütenranken

erkennen, fast schon abstrakt in ihrer geometrischen Geradlinigkeit. Erst nach und nach formen sie sich zu den goldenen Löwen des Wappens, zu Adlerschwingen und Eichenlaub.

Die Königslilien des Wappens bringen Gemma zum Ausgangspunkt der Spurensuche zurück, zu den Ohrgehängen der Dame in Grün.

»Könnten die Perlen vielleicht den *palle* der Medici entsprechen? Sechs Perlen für die sechs Kugeln im Wappen?«

Pillen oder Schröpfgläser eines Medicus, eine plausible Interpretation des Familiennamens. Vielleicht auch Münzen, die den Ursprung der Familie zwischen Kaufleuten und Bankiers ansiedeln.

Das Aufglimmen eines Hochgefühls erstickt schnell in einer ernüchternden Einsicht.

»Sisley und ich haben die Schleifen und Schnörkel der Ohrringe als zwei zusammengesetzte Königslilien interpretiert. Also insgesamt vier. Während auf dem Wappen der Medici nur drei davon zu sehen sind, auf dem der Este hingegen sechs. Das heißt, wir haben eine Fleur-de-Lys zu viel oder aber …«

Ihre Aufmerksamkeit richtet sich auf den Kopfputz der Dame in Grün.

»Ist das ein Haarreif? Oder ein Haarnetz?«

»Beides«, erklärt Cesare. »Und in dieser Kombination auch eher ungewöhnlich für die Mode jener Zeit.«

»Für mich hat es etwas Orientalisches«, bemerkt Sisley.

»Was nicht einmal weit hergeholt ist«, stimmt Cesare zu. »Die *palle* des Medici-Wappens werden oft als Byzantiner Goldmünzen gelesen. Oder aber als Pomeranzen, als

Anspielung auf die Geschäfte, die die Medici mit der östlichen Welt machten.«

»Diese Schleife hier oben am Kopfputz … Erinnert sie euch nicht auch an eine Fleur-de-Lys?«

Eingehend studieren sie alle drei die Schlaufen aus gemalter Seide.

»Sie weist zum Fenster hinaus«, sagt Sisley schließlich. »Wie eine Windrose. Genau wie du in Frankfurt gesagt hast – wir müssen das Bild wie eine Karte lesen.«

»Es fehlt trotzdem noch eine Königslilie«, murmelt Gemma. »Logisch wäre es, wenn eine sechste irgendwo hier in der Landschaft …«

Ihre Gedanken zerfasern, während sie den Ausblick des Gemäldes größer und größer zieht. Bis sich die Konturen zwischen den Farbflächen auflösen, die einzelnen Pinselstriche verfließen.

Gemmas Herzschlag setzt für einen Augenblick aus.

»Da. Der mittlere Brückenbogen mit seinen Pfeilern, wie er sich im Wasser spiegelt.«

»Fleur-de-Lys«, raunt Sisley neben ihr. »Tatsächlich. Cesare – kannst du uns etwas zu der Brücke sagen?«

»Ja. Dass es mindestens mehrere Dutzend davon allein in Italien gibt. Und dass wir nicht einmal annähernd abschätzen können, wie viele davon früher über irgendwelche kleinen und mittelgroßen Wasserläufe geführt haben.«

»Sofern wir überhaupt davon ausgehen können, dass der Maler einen realen Ort abgebildet hat.« Gemma geht sachlich die möglichen Alternativen durch. »Genauso gut könnte er sich weiter der Symbolik bedient haben. Oder schlicht aus seiner Imagination geschöpft.«

»Etwas stört mich an diesem Gemälde.«

Aufmerksam folgen Gemma und Sisley Cesares Finger, der sich auf die Mitte der digitalen Reproduktion gelegt hat.

»Dieses Medaillon hier, am Halsband aus Perlen.«

Gemma betrachtet das winzige Relief, aus grünem Stein herausgearbeitet, die grünen und goldenen Blättchen, die sich darum winden.

»Sind das Lorbeeren?«

»Das Symbol des Ruhmes und des Sieges«, ergänzt Sisley. »Sinnbild für den Frieden. Bedeutet *allori* übrigens nicht Lorbeeren?«

»Ja und ja.« Cesare wirkt ungeduldig, fast irritiert. »Aber das meine ich nicht. Dieses Miniaturporträt zeigt Maria Magdalena. Inbegriff der reuigen Sünderin. Das passt nicht ins Bild, im wahrsten Sinne des Wortes. Nichts in diesem Gemälde deutet auf einen zweifelhaften Ruf eurer Dame in Grün hin. Sie ist elegant und züchtig gekleidet, wirkt weder kokett noch frivol. Nicht einmal das Haar trägt sie offen. Nirgendwo sind die typischen Attribute einer Kurtisane wie bestimmte Blumen oder Geldmünzen zu entdecken. Stattdessen weist sie sich durch das Handschuhpaar in ihrer Rechten als verheiratete Frau aus, und Insignien von Geld und Macht bezeugen ihren Stand. Was hat also Maria Magdalena in diesem Bild zu suchen?«

Gemma kommen die zahlreichen Übermalungen in den Sinn, von denen Dr. Bellinghaus in Frankfurt erzählt hat. *Pentimenti*, Reuestriche.

»Vielleicht hatte sie Grund, etwas zu bereuen?«

»Elizabeth Barrett besaß eine Brosche aus Malachit«, wirft Sisley ein. »*Geheimnisvoll gezeichnet und von solch tiefem Grün wie die elysischen Geister, die hereinspazieren, wenn die Poeten sie schweben lassen.*«

Elizabeth Barrett Brownings Worte und Sisleys Stimme hinterlassen eine bedeutungsvolle Stille am Tisch.

»Und?«, fragt Cesare gespannt; seine auffordernde Gestik verrät Ungeduld.

»Nichts und«, erwidert Sisley heiter. »Browning hat sie ihr zum achten Hochzeitstag im September 1854 geschenkt. Danach wird sie nie wieder erwähnt, und auch im Nachlass der Brownings ist sie nicht aufgetaucht.«

Cesares Seufzen ist irgendwo zwischen nachsichtiger Zuneigung und strapazierten Nerven angesiedelt. Er hebt die Hand in Richtung des Kellners.

»Für euch auch einen Ramazotti?«

Mit einem klaren Klang treffen die schmalen Gläser über dem Tisch zusammen. Über den entschlüsselten Symbolen der Dame in Grün, die neue Fährten ins Dunkel gelegt haben.

Gemma starrt in die Schwärze des Zimmers.

Jetzt rächt es sich, aus Rücksicht auf Sisley nicht erwähnt zu haben, dass sie zum Einschlafen Licht braucht. Vielleicht war sie auch zu optimistisch, nachdem sie seit ihrem Abflug aus New York nur ruhige, durchgeschlafene Nächte erlebt hat.

Uferlos ist diese Finsternis, in der überall Bedrohungen lauern, körperlos und nicht greifbar, und alte Erinnerungen. Gemma hat Angst, sich dieser Dunkelheit zu überlassen. Der noch tieferen Schwärze des Schlafs, in der sie ungeschützt und wehrlos ist.

Angst vor der unkontrollierbaren, furchterregenden Welt der Träume.

Zu Hause würde sie jetzt wieder und wieder aufstehen und nachsehen, ob der Herd ausgeschaltet ist. Hier ist es der Drang, sich zu vergewissern, dass die Zimmertür abgeschlossen ist, kein schadhaftes Stromkabel eine Brandgefahr darstellt, der ihre Magennerven bearbeitet, in ihren Gliedern kribbelt.

Wenn ihre Gedanken sich nicht daran festbeißen, kreisen sie um *palle* und Fleur-de-Lys, Lorbeerblätter und Straußenfedern. Und sobald sie über die Brücke auf dem Gemälde nachgrübelt, schleicht sich sofort wieder Puccini in ihr Ohr.

O mio babbino caro, mi piace è bello, bello; vo'andare in Porta Rossa a comperar l'anello.

»Gemma?«

Schuldbewusst schielt sie in die Richtung, aus der Sisleys Flüstern gekommen ist.

»Tut mir leid. Ich kann nicht schlafen.«

»Ich auch nicht.«

Wie auf Kommando knipsen beide ihre Nachttischlampe an, huschen barfuß und in Pyjamas durch das Zimmer und holen ihre Tablets ins Bett, Sisley dazu noch einen Stapel Schokoladentafeln. Er öffnet eine davon und legt sie neben sich, schiebt sie einladend näher zu Gemma hin.

»Fürs Gehirn. Hilft beim Denken.«

Wie Komplizen werfen sie sich lächelnd Seitenblicke

zu, während jeder den eigenen Recherchen nachgeht. Konzentriert, aber in einer Behaglichkeit, die sich in ihrer gelösten Haltung spiegelt. In ihren entspannten Mienen, von einem stillen kleinen Glück erhellt.

»Das könnte es sein«, flüstert Gemma irgendwann in den tiefen Stunden der Nacht.

Sie rutscht näher zu Sisley, der hastig das Cover seines Tablets zuklappt.

Ein Nachbild von Brandruinen, von wissenschaftlichen Diagrammen noch auf der Netzhaut, sieht sie ihn an.

Ihre Augen flackern wie zugewachsene Gartenteiche, vom Grund her aufgewühlt, während sie zu begreifen sucht.

»Entschuldige. Ich hatte kein Recht …« Das schlechte Gewissen steht Sisley ins glühende Gesicht geschrieben. »Ich wollte nicht irgendwelche Grenzen überschreiten. Ich dachte nur … Ich will die ganze Geschichte kennen. Die Ursachen und Folgen solcher Brände. Ich wusste nicht, dass ein Feuer sich derart rasend schnell ausbreitet. Nichts über die bestimmenden Faktoren wie Gasentwicklung und Luftzufuhr. Dass sich Gegenstände allein durch die entstehende Hitze wie von selbst entzünden können, ohne direkte Berührung mit den Ursprungsflammen, und innerhalb von fünf Minuten, von zehn Minuten ist nichts mehr zu retten. Ich will verstehen, was damals passiert ist, Gemma. Wie es sich abgespielt haben könnte.«

»Ich kenne alle Zeitungsartikel aus Italien und den USA von damals. Die Nachrufe auf meinen Vater, den angesehenen Gelehrten und Dozenten, und auf meine Mutter, das Society-Girl wider Willen. Ich kenne alle Fakten.

Ein gewöhnlicher Hausbrand, vermutlich hervorgerufen durch eine umgefallene Kerze. Die Bausubstanz hatte den Flammen nichts entgegenzusetzen, und in den Trümmern haben sie dann meine Mutter und meinen Vater gefunden. Ich habe meine Hausaufgaben gemacht, weißt du.«

Gekränkt klingt sie, mit einer stolzen Schärfe, die jedoch in den letzten Worten zu bröckeln beginnt.

»Aber du hast nie einen Blick in die Akte geworfen«, rät Sisley.

Gemma schüttelt den Kopf, lässt ihn dann hängen.

»Du musst dir auch nicht mehr aufladen, als du sowieso schon mit dir herumträgst.«

Schmelzend ist seine Stimme wie der Nachgeschmack von Schokolade im Mund. Fast zu weich, zu tröstend für Gemma. Ihr nächster Atemzug kippt in ein Schluchzen.

»Du wolltest mir etwas zeigen?«

Sisleys Frage hilft ihr, sich wieder zu fangen.

Mit einem tiefen Luftholen weckt Gemma das Display ihres Tablet aus dem Dämmerschlaf, rückt dabei so eng an Sisley, dass sich ihre Schultern berühren; sie braucht jetzt diese Art von Nähe.

»Ich habe mit allen möglichen Ideen und Gedanken zu Maria Magdalena jongliert und das Netz nach italienischen Brücken durchstöbert. Und ich glaube, ich habe unsere Brücke gefunden. Hier. Der Ponte della Maddalena.«

Verwunschen wirken die verwitterten, moosgefleckten Steinbögen über dem Fluss in der Farbe von Grünspan, zwischen den avocadogrünen Hügeln.

»Wie kannst du dir sicher sein?«

Die moderne Farbfotografie weicht einem alten Kupferstich in Grautönen, der die Brücke von der anderen Seite zeigt, und Sisley holt überrascht Luft.

»Derselbe Fels! Wie ein kräftiger Backenzahn, und die Fläche oben ist genauso bewachsen. Und auch die Konturen der Berge im Hintergrund stimmen überein. Die Windungen des Flusslaufs.«

Er runzelt die Stirn.

»Aber der Ponte della Maddalena hat auf einer Seite eine Kuppe. Hier, über diesem Brückenbogen, der wesentlich größer ist als die anderen. Die Bögen unserer Brücke sind nahezu ebenmäßig.«

Mit beiden Händen hält Gemma das Tablet senkrecht, schiebt es von sich weg und neigt es dann so, dass sich ungefähr die Perspektive ergibt, aus der die Brücke auf dem Gemälde dargestellt ist.

»Ich verstehe.« Ein Leuchten breitet sich auf Sisleys Gesicht aus. »Von diesem Standpunkt aus verschwindet der große Bogen hinter dem bewachsenen Hang. Und damit das Element, das diese Brücke so einzigartig und unverwechselbar macht. Nur wer um diese Brücke weiß, um die Form des Felsens dahinter, um den Ort, kann sie auf dem Gemälde identifizieren. Genial.«

»Interessant finde ich, dass diese Brücke erst seit etwa 1500 Ponte della Maddalena heißt. Seit eine Statue von Maria Magdalena an ihrem östlichen Ende aufgestellt wurde, die aber über die Zeit verlorengegangen ist. Davor hieß sie Ponte del Diavolo. Angeblich hat der Baumeister dem Teufel die erste Seele versprochen, die die Brücke überquert, wenn er ihm hilft, die Brücke zu bauen. Als sie fertig war, hat man als Erstes ein Schwein hinübergeschickt, und der Teufel war daraufhin derart beleidigt, dass er sich in der Gegend nie wieder blicken ließ.«

Sisley nickt. »Das ist eine verbreitete Legende, mal mit einer Katze oder einem Hund statt des Schweins. Teufelsbrücken gibt es viele, in Italien, Spanien, Frankreich, besonders in Deutschland. Es hat etwas mit der Schwierigkeit des Brückenbaus in alten Zeiten zu tun. Mit dem Aberglauben, dass bei einem solchen architektonischen Kunststück nur der Teufel seine Hand im Spiel gehabt haben kann. Sicher psychologisch darin begründet, dass die Brücke schon immer als Symbol für den Übergang von einer Welt zur anderen galt. – Welcher Fluss ist das?«

»Der Serchio. Bei Borgo a Mozzano. In der Provinz Lucca.«

»Lucca.« Sisley legt den Kopf zurück, blickt versonnen. »Die Brownings waren drei Mal in Lucca. In Bagni di Lucca. Eine Flucht vor der Sommerhitze der Stadt, um Elizabeths Gesundheit willen.«

Er sieht Gemma von der Seite her an.

»Ob das der Durchbruch war, von dem Gina gesprochen hat? Dass dein Vater eine Spur gefunden hat, die nach Lucca führt, zur Ponte della Maddalena?«

»Aber was ist dort, an dieser Brücke?«

»Das frage ich mich auch.«

»Und wenn diese Brücke wiederum nichts anderes als ein neues Symbol ist? Eine Fährte, die meinem Vater schließlich zu diesem besagten Durchbruch verholfen hat? Hat Lucrezia de' Medici irgendeinen Bezug zu Lucca?«

»Nicht, dass ich wüsste.«

Die nächtliche Stille nimmt wieder überhand, während beide auf ihren Tablets Stichworte eingeben, Links folgen, Bilder betrachten, Textauszüge überfliegen.

»Lucca. Maddalena.«

Sisley bewegt diese Namen so vorsichtig im Mund, als könnte er subtile Nuancen herausschmecken, verborgene Bedeutungen. Schließlich schüttelt er den Kopf.

»Es hilft nichts. Vielleicht weiß Cesare darüber etwas. Hoffentlich liest er wenigstens seine E-Mails.«

Gemma beobachtet ihn, wie er konzentriert auf seinem Tablet tippt. Diesen eigenwilligen, besonderen Fremden, der innerhalb weniger Tage so vertraut geworden ist. Wie umgekehrt genauso; zumindest scheint er nicht zu bemerken, dass sein Knie, scharfkantig noch durch die Pyjamahosen hindurch, an Gemmas Knie lehnt, wie selbstverständlich.

»Sisley … Würdest du mit mir zusammen die Akte meiner Eltern einsehen?«

Seine Augen schimmern warm, als er aufblickt, bevor sich seine Stirn zerfurcht, er angestrengt nachdenkt.

»Mit dem größten Vergnügen, wollte ich gerade sagen. Aber das gilt angesichts der Umstände wohl eher als unsensibel bis unangemessen, oder?«

IV

Ihr Herz war – wie soll ich's sagen – zu leicht zu erfreuen,
zu leicht beeindruckt; sie liebte, worauf ihr Auge fiel,
und ihr Blick schweifte weit umher.
Werter Herr, alles war eins! Meine Gunst an ihrer Brust,
das Licht des Tages, das im Westen schwand,
der Kirschzweig, den irgendein übereifrig' Narr
im Garten für sie brach, das weiße Maultier,
mit dem sie Rund' um Rund' über die Terrasse ritt –
alles und jeder entlockte ihr lobende Reden,
zumindest jene Röte.

Staunend betrachtete ich die rosafarbenen Blütenzweige in der Vase neben meinem Stuhl, trank ihren süßen Duft; ich vergaß sogar die Schmerzen in meinem Rücken, die ein Kissen erforderlich machten, das Reißen in meinen Händen, den Beinen.

»Gefallen sie Euch?«

Ich konnte nur nicken, stumm.

»Ich habe sie im Garten gesehen und für Euch geschnitten. Ein erster Vorbote des Frühlings, auf den ihr so sehr wartet.«

»Ich liebe Kirschen.« Murmelnd fand ich meine Sprache wieder. »Ihre Blüten im Frühling. Ihre Früchte, die für mich der Inbegriff des Sommers sind.«

Das Sehnen nach Sommer, nach Sonne und Lachen und warmen Sternennächten zerrte so heftig an mir, dass ich mit den Tränen rang.

Sandro hielt sich tief über das Papier gebeugt, und ich lächelte.

»Ihr habt noch immer nicht zu malen begonnen.«

Er gab ein leises Lachen von sich, ein dunkler Laut, der noch einen Herzschlag lang in der Luft nachschwang.

»Es ist auch keine leichte Aufgabe, Euch zu malen, *Serenissima.* Auf den ersten Blick seid Ihr das ideale Modell, mit Eurer vollkommenen Knochenstruktur, Euren Proportionen. Aber Euer Wesen ist nicht leicht einzufangen. Jedes Mal, wenn ich glaube, eine Vorstellung von Euch zu haben, verfliegt sie sogleich wieder. Als wollte ich nach einem Regenbogen greifen.«

Meine Wangen wurden heiß; verlegen strich ich über die zarten Blüten neben mir.

»Erzählt mir doch von Euch, *Serenissima.* Was macht Euch glücklich?«

Mein Blick glitt ins Leere, während sich eine graue Endlosigkeit in mir ausdehnte.

Ich hätte ihm erzählen können, dass mich laute Geräusche, laute Menschen ängstigen. Tintenspritzer auf der Manschette, ein zerbrochener Haarkamm, ein im Regen ruiniertes Paar Schuhe sind Vergehen, die mich nächtelang mit Übelkeit martern. Wie sehr ich immer die aus dem Nest gefallenen Vogelkinder beweint habe, nackt bis auf einen zarten Flaum, die blau geäderten Glieder so unendlich weich und zerbrechlich, die toten Augen wie Knöpfe aus Perlmutt.

Mein größter Makel ist es, zu empfindsam zu sein. Zu leicht erregbar, zu rasch berauscht, zu leicht überwältigt. Im Nu am Boden zerstört, vom Himmel in die Hölle der Seelenqual mit nur einem Wimpernschlag.

Untauglich macht es mich für die Tochter eines Kriegshelden, für die Gemahlin eines Feldherrn.

»Sonnenuntergänge«, raunte ich irgendwann, wider besseres Wissen, verführt von Sandros sanftem Blick.

»Prächtige Sonnenuntergänge lassen mich schweben, und Musik trägt mich geradewegs in den Himmel hinauf. Gewitterwolken, Blitz und Donner machen mir wohlige Gänsehaut, und im Duft von Sommerregen möchte ich baden. Der Geschmack von Granatäpfeln und das warme Fell, die starken Muskeln eines Pferdes unter mir. Das Schnurren einer Katze auf meinem Schoß und das Lied der Vögel bei Tagesanbruch.«

Glutrot im Gesicht verstummte ich.

Sandro hielt den Blick weiter auf das Papier vor sich gesenkt, doch die Art, wie sein Gesicht in Bewegung war, verriet mir, dass er mir wohlwollend zugehört hatte.

»Wie müsste sie sein«, wisperte ich, »die Frau, die Euer Leben teilt?«

Die Kreide in seiner Hand verharrte über dem Papier, seine Lider zuckten.

»Empfindsam«, sagte er schließlich heiser. »Mit einem Sinn für Schönheit. Von gutem Herzen und einer tiefen Seele.«

Er führte die Kreide wieder auf das Blatt, hielt dann jedoch erneut inne, ohne aufzublicken.

»Wie müsste er sein, *Serenissima*, der Mann, der Euer Herz erobert?«

Mein Blick wanderte über sein dunkles, ungebärdiges Haar. Über sein weiches Gesicht mit dem Mädchenmund und die kräftigen Hände, dunkel gefärbt von Kreidestaub.

»Stark im Leib und in der Seele. Warmherzig. Voller Güte und ohne Falsch.«

An ihm war es nun, zu erröten, ein kleines Lächeln um die Lippen, während die Kreide in seiner Hand ihre Spur über das Papier wieder aufnahm.

Er bringt den Frühling mit, Sandro, der Maler.

Nicht nur mit Kirschzweigen.

Seine Blicke, sein Lächeln wärmen wie die Sonne. Wie nach einem endlosen Winterschlaf erwacht fühle ich mich. Er sieht mich, mit all meinen Makeln und Fehlern, mit meinem verblassten, ausgehungerten Äußeren, und trotzdem scheint er mich gern anzusehen.

Die Leichtigkeit und das Strahlen von Florenz bringt er mit und lässt in mir die ersten grünen Blättchen austreiben.

Dass sie nicht Bestand haben werden, daran will ich nicht denken.

10

Montag, 2. Oktober

Nüchtern und zweckmäßig ist der Raum im unteren Stockwerk des Kommissariats.

Nichts verschönert das freudlose Graubeige der Wände, überspielt das zerkratzte Linoleum in Militärgrau. Als ob nichts von den Fakten eines Verbrechens, eines Unfalls ablenken soll.

Die Stühle sind hart, mit einer Metallstrebe, die sich schmerzhaft ins Kreuzbein drückt, sobald man sich anlehnt. Gemma fragt sich, ob hier manchmal Verhöre stattfinden; unwillkürlich sieht sie sich nach einem Einwegspiegel um, sucht nach Überwachungskameras.

Unerwartet schnell und mühelos ist es gegangen. Vorzeigen ihres Reisepasses und des Scans ihrer Geburtsurkunde, der in der Cloud lagert. Ausfüllen und Unterschreiben eines Formulars, das sich dann zu anderen Papieren in einem Ablagekorb gesellte. Eine halbe Stunde später ist ein Polizeibeamter mit der Akte erschienen, und die distanziert-freundliche Dame der Verwaltung, die etwas von einer Schuldirektorin hatte, begleitete sie hierher.

Seitdem liegt der Manilahefter auf dem Tisch vor

ihnen; unscheinbar, wie um Tarnung bemüht, und noch unberührt.

»Ich hatte sie mir dicker vorgestellt«, sagt Gemma schließlich.

»Ich hätte auch mit mehr Umfang gerechnet«, stimmt Sisley zu.

Insektenleichen sprenkeln das Milchglas der sirrenden Neonlampe; ihr unbarmherziges Licht macht vergessene Staubfäden sichtbar. Daneben breitet sich ein rostiger Wasserfleck aus, geformt wie der Umriss des Mittelmeeres, das Gemma von jeher an eine fliegende Ente erinnert hat.

»Als ich noch klein war«, flüstert Gemma nach einer Weile, »und gerade lesen gelernt hatte, habe ich ein Kinderlexikon bekommen. So dick und schwer, dass ich es nur mit Mühe tragen konnte. Manche Bilder darin machten mir Angst. Wie Skelette und Totenschädel. Ich habe mich fürchterlich gegruselt, wenn ich aus Versehen die Abbildung berührt habe. Bis ich lernte, diese Seiten nur am Rand anzufassen und schnell zu überblättern.«

Um Gemmas Mundwinkel zuckt es, mehr angespannt und traurig als amüsiert.

»Ich hatte sogar eine Phase, in der mich Weltkarten schaudern ließen. Weil in meinen Augen jedes Mal der afrikanische Kontinent die Gestalt eines Schädels im Profil annahm.«

Ein Funke der Belustigung glimmt in Sisleys Augen auf.

»Ich weiß, was du meinst. Mir ging es so mit unserem Lexikon der Unterwasserwelt. Es war der blanke Horror, aus Versehen auf das Foto von *Linophryne arborifera* zu fassen, eines Anglerfischs. Auch nur das Buch dort aufzuschlagen. Am schlimmsten war *Chauliodus sloani.* Ein Drachenfisch, der exakt so aussieht wie dieses Geschöpf aus *Alien* mit seinen Sabberfäden.«

Der Anflug von Leichtherzigkeit, den diese geteilte Kindheitserinnerung mit sich bringt, ist nicht von Dauer.

Nicht in diesem Raum. Nicht mit dem Gewicht der dünnen Akte auf dem Tisch.

Sisley greift danach, sieht Gemma unsicher an.

»Ist es wirklich in Ordnung, wenn ich …?«

Gemma kann nur nicken; ihr klopfendes Herz klemmt ihr in der Kehle fest. Sisley räuspert sich, zieht dann mit einem tiefen Durchatmen die Mappe zu sich heran und schlägt sie auf.

Die ersten der maschinengeschriebenen Seiten hält Gemma noch aus. Als dazwischen die Ecke eines Blatts mit aufgeklebten Fotos sichtbar wird, springt sie auf und erschrickt selbst über das Kreischen der Stuhlbeine auf dem Linoleum.

Unruhig durchzirkelt sie den fensterlosen Raum, zerrissen zwischen Wissenwollen, Wissenmüssen und dem Sehnen nach seliger Ahnungslosigkeit. Gefangen im Spannungsfeld zwischen nervösen Energieschüben und plötzlichen Schwächeanfällen, in denen sie sich gegen eine Wand lehnen muss, die Arme um sich geschlungen.

»Wo sind deine Eltern bestattet?«

Sisley hat es nur gemurmelt, und trotzdem fährt Gemma zusammen.

»Zu Hause in New York. Im Familiengrab der Cabots. Grandma hat sie gleich hier einäschern lassen. Das war einfacher so, mit den ganzen Formalitäten und dem Rückflug. Warum fragst du?«

»Nur so.«

Gedämpft kommen die Geräusche von klappenden Türen hier unten an, Stimmen im Dialog und zwischendurch das Aufjaulen einer Polizeisirene. Sonst sind nur Gemmas Schritte zu hören und das Rascheln des dünnen, alterstrockenen Papiers, wenn Sisley umblättert.

»Wie schlimm ist es?«, wagt Gemma endlich zu fragen.

»Ziemlich schlimm.« Den Kopf in die Hand gestützt, bleibt Sisley über die Akte gebeugt. »Selbst für mich als Unbeteiligten.«

Dr. Gould fällt ihr ein, der sie beständig dazu ermuntert, sich dem zu stellen, was ihr Angst macht. Jetzt kommt es ihr feige vor, Sisley die Einzelheiten der Tragödie zuzumuten, die ihre eigene ist.

Mit einem tiefen Durchatmen kehrt sie zum Tisch zurück.

»Nicht, Gemma. Ich weiß nicht, ob du das wirklich …«

Sisleys Hand, abwehrend und wie beschützend ausgestreckt, stößt sie zurück.

Wie ein Hieb in den Magen ist es, unter dem sich Gemma zusammenkrümmt, beinahe den Stuhl verfehlt und unsanft auf der Kante landet. Die Hände vor den Mund gepresst, gibt sie Schreckenslaute von sich, Beschwörungsformeln, Gebete, Flüche, sie weiß es nicht.

Nichts hat sie auf dieses Grauen vorbereitet.

Auf dieses hässliche Antlitz des janusköpfigen Todes; die Leere, die ihre Eltern hinterlassen haben, war so viel einfacher zu ertragen. So viel gnädiger als das Wissen, dass die verkohlten Leichen, die verschmorten Schädel mit gebleckten Zähnen einmal ihre Mutter, ihr Vater gewesen waren.

Tränen schießen ihr in die Augen, Würgen und Schluchzen gehen ineinander über, als sie erst jetzt, dreißig Jahre danach, den Geruch unterscheiden kann. Den Geruch zwischen vorher und nachher.

Zwischen brennendem Haus und verbrannten Eltern.

Sie ist froh um Sisleys Hand zwischen ihren Schulterblättern, die sie davor bewahrt, von diesem Tsunami des Grauens fortgerissen zu werden. Dankbar um seine andere Hand, die sich nach der Akte ausstreckt, um sie zu schließen und einen barmherzigen Schleier aus Manilakarton über Gemmas Blick zu legen.

Im Reflex packt sie diese Hand, vergräbt die Fingernägel darin. In diesem Moment, in dem die Welt stehen bleibt, alles in Gemma still wird.

Etwas stimmt nicht. Etwas ist falsch auf diesem einen Foto.

Auf eine andere Art falsch als das, was Flammenhitze von einem Körper, einem Menschenleben übrig lässt.

Sie weiß nur nicht, was es ist.

»Ist das mein Vater?« Ihr Blick findet keinen Halt an den Buchstaben aus der Schreibmaschine, rutscht an den Linien ab, verstrickt sich in den Bögen und Schleifen. »Auf dem obersten Foto?«

»So steht es hier. Männlich, zwischen dreißig und vierzig Jahren. Identifiziert als Clifford Bernstein, amerikanischer Staatsbürger, geboren am siebenundzwanzigsten April 1947.«

Die Gefühlsfluten weichen zurück, versickern irgendwo tief in Gemma. Ihr Verstand gewinnt die Oberhand, kühl und klar.

Mit derselben Objektivität, mit der Gemma altes Kartenmaterial untersucht, studiert sie das Foto. Vergleicht es mit der Erinnerung, die sie in sich trägt, mit den Fotos, die sie sich eingeprägt hat. Nach ihrem Handy, ihrem Tablet greift sie nicht; den direkten Vergleich zwischen der heilen Welt auf den Fotos in ihrer Cloud und diesem Horror traut sie sich nicht zu.

Sie ist nicht sicher, wie könnte sie auch; sie weiß zu wenig darüber, mit welchen Parametern sich Partien eines Gesichts im Feuer verändern. Und trotzdem scheinen diese kleinen, regelmäßigen Zähne fehl am Platz. Fremd.

»Ich glaube, das ist nicht mein Vater.«

Die Gasse ist schmal und schattig, kaum mehr als ein langer Einschnitt im Häusermeer. Abweisend wirken die Häuserfronten mit ihren geschlossenen Türen, den schmiedeeisernen Gittern vor den Fenstern.

Umso überraschender ist der sonnendurchflutete Kreuzgang hinter einer dieser Türen. Wohltuend für Gemma, mit seinen klaren Linien und schmucklosen Flächen; ein befreites Aufatmen nach einem Anfall von Klaustrophobie.

»Santa Maria Maddalena dei Pazzi ist das Einzige, was Cesare eingefallen ist«, erzählt Sisley, während sie über die zersprungenen Pflastersteine gehen, die in einer breiten Bahn den Rasen zerteilen, einen fast neongrünen und makellosen Teppich.

Es war ein längeres Telefonat zwischen den beiden, auf

der Straße vor dem Kommissariat, während Gemma sich an einer Zigarette festhielt, von einem der beiden Polizeibeamten geschnorrt, die sich neben ihren Motorrädern eine Pause gönnten.

»Bist du sicher, dass du nicht lieber ins Hotel willst?«

Die verweinten Augen hinter der Sonnenbrille verborgen, ist ihr Gesicht kalkig, wirkt zermürbt; scharfe Linien zeigen sich entlang ihren Mundwinkeln, während es in ihren Schläfen schmerzhaft pocht. Wie zerschrammtes Glas fühlt sie sich, das bei der nächsten Erschütterung zersplittern könnte.

»Wenn ich jetzt stehen bleibe, zerfalle ich in tausend Scherben. Und ich weiß nicht, ob ich mich dann wieder zusammengesetzt bekomme.«

»Ich sehe zu, dass ich den Polizeibericht so schnell wie möglich übersetze und zusammen mit den abfotografierten Seiten meinem Bruder schicke. Er kennt sich mit solchen Dingen wesentlich besser aus. Wärst du einverstanden, wenn er vielleicht noch einen oder mehrere Spezialisten hinzuzieht?«

»Natürlich. Danke. Du kannst auch Fotos von meinen Eltern mitschicken, falls das etwas bringt.« Sie wirft ihm einen Seitenblick zu. »Entschuldige bitte, dass ich dich vorhin so malträtiert habe.«

Sisley betrachtet die Halbmonde, die Gemmas Nägel in seinem Handballen hinterlassen haben.

»Halb so wild. Ich bin mit Katzen aufgewachsen.«

Die geradlinige Symmetrie des Kreuzgangs setzt sich unter dem Portikus fort. In dem geometrischen Muster des Bodens, das durch das Kirchenschiff zum Altar führt, flankiert von den Reihen der Kirchenbänke, den Nischen dahinter.

Die nervöse Unrast fällt von Gemma ab. Hier ist ihr die Ruhe willkommen, die sie vorhin noch gefürchtet hat.

In einer der Kirchenbänke lässt sie sich nieder, gibt sogar den Schutzwall der Sonnenbrille auf. Die alten Mauern vermitteln Gemma ein Gefühl der Beständigkeit, an diesem Tag, der sie bis ins Mark zerrüttet hat.

Aus einer der vorderen Kirchenbänke erhebt sich ein älterer Mann, beugt das Knie vor dem Altar und bekreuzigt sich. Im Vorbeigehen nickt er ihnen freundlich zu.

Obwohl sie von Kindesbeinen an Grandma in die Presbyterian Church an der Madison Avenue begleitet hat, hat Gemma sich nie als besonders gläubig empfunden. Trotzdem hat sie sich immer von alten Kirchen angezogen gefühlt.

Nicht nur wegen ihrer architektonischen Schönheit, Versinnbildlichung der Herrlichkeit Gottes. Der prächtigen Kunst, die Gottes Wort und Wirken illustriert. Sondern vor allem, weil Kirchen ein Raum der Stille sind. Ein Ort der Kontemplation, an dem die Seele Frieden findet und Geborgenheit.

»Glaubst du an Gott?«

Den Kopf in den Nacken gelegt, betrachtet Sisley neben ihr die Deckengemälde.

»Manchmal.«

Was sie in jenem Zimmer des Kommissariats gesehen hat, ist nicht ungeschehen zu machen. Vermutlich wird sie diese Bilder jetzt immer vor Augen haben, wenn sie an ihre Mutter denkt, die Fotos von früher betrachtet. Die Vorstellung, was ihre Mutter gefühlt und gedacht hat, in ihren letzten Augenblicken, ist nichts Abstraktes mehr; die Frage, ob sie gelitten hat.

Trotzdem ist es wie ein Sieg, endlich den Sprung geschafft zu haben von einem kindlichen Stadium, in dem die Verstorbenen schlicht nicht mehr da sind, hin zum gereiften, lebenserfahrenen Wissen um die sterbliche Beschaffenheit des Menschen.

Es stimmt: Die Wahrheit ist hässlich und schwer auszuhalten, aber besser, als die Augen zu verschließen. Ehrlicher. Gesünder.

Wäre da nur nicht dieser Zweifel, so plötzlich, so unerwartet, nach dreißig Jahren, der ihre Welt aus den Angeln gehoben hat.

»Du muss mich für verrückt halten«, flüstert sie.

»Nicht im Geringsten. Die ganze Zeit frage ich mich, warum jemand die Mühe auf sich nehmen sollte, in langwieriger Kleinarbeit eine Nachbildung dieses Ohrrings anzufertigen, um sie dir zu schicken. Noch dazu mit diesem eindeutigen Bezug zu deinem Namen. Das hat etwas sehr Persönliches. Es muss jemand sein, der dich sehr gut kennt. Oder dem du viel bedeutest. Deshalb wollte ich auch gerne einen Blick in die Akte werfen. Um vielleicht etwas darin zu entdecken, was zu diesem Gedanken passt, der mir fortwährend im Kopf herumspukt.«

Ihre Spurensuche gleicht inzwischen einem Kampf gegen die Hydra: Jede beantwortete Frage bringt gleich mehrere neue Fragen hervor.

»Danke, dass du das alles mitmachst.«

Sisley zögert. Einige Augenblicke verharrt seine Hand in der Luft, als wollte er Gemma Zeit geben, ihn abzuwehren, sich ihm zu entziehen, dann umfasst er Gemmas Finger.

Hand in Hand sehen sie schweigend zu, wie der Kirchendiener, ein kariertes Hemd unter den Hosenträgern, einen Arm voll frischer Blumen zum Altar trägt.

»Kommt dir hier irgendetwas bekannt vor?«

»Nein. Falls ich schon einmal hier war, erinnere ich mich nicht daran.«

Gemmas Blick wandert über die Säulen und Kassettenfelder aus Marmor vorn am Altar. Über die Statuen, die Reliefs und Gemälde dort, die nicht weniger verschwenderisch ausgestatteten Seitenkapellen.

»Wenn wir nur wüssten, was er gesucht hat«, murmelt sie.

Auch Sisley studiert die Einzelheiten des Kirchenschiffs.

»In Romanen und Filmen ist es immer so viel einfacher. Ein Symbol ergibt sich aus dem anderen, und am Schluss gipfelt die Schnitzeljagd verlässlich in einem dramatischen Finale.«

Ein kleines Grinsen lässt sein Grübchen aufscheinen.

»Wenigstens haben wir kein Polizeiaufgebot auf den Fersen oder einen fanatischen Killer.«

»Was hat Cesare dir noch erzählt? Außer, dass es die einzige Kirche in Florenz ist, die etwas mit Maria Magdalena zu tun hat?«

»Mit ihr hat diese Kirche wirklich sehr viel zu tun. Das Kloster, das an dieser Stelle Mitte des dreizehnten Jahrhunderts gegründet wurde, hieß Santa Maria Maddalena delle Convertite – oder auch delle Penitenti. Daher kommt auch der Name der Gasse vorn, Borgo Pinti. Ein Konvent, in dem gestrauchelte Frauen für ihre Sünden Buße tun und ein neues, gottgefälliges Leben beginnen konnten. Nach einem Intermezzo der Zisterzienser, die den Bau auch erweiterten, übernahmen es 1629 die Karmelitinnen. Als die frühere Ordensschwester Maria Maddalena de' Pazzi heiliggesprochen wurde, hat man die Kirche ihr zu Ehren benannt. Der ehemalige Konvent ist zusammen mit dem früheren Kreuzgang heute ein Gymnasium.«

»Weiß Cesare über jede Kirche in Florenz so gut Bescheid?«

»Bestimmt.« Sisley schmunzelt. »In diesem Fall weiß er so viel darüber, weil die Kirche unter den Karmelitinnen noch einmal umgebaut wurde. Fast alles, was wir hier an Kirchenschmuck sehen, stammt aus dieser Zeit, eine Barockfassade auf dem Fundament aus Mittelalter und Renaissance. Die wertvollen Gemälde aus früheren Epochen wurden entfernt, darunter eine Verkündigung von Botticelli, die seither im Besitz der Uffizien ist. Außerdem …«

Sisleys Stimme fließt an ihr vorüber.

Über etwas in seinen Worten ist sie gestolpert, etwas Kleines, Nebensächliches; ein Kiesel, an dem sie sich so heftig den Zeh gestoßen hat, dass sie stehen bleiben und einen Blick darauf werfen muss.

»Stopp. Warte. Was war das eben mit Botticelli?«

»Die Verkündigung? Seine berühmte *Annunciazione* ist einer der wichtigsten Schätze der Uffizien.«

Wie eine Reihe aus Dominosteinen ist es, als ein

Gedanke den nächsten anstößt. Eine Kettenreaktion aus Wissensfragmenten, die sich nach allen Seiten zu einem verästelten Muster ausbreitet und doch einen roten Faden erkennen lässt.

Ob alt und tief im Gedächtnis verstaut oder neu und noch an der Oberfläche: Gemma geht alles davon wieder und wieder durch, bis sie sicher ist.

»Der Moment, in dem der Engel Gabriel der Jungfrau Maria verkündet, dass sie den Sohn Gottes zur Welt bringen wird – der wird nur im Lukasevangelium geschildert.«

Ein ahnungsvolles Staunen breitet sich auf Sisleys Gesicht aus.

»Natürlich. Lukas. Luca im Italienischen. Und daher ein Bezug zu Lucca, in der Antike tatsächlich auch noch Luca geschrieben.«

»Zur Zeit von Lucrezia …«

Gemma unterbricht sich. Sie sieht die Namen, zwischen dem Geruch von altem Stein und Holz und einer Ahnung von Weihrauch nachhallend, ausgeschrieben vor sich.

»Lucrezia und Luca.« Sisley hat denselben Gedanken gehabt. »Luca steckt in Lucrezia. Das Männliche, das im Weiblichen aufgeht? Metaphorisch gesprochen, selbstredend. Das Weibliche, das das Männliche verschlingt?«

»Luca. Lukas. Kommt der Name nicht vom Lateinischen *lux*, Licht?«

»Licht, das ins Dunkel gebracht wird – das Dunkel von Lucrezias Leben und Sterben?«

»Luca«, murmelt Gemma. »Lucrezia. Magdalena. Alle Fäden scheinen tatsächlich hier zusammenzulaufen. Ausgelegt zu einer Zeit, als der Botticelli sich noch hier befand. Könnten wir in seiner *Annunciazione* vielleicht einen weiteren Hinweis finden?«

Sisley wiegt bedächtig den Kopf.

»Möglich. Aber in meinen Augen eher unwahrscheinlich. Irgendwann einmal muss jede Spur doch an ihr Ziel führen. Ich könnte mir vielmehr vorstellen, dass der Botticelli zum Hüter des Geheimnisses gemacht wurde, das wir zu lüften versuchen. Und dass unser Maler uns den Weg dorthin zeigen wollte.«

Er folgt Gemmas suchenden Blicken durch den Kirchenraum.

»Hier gibt es unzählige Möglichkeiten, etwas zu verstecken. Unter Umständen sogar so gut, dass es selbst während der groß angelegten Umbauten nicht entdeckt wurde. Etwas, das mit Lucrezia zu tun hat.«

»Wenn wir jetzt wüssten, wo der Botticelli genau hing …«

»… dann hätten wir eine Ahnung, was dein Vater gesucht und vielleicht gefunden hat. Zumindest wüssten wir, wo er hätte suchen sollen.«

Ihre Augen richten sich auf den Kirchendiener vorn am Altar.

Gemmas Kopf quillt über vor Gedankenfetzen in ihrer Muttersprache; für den Moment sind nur einzelne Fragmente des Italienischen greifbar.

»Sisley, würdest du …?«

»Natürlich.«

In langen Schritten durchmisst er den geheiligten Raum.

Ihr Anliegen fällt auf fruchtbaren Boden: Die lebhafte Gestik des Kirchendieners hebt Besonderheiten der Architektur hervor, während seine Ausführungen epische Ausmaße annehmen.

Gemmas eine Hand, gewärmt von Sisley, knetet die andere, die kalt geblieben ist.

Ein Geräusch hinter ihr irritiert sie: Zwei junge Mädchen stecken kichernd und flüsternd die Köpfe über einem Folianten zusammen, der aufgeschlagen auf einem Stehpult liegt. Die Art, wie eines der Mädchen den Stift hält, verrät, dass sie nicht recht wissen, wie sie sich im Gästebuch verewigen sollen, gefühlvoll-erwachsen oder in jugendlich-salopper Knappheit.

Vielleicht ringen sie auch mit sich, ob sie auf diesen Seiten wirklich ihr Herz ausschütten wollen: sich Glück für eine Prüfung wünschen, um die Aufmerksamkeit eines bestimmten Jungen bitten.

Das Lächeln auf Gemmas Gesicht verlischt.

Der Zauber bunter Lichtflecken auf dem schattendunklen Steinboden. Der weite Blumenrock ihrer Mutter, der sie mit dem Schwingen seiner Volants, seinem Farbenspiel fasziniert. Die Vorfreude auf ein Eis.

Was schreibst du da?

Deinen Namen und meinen.

Warum?

Das mache ich immer, wenn ich irgendwo bin und so ein Buch ausliegt. Damit die Leute nach uns wissen, dass wir hier waren.

Warum?

Weil es das ist, was Menschen tun. Immer schon. Sie wol-

len Spuren hinterlassen auf dieser Welt. Solche Spuren, wie dein Vater sie erforscht.

Gemma stolpert aus der Kirchenbank und hastet vorwärts; nur ein Rest von Grandmas guter Erziehung hält sie davon ab, in der Kirche nicht zu rennen.

»Sisley.« Unter dem verwunderten Blick des Kirchendieners packt sie ihn am Ärmel seines dunkelroten Hemds. »Frag ihn bitte, ob sie die alten Gästebücher aufbewahrt haben. Ein Gästebuch von 1987.«

Das schwere Buch auf der Bank vor sich, blättert Gemma durch die gealterten Seiten. Durch den Facettenreichtum menschlicher Handschrift in schwungvollem Italienisch und Spanisch, sperrigem Deutsch und akzentgesprenkeltem Französisch. Fremdartig sind die Einträge in osteuropäischen Sprachen, in asiatischen Schriftzeichen.

Am meisten berühren Gemma die Bitten um Vergebung für begangene Sünden. Der Dank für Genesung oder das Ende der Arbeitslosigkeit; Fürbitten für ein krankes Kind, einen leidenden Vater, eine schicksalsgeprüfte Freundin.

Sie fragt sich, was aus all diesen Menschen geworden ist, in diesen dreißig Jahren; ob diejenigen, die noch leben, manchmal an ihren Besuch hier zurückdenken.

Fast vergisst sie, weshalb sie in diesem Buch liest. Bis das Datum, an dem sie ihre Eltern verlor, es wieder in ihr Bewusstsein bringt.

»Nichts. Sie war nicht hier.«

»Darf ich?«

Bereitwillig übergibt Gemma das Gästebuch an Sisley.

Die Enttäuschung ist wie ein Mantel aus Blei; sie hungert nach etwas, das mehr ist als Symbole und Wegweiser aus einer vergangenen Zeit. Nach etwas Persönlichem sehnt sie sich, das ihre Eltern ihr hinterlassen haben.

»Gemma.«

Sisleys Flüstern klingt heiser, als er das Buch wieder näher zu ihr schiebt.

»Sieh dir diesen Eintrag hier an.«

Nimm die Liebe weg, und unsere Erde ist ein Grab.
Amber Blayze Baylor
26. September 1987

Druckbuchstaben, so klar und regelmäßig wie die einer Zeitungsmeldung, und genauso anonym, zwischen dem eilig hingekritzelten Gruß von Gerhard, Helga, Martin aus Hannover und dem kalligrafisch-schönen von Delphine aus Varennes.

»Das war zwei Tage nach dem Brand.«

Sisley tippt aufgeregt auf die Seite.

»Das ist ein Zitat von Browning! Aus dem Band *Men and Women* von 1855. Aus *Fra Lippo Lippi.* Basierend auf Fra' Filippo Lippi, einem Maler des fünfzehnten Jahrhunderts, der dem Orden der Karmeliter angehörte. Das Gedicht beschäftigt sich mit der Frage, ob Kunst lebensecht sein oder aber ein idealisiertes Bild des Lebens zeichnen soll. Das ist doch genau das, was wir hier tun! Wir folgen den Spuren der Kunst zu einem Leben in vergangener Zeit. Umgekehrt hat eine Spurensuche in der Kunst fatale Auswirkungen auf dein Leben und das deiner Eltern gehabt. Und nicht zuletzt kommen hier, in Santa Maria Maddalena dei Pazzi, Kunst und Kirche zusammen – genau wie in Brownings Gedicht!«

Sisleys leidenschaftlich geraunte Erläuterungen lenken Gemmas Aufmerksamkeit auf den Namenszug.

»Amber bedeutet Bernstein«, wispert sie, holt dann scharf Luft. »Blayze. Wie *blaze*. In Flammen stehen. – Aber Baylor?«

Gemmas ratlose Miene beantwortet Sisley mit einem Ausdruck des Triumphs.

»Auf dem Campus der Baylor University in Texas befindet sich die Armstrong Browning Library. Und darin die größte Sammlung zu Elizabeth Barrett und Robert Browning. – Er war hier, Gemma«, fügt Sisley sanfter hinzu. »Dein Vater war hier. Zwei Tage nach dem Feuer.«

Gemma schüttelt den Kopf, in ihren Händen zuckt es; sie will das Gästebuch zuschlagen, es von sich stoßen.

»Doch, Gemma. Ich habe seine Arbeiten gelesen. Ein ungeheures Wissen über die Symbolik von Bild und Wort spricht daraus. Eine Faszination für verborgene Bedeutungen, tiefere Wahrheiten. Ich bin ihm nie begegnet, aber durch seine Publikationen habe ich einen Eindruck davon bekommen, wie sein Verstand gearbeitet hat. Und das hier, Gemma – das hier passt dazu.«

Der Scherz eines belesenen Teenagers mit einem Sinn für Wortspielereien. Ein bedeutungsloser Zufall, den sie beide mit überschäumender Fantasie so lange strecken und dehnen, bis er sich in den Rahmen ihrer Erwartungen fügt. Eine Phantasmagorie wie in einem wirren Traum, einem Fieberwahn.

Gemmas Blick wandert durch das Kirchenschiff, zu den Heiligen mit ihren Aureolen, den Engeln auf ihren Wolken. Um Hilfe bittet sie, wortlos. Um einen Rat, was sie denken, was sie fühlen soll.

Annunciazione.

Apparizione.

Eine seltsame Assoziation, die das Echo einer Stimme heraufdämmern lässt, altersbrüchig und eindringlich.

»Da war etwas, das Nonna Melfi gesagt hat, zum Abschied. Ich habe es nicht genau verstanden, an diesem Tag, es schien so gar keinen Sinn zu machen. Etwas von einer Erscheinung hat sie erzählt, und von meinem Vater. *Una apparizione. Il giorno dopo.*«

Beinahe so grellgrün wie der Rasen im Kreuzgang sind ihre Augen, die sich auf Sisley richten.

»Sie will meinen Vater noch gesehen haben, Sisley. Am Tag nach dem Brand.«

Schmaler und schmaler wird die Gasse, durch die Gemma hastet. Bedrohlich rücken die Mauern der Häuser auf sie zu, bedrängen sie. Zurück kann sie nicht, das weiß sie. Noch bevor es hinter ihr aufheult, ein wildes Tier aus Eisen und Stahl, die heißen Atemzüge benzingetränkt, sein Reiter ein moderner Sensenmann ohne Gesicht, ohne Gnade.

Gemma rennt, rennt um ihr Leben. Ein Funke genügt, und sie geht in Flammen auf. Lichterloh brennen ihre Haare, eine lodernde Fackel, die sie hinter sich herzieht; Feuerzungen tanzen über ihre Haut, die Blasen wirft, sich schwarz verfärbt, zu Asche zerfällt.

»Gemma! Wach auf! Gemma!«

Wie eine Ertrinkende bricht Gemma durch die Fluten des Traums, versucht, sich an die rettende Oberfläche der Wirklichkeit zu kämpfen.

Sie ertrinkt in dieser Panik, die sich heiß durch den Magen fräst, während ihr Herz, aufgebläht und übergroß, gegen die Rippen, das Brustbein prügelt. In dem Schweiß ertrinkt sie, der ihren Pyjama durchnässt. Sie erstickt an dieser Angst, die ihre Atemwege blockiert, sie verzweifelt nach Luft schnappen lässt.

Gemma schlägt nach dem Fremden neben ihr im Bett, der die Hand nach ihr ausstreckt. Sie will allein sein, sie muss allein sein, das ist nichts, was jemandem zuzumuten ist, dieses Nervenbündel im Adrenalinschock, hysterisch und unberechenbar.

Wie dieser kleine Widerstand zwischen zwei unterschiedlich gepolten Magneten ist es, als Sisley sie in seine Arme zieht. Der Moment, in dem sich die beiden Kraftfelder berühren und verstärken, bevor sie vor ihrer Anziehung kapitulieren.

»Du bist in Sicherheit, Gemma«, murmelt Sisley. »Kein Feuer. Nirgends. Dir kann nichts passieren.«

Gemmas Muskeln entkrampfen sich in Sisleys fester Umarmung, sie kann wieder atmen. Ihren eigenen Geruch, süß und schwer, der ihr plötzlich fremd ist; Sisleys Geruch, wie ein starker schwarzer Tee, vielleicht ein Earl Grey, merkwürdig vertraut.

»Bring mich fort von hier«, raunt sie irgendwann. »Egal, wohin.«

Im Bann der Dunkelheit

Ich gehöre einer Familie karibischer Sklavenhalter an, und würde ich an Flüche glauben, müsste ich allen Grund zur Furcht haben.

ELIZABETH BARRETT BROWNING

Florenz, Januar 1855

Im Sessel des großen Salons sah Elizabeth Barrett von den beschriebenen Seiten auf. Ihre Miene, eben noch angespannt, fast kummervoll, erhellte sich; die dunklen Wolken, die die Arbeit dieses Tages hatte aufziehen lassen, verflogen augenblicklich.

Pen war hereingestürmt, von Wilson, die er Lili nannte, wieder besonders hübsch angezogen, in samtenen Kniehosen und spitzenbesetztem Hemd, einen federgeschmückten Hut auf den goldenen Locken. Ihr kleiner Prinz.

»Gott segne dich, allerliebste Mama! Ich geh aus!«

Eine Art, sich zu verabschieden, die er von seinem Vater übernommen hatte. Impulsiv griff Elizabeth nach seinen Kinderfingern, drückte einen Kuss darauf. Ihr Baby war er, immer noch, mit fast sechs Jahren, und wie ein Baby roch er auch noch, nach Milch und Honig.

»Hast du mich denn lieb, Peni?«

»O ja, Mama, um die ganze Welt herum. Mehr als um die ganze Welt herum – bis zu den Sternen!«

Elizabeth lächelte. Kein Zweifel, er hatte eine Künstlerseele. Wenn es sie auch verwirrte, dass er zwar brav das Abc übte und Rechnen lernte, auf dem Klavier die ersten Lieder probte, aber so gar keine Wissbegierde zeigte. Nicht den Drang, sich selbst etwas anzueignen, selbst etwas zu schaffen; in seinem Alter hatte sie bereits ihre ersten Gedichte verfasst.

»Würde es dir denn leidtun, wenn ich wegginge?«

»Ich würde dich nie weggehen lassen!«

Ein neckendes Spiel, das sich zwischen ihnen entwickelt hatte.

»Aber wenn ich sterben sollte?«

Ein unkindlicher, tiefer Schmerz breitete sich auf dem Gesicht des Jungen aus, noch bevor Elizabeth begriff, was sie da gesagt hatte.

»Sag das nicht, Mama!«

»Vielleicht fahren wir im Sommer wieder nach Bagni di Lucca«, begann sie hastig hervorzusprudeln, um Pen so schnell wie möglich auf andere Gedanken zu bringen. »Du, ich, Papa, Lili und Fernando, alle zusammen! Vielleicht fahren wir auch nach London oder nach Paris oder noch weiter weg, mit der Eisenbahn und einem großen Schiff, und …«

In Tränen aufgelöst verharrte Elizabeth im Sessel, lange noch, nachdem Pen an Lilis Hand nach draußen gegangen war.

Was für boshafte, dumme Worte das gewesen waren! Ausgerechnet zu Pen, ihrem Augenstern!

Was war nur in sie gefahren?

Sie hoffte, Pen würde Robert nichts davon erzählen. Er schalt sie oft genug, wie sehr sie ihren Sohn verzärtelte, seine Locken lang ließ wie die eines Mädchens und ihn ausstaffierte wie eine Puppe aus der Renaissance. Nie würde ein richtiger Junge aus ihm werden, sagte er dann.

Als ob sie nicht wüsste, wie wild und ruppig kleine Jungen waren! Sie war doch selbst ein Wildfang gewesen, der neben Büchern und Gedichten nichts mehr liebte, als schnell zu rennen und noch schneller zu reiten, und Nadelarbeiten und Häkeln hasste.

Robert verstand nicht, dass eine glückliche Kindheit so zerbrechlich war wie feinstes Bone China. Pen sollte so lange Kind sein können, wie es nur ging; wer weiß, was das Leben ihm noch zumutete. Robert selbst war immer glücklich gewesen, kannte es auch nicht anders, er hatte nicht seine Mutter viel zu früh begraben müssen, nicht zwei seiner Brüder, wie Elizabeth Sam und Bro, ihren geliebten Bro.

Robert hatte nicht mehr als die Hälfte seines Lebens ans Bett gefesselt verbracht, mit verbogenem Rückgrat nach einem Sturz vom Pferd. Mit Schatten auf der Lunge, die ihr die Luft zum Atmen nahmen. Er wusste nicht, wie es war, ein unbändiger, lebenssprühender Geist zu sein, eine leidenschaftliche Seele, gefangen in einem allzu zerbrechlichen, kraftlosen Körper.

Er begriff nicht, was für ein Wunder Pen für sie darstellte, jeden einzelnen Tag aufs Neue. Niemand hätte je damit gerechnet, dass sie einmal das zwanzigste Lebensjahr erreichen würde, noch viel weniger das neunundvierzigste. Geschweige denn jemals ein gesundes Kind zur Welt bringen; nicht einmal sie selbst hatte daran geglaubt, nach den Fehlgeburten.

Ein neues Leben, ein eigener Mensch war in ihr herangewachsen und gereift, und stark wie ein Pferd hatte sie die erstaunlich leichte Geburt durchgestanden und Pen in diese Welt übergesetzt.

Ahnungslos schien Robert, von der Dunkelheit, die ihnen beiden im Blut lag; sein Großvater war Sklavenhalter in St. Kitts gewesen, so wie ihr Großvater auf Cinnamon Hill einer der größten Plantagenbesitzer Jamaikas gewesen war.

Nichts als ein Wunder waren Pens goldene Locken, waren sie doch der Beweis dafür, dass Elizabeths Vater zeitlebens Gespenster gesehen hatte. Denn warum sonst hätte er allen seinen Kindern, Jungen wie Mädchen, verboten, jemals zu heiraten, wenn er nicht fürchtete, eines Tages das karibische Erbe in den Gesichtern seiner Enkel zu entdecken?

Nein, Robert wusste nichts von der Dunkelheit. Er fühlte sich davon angezogen, aber er lebte nicht in ihr, das unterschied sie beide.

Ihr Blick senkte sich auf die von Zeilen und Satzfragmenten bedeckten Seiten, erneut füllten sich ihre Augen mit Tränen.

Aurora Leigh. Ihr Opus magnum sollte es werden, eine Gratwanderung zwischen Roman und Gedicht und nichts Geringeres als eine Revolution in der Literatur.

Doch obwohl sie im dritten Jahr diszipliniert und konsequent daran schrieb, hatte sie kaum mehr als fünftausend Zeilen beisammen. Noch nicht einmal die Hälfte, und das meiste davon nur Tintenkleckse, so kam es ihr vor.

Ihr Blick wurde weich, als er sich an der Brosche fing, die ihr schwarzes Seidenjäckchen über der Bluse zusammenhielt. Robert hatte sie ihr geschenkt, zum achten Hochzeitstag und zum Trost, weil Flush, ihr wunderbarer, sanftmütiger, schöner Flush, ein paar Tage zuvor gestorben war.

Sie liebte Malachit. Seine rätselhafte Maserung. Seine tiefe, mystische Farbe, die etwas in ihr in Schwingung versetzte und so gut zu ihren eigenen Farben passte, Schwarz und Weiß.

Sie liebte das herausgeschnittene Frauenbild, das aus einer anderen Zeit zu stammen schien.

Hinter ihrem Brustbein spürte Elizabeth ein seltsames Ziehen; vielleicht ein Vorbote ihres lebenslangen Plagegeistes, des Hustens, obwohl der Winter sich doch dem Ende zuneigte.

Wie ein Drang war es, endlich den Kampf aufzugeben und sich der Dunkelheit zu überlassen. In tiefen, tiefen Schlaf zu versinken, für immer und immer.

Manchmal, so wie jetzt, glaubte sie, dass Robert doch wie Orpheus einen Blick über die Schulter geworfen haben musste, als er sie aus den Schatten der Wimpole Street No. 50 ins Licht Italiens führte, und dass ihm eines Tages seine Eurydike endgültig in der Finsternis verlorenging.

11

Dienstag, 3. Oktober
Dallas

Gemma fühlt sich klebrig, der Mund noch pelzig von den Mahlzeiten an Bord, obwohl sie sich auf der Flughafentoilette gründlich die Zähne geputzt, mehrmals mit Listerine gegurgelt hat.

Wie verkatert. Durch die Zeitverschiebung haben sie zwar einen Tag gewonnen, aber eine Nacht verloren; in den langen Stunden über dem Atlantik hat Gemma kaum ein Auge zugetan.

Mit einem elektronischen Tschilpen und dem Aufblitzen der Blinker gibt sich ihr gemieteter Kompaktwagen auf Knopfdruck zu erkennen.

Gemma öffnet die Heckklappe; Sisleys helfend ausgestreckte Hand ignoriert sie, hievt ihren Koffer selbst hinein.

»Wird es gehen?«, erkundigt sich Sisley, als er seinen Trekkingrucksack danebenlegt.

»Es muss.«

Die Ereignisse in Florenz haben ihr genauso zugesetzt wie die überstürzte Abreise. Eine Hetzjagd auf Informationen und Online-Buchungen, zwischen zusammengesuchten Habseligkeiten, einer aus dem Schlaf aufgeschreckten Pensionswirtin und der irrwitzigen Taxifahrt durch die Stadt, um die Morgenmaschine noch zu erwischen.

Die Hektik, mit der sie in Minneapolis zu ihrem Gate rennen mussten, weil ihre Maschine aus Paris mehr als eine halbe Stunde Verspätung hatte, hat das Ihre dazu beigetragen: Alle paar Minuten ist Gemma versucht, den Inhalt ihrer Handtasche zu kontrollieren.

»Sonst könnten wir sicher auch noch die Nacht in einem der Flughafenhotels verbringen und erst morgen fahren.«

Gemma schüttelt den Kopf.

»Wir könnten auch fliegen, weißt du.«

»Fürs Erste habe ich genug von Flugzeugen.«

Entschlossen lässt Gemma die Klappe zufallen, reißt die Fahrertür auf.

Sie scheint in einer anderen Dimension angekommen. Als hätte sie sich in der geflügelten Aluminiumröhre, dreißigtausend Fuß über der Erde, aufgespalten: In eine Person, die übernächtigt und zerfasert durch die Gegend taumelt, und in eine andere Hälfte, die auf Autopilot reibungslos funktioniert. Ein emotionsloser Roboter, der jedoch jederzeit den Geist aufgeben kann.

Ein Balanceakt, der Konzentration erfordert, Gemma mürrisch und wortkarg reagieren lässt.

Sie meidet Sisleys Blicke, während sie sich mit den Bedienelementen des Wagens vertraut macht, die Spiegel einstellt und das Navigationssystem programmiert.

Das Licht des Nachmittags, spätsommerlich und staubig, ist ein guter Grund, sich hinter ihrer Sonnenbrille zu verschanzen.

Auf dem Geflecht aus Schnellstraßen lassen sie den Flughafen hinter sich, der wie ein intergalaktischer Raumkreuzer in der vollkommen planen Ebene liegt.

Erst als Gemma sich zwischen die anderen Fahrzeuge eingefädelt, ihren Platz im gleichmäßig rollenden Verkehrsfluss gefunden hat, kann sie sich entspannen. Das Lenkrad unter ihren Händen gibt ihr das Gefühl, sich selbst wieder im Griff zu haben.

Sie riskiert einen Seitenblick.

Einen unregelmäßig sprießenden Bart im Gesicht, wirkt Sisley mitgenommen; unter den geröteten Augen zeichnen sich dunkle Schatten ab. Wann immer Gemma in den langen Stunden über dem Atlantik aus Momenten des Dämmerschlafs aufgeschreckt war, saß Sisley über sein Tablet gebeugt, in die Übersetzung der Brandakte vertieft.

»Willst du nicht ein bisschen schlafen? Wir haben noch über eine Stunde, bis wir dort sind.«

Den Blick auf die vorbeiziehenden uniformen Wohngegenden gerichtet, schüttelt er den Kopf.

Als sich der Freeway zwischen Dallas und Fort Worth durch ein Gewerbegebiet schneidet, ein Standardsortiment von Autohändlern, Target und Walmart, McDonald's und Wendy's, T.J. Maxx und Toys'R'Us, meldet Sisley sich zu Wort.

»Du musst mich für einen ganz schönen Waschlappen halten«, murmelt er, »dass ich noch nicht einmal einen Führerschein habe.«

Gemma wirft ihm einen irritierten Blick zu, zuckt dann mit den Schultern.

»Spielt das eine Rolle? Hauptsache, einer von uns hat einen.«

»Ich habe es versucht«, erklärt Sisley. »Aber es sind diese ganzen Details. Viel zu viele Details, dauernd und überall. Ob wichtig oder nicht, das ist für mich nicht immer gleich zu unterscheiden. Innerhalb von ein paar Minuten bin ich von Reizen überflutet und reagiere schnell erschöpft. Besonders das unberechenbare Verhalten von Radfahrern jagt mir Schrecken ein.«

Gemmas Lippen kräuseln sich, während sie den Verkehr vor ihr beobachtet.

»Das ist einer der Gründe, weshalb Autofahren in Manhattan eine denkbar schlechte Idee ist. Abgesehen davon, dass auf den Straßen selten etwas vorwärtsgeht. Ich bin seit Jahren nicht mehr am Steuer gesessen. Höchstens einmal in Cape Cod, in Fionas Pick-up.«

»Das merkt man dir nicht an. Zumindest, soweit ich das als gewohnheitsmäßiger Beifahrer beurteilen kann.«

»Die meiste Zeit gelingt es mir ganz gut, meine Handicaps zu verstecken«, erwidert Gemma, fast bitter.

Etwas hat sich verschoben zwischen ihnen seit der letzten Nacht, die fast zwei Tage her ist. In diese so rasch aus dem Boden geschossene Vertrautheit hat sich ein Element der Unsicherheit geschlichen, das ihren Umgang miteinander schroffer macht.

»Ist das nicht eine interessante Fügung?«, bemerkt Sisley nach einer Weile. »Anfang des Jahres war ich auf einer

Konferenz in Princeton und habe dafür meine ESTA neu beantragt. Hätte ich die jetzt nicht gehabt, hättest du allein fliegen müssen.«

Das Grinsen in seiner Stimme überträgt sich auf Gemma.

»Allein wäre ich schon gar nicht auf die Idee gekommen, diese Ochsentour von Florenz nach Texas zu unternehmen.«

»Du hast gesagt, ich soll dich fortbringen. Egal, wohin. Es klang, als ob dir so weit weg wie möglich am liebsten wäre. Und ich dachte, Texas ist vielleicht weit genug.«

Die Wärme in seiner Stimme bringt das Gefühl zurück, wie perfekt sich ihre weichen Kurven, seine schlanken Linien und Winkel ineinandergefügt haben, dazwischen nur die Seide, die Baumwolle ihrer Pyjamas.

Gemmas Wangen werden heiß. Vielleicht liegt es an der Sonne, die durch die Scheiben hereinknallt, reflexartig klappt sie die Sonnenblende herunter.

Es dauert etliche Wohnsiedlungen und eine weitläufige Shopping Mall lang, bis sie sich wieder aus ihrer Deckung wagt.

»Du hast mich in Florenz nicht gerade von meiner stärksten Seite erlebt.«

Sisley nimmt sich Zeit für eine Erwiderung; er greift zu seiner Wasserflasche, schraubt den Deckel auf und spielt damit, bevor er einen Schluck trinkt.

»Sosehr ich auch mitfühle, wenn du leidest – und so hilflos ich mir dabei vorkomme … Auf mich wirkst du dadurch weniger … einschüchternd.«

Hinter der Sonnenbrille heben sich Gemmas Brauen, während sie im Rückspiegel den Biker beobachtet, der für ihren Geschmack zu dicht auffährt, bevor er knatternd und röhrend vorbeizieht.

»Einschüchternd? Ich?«

»Na ja.« Sisley stellt die Flasche zurück und verschränkt die Arme. »Ich hatte mir keine konkrete Vorstellung von Gemma Cabot aus der New York Public Library gemacht. Aufgrund deiner E-Mail hättest du ja alles Mögliche sein können. Der junge, sportliche Typ von Bibliothekarin. Die bebrillte Intellektuelle. Der mütterliche Typ, kurz vor der Rente, der in seiner Freizeit zwei bis drei Literaturkreise organisiert. Als du dann bei mir im Büro gestanden hast, warst du schon eine … Erscheinung.«

Gemma wirft ihm einen belustigten Blick zu. »*Una apparizione*?«

Im Licht der tief stehenden texanischen Sonne ist es leicht, damit zu scherzen. Auf der zweckmäßig-hässlichen Bahn des Freeways, die in nichts an die herbsüße, geschichtsgetränkte Romantik von Florenz erinnert.

»Eher … *un fenomeno*.«

Gemma blinzelt hinter den getönten Brillengläsern. Sisleys Stimme klingt in ihr nach, weich vibrierend und selbstsicher, irgendwo zwischen Respekt und einem tiefen Gefühl, und es ist nicht die Abendsonne allein, die Gemmas Gesicht zum Leuchten bringt.

Fort Worth liegt bereits hinter ihnen, als ein Pick-up überholt. Auf der Ladefläche thront ein bunt gescheckter Hund, der im Fahrtwind hechelnd seine Zunge flattern lässt wie einen überlangen Wimpel.

Lächelnd wendet Gemma den Kopf.

Sisley ist eingeschlafen, die Stirn angestrengt zerfurcht, als ob er selbst im Schlaf noch tiefschürfende Gedanken wälzt. Jugendlich weich wirkt sein Gesicht, ein bisschen rebellisch durch den struppigen Wuchs auf den Wangen, um den Mund, und umso verletzlicher.

Ein Ährenhalm oder eine Wildblume, denkt Gemma und muss beinahe über sich selbst lachen; sie hat eigentlich keine poetische Ader.

In dem zerknitterten Hemd mit den bauschigen Ärmeln, mit den langen Haaren, die ihm ins Gesicht fallen, sieht er aus wie einer der letzten Romantiker, ungeachtet dessen, was er selbst über sich gesagt hat. Sie ist versucht, eine dieser Strähnen aus seiner Stirn zu streichen, nur um zu erfahren, wie sich das anfühlt.

Dann packt sie das Lenkrad fester und richtet den Blick wieder auf die Interstate. Auf die ausgedehnten Flächen von Weiden und Feldern unter einem endlosen Himmel.

Gemma hat es für ein Klischee gehalten. Diese unermessliche Weite *on the road*. Diese Freiheit.

Hier ist es Wirklichkeit, Meilen um Meilen, der Horizont die einzige Grenze.

Vielleicht ist es das Gefühl, alles hinter sich zu lassen. Im monotonen Surren und Brausen der Fahrzeuge, der Reifen auf dem Asphalt ins Neue, Unbekannte aufzubrechen. In diesem unaufhaltsamen Vorwärtsstreben, das für den Moment die Vergangenheit abgehängt hat und alle ihre Verstrickungen mit der Gegenwart.

Eine Illusion, das weiß Gemma, und doch atmet sie befreit auf, während sie unter einem dramatisch auflodernden Himmel dem Horizont entgegenfährt.

V

Sie dankte den Männern – gut! aber dankte auf eine Art
– ich weiß nicht, wie – als stellte sie gleich
meine Gabe dieses Namens, neun Jahrhunderte alt,
mit irgendjemandes Gabe. Wer ließe sich dazu herab,
ihr vorzuwerfen diese Art von Tändelei?

Der Herzog hat sich heute die Ehre gegeben, an meinem Krankenlager.

Alfonso II. d'Este, der Herzog von Ferrara, Modena und Reggio.

Mein Gemahl.

Ich habe schon lange aufgehört, ihn so zu nennen. Das ist er schon lange nicht mehr, vielleicht war er es auch nie, nur auf dem Papier und in den Augen der Menschen.

Ein Fremder, den ich in mehr als drei Jahren Ehe kaum sah. Der von Anfang an nur selten den Tisch mit mir geteilt hatte und noch seltener das Bett.

Hat es jemals eine Braut gegeben, die ungeküsst ihre Unschuld verlor und ungeküsst blieb?

Ich weiß nicht mehr, worüber wir sprachen, bei seinem Besuch. Wohl aber weiß ich noch, wie gut er aussah, kaum einen Tag älter als bei unserer Hochzeit, dabei ist er schon fast dreißig Jahre alt. Während ich mich verbraucht und gebrechlich fühle, als wäre ich eine zweite Jacopa.

Aufrecht saß er auf dem Stuhl dort drüben, das Wams fast so dunkel wie sein penibel getrimmter Bart. Wie sein kurz geschnittenes Haar mit dem spitzen Ansatz in der Stirn, bar jeglicher Spur von Grau.

Ich war so verliebt gewesen, wie man es wohl nur mit dreizehn sein kann. Von einem Bett aus Rosenblüten hatte ich geträumt, von Küssen und Zärtlichkeiten und verzehrender Leidenschaft. Von einem Glück, wie es aus den Augen meiner Eltern strahlte.

Ich war nicht darauf vorbereitet, mein Leben wie ein unwillkommener Gast zu fristen, den man wie eine Geisel hielt.

Geblendet war ich gewesen. Von seiner finsteren Schönheit, die ein grüblerisches Wesen verhieß und eine Seele, so tief wie der Ozean und genauso unauslotbar. Von seinem noblen Gebaren, seinem vornehmen Auftreten, mehr als angemessen für eine Abstammung aus den Häusern von Aragon und Neapel und dem Hause Valois.

Sein Stolz gebot ihm, mich immer darauf hinzuweisen, wie lange es das Haus der Este bereits gibt, verglichen mit den Emporkömmlingen der Medici. Dabei vergaß er allzu oft, dass seine Großmutter Lucrezia Borgia zwar die Tochter eines Papstes aus dem Hause Borgia war, aber ebenso auch die uneheliche Tochter einer Schankwirtin. Und welcher Sohn strengt zusammen mit dem Vater einen Prozess wegen Ketzerei gegen die eigene Mutter an, verbannt sie ins Exil und sieht zu, wie ihr die jüngeren Kinder weggenommen werden?

Nie fiel ein Wort über meine Ahnen, die Salviati, die Sforza, Lorenzo il Magnifico. Über die starken Frauen in unserer Linie, Caterina Sforza, die Tigerin, Bianca Maria Visconti, die Kriegerin, meine Großmutter Maria Salviati, die meinem Vater den Thron sicherte.

Die einzige Leistung einer Frau, die der Herzog anerkennt, ist die Geburt eines Erben, und darin habe ich versagt.

Auch wenn es eine Sünde sein mag, so zürne ich doch dem Herrn im Himmel dafür, dass er Maria zu sich genommen und mich an ihre Stelle gesetzt hat. Sie wäre die glanzvollste Herzogin gewesen, die der Hof von Ferrara je gesehen hätte, den Ansprüchen des Herzogs mehr als angemessen. In dieser Rolle war ich von vornherein zum Scheitern verurteilt, nie mehr als nur ein trauriger Ersatz.

Vielleicht wäre es Maria gelungen, seine Männlichkeit zu erregen und zu fesseln; ein nasser Fisch zeugt keine Kinder.

Er schien ebenso erleichtert wie ich, als er sich erhob und mit freundlichen Worten verabschiedete.

Ich habe aufgehört, darum zu betteln, dass er mich vielleicht doch noch liebgewinnt. Was immer ich auch tat, um seine Gunst zu gewinnen oder wenigstens seine Anerkennung, es war nicht genug. Damit habe ich mich abgefunden, und nun habe ich ohnehin keine Kraft mehr dafür.

Seither liege ich hier und schreibe und betrachte die

Narzissen, die Sandro mir hat bringen lassen. Blütensterne in Weiß und Gold, die das Zimmer erhellen und etwas von der Wärme des Malers mitbringen.

Vermutlich ist es die Strafe für meine sündigen Gedanken, dass ich hier liege. Für das, was ich fühle, für all die Blicke und Worte der letzten Wochen.

Dennoch möchte ich nichts davon missen.

12

Mittwoch, 4. Oktober
Waco

Waco war für Gemma immer nur die Stadt von Dr. Pepper.

Die Kulisse der blutigen Razzia auf der Sekten-Ranch von David Koresh, deren Belagerung die Nation einundfünfzig Tage lang in Atem hielt. Synonym mit dem Flammeninferno am Ende, auf dessen Bilder die zehnjährige Gemma mit einer neuen Serie von Alpträumen reagierte.

Waco, das ist der Schauplatz von *Fixer Upper*, eine Reality-Show, an der Gemma nachts manchmal hängenbleibt. Hin und her gerissen zwischen Neid und einem diffusen Sehnen, wenn dieses perfekte amerikanische Paar, das überwältigend niedliche Kinder in die Welt gesetzt hat, von seiner Farm im modernen Country-Stil aufbricht, um mit eigenen Händen Bauruinen in Traumhäuser zu verwandeln.

Das Waco, durch das die elektronische Stimme Gemma leitet, ist eine Stadt der weiten Entfernungen und überbreiten Straßen, belebt allein von überdimensionierten SUVs, Jeeps und Pick-ups.

Platt und braun wie ein Pfannkuchen ist die Erde unter dem Gewicht des endlosen Himmels. Die Luft riecht nach Sommerstaub, Öl und Benzin; nach Teer, monatelang von der Sonne bearbeitet. Nach dem warmen Metall und Gummi der Autos, nach Frittierfett und ein bisschen wie Popcorn.

In dem großzügig angelegten Gewerbegebiet zwischen Highway und Hotel, in dem Gemma und Sisley noch am Abend einen Zwischenstopp einlegten, waren die Parkplätze riesig wie Football-Felder. Im Laufschritt durcheilten sie die Verkaufsflächen von Old Navy, um sich mit ein paar hastig zusammengesuchten Teilen dem sommerlich warmen Herbst in Texas anzupassen.

Von einsamer Mittelmäßigkeit kam Gemma sich hier vor, zwischen ausladenden Frauenkörpern von überbordender Mütterlichkeit und der anderen Sorte von disziplinierter Schlankheit; Frauen, die aussahen, als würden sie zu Hause auf der einen manikürten Hand ein Cookie-Blech balancieren und mit der anderen ein Jagdgewehr stemmen. Auch Sisley musterte, die Brauen hochgezogen, die stiernackigen Männer mit Schultern und Brustkästen wie Linebacker, Händen wie Schaufeln.

Der Luxus offener Weite schafft Raum für eine herzlich-lässige Geruhsamkeit, die der gestressten Enge New Yorks vollkommen entgegengesetzt ist. Ein Kontrast, der sich auch in der Sprache niederschlägt: Während Manhattan wie eine Wasserfontäne klingt, treibt das Texanisch träge dahin wie die Wasser des Brazos.

Hier scheint man alle Zeit der Welt zu haben.

Mehr als großzügig angelegt ist auch die Armstrong Browning Library, ein Gebäude von klassisch-schlichter Perfektion inmitten gepflegter Rasenflächen und alter Bäume.

Ein Tempel, der sich in Ehrfurcht vor dem Andenken Elizabeth Barretts und Robert Brownings verneigt. Ihre Dichterworte sind in den Mauern verewigt, in Buntglasfenstern zu Licht und Farbe geworden; überall als Motive ausgestreut sind Glocken und Granatäpfel, nach dem Titel des bekanntesten Gedichtbands von Robert Browning.

Zwischen edelstem Holz, spiegelndem Marmor und Blattgold versammeln sich Porträts und Büsten, Tische und Stühle und eine Gebetbank der Brownings aus der Casa Guidi. Eine Kaminuhr und eine Schnupftabakdose; ein Sahnekännchen und Kerzenhalter und silberne Teelöffel. Spitzenstulpen und ein Fächer Elizabeth Barretts; ein edelsteinverziertes Kreuz aus Onyx aus den Flitterwochen, eine Brosche mit Goldtopasen vom ersten Hochzeitstag.

Ein prunkvoller Schrein von den Ausmaßen eines Palastes, der die Erinnerung an das Dichterpaar und ihre Zeit hütet.

»Und das mitten in Texas«, murmelt Gemma.

»Die Brownings hatten einige Freunde und Bekannte aus Amerika. Dichter, Journalisten, Verleger, Künstler, die es ebenfalls nach Italien gezogen hatte. Das ist es, was Literatur zu leisten vermag. Kunst im Allgemeinen. Sie verbindet Menschen über die Schranken von Kontinenten und Kulturen hinweg.«

Vor dem Alkoven des hohen, weiten Raums bleibt Gemma stehen. Ihre Katzenaugen weiten sich, als sie auf die ineinanderverschlungenen Hände aus Bronze blickt.

»Ergriffen ist ein kitschiger Ausdruck«, sagt Sisley neben ihr leise. »Aber genau das bin ich jedes Mal, wenn ich sie sehe. Ergriffen. Nicht nur, weil es in diesem Zusammenhang ein solch schönes Wortspiel ergibt. Harriet Goodhue Hosmer, die Schöpferin dieser Bronzehände, stammte übrigens ebenfalls aus den Vereinigten Staaten, aus Massachusetts.«

»Fast mein ganzes Leben hindurch war ich ständig im Metropolitan Museum, ohne sie wirklich zu bemerken. Das erste Mal war an dem Tag, an dem ich mich entschloss, dir eine E-Mail zu schreiben und nach Oxford zu fliegen.«

»Ich habe sie jedes Mal besucht, wenn ich in New York zu tun hatte. Seltsam, der Gedanke, dass wir vielleicht am selben Tag im selben Museum waren und achtlos aneinander vorbeigegangen sind.«

»Ich war immer nur sonntags dort.«

Gemma hat den Satz kaum beendet, als ihr bewusst wird, dass er auf Sisley wie eine Abfuhr wirken muss.

Seine Augen sind dunkel und still.

»Dennoch. Wir sind auf demselben Grund gegangen, nur wenige Meilen voneinander entfernt. Und jetzt stehen wir beide zusammen hier.«

Gemma weicht seinem Blick aus, schlägt einen beiläufigen Tonfall an.

»Wie oft warst du schon hier?«

»Zwei Mal. Oft genug, um zu wissen, wie viel Arbeit vor uns liegt.«

Im Lesesaal des dritten Stockwerks betrachtet Gemma bang die Stapel von Listen auf den beiden massiven

Tischen, die der Bibliothekar für sie zusammengeschoben hat.

Sisley lässt sich in einem der beige gepolsterten Sessel nieder.

»Weil der gesamte Bestand so umfangreich ist, dass mehrere Leben nicht ausreichen würden, um ihn komplett zu studieren, gehen wir methodisch vor. Ausgehend von meiner Hypothese, dass der Eintrag im Gästebuch von Santa Maria Maddalena dei Pazzi als Fingerzeig gedacht ist, überprüfen wir zuerst, ob dein Vater überhaupt hier war. Falls ja, wann genau. Und was er hier eingesehen hat.«

Was sie seit Florenz von sich ferngehalten hat, bricht jetzt wie eine Flutwelle über sie herein: Die Vorstellung, dass ihr Vater tatsächlich den Flammen entkommen ist. Seither ein neues Leben führt, das niemals wieder das seiner Tochter berührt hat.

Die Frage nach dem Grund dafür ist wie ein Mühlstein um ihren Hals, der sie aus dem Gleichgewicht bringt; haltsuchend umklammert sie die Lehne des Sessels auf ihrer Seite des Tisches.

»Ich kann mir nicht einmal annähernd vorstellen, wie das für dich sein muss«, sagt Sisley leise. »Aber die einzige Chance, die Wahrheit zu erfahren, besteht darin, dass wir etwas finden.«

Gemmas Blick trifft sich mit dem des Bibliothekars an seinem Schreibtisch; wie ertappt wirkt er, zupft nervös an seiner Krawatte, bevor er Gemma zunickt und sich hastig in seine Unterlagen vertieft.

»Wie bist du an die Listen gekommen?«

»Lagern hier im Archiv.«

»Verstößt das nicht gegen den Datenschutz, wenn wir sie uns ansehen?«

Sisley zieht den Kopf ein.

»Um eine Diskussion zu vermeiden, hielt ich es für die beste Strategie, gleich zu Anfang zu sagen, was wir suchen und weshalb. Sie haben darauf sehr mitfühlend und hilfsbereit reagiert.«

Gemma betrachtet Sisley, wie er sich über die Listen beugt. Aus rein wissenschaftlichem Interesse mit ihr in dieses Abenteuer aufgebrochen, steuert er sie nun beide mit so viel Leidenschaft und Zuversicht durch die Stromschnellen auf ihrem Weg, als beträfe es ihn persönlich.

Ein seltsames Gefühl durchzieht sie, eine Art von Schwäche, die sie weich in den Knien macht und aus der sie doch neuen Mut schöpft.

Mit einem tiefen Durchatmen setzt sie sich. »Wo soll ich anfangen?«

»Ich nehme die Listen aus den Jahren vor dem Brand.« Ohne aufzublicken, schiebt Sisley ihr einen Packen zu. »Du hast leider die undankbare Aufgabe, alle Listen aus der ganzen Zeit danach durchzusehen. Falls er hier war, wird er sich bestimmt nicht unter seinem richtigen Namen eingetragen haben. Aber vielleicht findest du einen Namen, der für ihn eine bestimmte Bedeutung hatte. Oder etwas, das mit eurer Familie zu tun hat. Das kann ich dir leider nicht abnehmen.«

Gemma zieht den Stapel zu sich heran und beginnt zu lesen.

Es ist anstrengend, die endlosen Reihen konzentriert durchzugehen, darin nach Hinweisen und Andeutungen Ausschau zu halten. Sisley hat es einfacher, er weiß, wonach er suchen muss.

Alle paar Seiten macht Gemma eine Pause, um blinzelnd ihren Augen Erholung zu gönnen, ihre Aufmerksamkeit wieder zu fokussieren.

Sie sind nicht die Einzigen hier auf der Suche nach Antworten.

An jedem der Tische mit den zitronengelben Lampenschirmen beugt sich jemand über aufgeschlagene Bücher, ausgebreitete Dokumente, einen Laptop; junge Studenten zumeist, die Gemma fast noch wie Kinder vorkommen.

Zwischen den Buntglasfenstern und Bücherschränken fühlt Gemma sich selbst in ihre Collegezeit zurückversetzt.

Was auch daran liegen mag, dass sie den Abend gestern mit Sisley in der Münzwäscherei des Hotels verbracht hat. Die steifen Beine von sich gestreckt, saßen sie zwischen den Waschmaschinen und Trocknern, in denen ihrer beider Garderobe eng umschlungen längst überfällige Runden drehte. Über lustigen und peinlichen Anekdoten aus einem früheren Leben kicherten sie wie Teenager, verschluckten sich manchmal beinahe vor Lachen an ihren Sandwiches, den Donuts, den Softdrinks aus dem Automaten.

Nomaden sind sie geworden, immer auf dem Sprung, ohne Plan, ohne Ziel; Koffer und Rucksack, Reisepässe und Kreditkarten ihre einzigen Fixpunkte. Taumelig fühlen sie sich, abgekämpft, überreizt und zeitverschoben – und süchtig danach.

Nach diesem Rausch ihrer eigenen Neurotransmitter, der die Grenzen der Wirklichkeit verschwimmen lässt. Der das Bewusstsein durchwirbelt wie im Schleudergang und ungeahnte Kräfte freisetzt.

»Willst du heute Abend mit mir essen gehen?«, fragt Sisley unvermittelt.

»Irgendwo ein Stück Pizza oder ein Burger wäre prima«, murmelt Gemma, in ihre Liste vertieft.

»Nein, ich meinte ... ich dachte ...«

Gemma hebt den Kopf. Sisleys Lider flattern; unruhig reibt er mit der Hand über sein Hosenbein und räuspert sich.

»Ich wollte ... Also, auf dem Weg hierher sind wir an einem Mexikaner vorbeigekommen, der ganz nett aussah.«

Es ist der Ausdruck in seinen Augen, unsicher und hoffnungsvoll, der sie begreifen lässt.

»Liebend gerne.«

Sisleys Wangenknochen färben sich. »Fabelhaft!«

Gemma nickt nur und beugt sich dann wieder über die Listen, ein freudiges Zucken im Bauch.

»Gemma.«

Ihr Kopf ruckt hoch; sie hört es an der Heiserkeit seines Flüsterns, dass er etwas gefunden hat.

»Er war hier. Drei Mal. 1986.«

Sisley dreht die Listen um, legt sie aufgefächert vor Gemma. Ihre Finger zittern, als sie den Namen ihres Vaters entlangfahren, die Buchstaben und Ziffern dahinter berühren.

»Was hat er sich bringen lassen?«

Seine Augen glänzen, als er sie von den Suchergebnissen auf seinem Tablet hebt.

»Briefe der Brownings aus den Jahren 1854 und 1855. Den Anfang haben wir gemacht. Hast du schon etwas gefunden?«

»Nein. Vielleicht. Ich weiß es nicht. Manchmal denke ich, ich habe etwas. Einen Vornamen, einen Nachnamen, der etwas bedeuten könnte. Aber nie beides zusammen.«

Seufzend lässt sich Gemma im Sessel zurückfallen; ihre Miene drückt Verzweiflung aus.

»Wenn er etwas gewählt hat, das ich vielleicht erkennen müsste, aber nicht kann, weil es zu lange her ist und ich es vergessen habe?«

Sisley schüttelt den Kopf. »Unmöglich. Das hat er in Betracht gezogen, als er diese Spur für dich ausgelegt hat.«

»Wie kommst du darauf, dass sie für mich bestimmt ist?«

»Ach, Gemma.« Sisley lächelt, als er mit den Listen in der Hand aufsteht, um die Briefe beim Bibliothekar anzufordern. »Für wen denn sonst?«

Schweigend gehen sie den nächtlich stillen Hotelkorridor entlang.

Ein sattes, glückseliges Schweigen ist es, das sie aus dem Restaurant mitgebracht haben. Nach all den Gedanken und Eindrücken und Beobachtungen, die sie am Tisch unter dem Fenster geteilt haben. Nichts Spektakuläres; kleine, nebensächliche Dinge, auf dieser unerwarteten Reise von ihnen aufgelesen, so bodenständig wie Fajitas und Enchiladas, gut gelaunt wie die Mariachi-Musik aus den Lautsprechern.

»Danke für den schönen Abend«, sagt Gemma, als sie vor ihrem Zimmer angekommen sind.

»Ganz meinerseits.«

Etwas Unausgesprochenes liegt in der Luft, zwischen den endlosen Reihen geschlossener Türen, dem Geruch von Putzmitteln, Teppichshampoo und Raumspray. In der Art, wie ihre Blicke sich treffen und wieder auseinanderdriften. In diesem Schweigen, das etwas Fragendes, behutsam Vortastendes bekommen hat.

Der Signalton des Aufzugs und gedämpfte Schritte lassen das Erwartungsvolle dieses Moments verfliegen. Mechanisch erwidern beide den Gruß des Hotelgastes, der dann am Ende des Korridors in seinem Zimmer verschwindet.

»Bis morgen, Gemma. Schlaf gut.«

»Du auch. Bis morgen.«

Fast synchron öffnen sich ihre Zimmertüren mit einem elektronischen Piepsen, fallen schwer hinter ihnen zu.

Sorgsam verriegelt Gemma die Tür und stellt die Handtasche in unmittelbarer Nähe davon ab, wie sie es immer tut. Ein paar Augenblicke lang bleibt sie mitten im Zimmer stehen, wie zuvor das Restaurant von der Klimaanlage auf Kühlschranktemperatur heruntergeregelt.

Viel zu groß, zu leer kommt es ihr vor, auch am zweiten Abend noch, trotz des wuchtigen Mobiliars. Ihre paar Habseligkeiten sind kaum zu entdecken zwischen der Einrichtung in Gewürzfarben.

Als würde die Hälfte davon fehlen.

Beschwipst fühlt sie sich, und nicht allein von der Margarita, dem Bier zum Essen. In einem Anflug von Übermut wirft Gemma sich rücklings auf das Kingsize-Bett mit seinen straffen Laken.

Unwillkürlich lauscht sie zum Nachbarzimmer hinüber. Wie um darauf zu warten, dass sich in der Wand eine geheime Tür öffnet und Sisley herüberkommt. Voller Staunen über dieses heillose Chaos aus Kummer und Glück, Angst und Mut, Müdigkeit und Energie, das seiner eigenen, noch verborgenen Ordnung zu gehorchen scheint.

13

Donnerstag, 5. Oktober

Endlos dehnen sich die Stunden im Lesesaal der Armstrong Browning Library, und doch fliegen sie viel zu schnell vorbei. Manifestiert in den beweglichen Mustern aus Licht und Schatten, die die Sonne in ihrem Lauf durch den Raum wandern lässt.

»Es ergibt keinen Sinn«, murmelt Sisley. »Ich habe diese Briefe jetzt ein Dutzend Mal durchgesehen, aber ich finde nichts darin, was etwas mit den Medici oder den Este zu tun hat. Oder überhaupt etwas mit den Dingen, die uns beschäftigen. Entweder bin ich blind oder einem Denkfehler erlegen.«

»Oder er hat ebenfalls vergeblich etwas darin gesucht«, sagt Gemma nach kurzem Nachdenken.

»Obwohl er ja offenbar trotzdem am Ende das gefunden hat, worauf er aus war.«

Mit gläsern-starren Augen brütet Sisley vor sich hin.

»Die Farbe dieses Teppichs macht mich irre«, stöhnt er irgendwann leise auf, reibt sich über das Gesicht. »Auf Dauer wird mir schlecht davon, selbst wenn ich ihn nur am Rand meines Gesichtsfelds wahrnehme.«

Gemma wirft einen Blick hinunter, wo sich der grüne Teppichboden mit ihren rosafarbenen Sneakers beißt.

»Die gleiche Farbe wie die der Wände in der Casa Guidi.«

Sisley gibt seine Arbeitshaltung auf und setzt sich mit übereinandergeschlagenen Beinen bequemer im Sessel zurecht.

»Tatsächlich eine sehr beliebte Farbe in der viktorianischen Ära. Leuchtend grüne Motivtapeten waren um die Mitte des neunzehnten Jahrhunderts der letzte Schrei, unter Farbnamen wie Scheeles Grün, Schwedisch Grün, Pariser oder Schweinfurter Grün. Unglücklicherweise basiert diese Nuance auf einem Gemisch von normalen und basischen Kupferarseniten. Tapeten, die damit bedruckt waren, gaben giftige Dämpfe an die Raumluft ab, denen etliche Kinder, Kranke und alte Menschen zum Opfer fielen. Da so gut wie nie gesunde Erwachsene betroffen waren, dauerte es Jahrzehnte, bis man die Farbe der Tapeten als Ursache festmachen konnte.«

»Welche Ironie«, flüstert Gemma. »Ausgerechnet Grün. Die Farbe des Lebens.«

Grün wie die Farbe des Gemäldes, das sie jetzt seit zwei Wochen von Ort zu Ort, von einem Kontinent zum anderen ziehen lässt.

»Der Legende nach ist Lucrezia vergiftet worden«, fügt sie hinzu.

»Ja.«

Sisley neigt den Kopf, in seinen Augen flackert es; Gemma sieht, wie es in ihm arbeitet.

»Ich bin einmal in einer wissenschaftlichen Arbeit auf

die Giftigkeit der Farbpigmente von Bleiweiß und Neapelgelb gestoßen. Womöglich gab es auch früher schon grüne Farbtöne, die giftig waren.«

»Cesare«, errät Gemma.

»Cesare.«

»Aber nicht jetzt.«

Sisley lächelt und setzt sich wieder aufrecht hin.

»Nein. Jetzt kümmern wir uns um das, was unmittelbar vor uns liegt.«

Der Morgen, der noch so verträumt in Richtung Mittagszeit getänzelt war, hin zu einer durstig hinuntergestürzten Flasche Wasser und gierig verschlungenen Schokoriegeln aus dem Souvenirladen im ersten Stock, ist in einen zielstrebig vorwärtsmarschierenden Nachmittag übergegangen.

Nur noch eine knappe Stunde bleibt ihnen, bis sie ihren Arbeitsplatz räumen müssen, die Bibliothek schließt.

Wie eine statische Entladung durchzuckt es Gemma, mitten in den Reihen aus Namen und Orten, den Buchstaben und Ziffernfolgen der Signaturen.

Wieder und wieder streichen ihre Augen über die Zeile, wägen ihre Bedeutung ab, bis sie sicher sein kann und einen halblauten Ausruf von sich gibt.

Ein paar Tische weiter zischt jemand ungehalten, und auch der Bibliothekar räuspert sich mahnend; sie bemerkt es kaum.

Sisley läuft um den Tisch herum und beugt sich über die Liste vor Gemma.

»Glen F. Kennedy«, liest er vor. »Martha's Vineyard. Am dreizehnten Oktober 1991.«

Gemmas Finger wandert über die Zeile, während sie sie für Sisley ausbuchstabiert.

»Glen. Mein Großvater, der Vater meiner Mutter. F wie Forsythe. Der Mädchenname meiner Großmutter und der Mittelname meiner Mutter. Kennedy. Mein Großvater war mit den Kennedys bekannt. Es gibt sogar ein Foto von ihm in Martha's Vineyard.«

Sie hält für einen Moment inne, kämpft mit der Enge in ihrer Kehle.

»Und der dreizehnte Oktober 1991 wäre der dreißigste Geburtstag meiner Mutter gewesen.«

Zwei Bände in speckigem Leder sind es, die der Bibliothekar vor Gemma und Sisley hinlegt. Dieselben Bände, die Glen F. Kennedy sechsundzwanzig Jahre zuvor hier angefordert hat.

Gemma holt tief Luft und schlägt den ersten Band auf.

BIBLIA HEBRAICA SINE PUNCTIS.
Accurante Nath. Forster S.T.B. C.C.C. Socio.
OXONII E TYPOGRAPHEO CLARENDIANO,
TYPIS ET SUMPTIBUS ACADEMICIS, MDCCL.

Eine steil rechtsgeneigte Handschrift, klar und ästhetisch wie lang geübte Kalligrafie, zieht sich über die Seite.

Elizabethæ B Barrett Carissimus Pater dono dedit.

»Elizabeth B. Barrett vom liebsten Vater zum Geschenk gegeben«, flüstert Gemma.

»Sie war noch ein ganz junges Mädchen, ein Teenie, wie wir heute sagen würden, als sie sich selbst Hebräisch beigebracht hat, um das Alte Testament lesen zu können.«

»Eine hebräische Bibel. Das Lukasevangelium werden wir darin also nicht finden. – Kannst du Hebräisch?«

Sisley verzieht das Gesicht. »Mit Griechisch könnte ich dir besser dienen.«

Gemeinsam blättern sie sich durch die Pergamentseiten, auf der Suche nach einem Hinweis zwischen den kryptischen Schriftzeichen. In den Kupferstichillustrationen des ersten Bandes, des zweiten.

Ein Gefühl hohler Vergeblichkeit macht sich in Gemma breit, als sie das Schlusswort von Elizabeth Barretts Hand auf der letzten Seite erreichen.

Ich beendete die letzte Zeile dieser Bibel in Sidmouth, 25. September 1833.

Gemma will den Band schon enttäuscht zuklappen, als ihr das marmorierte Vorsatzpapier ins Auge fällt.

»Grün, Weiß und Gold«, murmelt sie.

Die Farben der Dame in Grün.

Uneben wirkt das Papier, wie von Feuchtigkeit gewellt und verzogen. Gemmas Fingerspitzen gleiten darüber, spüren Konturen, klare Formen. Sie zögert, als sie entdeckt, dass sich das Vorsatzblatt vom Leder des Einbands gelöst hat. Vorsichtig hebt sie es an, und mit demselben Feingefühl wie für die alten Karten der Map Division tastet sie darunter.

Ein Lesezeichen ist es, das sie hervorzieht, himmelblau und mit einer primelgelben Kordel: Die Abbildung eines Heiligen, der das Jesuskind auf seinem Arm trägt, eine weiße Lilie in der Hand hält.

St. Anthony, bete für uns.

Vorsichtig nimmt Gemma es auf, dreht es um. Über das aufgedruckte Gebet zieht sich eine schwungvolle Handschrift.

Der Apfel fällt nicht weit vom Stamm, und in den Zweigen singt der heilige Vogel.

Jetzt kann Gemma die Tränen nicht mehr zurückhalten; ungehemmt rinnen sie ihr über das Gesicht.

Sie kennt diese Handschrift von unzähligen Randbemerkungen in den Büchern zu Hause, von Notizen, die zwischen deren Seiten stecken, von alten Briefen.

Die Handschrift ihres Vaters.

Gemma löst die Schnürsenkel ihrer Sneakers, kickt sie von sich und lässt sich erschöpft auf das Hotelbett fallen. Sie holt das Lesezeichen aus dem Umschlag, den sie in der Bibliothek bekommen hat, und legt es auf das Laken neben sich; sie kann sich nicht daran sattsehen, nicht oft genug darüberstreicheln.

Zum ersten Mal in ihrem Leben ist sie in Versuchung gewesen, etwas zu stehlen.

Sisley hat sie von ihrer Gewissensnot erlöst und lange auf den Bibliothekar eingeredet, bis dieser schließlich zum Telefonhörer griff und seinerseits ein langes Gespräch führte, während er das Lesezeichen in seiner Hand dabei eingehend von allen Seiten betrachtete.

Bis er schließlich auflegte und es Gemma gehörte.

Mit fahrigen Händen greift Gemma zu ihrem Handy. Sie macht sich nicht die Mühe, ihre Mailbox abzuhören, vielleicht doch wieder einmal ihre E-Mails abzurufen; die roten Fähnchen an den Icons weisen deutlich genug darauf hin, dass sie als verschollen gilt.

Fionas Stimme schäumt wie die Brandung heran.

»Gem! Endlich! Wo steckst du?«

Einen kräftigen Wind bringt sie mit, der Gemma leichter atmen lässt, obwohl sie immer noch das Salz ihrer Tränen auf den Lippen schmeckt.

»In Waco.«

Einige Herzschläge lang ist es still in der Leitung.

»Waco wie in Waco, Texas? Ich denke, du bist in Oxford. Was machst du in Waco?«

Gemma holt tief Luft. So gut es geht, fasst sie die vergangenen zwei Wochen zusammen und zwängt sie in möglichst klare, logische Sätze. Dass sie dafür sachlich und objektiv bleiben muss, hilft ihr; trotzdem fühlt es sich surreal an, als spräche sie über eine andere Person.

»Oh, Gem«, seufzt Fiona zwischendurch.

Gemma hört sie auf dem knarzenden Holzboden herumgehen. Glas klirrt leise inmitten eines Gluckerns, eines sanften Plätscherns; offenbar braucht Fiona auf diesen Schock hin ein Glas Wein.

»Erinnerst du dich an diesen Roman vor ein paar Jahren, den wir beide so furchtbar schlecht fanden? In dem die Heldin um ihren tödlich verunglückten Mann trauert, und gegen Ende stellt sich heraus, er ist nicht tot? Genauso komme ich mir gerade vor. Mitten in einer haarsträubend unglaubwürdigen Geschichte. Und trotzdem versucht mir alles dort draußen einzureden, dass es wahr ist.«

»Vielleicht musst du dich mit dem Gedanken vertraut machen, dass es tatsächlich wahr ist. Und auch, dass du dich am Ende in einer Sackgasse wiederfinden könntest. Weil du womöglich nie die ganze Wahrheit herausfinden wirst. Aber wenigstens hast du es versucht.«

Einmal mehr streicht Gemma über das Lesezeichen neben ihr.

St. Anthony, der Patron der verlorengegangenen Dinge. Der verlorenen Seelen und verschwundenen Menschen. Der Armen und der Suchenden.

»Gem?«

Heimweh schlägt seine Zähne in Gemma. Sehnsucht nach ihrem Apartment im Village mit seiner wohldurchdachten und immer makellosen Ordnung. Nach der eng getakteten Routine ihrer Tage.

»Ich will mein altes Leben zurück«, flüstert Gemma rau.

»Es ist noch immer dein Leben, Gem. Nur bist du jetzt gezwungen, es aus einer anderen Perspektive zu betrachten. Und zum ersten Mal hast du die Chance, es selbst in die Hände zu nehmen. Dich nicht mehr von der Vergangenheit knebeln zu lassen.«

Fionas Präsenz, erdverhaftet und doch von der Weite des Meeres, von der Technik über dreitausend Meilen hinweg hierhertransportiert, bleibt spürbar.

Ein Trost, auch in den Stunden danach, die Gemma auf dem Hotelbett liegt und blicklos an die Decke starrt.

Der Globus ihrer Welt hat Risse und Löcher bekommen. Ein Unrund, mit Verwerfungen und Dellen, die Oberfläche farbverschmiert und unleserlich. In Schieflage ist dieser Globus geraten, und nur ein kleiner Stoß könnte genügen, ihn zerbersten oder aber ihn in die Unendlichkeit des Alls hinauskreiseln zu lassen.

Ein Klopfen an der Tür schreckt sie auf.

»Hast du einen Moment?«

Sisleys Miene ist ernst, als er die Tür sanft hinter sich schließt; in der Hand hält er ein Bündel loser Blätter, das den Geruch frischer Druckertinte verströmt.

»Schöne Grüße von Pissarro. Unbekannterweise.«

Das Karohemd in Grün und Lila von Old Navy hängt ihm halb aus dem Hosenbund. Der Knoten der braunen Krawatte ist eine lose Schlaufe, und seine Haare sind zerzaust; das Telefongespräch scheint ihn aufgewühlt zu haben.

Er zögert, lässt sich dann auf der Bettkante nieder und räuspert sich umständlich. Gemmas Herz schlägt ihr bis zum Hals; ihr Magen faltet sich nervös zusammen.

»Schlechte Nachrichten?«

»Kommt darauf an, von welcher Seite man es betrachtet.«

Er räuspert sich wieder, während er die mitgebrachten Seiten sortiert und durchsieht.

»Zum Hintergrund sollte ich dir vielleicht mitteilen, dass Pissarro ein paar gute Kontakte bei der Polizei hat, und einer davon hat wiederum einen Draht hierher in die USA. Da gingen in den letzten Tagen einige Telefonate hin und her, aber komplett inoffiziell. Es steht dir frei, eine offizielle Untersuchung zu beantragen, um den Fall eventuell noch einmal aufzurollen. Aber in Anbetracht der aktuellen Lage reicht es vielleicht, was Pissarro zusammentragen konnte.«

Seine Stirn legt sich in Falten; mit den Fingerkuppen scheint er sie wegmassieren zu wollen, doch sie bleiben beharrlich.

»Also. Es gibt keinerlei Hinweise auf Brandstiftung oder dergleichen. Zumindest findet sich nichts darüber in der Akte. Beide Opfer … Ich weiß nicht, ob du das hören willst.«

»Sprich ruhig weiter.«

»Beide Opfer wiesen sowohl Schädelverletzungen als auch Knochenbrüche auf. Wobei aus dem Untersuchungsbericht nicht hervorgeht, ob diese *ante mortem* erfolgten. Oder aber *post mortem*, wie etwa durch den Einsturz des Hauses beziehungsweise die Bergung danach. – Einen Moment.«

Sisley steht auf und verschwindet im Badezimmer, um dort die Kleenexbox zu holen und neben Gemma abzustellen; erst jetzt bemerkt sie, dass sie weint.

»Geht es?«, fragt er und setzt sich näher zu ihr.

Gemma nickt, während sie eine Handvoll Kleenex herausrupft.

»Darüber hinaus fehlen auch Angaben wie etwa zu Rußpartikeln in den Atemwegen, obwohl der Obduktionsbefund vollständig zu sein scheint. Nicht zwangsläufig ein Zeichen von Schlamperei, laut Dr. Frobisher. Das ist der Rechtsmediziner, den Pissarro hinzugezogen hat. Offenbar wurde das Brandgeschehen schlicht als so eindeutig betrachtet, dass es keinen Grund gab, an irgendetwas zu zweifeln und genauer nachzusehen. – Wenn es dir zu viel wird, dann …«

Gemma schüttelt den Kopf, zerrt eine neue Handvoll Kleenex aus der Box.

»Erzähl weiter.«

»Ich mit meinen laienhaften Kenntnissen hatte mich gewundert, dass nicht mehr Aufwand bei der Identifizierung betrieben wurde, DNA-Tests vielleicht oder ein Abgleich des Zahnstatus. Die Methode des genetischen Fingerabdrucks aber steckte damals noch in den Kinderschuhen, und der Zahnstatus kam nur dann ins Spiel, wenn keine andere Identifizierung möglich war. Aber auch die amerikanischen Behörden haben nichts weiter unternommen, da der Fall so absolut klar schien. Eine nachträgliche Identifizierung ist nicht mehr möglich, nachdem deine … nach der Einäscherung. Dr. Frobisher hat sich alle Fotos angesehen. Obwohl er auf dieser Basis keine auch nur annähernd verlässliche Aussage treffen kann, tendiert er dazu, dass deine Mutter tatsächlich mit dem weiblichen Brandopfer identisch sein könnte. Wohingegen durchaus Zweifel zulässig sind, dass die männliche Leiche dein Vater ist.«

Gemma zieht die Knie an, umschlingt sie fest; ihr Herz droht, unter seinem gewalttätigen Pumpen zu zerbersten.

»Da zu keinem Zeitpunkt etwas anderes als ein Unglück in Betracht gezogen wurde, hat auch niemand darauf geachtet, ob es in der Zeit danach irgendwelche Auffälligkeiten gab. Verdächtige Kontobewegungen, beispielsweise. Ob da vielleicht etwas war und wenn ja, was genau – dazu kannst nur du nachforschen. Oder eben die Polizei, solltest du den Fall noch einmal aufrollen wollen.«

»Grandma«, murmelt Gemma mit tränenverklebter Stimme. »Grandma hat sich um alles gekümmert. Bestimmt hat sie auch alles aufgehoben, was wichtig war. Aber ich …«

Mit dem Handballen reibt sie über die Augen, hinter denen sich ein dumpfer Druck auszubreiten beginnt wie eine Wolke aus Bleistaub.

»Ich weiß nicht mehr, was sie alles aufgehoben hat. Was ich alles weggeworfen habe, als sie nicht mehr da war. Vielleicht, ohne genauer nachzusehen.«

Sie schluchzt auf. Sisleys Hand umschließt ihre Schulter, drückt sie sanft.

»Ist in Ordnung, Gemma. Du konntest es ja nicht wissen.«

Sisley räuspert sich, als er sie loslässt, raschelt mit den ausgedruckten Seiten.

»Angesichts der Umstände … Es gibt Computerprogramme, mit denen man den Alterungsprozess von Gesichtern simulieren kann. Pissarro hat das von einem Foto deines Vaters machen lassen, mit Unterstützung von Brontë und einem ihrer Computerkollegen. Da ein Bart die einfachste Möglichkeit ist, das Aussehen zu verändern, sind beide Varianten angefertigt worden. Ich habe sie vorhin unten im Businesscenter ausgedruckt.«

Mit unsicheren Händen nimmt Gemma die Blätter entgegen.

»Du sollst dir allerdings nicht allzu viele Hoffnungen machen. Wer es längere Zeit geschafft hat unterzutauchen, weiß seine Spuren gut zu verwischen. Und zieh vielleicht auch in Betracht, dass er womöglich trotzdem nicht mehr am Leben ist. Er wäre heute immerhin schon siebzig.«

Gemma nickt, obwohl sie ihm kaum zugehört hat.

Ungläubig starrt sie auf die beiden Gesichter. Nach etwas Vertrautem sucht sie, wartet auf ein Gefühl.

Weißhaarig und weißbärtig, künstliche Verwerfungen auf den Zügen, bleibt es ein Fremder, android durch die zahlreichen digitalen Bearbeitungsschritte.

Sie hat Angst, den Menschen dahinter zu finden.

Angst, den Vater zu verlieren, den sie die längste Zeit ihres Lebens in ihrer Erinnerung getragen hat.

Die Angst, dass der Mann auf diesen computergenerierten Bildern ein Phantom bleiben wird.

14

Freitag, 6. Oktober

Im Belew Scholars' Room der Bibliothek hat Gemma die Briefe der Brownings übernommen, während Sisley sich auf seinem Tablet den Nachforschungen zu St. Anthony widmet.

Beide hoffen sie, dass Gemma etwas in diesen Briefen entdeckt, das eine verblasste Erinnerung in ihr anklingen lässt, einen verschüttet gegangenen Gedanken.

In die Stimme Robert Brownings, die in Gemma nachklingt, mischt sich die Elizabeth Barretts, wie sie aus der sepiabraunen Tinte des gealterten Papiers aufsteigt.

Mein liebster Alfred,
Du musst uns für vollkommen verrückt halten – oder für poetisch …

Überraschend lebhaft ist diese Stimme, fast quecksilbrig; sie scheint zu einer anderen Person zu gehören als zu der ätherisch-morbiden Erscheinung auf den erhaltenen Porträts.

Ich schicke Ihnen die Bücher zurück, die Penini all die Freude bereiteten, die Ihre Freundlichkeit für ihn & mich nur wünschen konnte – & ich hoffe, Sie werden sie unversehrt vorfinden. – Er hat sie selbst gelesen & hat sie wieder & wieder vorgelesen bekommen – sein Liebstes ist »The Pretty Village«. Nun, falls Sie ein anderes solches Buch haben oder zwei, würden Sie uns einen großen Gefallen tun, es uns zu leihen, wie Sie es angeboten haben. – Würden Sie?

Eine Liebe zu Büchern spricht aus diesen Briefen, für das Reisen und den Sonnenschein und das Leben überhaupt. Eine überschwängliche Zärtlichkeit für die Menschen, die ihr am Herzen liegen.

Immer wieder scheint eine Zerbrechlichkeit durch, in den wortreichen Entschuldigungen für verspätete Antworten, abgesagte Verabredungen. Eine unausgesprochene Bitte schwingt darin mit: Sei mir nicht böse, hab mich noch lieb.

Ich bin wirklich beschämt, dass ich die Rücksendung dieses Buches so lange hinausgezögert habe – aber ich bin seit dem Morgen von einer Reihe an Besuchen aufgehalten worden. Sie wissen, dass es manchmal eine solche Unabwendbarkeit von Besuchern gibt, just wenn man etwas Besonderes zu tun hat.
Auch (außer, dass ich Ihnen das Buch zurückschicke und Ihnen sehr dafür danke) muss ich mich im Namen meines Mannes bei Ihnen für diesen Abend entschuldigen, da es ihm unmöglich ist, in den Genuss Ihrer Gesellschaft zu kommen …

Gemma, von gänzlich anderem Temperament, anderem Charakter, wäre Elizabeth Barrett auf Dauer zu anstrengend gewesen, und doch hätte sie nicht anders gekonnt, als sie zu mögen, vielleicht aus einer Art Beschützerinstinkt heraus.

Sie beginnt zu ahnen, was Robert Browning und Elizabeth Barrett zueinander hingezogen und miteinander verbunden hat.

Er war ihr Anker in einer beängstigenden und bedrohlichen Welt. Eine Urkraft, die sie im Leben hielt. Während sie ganz Geist war, ganz Seele, auf eine fließende, strömende, sprudelnde Weise.

»Hier schreibt sie über Lucca«, flüstert Gemma in die Stille des Lesesaals hinein. »Dass sie nun doch nicht fahren werden und auch das Haus dort nicht benötigen.«

Sisley wirft den Kopf zurück, um seine widerspenstige Haarsträhne aus dem Gesicht zu bekommen.

»An diesem Brief bin ich auch hängengeblieben. Aber der hilft uns nicht weiter. Genauso wenig wie der Umstand als solcher, dass die Brownings zwei Sommer in Lucca verbracht haben. Nichts Greifbares ist darunter. Nichts, das uns weiterbringt.«

Gemma betrachtet die Briefe, die vor ihr ausgebreitet liegen.

»Und wenn es gar nicht um die Brownings geht? Wenn sie nur eine Fährte waren, um uns hierherzubringen und das Lesezeichen zu finden?«

»Möglich«, murmelt Sisley. »Aber dann muss uns das Lesezeichen weiterbringen.«

»Hast du etwas dazu gefunden?«

Sisley wiegt bedächtig den Kopf, während er abwechselnd einen Blick auf das Tablet vor sich und auf seine handschriftlichen Notizen wirft.

»Ja und nein. Anfangs dachte ich, du wärst mit dem Apfel gemeint, der nicht weit vom Stamm fällt. Was zwar gut sein kann, aber genauso wenig irgendwo hinführt. Dann kam mir in den Sinn, ob es sich auf St. Anthony selbst bezieht. Weil es doch ein paar Dinge gibt, die zumindest eine verblüffende Parallele zu dem aufweisen, was uns beschäftigt.«

»Der Schutzheilige der verlorenen Dinge und verschwundenen Menschen.«

»Zum Beispiel. Oder dass er oft mit einem Buch dargestellt wird. Mit einem brennenden Herz. Dann die Tatsache, dass er an einer Vergiftung mit Mutterkorn starb, die seither auch als Antoniusfeuer bezeichnet wird. Antoniusfeuer ist auch der Beiname von Erysipel, einer charakteristischen Hautrötung, die durch eine bakterielle Infektion auftritt und zu einer tödlichen Sepsis führen kann. Ironischerweise starb auch Elizabeth Barretts Vater Edward Moulton-Barrett 1857 daran.«

Sisley presst die Nasenwurzel zwischen Daumen und Zeigefinger zusammen, atmet durch.

»Jedenfalls war der heilige Antonius von Padua Franziskaner. Wenn wir jetzt annehmen, dass damit der Stamm gemeint ist, von dem der Apfel St. Anthony nicht weit gefallen ist, dann sind wir bei St. Francis. Und dazu würde auch der heilige Vogel im Zweig passen. Denn der Vogel ist eines der Attribute von St. Francis.«

»Aber?«, fragt Gemma und reagiert damit auf das Zögern in seiner Stimme.

Sisleys Mundwinkel spannen sich an, während sein Zeigefinger die Bilder auf dem Tablet durchblättert. Mönche in braunen Kutten und von einem Glorienschein gekrönt, im Gespräch mit den Tieren des Waldes oder eine Taube mit gespreizten Schwingen auf der Hand balancierend, umgeben von Lilienbündeln und das Jesuskind herzend; Heiligenbilder aus den verschiedensten Epochen, zwischen stilisierter Ikone und Lebenstreue, zwischen Kunst und Kitsch.

»Es scheint mir zu einfach. Einerseits. Andererseits tun sich mit St. Francis gleich derart viele Möglichkeiten auf, dass wir Jahre damit verbringen können.«

Seufzend versenken sich beide wieder in ihre Recherchen.

… ich schreibe Ihnen inmitten von so viel Müdigkeit und unbefriedigender Turbulenzen … Wäre es tatsächlich nicht um der anderen Seite des Bildteppichs willen, so wäre es nicht zu ertragen, noch mehr müde Stiche an diesem Gobelin zu machen (bis wir selbst Goblins sind), Tag für Tag, Jahr um Jahr, in dieser traurigen Welt …

Gemma muss an einen Schmetterling denken, der um seine Vergänglichkeit weiß. Kein bunter, fröhlicher Schmetterling, der munter umherflattert. Sondern einer dieser elegant gleitenden Falter, die auf ihren schwarzschillernden Flügeln Licht und Dunkelheit vereinen.

Ein Bild, das Gemma keine Ruhe lässt. Im Browser ihres Tablets spielt sie mit mehreren Stichworten und klickt sich durch die Suchergebnisse.

An *Papilio palinurus* bleibt Gemma hängen, ein Schwalbenschwanz, die schwarzen Flügel von grünen Bändern überzogen und von grünen Sprenkeln überstäubt.

Grün wie das Gemälde.

Grün wie Malachit.

»Sisley.«

Die Augen auf sein Tablet geheftet, hebt er die Brauen.

»Hast du nicht erzählt, Robert Browning hat Elizabeth Barrett zum achten Hochzeitstag eine Brosche aus Malachit geschenkt?«

»Ja. Am zwölften September 1854«, spult er beiläufig die Fakten ab. »Ihrer Schwester Henrietta hat sie davon geschrieben. Dieser Brief befindet sich allerdings in einer anderen Sammlung.«

»Aber mein Vater hat Briefe von 1854 und 1855 hier eingesehen. Was, wenn er sich darin etwas erhofft hat, was mit dieser Brosche zu tun hat? Irgendeinen Hintergrund, vielleicht sogar ihre Herkunft? Denn auch unsere Dame in Grün trägt ein Schmuckstück, das aus Malachit gefertigt ist. Oder zumindest so aussieht.«

»Ja«, gibt Sisley langgezogen von sich, wie eine Frage.

»Könnte Browning damals in Florenz vielleicht eben dieses Miniaturporträt von Maria Magdalena, das Lucrezia auf dem Gemälde trägt, für Elizabeth erworben haben, wissentlich oder nicht?«

»Ja«, wiederholt Sisley.

Seine Augen wirken glasig, wie im Fieber; er scheint mit seinen Gedanken woanders zu sein.

»Sisley?«

Er schüttelt den Kopf, lacht dann ungläubig auf.

»Verzeihung. Es ist nur … Vorhin habe ich mich vertippt und einfach S Francis eingegeben, ohne es zunächst zu bemerken. Google hat es dann automatisch zu San Francisco vervollständigt. Seitdem denke ich darüber nach, ob es wirklich so einfach sein kann. Zumal uns die Hinweise bisher ja immer direkt an einen Ort geführt haben, von Frankfurt über Florenz bis hierher nach Texas.«

San Francisco.

Gemma balanciert die vier Silben auf ihrer Zunge, schmeckt dazwischen etwas heraus, was sie nicht einordnen kann.

Ungeduldig durchblättert sie auf dem Tablet die Fotos ihrer Eltern und bleibt schließlich an einem Bild in Schwarz-Weiß hängen. Ihr Vater als ganz junger Mann, die Haare lang und ergänzt um einen dicken Oberlippenbart, den Kragen der Lederjacke hochgestellt; eine selbst gedrehte Zigarette im Mundwinkel, grinst er ironisch in die Kamera, als ob er sich lustig macht über seine markiglässige Pose auf der Motorhaube eines Autos.

Auf dem Display zieht Gemma das Foto größer, geht Detail für Detail den Hintergrund durch. Die endlosen Häuserreihen mit ihren Erkern, den verspielten Elementen, sicher auch schon vor vierzig Jahren nostalgisch, die sich irgendwo im Dunst verlieren. Die Straße, die dazwischen hindurchsticht und zum Wasser hin steil abfällt.

Sie schiebt das Tablet hinüber zu Sisley.

»Er war dort. Vor vielen Jahren einmal. Hast du irgendetwas in San Francisco gefunden, das mit St. Anthony zu tun hat?«

Die Stirn in tiefe Querfalten gelegt, nickt Sisley, während seine Augen über die beiden Tablets und seine Notizen wandern; seine Miene zeigt Verwirrung.

»Es ergibt nur keinen Sinn. *St. Anthony's. Wir servieren täglich Hoffnung*«, liest er vor. »Eine karitative Einrichtung.«

»Kommt ihr mit euren Nachforschungen voran?«

Der Bibliothekar, zwei volle Tage lang eine ebenso hilfsbereite wie unaufdringliche Präsenz im Hintergrund, der sie heute Morgen überschwänglich begrüßt hat wie beste Freunde, ist zu ihnen an den Tisch getreten.

Jung ist er noch, vielleicht in Sisleys Alter, und mit den großen Brillengläsern, dem kaum ausgeprägten Kinn klischeehaft eulengesichtig. Der Krawattenclip ist genauso akkurat ausgerichtet wie das gravierte Namensschild an der bordeauxroten Hemdbrust: Melvin B. Sharp.

»Ich wollte euch auch nicht stören«, sagt er, ohne eine Antwort abzuwarten; unaufhörlich nestelt er am Knoten seiner überbreiten Paisleykrawatte. »Mir ist nur eingefallen, dass sich letztes Jahr schon einmal jemand nach diesen Listen erkundigt hat. Und auch nach der Biblia Hebraica von Elizabeth Barrett Browning.«

Wie eine Schlafwandlerin folgt Gemma ihm zu seinem Schreibtisch, Sisley hinter ihr.

»Ich hatte es vollkommen vergessen«, erklärt Melvin eifrig, während er das Keyboard bearbeitet. »Erst nachdem ich mit Dr. Tremain wegen des Lesezeichens telefoniert und einen Vermerk eingetragen hatte, habe ich mich daran erinnert. Hier, da ist es. Am siebten Dezember. Die erste Anfrage nach den Listen. Morgan Andicott aus Chicago. Und hier, an den jeweils darauffolgenden Tagen. Am fünfzehnten und sechzehnten Dezember dann jeweils die Biblia Hebraica mit der Signatur A0211.«

»Wenn wir jetzt wüssten«, murmelt Sisley, »ob Morgan Andicott aus Chicago männlich oder weiblich ist.«

Melvin bläst die Wangen auf und lässt den Atem dann langsam ausströmen, während er nachdenkt.

»Ich kann es nicht beschwören, wir haben hier jede Woche, jeden Monat so viele Besucher. Aber meinem Gefühl nach würde ich sagen, weiblich.«

»Wie alt ungefähr?«, hakt Gemma nach.

Melvins Brauen sind unablässig in Bewegung. »Eher jünger, wage ich zu behaupten.«

Triumphierend tippt er mit dem Ende seines Kugelschreibers gegen den Bildschirm.

»Ich meine aber, mich zu erinnern, dass es ebenfalls um irgendeine Familiengeschichte ging.«

Stumm und steif vor Schock sitzt Gemma wieder vor den Briefen Elizabeth Barretts.

»Ich nehme mal an«, sagt Sisley behutsam, »dass Morgan Andicott dieselben Spuren verfolgt hat wie wir, um hierherzukommen.«

Gemma kann nur nicken.

»Sagt dir der Name irgendetwas? Gab es vielleicht einmal eine oder einen Morgan bei dir in der Schule, auf dem College? Im Bekanntenkreis?«

»Nicht dass ich wüsste«, murmelt Gemma, langsam aus ihrer Trance auftauchend. »Allerdings hat mein Vater sich bei seinem letzten Besuch hier auch unter einem falschen Namen eingetragen.«

»Das stimmt.«

Geraume Zeit beschäftigt sich Sisley mit seinem Tablet, während Gemma vor sich hin starrt, im Sog eines Tornados aus Fragen und Fragmenten, der in ihr tobt.

»Es gibt einen William Andicott an der Columbia University.« Sisleys Stimme dringt schließlich zu ihr durch. »Professor für die Kunst der italienischen Renaissance und des Barock. Davor hat er eine Zeitlang an der Universität von Chicago gelehrt und geforscht. Korrigiere. Es gab ihn. Er ist letztes Jahr im Alter von 83 Jahren gestorben.«

Ihre Blicke verhaken sich ineinander; ein Stromkreis, der sich schließt.

»Ein Professor, der auf demselben Gebiet tätig ist wie dein Vater, stirbt im vergangenen Februar. Im Dezember nimmt jemand mit demselben Nachnamen die Spur auf, die dein Vater ausgelegt hat. Und diesen September bekommst du rätselhafte Post, die dich ebenfalls auf diese Spur bringt.«

Gemma wickelt sich tiefer in den dünnen Cardigan, den sie zum Schutz vor der Klimaanlage über ihre Bluse gezogen hat.

»Das ist kein zufälliges Muster, Gemma. Das hat System.«

Seit Monaten durchstöbert jemand Gemmas Leben und Vergangenheit, ohne dass sie es mitbekommen hat. Sie fühlt sich wie entblößt.

Manipuliert kommt sie sich vor, eine bloße Marionette in einem Spiel, bei dem sie noch immer nicht weiß, um was es geht.

Geisterbeschwörung

Ich liebe Dich nicht nur für das, was Du bist, sondern für das, was ich bin, wenn ich bei Dir bin. Ich liebe Dich nicht nur für das, was Du aus Dir gemacht hast, sondern für das, was Du aus mir machst. Ich liebe Dich für den Teil von mir, den Du hervorbringst.

ELIZABETH BARRETT BROWNING

London, Juli 1855

Bei herrlichstem Sonnenschein waren sie in Ealing angekommen.

Im prächtigen Garten von Mr und Mrs Rymer hatten sie bereits Daniel Dunglas Home, dem berühmten Medium, die Hand gegeben, während die Rymers den jungen Mann mit dem wilden Haar und dem stechenden Blick begrüßt hatten wie einen Sohn, mit Umarmungen und Wangenküssen.

Jetzt war es neun Uhr abends und dunkel, die dicken Vorhänge zusätzlich zugezogen; an den Rändern des Raumes verbreiteten einzelne Lämpchen ein schummriges Licht.

Auf dem Tischtuch lag der Kranz, den Home aus den Blumen des Gartens geflochten hatte. Ein solch hübscher Kranz, aus Rosen und Lilien, Mohnblumen und Rittersporn wie für eine Feenkönigin.

In die gebannte Stille über dem Tisch schlichen sich die ersten Geräusche; der Tisch vibrierte, hob sich abwechselnd an jedem seiner Enden an. Es klopfte, einmal, zweimal, mehrmals.

»Wat«, schluchzte Mrs Rymer auf und drückte ihr Taschentuch gegen die Augen. »Mein kleiner Wat.«

Die Lichter gingen aus, und am Rand des Tischs erschien eine Hand, bedeckt von zarten Falten wie Musselin, geheimnisvoll aus sich heraus leuchtend in der Dunkelheit.

Die Geisterhand nahm den Blütenkranz auf und schien zu zögern; erst näherte sie sich Home, wanderte sogar ein Stück weit seine Schulter hinauf, bevor sie sich anders besann und Elizabeth damit krönte.

»Offenbar gehört diese Hand zu einer Seele, die in besonderem Bezug zu Mrs Barrett steht«, kommentierte Home.

Unter dem Tisch klopfte es ein Mal.

»Das bedeutet Ja«, erklärte das Medium. »Wer ist diese Seele, die uns heute beehrt? Ist sein Name William?«

Ein Klopfzeichen war die Antwort, dann ein weiteres.

»Frank?«

Wieder klopfte es ein Mal, zwei Mal.

»Charles?«

Gleichzeitig mit dem nächsten Klopfen war ein Laut zu hören wie ein Schnauben; er kam von Robert Browning.

Schweigsam saß Robert im Wagen neben ihr.

Das war er oft in der letzten Zeit, in Gedanken bei *Men and Women*, das gerade in London in Satz ging; im August würde er die ersten Fahnen zu sehen bekommen, sie abwechselnd mit Elizabeth Korrektur lesen.

Oh, wie sie diese Zeit hasste! Die letzten Federstriche am Manuskript, die es feinschleifen konnten oder aber verderben. Die Fahnen, die greifbare Vision des fertigen Buches. Die schonungslos Fehler und Mängel aufzeigten und die allerletzte Möglichkeit darstellten, es noch zu retten, bevor es in die Welt hinauszog.

Die bange Angst, ob es wirklich gut geworden war, allen Beteuerungen Roberts und des Lektors zum Trotz, und ob man es den Wölfen zum Fraß vorwarf oder verwandten Seelen, irgendwo dort draußen.

Dieses Schweigen Roberts war ein anderes.

»Natürlich war niemand von meinen Lieben anwesend«, sagte sie schließlich leise. »Das habe ich von Anfang an gespürt und auch nicht erwartet.«

»Ein lausiger Schwindel war es.«

Er klang nicht nur verärgert, sondern geradezu angewidert; nicht nur von Mr Home oder den Rymers.

»Ich fand es schön. Poetisch.«

Robert blieb einige Hufschläge lang stumm.

»Es wäre mir lieb, du würdest diesen Home nicht wiedersehen.«

Elizabeths Augen, glänzend wie polierte Kiesel, durchbohrten ihn im Halbdämmer der Kutsche.

»Ich bin keiner dieser Ehemänner, die ihren Ehefrauen etwas verbieten, das weißt du, Ba. Trotzdem wünsche ich mir, dass du dich nicht länger mit diesem Unsinn beschäftigst.«

Elizabeth wandte den Kopf ab; jetzt war sie es, die schwieg, während die Lichter Londons draußen vorbeizogen.

Natürlich gab es Geister, und natürlich redeten Geister genauso dummes Zeug wie die Lebenden, irrten genauso oft und machten Fehler. Und natürlich gab es Menschen, die die Gabe besaßen, Geister herbeizurufen.

War das Dichten letztlich denn nichts anderes als eine Geisterbeschwörung?

Diese Übergänge zwischen den Welten faszinierten sie und spendeten ihr so etwas wie Trost. Gerade jetzt, da sie von ihren eigenen Gespenstern heimgesucht wurde.

Angegriffen fühlte sie sich, in der letzten Zeit; zerrüttet von kleinen und größeren Erschütterungen des Alltagslebens. In ihren Träumen, in denen Schattenfinger nach ihr griffen. Von zerschmetterten Knochen und gespaltenen Schädeln und schwarzen Wassern, in denen sie ertrank. In den Sümpfen ihrer Seele, in denen sie tiefer und tiefer grub, um das Gold zutage zu fördern, aus dem sie ihre Verse schmiedete.

Robert musste das doch verstehen, er war doch selbst Dichter, ein großer noch dazu. *Men and Women* war das Beste, was er je geschrieben hatte. Er musste verstehen, wie essentiell es war, mit den Geistern der Vergangenheit zu tanzen. Allen voran mit Bro, der bei schönstem Wetter mit drei Freunden von Torquay aus hinausgesegelt war und erst Tage später wieder an Land gespült wurde.

Bro, dem sie mit *Aurora Leigh* ein Denkmal setzen

würde, indem sie ihn zum heimlichen Helden der Geschichte machte.

Robert, gerade Robert musste doch genauso empfinden, dass große Poesie nur in der Dunkelheit geboren wurde. Ein Spuk war es, der einen des Tags und vor allem in den Nächten heimsuchte. Der einen bis ins Mark erschöpfte, an Leib und Seele, und doch das Lebenselixier war.

Stattdessen schienen sie von gegensätzlichen Kräften auseinandergezogen zu werden, und nicht nur durch ihre neuen Freunde, ihre glühende Begeisterung für die Welt der Geister und Séancen. Robert trieb es hin zum Licht, zu den rationalen Gedanken der Philosophie, während sie immer weiter in die Tiefen des Gefühls und der Erinnerung wanderte.

In dem schaukelnden Wagen warf sie ihm einen verstohlenen Blick zu.

Sie hatte ihn immer dafür bewundert und manchmal beneidet, stark im Leben verwurzelt zu sein, während sie einem dürren Blatt im Wind glich.

Robert hatte sie gerettet, mehr als ein Mal. Sie wachgeküsst hatte er, nach ihrem langen Schlaf auf dem Sofa der Wimpole Street No. 50, und ins Leben zurückgeholt. Durch seine Dichtung, seine Liebe hatte er sie zu einer besseren Dichterin gemacht; zur Liebenden, zur Ehefrau und Mutter.

Robert und Pen waren ihr alles, und doch nicht genug.

Sie musste gegen die Schatten anschreiben, die sie ihr Leben lang begleiteten, gegen all die Düsternis und den Tod.

Es gab keinen größeren Trost auf dieser Welt, keine

vollkommenere Erfüllung. Keinen süßeren Wahnsinn, keine größere Klarheit von Geist und Seele. Kein größeres Wagnis und keine bessere Rettung, keine stärkere Liebe und Leidenschaft.

Wann hatte Robert aufgehört, das genauso zu sehen?

Elizabeth tastete nach der Malachitbrosche am Kragen unter ihrem Cape; sie war noch da.

15

Samstag, 7. Oktober

Das pulsierende Schrillen bohrt sich in Gemmas Schädel; ein dumpfes Trommeln vibriert in ihrem Zwerchfell. Aus einem dicken Brei von Stimmen lösen sich einzelne heraus, um gleich darauf wieder darin zu versinken; eine einzige bleibt dominant, brüllt beharrlich ihren Namen.

Der Geruch von Rauch ätzt sich in ihre Nase, kratzt in der Kehle.

Verschwitzt fährt Gemma auf, ringt nach Luft. Im Schein der Nachttischlampe stürzt sie sich auf ihr Handy, hämmert mit zittrigen Fingern darauf, um es zum Schweigen zu bringen.

Luft, sie bekommt keine Luft in der Umklammerung dieses Alptraums.

Unter Übelkeit krümmt Gemma sich zusammen, als sie begreift, dass es real ist.

Das Gellen von Rauchmeldern. Stimmendurchsetzte Unruhe jenseits der Tür. Ein Hauch von Qualm, der sich in das nächtliche Zimmer stiehlt.

Feuer.

Gemma zerrt das Ladekabel aus der Wand und stolpert durch das Zimmer, reißt die Tür auf. Ein scharfer Schmerz schießt durch ihren Ellbogen, als der Sperrriegel mit einem hässlichen Krachen einrastet, nur einen Ausschnitt von Sisley preisgibt.

»Gemma! Endlich!«

Blind vor Panik zerrt und rüttelt Gemma an der Tür, die nicht weiter aufgehen will, bis Sisley sie durch den Spalt hindurch am Arm packt.

»Ganz ruhig, Gemma. Noch habe ich keine Flammen gesehen. Wir haben genug Zeit, um das Hotel zu verlassen. Du schließt jetzt die Tür. Klapp dann den Riegel nach rechts um. Danach öffnest du die Tür wieder.«

Klare Anweisungen, an denen Gemma Halt findet.

Eins. Zwei. Drei.

Sie ist frei, taumelt auf den Korridor hinaus, halb aufgefangen von Sisley.

Ihre Beine wollen ihr nicht gehorchen, in den Rauchschwaden, die in den Augen beißen, im brandigen Geruch, der sie würgen lässt.

Von Krämpfen geschüttelt steht sie verloren da, während die anderen Hotelgäste an ihr vorbeihasten, sich gegenseitig etwas zurufen. Vielleicht ist auch Gemma gemeint. Das schrille Pfeifen der Brandmelder ist zu laut, das angstvolle Dröhnen in ihren Ohren.

»Gib mir dein Handy.«

Willenlos lässt Gemma es aus ihren Fingern gleiten; dann legt sich Sisleys Arm um ihre Schultern. Sicher führt er sie durch all die statischen und beweglichen Farbschlieren von Hotelgängen und Menschen.

Über eine Treppe, die kalt ist unter ihren Fußsohlen,

über glatten Stein und rauen Teppich. Hinaus in die erleuchtete Nacht, in der die roten Lichter der Löschfahrzeuge und des Rettungsdienstes flackern, Motoren wummern, Sirenen widerhallen.

Als der noch warme Beton unter ihren Füßen in kühles, weiches Gras übergeht, geben Gemmas Knie nach.

»Einen Moment muss du noch durchhalten.«

Sisley lässt sie los und hantiert umständlich mit zwei schwer aussehenden Gegenständen, bevor er seine übergroße Strickjacke auszieht und auf dem Boden ausbreitet.

Wie eine Greisin fühlt sich Gemma, als er ihr hilft, sich darauf niederzulassen; ungläubig starrt sie dann auf ihre Handtasche, die er ihr hinhält.

»Ich habe sie hinter der Tür stehen sehen und gedacht, du fühlst dich vielleicht etwas besser, wenn du sie hast. Ich habe meine Tasche auch mitgenommen.«

Hastig durchwühlt Gemma das Innere ihrer Tasche, tastet jeden Gegenstand darin ab, wieder und wieder, um sicherzugehen.

Sisley setzt sich neben sie. »Hast du alles?«

»Ja. Bis auf mein Tablet«, raspelt Gemma aus rauer Kehle. »Das liegt noch auf dem Schreibtisch.«

»Das macht nichts. Du hast ja alles in deiner Cloud.«

»Ja.« Gemma atmet tief durch, presst die Tasche auf ihren angezogenen Knien an sich wie ein Kind sein Kuscheltier. »Ja, das habe ich.«

Beinahe friedlich liegt das weitläufige Hotelgebäude da. Nirgendwo schlagen Flammen zum Himmel hinauf, glüht feuriger Widerschein in der Dunkelheit.

Paarweise und in Gruppen stehen die anderen Hotelgäste zusammen oder sitzen wie Gemma und Sisley auf dem Rasen; Schattenrisse gegen die beleuchtete Front des Hotels, die Lichtkegel der Scheinwerfer.

Gegenseitig schildern sie sich, wie sie den Feueralarm erlebt haben, zücken ihre Smartphones, um Fotos zu schießen, Videos zu drehen. Fachmännisch wird kommentiert, wie schnell und planvoll die Feuerwehrmänner vorgehen. Genauso routiniert drehen die Rettungssanitäter ihre Runde, stellen Fragen, untersuchen mit einer Diagnostikleuchte Münder und Rachen.

Hier draußen beizt kein Rauch die Nacht. Nur die herbe Frische abkühlender Sonnenwärme. Die saure Schärfe von Dieselatem. Der krautige Geruch des Grases, noch nass vom Rasensprenger.

Die grellen Spitzen der Panik fallen in sich zusammen, zucken nur noch mit dumpfem Unbehagen in Gemma.

»Es scheint nicht allzu schlimm zu sein«, flüstert sie, einen Rest von Zweifel in der Stimme.

Sisley hebt kurz den Blick von dem Tablet auf seinen Knien. »Nein.«

Gemma mustert seine Jeans, das karierte Hemd; die bestrumpften Füße sind das Einzige, das auf einen eiligen Aufbruch aus dem Hotelzimmer hindeutet.

»Warst du noch auf?«

»Ja. Mich hat etwas beschäftigt, dem ich unbedingt nachgehen musste. Deshalb konnte ich so schnell bei dir sein.«

Vollkommen entspannt sitzt Sisley auf seiner Hälfte der Strickjacke wie auf einem bequemen Hotelbett. Ein Bücherelf, der geduldig darauf wartet, zu seinem Platz in einer Bibliothek zurückkehren zu können.

Gemma schiebt ihre Tasche vom Schoß herab, stellt sie neben sich. Die Beine in Pyjamahosen überkreuzt, zwirbelt sie ihre Locken zu einem neuen Knoten, sichert ihn mit dem Haargummi.

»Ich beneide dich um deine Gelassenheit. Ich gehe in Hotelzimmern nie zu Bett, ohne mir den Plan mit Fluchtwegen und Notausgängen einzuprägen. Genutzt hat mir das vorhin allerdings nichts.«

Sisley schmunzelt. »Ich bin auch nicht als Kind einem Hausbrand entkommen wie du. Aber setz mich mitten in einer großen Menschenmenge aus, und du wirst mich ähnlich panisch erleben. Und Bergwanderungen und Turmbesteigungen verweigere ich aufgrund meiner Höhenangst grundsätzlich.«

Ein kleines Lächeln wandert hin und her.

»Wir sind schon zwei seltsame Käuze«, sagt Gemma leise.

»Zwei Solitäre, bitteschön. Und dazu noch ein ziemlich gutes Team.«

Ein Funke glimmt zwischen ihnen auf, von lichter Heiterkeit, einem wechselseitigen Verstehen. Unter diesem grenzenlosen Nachthimmel, von den Lichtern der Stadt illuminiert. Wie in ihrem eigenen kleinen Kosmos sitzen sie zusammen, weiter entfernt von den anderen Hotelgästen als nur ein paar Schritte. In ihrer eigenen Art von Ordnung, von Klarheit, nachdem das Chaos für den Moment alle Barrieren zur Seite gewischt hat.

Ein Moment, der nach einem Wort verlangt, einer Geste.

Der plötzliche Rhythmuswechsel in der Aktivität vor dem Hotel lenkt sie ab.

»Es sieht aus, als würden sie zusammenpacken. Ich bin gleich wieder da.«

Gemmas Blick folgt ihm, wie er auf seinen Socken über den Rasen geht und einen der Feuerwehrmänner in seiner schweren Montur anspricht. Über dem Dröhnen der Trucks hinweg beantwortet er Sisleys Fragen, begleitet von Gesten, die hierhin und dorthin zeigen, irgendwelche komplizierten Abläufe illustrieren.

»Es war kein richtiges Feuer«, berichtet Sisley, als er sich wieder neben Gemma niederlässt. »Irgendein Idiot hat in der Nische mit dem Getränkeautomaten und der Eiswürfelmaschine etwas angezündet, das kaum gebrannt, dafür aber umso mehr Rauch erzeugt hat. Deshalb hat es auch die Sprinkler nicht ausgelöst, sondern nur die Rauchmelder. Die Hitze war nicht groß genug.«

Seine Hand legt sich auf ihre.

»Du hast es überstanden, Gemma.«

Dennoch dauert es bis in die frühen Morgenstunden, bis alle Gäste auf mögliche Rauchvergiftungen untersucht sind. Bis die nachgerückte Polizei Spuren gesichert, Personalien und Zeugenaussagen aufgenommen hat und die Feuerwehr Lobby und Zimmer freigibt.

Die Wolldecken über den Schultern, die der Nachtportier und die Nachtschicht des Hotels zusammen mit Bechern Kaffee und Tee, Wasserflaschen und Kekspackungen verteilt haben, schleichen Gemma und Sisley durch den Korridor. Der süß-blumige Duft von Raumspray trägt eine rauchige Basisnote in sich, trotz der Nachtluft, die von irgendwoher kräftig hereinströmt.

Vor ihrer Zimmertür zögert Gemma, die Schlüsselkarte bereits in der Hand.

»Würdest du vielleicht … Macht es dir etwas aus, bei mir zu bleiben?«

Sisleys Lächeln ist weich. »Ganz und gar nicht. Ich hole nur eben meine Zahnbürste.«

Das elektronische Schloss leuchtet grün. Gemma drückt die Tür auf, schält sich aus der Decke und lässt die Tasche von der Schulter gleiten.

Dann erst hebt sie den Blick.

»Sisley!«

Er fängt die Tür noch vor dem Zuschnappen ab.

Beide starren sie auf die Kleidungsstücke, die so weiträumig durch das Zimmer verstreut sind, als wäre Gemmas Koffer explodiert. Papierfetzen übersäen Teppich und Möbel; vom Stapel gesammelten Recherchematerials auf dem Schreibtisch ist nicht mehr übrig geblieben als Konfetti. Gemmas Tablet liegt neben den Tischbeinen, ein zackiges Spinnennetz auf dem toten Display.

»Wie …«, setzt Sisley an und unterbricht sich sogleich, die Stirn gerunzelt.

Prüfend mustert er das Schloss, fährt mit dem Finger über die Kante der schweren Tür.

»Aufgebrochen scheint sie nicht zu sein.«

Sein Gesicht ist in Bewegung, als er sich wieder aufrichtet, die Augen durch das Zimmer wandern lässt.

»Die Tür war dabei zuzufallen, als ich deine Tasche dort erspäht habe«, murmelt er vor sich hin. »Ich habe die Tür ungefähr bis hierhin aufgehalten, mir die Tasche gegriffen und bin dann zu dir auf den Flur hinaus.«

Er macht einen Schritt zur Seite und lässt die Tür los.

»Eins Piccadilly. Zwei Piccadilly …«, beginnt er zu zählen, während der Türschließer beschleunigt, die Tür dann mit einem satten Knall zufallen lässt. »Fünf Piccadilly.«

Konzentriert betrachtet er die Innenseite der Tür, das aufgeklebte Schild mit Anweisungen für den Notfall, als könnte er dahinter eine Szene ablaufen sehen.

»Fünf Sekunden. Nicht viel Zeit. Aber genug, um die Tür noch zu stoppen und das Zimmer zu betreten. Unbemerkt. Weil niemand, der in diesem Augenblick auf dem Gang unterwegs war, darauf geachtet hat.«

Aschfarben ist sein Gesicht, als er sich ihr zuwendet.

»Es ist meine Schuld, Gemma. Ich habe die Tür nicht hinter mir zugezogen. Ich habe keinen Blick nach links oder rechts geworfen, als ich wieder draußen war.«

Gemma schüttelt abwehrend den Kopf. »Es scheint ja nichts zu fehlen.«

Der Nachhall ihrer eigenen Worte setzt sich in Gemmas Kopf fest. Unschlüssig geht sie ein paar Schritte durch das Zimmer, in dem sie sich plötzlich ausgeliefert fühlt, von fremden Augen beobachtet, von fremden Händen berührt.

Wie ein Déjà-vu-Erlebnis ist es.

Auch Sisley bewegt sich durch den Raum. Er hebt das Tablet auf, drückt auf dessen Tasten herum und legt es dann seufzend auf den Schreibtisch.

»Wer auch immer hier war, scheint sehr wütend gewesen zu sein.«

Gemma begutachtet die braunen Schlieren auf dem bodentiefen Wandspiegel, tupft darauf. Weich und ein bisschen klebrig ist die Substanz, als Gemma sie zwischen dem Daumen und Zeigefinger verreibt, und von starker Farbkraft; sofort setzt sie sich in den feinen Rillen der Fingerkuppen fest.

Ihr Blick fällt auf das Näpfchen, das an die Kante des Einbauschranks gerollt ist. Es ist Gemmas Eyeliner; Deckel und Pinsel kann sie auf die Schnelle nirgendwo entdecken.

Sie muss ein Stück zurückgehen, um die hastig hingeschmierte Schrift entziffern zu können.

Wo ist es?
Deine Zeit läuft ab!!

Wie der Moment beim Mah-Jongg, in dem gänzlich unerwartet und gegen jede Wahrscheinlichkeit der Spielstein kommt, der alle Figuren vervollständigt. Wenn all die gesammelten Paare, Drillinge, Vierlinge und Folgen in ihrer Gesamtheit plötzlich einen höheren Sinn ergeben.

Die anonyme Post per E-Mail und Brief. Das wie von Geisterhand betätigte Rollregal in der Gruft der Map Division, gefolgt von einem ebenso geisterhaften Flüstern.

Wo ist es?

Der heimliche Besucher, der ihr Apartment durchstöberte. Der Motorradfahrer auf der Straße in Florenz. Ihr Weg, der sich in der Armstrong Browning Library hier in Waco zeitversetzt mit dem von Morgan Andicott kreuzte. Dieses Spiel mit dem Feuer hier im Hotel, das das Chaos eines Feuerwehreinsatzes heraufbeschworen hat.

Sisley ist hinter sie getreten.

»Was ist dieses ›es‹?«

»Ich weiß es nicht«, flüstert Gemma. »Aber für denjenigen, der die gleichen Spuren verfolgt wie wir, muss es etwas sehr Wichtiges oder Wertvolles sein.«

Es ist nicht ihre Vergangenheit allein, die Gemma fortwährend als dunkle Präsenz in ihrem Rücken spürt; auf geheimnisvolle Weise hat sie sich in einer Person manifestiert, die Gemma wie ein Schatten folgt.

»Glaubst du, Morgan Andicott weiß mehr über meinen Vater?«

»Wenn dem so wäre, wüsste ich nicht, warum er oder sie dich behelligen sollte.«

Gemma betrachtet die Spur der Verwüstung, die sich durch das Zimmer zieht.

Die jüngste Episode einer Reihe von Drohungen. Von persönlich gegen Gemma gerichtetem Terror, der nicht mehr nur in Kauf nimmt, dass sie selbst verletzt wird. Gemma muss an einen Bullterrier denken, der sich in ein Sofakissen verbissen hat.

»Wer auch immer dahintersteckt, wird so schnell keine Ruhe geben.«

»Vermutlich nicht, nein.«

Adrenalin schießt heiß durch Gemmas Adern; einige Herzschläge lang glaubt sie, gleich vom Blitz der Panik getroffen zu werden, zu einem Häufchen Angst zu zerfallen.

Panik entzündet sich an der Reibung zwischen Fliehen und Kämpfen, hat Dr. Gould einmal gesagt. Im Spannungsfeld zwischen den gegensätzlichen Impulsen von Erdulden und Handeln; ein Konflikt, so alt wie die Menschheit selbst.

Jetzt versteht Gemma, was er gemeint hat.

Der Energieschub macht ihre Hände unsicher; umso fester packt sie zu, als sie aus den verstreuten Kleidungsstücken wahllos ein T-Shirt, eine Jeans heraussucht, für nachher, während sie alles andere einsammelt und in den Koffer zurückstopft.

Niemand hat das Recht, sich Gemmas Vergangenheit und Gegenwart zu bemächtigen; sie gehören ihr, ihr allein.

»Was machst du?«, fragt Sisley, als sie mit dem gefüllten Wasserkocher aus dem Badezimmer zurückkehrt.

»Kaffee«, erklärt Gemma, während sie den Kocher einschaltet, am Sideboard mit den Tütchen Instantkaffee hantiert. »Willst du auch einen? Oder lieber einen Tee? Wir haben einen langen Tag vor uns.«

VI

Selbst wer gewandt in der Rede – was ich nicht bin –, zu äußern
klar seinen Willen, so jemandem zu sagen »Dies oder jenes an
dir empört mich, hier verfehlst du eine Marke oder dort
überschreitest du sie« – und falls sie sich derart
belehren ließe, und auch nicht schlichtweg
ihren Verstand mit dem eigenen gleichsetzte und sich entschuldigte –
selbst dies wäre noch erniedrigend, und ich wähle es,
mich niemals zu beugen.

Dottore Pasquali ist gekommen, sichtlich erschöpft nach vier Tagen schnellen Ritts von Florenz hierher. Allein schon, dass er hier ist, bewirkt, dass ich mich besser fühle. Und nicht nur, weil er etwas von meiner Heimat mitbringt, die mir so sehr fehlt, ein Stück meiner Kindheit ist.

Er hat die freundlichsten Augen, die man sich denken kann; eine warme, beruhigende Stimme, die mich einhüllt und tröstet, mit jedem Wort, das er spricht.

Die Mägde hat er hinausgeschickt; weil er alt ist und

der berühmte Leibarzt der Medici, haben sie gehorcht. Viel getastet und geklopft und gehorcht hat er, viele Fragen gestellt, zu meinen Tagen und Nächten, zu Mahlzeiten und Getränken und Körperfunktionen. Aufgeschrieben hat er meine Antworten, immer wieder genickt oder den Kopf geschüttelt, etwas in seinen Bart gebrummt.

»Was ist das für ein Wasser?«, wollte der *Dottore* wissen, als Lucia das Tablett abgestellt hatte, zur üblichen Zeit am Abend.

»Ein Heilwasser, *Messer Dottore.*«

»Wofür oder wogegen?«

Lucias rundwangiges Gesicht errötete unter der Haube; *Dottore* Pasquali musste ein paar Mal nachfragen, bis sie ihm endlich antwortete.

»Für die Fruchtbarkeit«, hauchte Lucia dann verschämt.

Beinahe hätte ich aufgelacht, als eine Salve von hässlichem Husten und Lungenrasseln kam das Lachen heraus. Seit Monaten hat der Herzog mein Bett nicht mehr aufgesucht, nun wird er es sicher auch nicht mehr tun.

»Woraus wird dieses Wasser hergestellt?«, fragte der *Dottore* beharrlich. »Und wer hat es verordnet?«

Genauso beharrlich schwieg Lucia, die Unterlippe zwischen die Zähne gezogen und die Finger vor ihrem Schoß verkrampft.

Stöhnend erhob sich der Leibarzt und trieb Lucia mit weiteren Fragen vor sich her, aus der Kammer, damit sie ihm zeigte, wo und wie das Wasser hergestellt wird.

Ich bin zuversichtlicher, jetzt, da er hier ist. Mögen die Krähen draußen auf den Dächern von Ferrara noch so rau, so unheilverkündend krächzen. Diese Totenvögel, ebenso finster und kaltherzig wie der Herzog.

Den guten, lichten und kraftvollen Mächten, die mit Sandro und dem *Dottore* im Castello Estense nun Einzug halten, haben sie nichts entgegenzusetzen.

Wenn es einer Menschenseele gelingen kann, mich wieder gesund zu machen, dann *Dottore* Pasquali.

Ihm vertraue ich mich an, daran halte ich mich fest.

16

Sonntag, 8. Oktober
San Francisco

Bestechend blau spannt sich der kalifornische Himmel über die Stadt.

Unweit der City Hall mit ihrer gewaltigen Kuppel und jenseits der Market Street mit ihren Geschäftshäusern und den antiken Straßenbahnen ist die Golden Gate Avenue nicht annähernd so breit und prächtig, wie der Name es vermuten lässt.

Unschlüssig verharren Gemma und Sisley im Schatten der spanisch anmutenden Kirche mit der ausladenden Palme im Vorhof: St. Boniface, deren Kirchenschiff sich jede Nacht in ein Refugium für Obdachlose verwandelt.

»Zuerst zur Stiftung selbst, zur Kleiderkammer, zur Poliklinik oder gleich in den Speisesaal?«

Gemma wirft einen Blick über die Straße, zu dem schlicht-sachlichen, aber einladenden Gebäude in Grau und Weinrot. Inmitten von Apartmentblocks, Theatern, Taquerias und Kunstgalerien, Sozialdiensten und Gewerkschaftshäusern scheinen sie in einen der hoffnungsvolleren Winkel des Tenderloin geraten zu sein.

Wie ein Bankhaus, das sich von der Market Street herüber hierher verirrt hat, wirkt das Gebäude an der Ecke. Davor stehen Menschen in einer Reihe wie aufgefädelte Perlen.

»In den Speisesaal«, entscheidet Gemma. »Dort haben wir schon rein statistisch die größte Chance, dass wir jemandem begegnen, der meinen Vater kennt oder sich an ihn erinnern kann.«

Sisleys Lider flattern.

»Zweitausendvierhundert Mahlzeiten am Tag, Gemma. Das bedeutet rund sechshundertachtzig Personen in jeder Stunde, die der Speisesaal geöffnet hat. Stoßzeiten nicht mit eingerechnet.«

Gemma empfindet es nicht als Widerspruch, dass Sisley in der Lage ist, Vorträge vor Dutzenden von Menschen zu halten und unter vier, sechs oder acht Augen Auskünfte einzuholen, dass ihm die Schnittmenge beider Aktivitäten jedoch Angst einjagt. Der Teufel der Panik steckt immer im Detail der Ausprägung, in der Verhältnismäßigkeit, das weiß sie selbst zu gut.

Dass sie beide dazu übergegangen sind, in einem Dialog aus Fragen und Antworten Gemmas gedankliche Checkliste abzuarbeiten, ob sie alles in ihrer Tasche hat, der Safe verriegelt und die Tür abgeschlossen ist, bedeutet eine Erleichterung für Gemma. Ein Stückchen Sicherheit.

Sie fasst Sisley bei seiner zuckenden Hand.

»Ist in Ordnung. Dann gehe ich allein, und du nimmst die Stiftung oder die Klinik. Oder du wartest so lange draußen.«

Sisleys knochiger Adamsapfel bewegt sich auf und ab, als er hart schluckt.

»Nein«, bringt er schließlich hervor, »ich bekomme das schon hin.«

Sein Grinsen gerät schief, als er ihren Händedruck erwidert.

»Aber vielleicht kannst du ein bisschen in meiner Nähe bleiben?«

Es kostet auch Gemma Überwindung, mit dem Papierstapel in der Armbeuge auf die Menschen zuzugehen und die erste Person in der Reihe anzusprechen, eine Frau mittleren Alters in einem verwaschenen rosafarbenen Anorak.

»Entschuldigen Sie bitte. Kennen Sie vielleicht diesen Mann?«

Interessiert beäugt ihr Gegenüber die Bilder von Gemmas Vater: Die beiden digital gealterten Versionen und den vergrößerten Ausschnitt eines der letzten Italienfotos, ergänzt um Gemmas und Sisleys Mobilnummern, ihre E-Mail-Adressen. Eine Collage, die sie am Computerterminal in der Hotellobby heute Morgen dutzendfach ausgedruckt haben.

Bedauernd schüttelt sie den Kopf, und Gemma geht weiter.

»Entschuldigen Sie bitte …«

»Verzeihen Sie die Störung.« Sisleys Echo folgt ihr. »Haben Sie diesen Mann hier vielleicht schon einmal gesehen?«

An die Tage nach 9/11 fühlt Gemma sich erinnert, als ähnliche Flugblätter die Straßen Manhattans pflasterten. An die wandfüllenden Mosaike aus Tausenden von Gesichtern, von Urlaubs- und Passfotos vergrößert, nach dem Tsunami Weihnachten 2004.

Sie ist die Überlebende einer ungleich kleineren Katastrophe, und doch weiß sie jetzt, dreißig Jahre danach, wie es ist, sich an einem Stück bedrucktes Papier festzuklammern. Wie es sich anfühlt, wenn jeder Blickkontakt, jedes gesprochene Wort einen Hoffnungsschimmer bedeutet.

Manche werfen nur einen flüchtigen Blick auf die Fotos, andere schauen länger darauf und überlegen, fragen nach, wünschen Gemma schließlich viel Glück und alles Gute.

Bis zum Anfang der Schlange hat Gemma sich vorgearbeitet; eine junge Frau, das runde Gesicht blassgolden, die Augen hinter den Brillengläsern dunkle Pinselschwünge, strahlt sie an.

»Kann ich Ihnen helfen?«

Charlene, verrät der handgeschriebene Sticker auf der weinroten Schürze über Bluse und Jeans.

»Gemma Cabot. Hallo. Kennen Sie zufällig diesen Mann?«

Charlene betrachtet das Flugblatt eingehend, fast professionell; Gemma fragt sich, wie oft wohl Angehörige und Freunde hierherkommen, um sich nach einer vermissten Person zu erkundigen.

»Leider nicht. Aber ich mache das auch erst seit fünf Wochen, ehrenamtlich. Aber Floyd … Floyd hat heute Dienst. Und der ist bestimmt schon seit zwanzig Jahren hier. Kommen Sie.«

Die Geräuschkulisse einer großen Schulmensa schlägt über ihnen zusammen, merkwürdig verfremdet von den Blues-Noten eines unsichtbaren Pianos. Eine emsige Betriebsamkeit vibriert zwischen den sonnengelben Wänden, wo Dutzende flinker Hände Plastiktabletts mit Essen beladen, sie austeilen und wieder zusammenräumen, dabei aus jeder Pore dieselbe gut gelaunte Hilfsbereitschaft verströmen wie Charlene.

Gemmas Blick verliert sich zwischen den vielen Menschen aller denkbaren Hautfarben, die an den Tischen über ihrem Mittagessen sitzen; für viele bestimmt die einzige warme oder überhaupt die einzige Mahlzeit des Tages.

Menschen, denen man an ihrer abgerissenen Erscheinung, ihrem stumpfen, erschöpften Blick ansieht, dass sie die Nächte draußen auf einem Pappkarton verbringen. Von Drogen, schweren Krankheiten und Lebensleid ausgezehrte Gesichter. Baseballkappen der Army oder Navy, die auf einen Veteran hindeuten. Frauen, die man ohne Weiteres hinter einer Supermarktkasse vermuten könnte, vielleicht sogar in einem Büro. Männer, die aussehen wie der Handwerker, der wegen des verstopften Abflusses vorbeikommt, oder wie der Postbote zu Hause. Schwangere Frauen, manche davon noch Teenager. Mütter mit kleinen Kindern und ganze Familien, die Grenzen zwischen bescheidenem Lebensstil und bitterer Armut bis zur Unkenntlichkeit verwischt.

Gemma fragt sich, welche Geschichten sich dahinter verbergen. Was für Schicksalsschläge, Fehler oder falsche Entscheidungen den Weg hierher bereitet haben, welche kleinen und großen Traumata, welches Unglück. Wie die Landkarte ihres Lebens aussieht, die Kontinente von Haben und Sein zwischen den Grenzen von Armut und Entbehrung, die Weltmeere von Verzweiflung und Hoffnung. Die weißen Flecken dessen, was sie vielleicht nie sehen, nie erleben werden.

Dann erinnert sie sich an ihre eigene Reise, die sie hierhergeführt hat.

Der Mann, mit dem Charlene sich unterhält, ist nicht mehr jung. Graubärtig unter seinem zum Piratentuch geschlungenen Bandana, fehlt ihm die schwungvolle Leichtigkeit der anderen Helfer, deren Alter den Bogen von der Highschool-Zeit bis in die Seniorenjahre spannt.

Etwas säuerlich Misstrauisches geht von ihm aus, als er sich die Latexhandschuhe abzieht, mit den Händen über seine Schürze wischt.

»Ja?«, raunzt er Gemma entgegen.

Mehrere Silberringe hängen in seinen Ohrläppchen; eine gemusterte Schlange windet sich über den Hals, züngelt bis in sein verwittertes Gesicht hinauf.

»Gemma Cabot. Hallo. Danke, dass Sie sich einen Augenblick Zeit nehmen. Kennen Sie vielleicht diesen Mann?«

Floyd nimmt das Blatt zwar entgegen, mustert aber erst Gemma gründlich, dann Sisley, dann wieder Gemma.

»Wer soll das sein?«

»Mein Vater. War er schon einmal hier, irgendwann in den letzten Jahren?«

Floyd stößt ein sprödes Auflachen aus. »Wissen Sie, wie viele Menschen jeden Tag hierherkommen? Jeden Monat? Jedes Jahr?«

Trotzdem senkt er schließlich den Blick auf den Ausdruck.

»Kennen Sie ihn?«

Floyd bleibt stumm, doch das Aufblitzen in seinen kieselhellen Augen lässt Gemmas Herz schneller schlagen.

»Pete!«, ruft Floyd quer durch den Speisesaal, während er sich zwischen den Tischreihen hindurchbewegt. »Pete!« Er hält das Blatt einem gedrungenen Mann mit Baskenmütze hin, das gutmütige Gesicht von Furchen durchzogen.

»Das ist doch der Professor, oder nicht?«

Gemmas Herz verfehlt einen Schlag.

Pete studiert die Fotos gründlich; sein bulliger Nachbar, der ein T-Shirt der San Francisco Giants mit einer Baseballkappe im Tarnmuster ergänzt hat, verrenkt sich den Hals.

»Ike! Butch! Lulu! Kommt mal her!«

Innerhalb weniger Augenblicke sind Gemma und Sisley umringt. Nicht nur von Ike, hohlwangig und mit traurigen Augen, Butch, kantig bis hin zu seinem Bürstenhaarschnitt, und Lulu, von wasserstoffblonder Alterslosigkeit und geschlechtsübergreifend stark geschminkt: Ein halbes Dutzend weiterer Essensgäste drängt sich heran und greift neugierig zu einem der Flugblätter von Gemmas Stapel.

Eine hitzige Diskussion entbrennt, ob der Mann, den sie als den Professor kennen, darauf abgebildet ist, und wann sie ihn zuletzt gesehen haben – Thanksgiving, Weihnachten, irgendwann danach.

»Wie lange hast du deinen Dad nicht mehr gesehen?«, will Lulu wissen.

»Dreißig Jahre.«

Die dünn gezupften Brauen treffen über der Nasenwurzel zusammen.

»Und das fällt dir jetzt erst ein?«

Ein trauriges Lächeln zuckt um Gemmas Mund. »Ich wusste es nicht.«

Lulu zögert, dann streift ihre Hand mit den überlangen grellroten Nägeln Gemmas Schulter, wie zufällig.

Pete schiebt seinen Stuhl zurück. »Komm mal mit, Mädchen.«

Zielstrebig führt er Gemma und Sisley durch den Speisesaal, an den gerahmten Fotografien entlang, die die Geschichte von St. Anthony's dokumentieren, direkt in die wehmütige Bluesmusik hinein.

Dünn wie Spargel ist der Mann am Piano; unablässig swingt er mit der Musik mit, die seine langen Finger aus dem Instrument fließen lassen.

»He, Chili! Das ist doch der Professor, oder?«

Chili gönnt dem Flugblatt, das Pete ihm hinhält, kaum mehr als einen Seitenblick; die Musik hält ihn in ihrem Bann.

Pete wirft Gemma einen Blick über die Schulter zu.

»Professor haben wir immer gesagt, weil er alles wusste. War lange als Gast hier. Hat später im Zentrum drüben mitgeholfen. Denen, die Probleme mit Lesen und Schreiben haben und solche Sachen. Bewerbungen und Interviews für Jobs. Waren einige, die es wegen ihm von der Straße weg geschafft haben. Und dann war er auf einmal verschwunden. Wann hast du ihn das letzte Mal gesehen, Chili?«

Das Gesicht unter der roten Mütze, das an eine getrocknete Kalamata-Olive erinnert, verzieht sich zu einem Grinsen; die paar Zähne, die ihm geblieben sind, sehen aus wie umgefallene Elfenbeinfiguren.

Der schmelzende Blues geht unter Chilis Händen in das tröpfelnde Intro von *New York, New York* über.

Gänsehaut rieselt über Gemmas Rücken, wandert ihre Unterarme entlang.

»Mein Vater stammt aus Hoboken. Meine Mutter war New Yorkerin. Und ich lebe noch immer dort.«

Chilis faltige Lider senken sich über seine Augen, und die Melodie verlangsamt sich, bekommt etwas Getragenes, Melancholisches.

I did it my way.

Ein Lächeln stiehlt sich auf Gemmas Gesicht. »Er liebte Sinatra. Ich habe seine alten Platten geerbt.«

Aus den Piano-Noten schält sich das Echo der dazugehörigen Worte heraus.

Bedauert, das hab ich manches. Ich hab geliebt, gelacht und geweint, zur Genüge auch verlor'n.

Gemmas Kehle wird eng.

Jeden Kurs hab ich genau geplant, jeden vorsichtigen Schritt.

Die Musik aus dem Piano nimmt Fahrt auf, gewinnt an Volumen.

My Girl.

Tränen schießen Gemma in die Augen. »Er hat von mir gesprochen?«

Die Art, wie Chilis Kopf zur Musik wippt, ähnelt einem Nicken.

»Wissen Sie vielleicht, wo er jetzt sein könnte?«

Die Töne, die Gemma entgegenperlen, sind traurig, von einer Sehnsucht, die sie fast zerreißt.

»Grandma hat erzählt, dass es das Lieblingslied meiner Mutter war.«

Somewhere over the rainbow.

»Was kann er damit meinen?« Hilfesuchend blickt sie erst Sisley an, dann Chili. »Das verstehe ich nicht. Über dem Regenbogen?«

I did it my way, kommt ihr wieder in den Sinn. Dieses Mal mit der Wehmut eines endgültigen Abschieds.

Und nun, das End' ist nah, und so stell ich mich dem letzten Vorhang.

Die dünne, messerscharfe Furcht schneidet durch sie hindurch, sie könnte zu spät gekommen sein. Obwohl sie sich so beeilt hat, seinen Spuren zu folgen.

Chili hebt seine struppigen Brauen. Wie Barmusik klingt das, was er spielt, oder das Hintergrundgeplätscher in einem Aufzug; angenehm und gefällig, aber konturlos. Bis sich der geschmeidige Refrain herausschält, weltumspannend ein Synonym für Fernweh.

Aloha 'Oe.

Vom Hotelbett aus sieht Gemma zu, wie sich die Straßenschlucht mit zähem Nebel füllt.

Genauso langsam sickert in Gemmas Bewusstsein, dass ihr Vater noch am Leben ist.

Zehn, zwanzig, vielleicht die ganzen dreißig Jahre lang hat er sich hier in San Francisco aufgehalten. Am anderen Ende des Kontinents. In einer anderen Welt.

Nebel und Dämmerung saugen die Farbe aus den Fassaden, verwischen die verspielten Strukturen der Häuser, zeichnen die eisernen Zickzacklinien der Feuerleitern weich.

Eine Unschärfe, wie sie auch Gemma empfindet.

Während Gemma in die Schule kam und die Highschool abschloss, am College akademische Ehrungen sammelte, bewegte sich ihr Vater zwischen Obdachlosen. In all den Jahren, in denen Gemma in Ängsten und Zwängen ertrank, kümmerte er sich um das Wohl und Wehe Fremder.

Nie hat er angerufen, ihr nie geschrieben, sie nie besucht und in den Arm genommen. Ihr nie Halt und Trost gegeben in der Trauer um ihre Mutter, die erst schlimmer werden musste, im Lauf der Jahre, um sich dann wieder abzuschwächen, und die noch immer wehtut, ab und zu. Lieber hat er rätselhafte Spuren über zwei Kontinente hinweg ausgelegt.

Zweifach verwaist kommt sie sich jetzt vor.

Gemma zieht die Ärmel ihres Rollkragenpullovers über die Fingerspitzen.

Diese Stadt, die sie gestern mit blauem Himmel begrüßt, heute mit Sonnenschein bei Laune gehalten hat, zeigt jetzt, gegen Abend, ihr anderes Gesicht; grau ist es und kühl, an manchen Ecken mit einem feindseligen Zug.

Als wehrte sie sich dagegen, die ewig regenbogenfarbene Hippie-Stadt zu sein, berstend vor Energie zwischen dem Azurblau von Himmel und Wasser und dem International Orange der Brücke. Die Stadt der kreativen Köpfe und Start-ups, in der der Goldrausch nie zu Ende gegangen ist. Zwischen vergnügt bimmelnden Cable Cars, Kolonien brüllender Seelöwen am Pier und Ausflugsfahrten nach Alcatraz eine Stadt von kalifornischer Leichtigkeit und multikultureller Lebensfreude.

Ich kenne auch die Dunkelheit, scheint San Francisco an diesem Abend sagen zu wollen. Sieh dir die finsteren Existenzen doch an, die sich vor den Schnapsläden zusammenrotten. Die Wirrköpfe, die unverständlich vor sich hinmurmeln, während sie ziellos durch die Gegend schlurfen. Die zerlumpten Gestalten, die sich zu jeder Stunde des Tages und der Nacht in den Hauseingängen schlafen legen und Passanten um Kleingeld anbetteln.

Der Fall in Armut und Verzweiflung kann so steil sein wie meine Straßen. Hinter meinen bunten viktorianischen Fassaden bin ich nicht weniger Gotham als New York.

Ich habe auch meine Schattenseiten. Meine Geheimnisse.

»Ist nett hier.«

Gemma nickt.

Auch sie mag dieses Hotel, seinen schicken Retro-Look in Weiß, Orange und Dunkelbraun, mit zeitgemäß verjüngten Ohrensesseln und Lampenfüßen in Form von Pferdeköpfen. Mit Reminiszenzen an Hitchcock, der hier einmal eine Außenaufnahme gedreht, das Treppenhaus im Studio nachgebaut hat.

»Möchtest du lieber allein sein?«

Gemma zögert, dann schüttelt sie den Kopf, ohne Sisley anzusehen. Es genügt ihr, ihn in der Nähe zu wissen, irritierende Präsenz und vertrauter Fixpunkt zugleich.

Sie weiß nicht, wie sie es die Nacht über aushalten soll in diesem kleinen Zimmer, mit Sisley, das winzige Badezimmer kaum zwei Armlängen vom Queensize-Bett entfernt. Eine einmütig, aber wortlos gezogene Schlussfolgerung aus den Nächten in Florenz, in Waco, die ihr jetzt voreilig und unnötig heikel vorkommt. Die sie trotzdem nicht rückgängig machen möchte.

Diese Art von Intimität, die sie mit Sisley teilt, ist ihr neu, befremdlich und mit Unsicherheit behaftet, weil sie nicht weiß, wo sie sie einzuordnen hat.

Der Nachmittag in St. Anthony's hat mehr als nur einen Konflikt in Gemma aufbrechen lassen.

»Vielleicht kann ich dich ein bisschen ablenken«, sagt Sisley zwischen zwei Bissen Pizza. »Cesare hat mir eine kleine Abhandlung über grüne Farbpigmente in der Malerei der Renaissance geschickt. Zu der Zeit, die uns beschäftigt, gab es genau drei Möglichkeiten, grüne Farbe herzustellen. Einmal aus Grünerde, auch Veroneser Grün genannt. Schon von den Römern der Antike aus den Mineralien Seladonit und Glaukonit gewonnen, erzeugt diese Farbe ein Spektrum von Gelbgrün über grünliches Grau bis hin zu dunklem Oliv. Ein besonders leuchtendes Grün lässt sich aus Grünspan herstellen, indem man in einem abgedichteten Topf Kupferplatten über heißen Essig hängt und die dadurch entstehende grüne Kruste abkratzt. Dieses Kupferacetat ist tatsächlich mäßig giftig. Die wohl älteste grüne Farbe ist jedoch der Malachit. Schon die alten Ägypter haben daraus Schminke hergestellt. Ein teurer Farbstoff – und dazu ist der Malachit noch hochgiftig. Genau wie vermutet.«

Gemma nickt, obwohl sie ihm nur mit halbem Ohr zugehört hat.

»Es scheint dich nicht besonders zu interessieren.«

»Entschuldige.«

Mit beiden Händen reibt sich Gemma über das Gesicht. Bis ins Mark ausgezehrt fühlt sie sich, und trotzdem ruhelos. Wie ein Zombie.

»Es ist nur so, dass … Das kommt mir gerade alles so weit weg vor. So überflüssig. Ich will nur noch meinen Vater finden. Die Wahrheit erfahren und dann wieder nach Hause fliegen. Mich dort sortieren und endlich wieder ins Lot kommen.«

Sie wendet den Kopf, und unwillkürlich erhellt sich ihre Miene. Sisley ist der einzige Mann, den sie kennt, der es sich in Cordhosen und langärmligem Hemd mit Krawatte auf einem Hotelbett so gemütlich macht wie andere in Jogginghosen und Sweatshirt, im Schneidersitz.

Auffordernd schiebt er den Pizzakarton näher zu ihr.

Gemma wehrt ab. Hohl fühlt sich ihr Magen an, geradezu Übelkeit erregend; allein bei dem Gedanken, einen Bissen zu essen, wird ihr vollends schlecht.

Sisley seufzt, nimmt sich das nächste Stück.

»Ich schätze, ich weiß, was du meinst. Wobei ich mich daran gewöhnen könnte, alle paar Tage an einem anderen Ort zu sein. Nie zu wissen, wo es als Nächstes hingeht und wie lange wir dort sein werden. Essen, worauf ich gerade Lust habe. Weil etwas mehr oder weniger Unordnung in diesem ganzen Chaos auch keine Rolle mehr spielt.«

Gemmas Blick streift ihren Koffer, Sisleys Rucksack, aus denen sie gestern nur das Nötigste geholt haben und die nun in San Francisco auch nicht mehr vollständig ausgepackt werden würden.

Zwei Wochen sind sie nun schon auf diese provisorische Weise unterwegs. Zwei Wochen, die sich ihrem Gefühl nach bereits zu zwei Monaten ausgedehnt haben und dabei gleichermaßen zu zwei Tagen eingedampft sind.

»Müsstest du nicht bald zurück nach Oxford? Für das neue Semester?«

Beinahe schuldbewusst sieht Sisley sie über das Stück Pizza hinweg an.

»Ich habe ein paar Anrufe getätigt. Ein Kollege übernimmt meine Vorlesungen und Sprechstunden, bis ich zurück bin. Einmal alle paar Jahre kann ich mir das erlauben. Einer der Vorteile eines herausragenden akademischen Rufs.«

Die Schatten unter seinen Augen, mal bläulicher, dann wieder wie verriebene Asche, halten sich hartnäckig seit den Tagen in Texas. Manchmal, wenn er sich unbeobachtet glaubt, verkrampfen sich seine Gesichtsmuskeln zu Grimassen wie spontane Entladungen des Nervensystems unter zu großem Druck.

»Vermisst du nicht dein geregeltes Leben zu Hause?«

Sisley hebt die Schultern, lässt sie wieder sinken.

»Manchmal. – Öfter«, räumt er nach einem Augenblick des Nachdenkens ein. »Es wäre leichter, wenn dieses ständige Hintergrundrauschen in meinem Kopf nachlassen würde. Es ist auf Dauer anstrengend, das immer auszublenden, wenn ich mich auf etwas konzentrieren muss.«

Gemma kennt dieses taumelige Gefühl, aus dem Raster des Alltags herausgefallen zu sein. Dieses fortwährend leise Sausen in den Ohren. Die dicke Schicht aus Watte, die sich von hinten gegen die Augen drückt, ihre Fasern um die Synapsen des Gehirns spinnt.

Ein Zustand, der es schwer macht, reibungslos zu funktionieren. Manchmal muss sie kurz überlegen, welcher Handgriff beim Duschen auf den nächsten folgt, und sich selbst daran erinnern, was alles zu einer vollständigen Garderobe gehört.

»Du musst das nicht tun, weißt du«, sagt sie leise. »Du könntest von hier aus auch einfach deine Schwester besuchen und danach wieder nach Hause fliegen.«

Sisleys Augen schimmern wie gegen den Strich gebürsteter Samt; er wirkt verletzt.

Hysterisch klammernd oder kalt und abweisend. Mit diesen beiden Extremen haben die Männer, die Gemmas Leben durchquerten, sie charakterisiert, in diesen unangenehmen Trennungsgesprächen, die meist früher als später erfolgten. Die keiner von beiden wirklich anstrebte, die aber unabdingbar schienen. Wie eine Schuld, die zu begleichen war.

»Ich weiß«, erwidert Sisley rau. Trotzig und zugleich versöhnlich klingt es, als er hinzufügt: »Aber ich fliege lieber morgen mit dir zusammen.«

Ein merkwürdiges Gefühl regt sich hinter Gemmas Brustbein; sie weiß nicht, ob sich dort etwas zusammenballt oder im Gegenteil weit öffnet.

Er schiebt den Pizzakarton noch näher zu Gemma.

»Du musst etwas essen. Das gibt morgen wieder einen langen Tag.«

»Pizza Hawaii«, murmelt Gemma mit Blick in den Karton. »Ist das ein Zeichen?«

Beide betrachten sie die Pizzasegmente in der Schachtel wie Wahrsager, als könnten sie die Antworten auf ihre Fragen zwischen Schinken und geschmolzenem Käse herauslesen.

»Hawaii ist die beste Spur, die wir haben.«

»Genaugenommen ist es die einzige Spur.« Gemma bleibt auf schroffe Art sachlich.

»Das eine schließt das andere nicht aus. Auf jeden Fall ist es meine favorisierte Pizza. Magst du keine Ananas auf deiner Pizza?«

»Ich liebe Ananas auf Pizza. Und Jalapeños.«

Sisley schmunzelt, als sie in den Karton hineingreift.

»Hast du gewusst, dass Ananas eine höchst umstrittene Pizzazutat ist? Entweder man liebt sie oder man hasst sie. Der isländische Premierminister hat einen Sturm der Entrüstung geerntet, als er scherzhaft öffentlich über ein Verbot nachdachte. Übrigens kommt die Pizza Hawaii nicht aus Hawaii, sondern aus Kanada. Erfunden von einem gebürtigen Griechen.«

Gemma bricht in Lachen aus. Das ist so sehr Sisley, sich für die winzigsten, die nebensächlichsten Dinge zu interessieren, in seinem phänomenalen Gedächtnis zu horten und dann gänzlich unerwartet hervorzuzaubern.

»Besser?«, erkundigt er sich nach Gemmas erstem Bissen.

Sie nickt.

»Danke«, flüstert sie, auf seltsam schöne Weise den Tränen nahe, »dass du dieses ganze Chaos auf dich nimmst, obwohl es eigentlich nicht deine Sache ist.«

Blinzelnd mustert Sisley die Pizzaecke in seiner Hand.

Wie ein Stück Zeit, eine Karte der Orte, an denen sie bisher gewesen sind und die noch vor ihnen liegen.

»Ja. Irgendwie ist es in den letzten zwei Wochen aber trotzdem zu meiner Sache geworden.«

Verlegen senkt Gemma den Blick.

17

Montag, 9. Oktober
Honolulu

Kühl in Optik und Temperatur ist die futuristische Hotellobby. Vor einer dreidimensionalen Collage aus zersägten Surfbrettern ist die Rezeption mit jungen Männern und Frauen besetzt, die aussehen, als hätten sie das Modeln für Hochglanzmagazine auf Dauer als zu langweilig empfunden.

Viele der Gäste scheinen noch in dieser Branche zu arbeiten, ob vor oder hinter der Kamera oder im Design; andere lassen an Profisurfer und DJs denken, an Reise- oder Fashionblogger, Fitness- und Lifestylegurus.

Unwillkürlich zieht Gemma den Saum ihres T-Shirts tiefer über die Khaki-Shorts.

»Sollten wir länger als die gebuchten fünf Tage bleiben, muss ich danach dringend meinen Therapeuten aufsuchen«, murmelt Sisley. »Akuter Komplexschock.«

Feuchtheiße Luft schlägt ihnen entgegen, als ihre Flipflops über die Treppen vor dem Hotel klatschen. Das Tropenklima, das sie hinter den Glastüren des Flughafens empfing, hat gleich nach dem Einchecken im Hotel einen Abstecher in den kleinen Convenience Store schräg gegenüber notwendig gemacht; beim nächsten Flug wird ihr Handgepäck hauptsächlich aus Plastiktüten mit unterwegs neu gekaufter Kleidung bestehen.

Sobald sie den Schatten der überdachten Fußgängerbrücke verlassen haben, die Hotel und Parkhaus miteinander verbindet, kommt die sengende Hitze der Sonne hinzu. Jedes Wölkchen, das für einen Augenblick das grelle Licht filtert, jeder Lufthauch bedeutet ein flüchtiges Aufatmen.

»Ich kann nur hoffen, dass wir hier richtig sind«, sagt Gemma und gibt damit den Zweifeln Ausdruck, die sie die ganzen fünfeinhalb Stunden Flug über den offenen Ozean hinweg beschäftigt haben.

»Nach der letzten Zählung leben 7620 Menschen als Obdachlose in Hawaii«, spult Sisley sein neu erworbenes Wissen ab. »Bei einer Gesamtbevölkerung von 1,4 Millionen ist es damit der amerikanische Bundesstaat mit der höchsten Obdachlosenrate pro Kopf. Und die meisten davon leben hier in Honolulu.«

»Genau das ist es, was mir Sorgen macht.«

Gemma muss ihre Stimme erheben, um gegen das Brausen des Verkehrs auf der mehrspurigen, palmengesäumten Straße anzukommen.

»Wie sollen wir ihn da finden? Und woher wissen wir überhaupt, dass er auch hier unter Obdachlosen unterwegs ist? Vielleicht lebt er nicht hier in der Stadt und auch sonst nirgends auf O'ahu. Sondern führt ein ganz solides Leben auf Big Island oder Kaua'i oder Maui oder …«

Mit gerunzelter Stirn sieht Sisley einem der psychedelisch bunten Sightseeing-Busse nach.

»Es ist das Naheliegendste, Gemma. Und zumindest ein Anfang.«

Auf der Betonbrücke über den Kanal lassen sie die Hochhäuser Waikikis und den Yachthafen hinter sich.

»Ich weiß nicht, was mir mehr Angst macht.« Gemma hat sich zu der Wurzel ihres Zweifels durchgegraben. »Dass wir umsonst hierhergeflogen sind oder dass ich ihm hier wirklich irgendwann gegenüberstehe.«

»Beides nur allzu verständlich. Aber du hast ja mich dabei. Um Zuversicht zu verbreiten, wann immer es nötig ist. Und ich bin zuversichtlich. Nicht umsonst wird O'ahu *The Gathering Place* genannt. Der Versammlungsplatz.«

Ein sehnsüchtiges Ziehen in den Beinen, blickt Gemma den Joggern nach, die zielstrebig den parallel zu einem Kanal verlaufenden Weg durch den Ala Moana Beach Park verfolgen und den künstlichen See umrunden. Diese irrwitzige Reise war Flucht genug und mit körperlicher Anstrengung verbunden, und trotzdem vermisst Gemma die Verlässlichkeit der Körpermechanik, das gewohnte Tempo und den Rhythmus von Laufschritten. Vor allem die Vertrautheit einer etablierten Routine.

Palmen und dichte Laubbäume beschatten den Rasen, auf dem Spaziergänger ihre Hunde ausführen. Aus der Ferne ist der regelmäßige Rhythmus eines Tennisspiels zu hören. Stehpaddler durchqueren das türkisblaue Meer, und der weiße Sandstrand hat Sonnenanbeter angelockt.

Dazwischen versammeln sich Zelte auf den Grünflächen des Parks, noch neu oder bereits von der Zeit und den Elementen ramponiert, und abgestellte Fahrräder. Eine preisgünstige Art, Waikiki und Downtown Honolulu zu erleben, könnte man auf den ersten Blick meinen. Würde nicht die Menge der aufgehäuften Habseligkeiten in Stoffbeuteln und Plastiktüten zu verstehen geben, dass hier Menschen lebten, die kein anderes Zuhause mehr hatten.

Manchmal ist zwischen zwei Baumstämmen eine Plastikplane gespannt, von Holzlatten zusätzlich gestützt. Wer die Geduld oder die Mittel für ein solches Obdach nicht hat, breitet seinen Schlafsack, seine Schaumstoffmatte mitsamt allen Habseligkeiten einfach auf dem Rasen aus. Auf einem der Picknickplätze hat sich ein Mann auf dem Holztisch zum Schlafen zusammengerollt, ein mit Plastiktüten vollgepackter Einkaufswagen steht daneben.

Menschen, die ihre Richtung verloren haben auf der Landkarte des Lebens, die für den Einzelnen so ungenau gezeichnet ist, Gefahren verschweigt, Sackgassen ausspart. In die Irre geführt von einem fehlgeleiteten Kompass, hinein in eine absolute Freiheit, die sich allzu häufig als Gefängnis erweist, lebenslang.

»Dann versuchen wir unser Glück.«

Sisley packt den Stapel Flugblätter fester und geht mit langen Schritten auf einen Mann zu, der vor einem wasserblauen Zelt an einem Campingkocher im Topf rührt.

Gemma entscheidet sich für eine Frau etwa in ihrem Alter, die in Jeans und Leopardentop, die bereits grau durchzogenen Haare strähnig, traumverloren auf das Meer hinausblickt; allein die Unstetigkeit, mit der sie ihre

Zigarette hält, verbissen daran zieht, verrät, dass sie nicht so ausgeglichen ist, wie sie wirkt.

»*Aloha*«, spricht Gemma sie an; nach kaum mehr als einem halben Tag hat sie sich schon an die Wendungen gewöhnt, die hier jeder im Mund führt. »Haben Sie vielleicht diesen Mann hier schon einmal gesehen? Nein? Sicher nicht? *Mahalo*.«

Der weißbärtige Mann, der sich unter einem Baum ausgestreckt hat, scheint nur auf den ersten Blick zu schlafen; Gemma nimmt sein neugieriges Blinzeln zum Anlass, nach ihrem Vater zu fragen. Aufmerksam hört er ihr zu, bis er abrupt in kreischendes Gelächter ausbricht, das bis weit in den Park hinein widerhallt.

Mit glutrotem Gesicht geht Gemma weiter. Als sie einen Blick auf sich spürt, eine Bewegung aus dem Augenwinkel wahrnimmt, dreht sie sich um; es ist nur ein Radfahrer, der auf der Asphaltstraße zwischen Parklandschaft und Strand vorbeifährt und sie dabei mustert.

Je weiter Sisley und sie sich durch den Park vorarbeiten, desto hoffnungsloser erscheint Gemma ihr Vorhaben. Ihr *Aloha* klingt bald abgenutzt, ihr *Mahalo* hohl; ein Dank für nichts.

Sie weiß nicht, ob es das Gefühl der Vergeblichkeit ist, das Tränen in ihr aufsteigen lässt, oder diese Armut, diese Not an einem der schönsten Flecken der Welt.

Ihr Blick trifft sich mit dem eines schwergewichtigen Mannes, der vor seinem Zelt breitbeinig auf einem Falthocker sitzt. Nicht lange sieht er zu ihr herüber, kaum für eine Sekunde, bevor er sich wieder auf die Schnitzarbeit in seinen Händen konzentriert. Trotzdem versteht Gemma es als eine Art Einladung.

»*Aloha*. Entschuldigen Sie bitte – kennen Sie vielleicht diesen Mann?«

Sein bronzebraunes Gesicht hält er weiter gesenkt; Gemma sieht nur das ölig zurückgekämmte schwarze Haar.

Die kräftigen Hände, die unablässig feinste Details in das Holz ritzen, Späne abhobeln.

»Es tut mir wirklich sehr leid, wenn ich Sie störe«, versucht Gemma es erneut, hält mit Nachdruck das Flugblatt an die Stelle, wo sie den Rand seines Sichtfeldes vermutet. »Aber es ist sehr wichtig für mich.«

Als er endlich den Kopf hebt, gleitet sein Blick an Gemma vorbei.

Sisley ist es, der seine Aufmerksamkeit auf sich zieht, in seinem Hawaiihemd, mit John-Lennon-Sonnenbrille und Strohhut eine eigene Spezies von Tourist; wie er sich über den Rasen bewegt, die langen Beine noch länger in den Shorts, erinnert er an einen blassen Flamingo.

Dann erst mustern die onyxdunklen Augen Gemma. Gründlich, von Kopf bis Fuß; wie negative Scheinwerfer scheinen seine Augen jeden Winkel ihres Gesichts abzutasten.

»Wer bist du?«

Seine Stimme hat das starke Volumen, die finstere Energie eines Donnerhalls.

»Seine Tochter.«

Seine Augen lassen von ihr ab, richten sich wieder auf das Stück Holz und das Messer in seinen Händen.

Gemma wühlt in ihrer Handtasche und zieht erst ihr Handy hervor, dann ihren Reisepass.

»Hier. Das ist meine Geburtsurkunde. Gemma Bernstein. Tochter von Clifford Bernstein. Und hier, mein Pass. Gemma Cabot.

Meine Großmutter hat meinen Namen ändern lassen, als ich noch klein war. Nachdem mein Vater … nachdem er verschwunden war.«

Ihr Gegenüber zuckt mit keiner Wimper. »Interessiert mich nicht.«

In seinem blau-weißen Hemd und den Cargoshorts hat er nicht nur den Körperbau eines Türstehers, das dazugehörende vernarbte Gesicht mit einer buckligen Nase; er gibt sich auch genauso schroff und von oben herab wie am Einlass zu einem exklusiven Club.

»Zeig ihm das Schmuckstück«, rät Sisley hinter ihrer Schulter.

Gemma fördert den gepolsterten Umschlag zutage, hält ihm das Gebilde aus Draht und Perlen hin.

»Das hier habe ich vor ein paar Wochen bekommen. Ich weiß nicht, von wem oder warum. Aber seitdem folge ich den Spuren meines Vaters.«

Er wirft nur einen kurzen Blick darauf, bevor er geschmeidig aufsteht.

»Wo wohnt ihr?«

»Im Modern Honolulu.«

Heiß und ein bisschen feucht ist seine Hand, die Gemmas Finger streift, sie leer zurücklässt.

»Warte auf Nachricht.«

Gemmas Blick bohrt sich in seinen breiten Rücken,

während er mit festen Schritten davongeht, auf eines der Toilettenhäuschen zu. Verwünschungen, Flüche, Drohungen tanzen auf ihrer Zunge; sie hat nicht gewusst, wie kostbar ihr dieses Schmuckstück aus Draht und Plastikperlen ist, bis es ihr weggenommen wurde.

Erst danach sickern seine Worte zu ihr herein.

Der Wind zerrt an ihrem T-Shirt, an ihren Haaren, die sich längst aus dem strengen Knoten gelöst haben, bläst ihr ins Gesicht; Gemma kann nicht unterscheiden, ob er schuld an ihren Tränen ist oder ob sie wirklich weint. Bis über die Knöchel ist sie im weichen Sand eingesunken, unaufhörlich rieselt der Grund weiter unter ihren Fußsohlen davon.

Ihre Knie zittern noch, ein Rest des Adrenalins, in dessen Rausch es unerträglich gewesen war, sich in geschlossenen Räumen aufzuhalten, stillzustehen. Sie musste sich bewegen, vorwärts, vorwärts, so schnell es ging.

Aus dem Parkhaus und durch den zähen Feierabendverkehr Honolulus hat sie sich noch vom Navigationssystem des Mietwagens leiten lassen, selbst auf Autopilot, die Hände um das Lenkrad gekrampft, den mechanisch zuckenden Fuß auf dem Gaspedal.

Dann ist sie einfach nur gefahren. Mit heruntergelassenem Fenster, in ohrenbetäubend lauten Luftwirbeln, durchzogen von Benzindämpfen und dem metallischen Geruch nasser roter Erde, saftigem Grün und Nadelbäumen und betäubendem Blütenduft.

Auf dieser Asphaltschneise zwischen Militärstützpunkten und Städtchen in der exotischen Variante des amerikanischen Stereotyps. Durch Landschaften grün wie Äpfel und Limetten, Artischocken und Farne, efeugrün, waldgrün, frühlingsgrün, satt von Sonne und Regen. Die Hügel und Täler, die saftigen Ebenen und faltigen Bergrücken, von Vulkanen und dem Ozean geformt, archaisch und fundamental. Eine Welt, eine Zeit für sich.

Bis die Straße zu Ende war, nach nicht einmal eineinhalb Stunden, der Rand dieser Welt erreicht. Hier gibt es kein Vorwärts mehr, nur noch ein Zurück, die Küstenstraße entlang.

Ein fast schon klaustrophobisches Gefühl für Gemma, deren Welt, wie sie sie kannte, hier ebenfalls zu Ende ist.

»Wie kann er es wagen«, spuckt sie den heranbrandenden Wellen entgegen, auf denen die letzten Surfer des Tages dahingleiten. »Dreißig Jahre lang lässt er mich glauben, er wäre tot. Dreißig Jahre lang lässt er mich trauern. Dann fängt er dieses perverse Spiel mit mir an, das mich kreuz und quer durch Europa und Amerika führt. Und noch nicht einmal jetzt hat er den Mut, mir unter die Augen zu treten.«

»Ich bin sicher, es wird sich alles aufklären«, sagt Sisley leise.

Sein aufmerksames, sein behutsames Schweigen war die ganze Fahrt über ein Gegengewicht gewesen zu Gemmas rauschhafter, verstockter Stummheit, die jetzt erst aufbricht, in Windböen und Gischtschaum. In dem pfirsichgoldenen Licht, das die untergehende Sonne über die Wolkenbänke am Horizont ausgießt, Himmel und Meer darin eintaucht.

»Wofür hält er sich? Für einen Gangsterboss? Einen Kronzeugen in einem Mafiaprozess? Wozu diese Scharade?«

»Hab ein bisschen Geduld, Gemma. Nur ein paar Tage.«

Gemma schüttelt den Kopf, um seine Worte abzuwehren. Seine Hand kann sie nicht abschütteln, sie umschließt fest ihre Schulter, gibt ihr eine Spur von Halt.

»Ich kann nicht mehr, Sisley. Ich bin so müde. Ich will einfach nur noch nach Hause.«

Jetzt weiß sie, dass sie weint, Tränen des Zorns, des Unglücks, der Erschöpfung.

»Wir haben es so weit geschafft, Gemma. Jetzt schaffen wir den Rest auch noch.«

Sisleys Hände legen sich an ihre Wangen; heiß sind sie und ein bisschen klebrig wie Gemmas Haut, vom Schweiß des Tages und Cremeresten und Tränen.

Auch sein Mund ist heiß, obwohl er nichts weiter tut, als sich auf Gemmas Mund zu pressen. Ein keuscher, in seiner Unschuld ein geradezu kindlicher Kuss, den Gemma erst dann begreift, als er schon vorbei ist.

»Entschuldige. Sicher der denkbar ungünstigste Zeitpunkt. Es ist nur …«

Hungrig ist der zweite, und ein wenig unbeholfen; ein Hunger, der zu Gemmas Überraschung ihrem eigenen entspricht. Sie merkt, dass sie selbst auch außer Übung ist, vergisst zu atmen, muss nach Luft schnappen.

»Wie kannst du …«

»Die Gesamtsituation. Du ohne Schutzschild und dann noch ein Sonnenuntergang auf Hawaii.«

Wie zur Bekräftigung folgt der nächste Kuss.

»Du verabscheust Kitsch.« Schluchzen und Auflachen gehen bei Gemma nahtlos ineinander über. »Du bist noch nicht einmal romantisch!«

»Oh. Richtig.«

Sie kann sein Schmunzeln an ihrem Mund fühlen, und dann vergessen sie beide, dass es so etwas wie Worte gibt.

VII

Oh Herr, sie lächelte, kein Zweifel, wann immer
ich an ihr vorüberging; aber wer ging auch vorüber
ohne eben dieses Lächeln? Es wurde mehr; ich gab den
Befehl;
dann gab es kein Lächeln mehr.

»Ihr müsst jetzt sehr stark sein, *Serenissima.*«

So begann *Dottore* Pasquali, einen Stein von tiefgrüner Farbe in der Handfläche, von einem Gemmenschneider mit dem Antlitz einer Frau versehen.

Eine Dame, ganz in Grün.

»Das ist ein Malachit. Er liegt den Tag über in dem Glas mit Wasser, das Euch abends gebracht wird. Angeblich, um Eure Fruchtbarkeit zu fördern. Ein alter Aberglaube, den ich längst für ausgestorben hielt.«

»Demnach ist es wirkungslos?«, fragte ich einfältig.

Er zögerte, schien sich sammeln zu müssen.

»Schlimmer, *Serenissima.* Der Malachit vergiftet dieses Wasser, das Ihr dann trinkt.

Daher Eure Leiden. Die Symptome sind kaum von anderen Krankheiten zu unterscheiden, deshalb war ich zuerst ratlos. Nur die glückliche Fügung, dass Eure Magd just in diesem Moment das Wasser zu Euch brachte, half mir auf die Spur.«

Wie ein frischer Wind durchzog mich Erleichterung.

»Also werde ich wieder gesund?«

»Dann muss die *Serenissima* nur aufhören, es zu trinken?«, fragte Sandro im selben Atemzug.

Ich weiß nicht, wie es *Dottore* Pasquali gelungen ist, Sandro Zutritt zu meiner Kammer zu verschaffen; umso dankbarer war ich jedoch, ihn in meiner Nähe zu wissen.

Der *Dottore* räusperte sich, ließ sich dann auf dem Rand des Bettes nieder und nahm meine Hand.

»Dafür ist es zu spät, *Serenissima.* Angesichts der Schwere der Symptome kann ich nichts mehr für Euch tun.«

Ich verstand ihn nicht.

Hilfesuchend blickte ich von ihm zu Sandro, in dessen Augen es feucht schimmerte, und wieder zurück.

Langsam, wie bitterer Honig, träufelte die Erkenntnis in mich hinein.

Ich werde sterben.

Meine Hand in der des Arztes zuckte, mein anderer Arm ruckte in abwehrenden Gesten.

»Wann?«

»Bald, fürchte ich. Sehr bald.«

»Ich bin sechzehn«, wisperte ich aus einer Kehle wie mit Mehlstaub gefüllt. »Ich habe doch noch gar nicht wirklich gelebt.«

Nicht wirklich geliebt.

Meine Augen füllten sich mit Tränen. »Bringt mich bitte nach Hause. Nach Florenz.«

Brüchig klang die Stimme des *Dottore*, als er sagte: »Ich würde nichts lieber, als Euch und auch Eurer Familie, den *Serenissimi* Medici, diesen Wunsch erfüllen. Aber Ihr würdet diese Reise nicht überstehen. Nicht einmal eine Etappe von wenigen Stunden. Macht Euch auf eine sehr rasche Verschlechterung Eures Zustands gefasst.«

Mein Blick glitt ins Leere, während ich noch zu begreifen suchte.

Berauscht war ich von meiner Hochzeit, obwohl von der Trauer um meine Schwester überschattet. Wie geblendet war ich von den beiden Mannschaften in Gold und Silber, die zu unseren Ehren im Sonnenschein auf der Piazza Santa Maria Novella um den Sieg im Fußball kämpften. Von der Trauung in Santa Maria Novella, dem Bankett mit Maskerade und Musik und Tanz bis in den Morgen. Berührt war ich, dass der Herzog aufgrund meiner Jugend auf seine ehelichen Rechte verzichtete, obwohl ich mich nach ihm verzehrte. In meinem Sehnen brachte ich keinen Bissen mehr hinunter und schlief nicht, bettelte unter Tränen eineinhalb Jahre lang meine Mutter an, mich endlich nach Ferrara zu lassen. In meine neue Heimat, zu meinem herrlichen, anbetungswürdigen Gemahl; endlich erwachsen sein, endlich Frau sein, darum bettelte ich. Bis ich, dünn und blass, mit dem Tod des alten Herzogs meinen Willen bekam.

Wie eine Königin war ich in Ferrara eingezogen, in Schwarz und Silber; alle Höflinge priesen meine Erscheinung, und ich war die glücklichste Fünfzehnjährige der Welt.

Narrengold.

Ich wusste nicht, dass ich in Ferrara lebendig begraben sein würde.

Ich wusste nicht, dass ich in dieser Stadt aus Eisen und Feuer so bald schon mein irdisches Grab finden würde, ohne jemals wieder in die Stadt der Lilien zurückzukehren.

»Ich werde unverzüglich den *Serenissimo Signore* und die *Serenissima Signora* benachrichtigen.«

Der *Dottore* ließ meine Hand los, und dann war Sandro da, und ich klammerte mich an ihn wie an das Leben, das mir doch gerade durch die Finger floss.

Sandro ist mein einziger Halt in diesen Tagen.

Sandro und der *Dottore*, der uns ebenso taktvoll wie geschickt diese ungestörten Stunden an meinem Lager verschafft. Um mich selbst ist mir nicht bang, meine Tage sind gezählt. Aber wer immer mir, der Herzogin, das angetan hat, wird auch nicht davor zurückschrecken, einem Maler zu Leibe zu rücken.

Wer?

Unablässig habe ich mich das gefragt, an den ersten Tagen.

Wer hasst mich so sehr? Wem bin ich im Weg?

Es nützt nichts, diese Frage wieder und wieder zu stellen, bis mein ohnehin schon zerrütteter Verstand gänzlich im Wahnsinn versinkt.

Kein Schuldiger wird je benannt und zur Rechenschaft gezogen werden. Es wird keinen Ankläger geben und keinen Richter. Nicht meinetwegen.

Der Hof von Ferrara ist eine Schlangengrube.

Der *Dottore* hat gehört, der Herzog verhandle angeblich schon mit dem Kaiser des Heiligen Römischen Reiches um dessen junge und schöne Tochter Johanna. Eile ist geboten, für die Zeit nach meinem Tod. Denn wenn der Herzog ohne Erben stirbt, fällt das gesamte Herzogtum an den Nachfolger Petri in Rom. Auch die Mägde tuscheln darüber, hemmungslos, wenn sie glauben, ich schliefe.

Meinem Vater hat der *Dottore* darüber geschrieben, doch selbst der große Cosimo I. de' Medici wird mich nicht retten können. Noch wird er einen Krieg um meinetwillen beginnen. Dafür ist er zu klug, selbst wenn es um eine seiner Töchter, um seine Ehre geht.

Dafür sind die Zeiten zu unsicher in diesem zerrissenen Land, stehen zu viele Leben auf dem Spiel.

Ich bin sicher, er wird dennoch auf Vergeltung sinnen und seine Genugtuung bekommen.

Mir ist es gleich, ich habe meinen Frieden gemacht, so schwer es auch war.

Was Sandros Verdienst ist, während meine Knochen zu Pulver zerfallen, mein Blut ranzig wird wie alte Milch. Während mich der Husten quält und ich nach Atem ringe und mir manchmal wünsche, dass es einfach vorbei ist.

Es sind die Stunden mit Sandro, jeden Tag, die mich zuweilen vergessen lassen, wie es um mich steht. Stunden, die mir manchmal vorkommen wie ein Traum.

Seine Farben hat er mitgebracht und mir den Frühling und den Sommer gemalt. Mein Florenz hat er mir gemalt, meine Eltern und meine Geschwister. Singvögel, so lebendig, dass ich ihr Lied zu hören glaube. Einen Korb voller Katzen und Pferde, die frei und wild umherstreifen.

Sogar das Meer, das ich noch nie gesehen habe.

Eine Gemäldegalerie hat er aus meiner Kammer gemacht. Und Blumen bringt er mir mit, so viele Blumen aus dem Garten; es ist schon weit im April.

All die Schönheiten der Welt hat er zu mir geholt, damit ich sie vor Augen habe, bis sich meine Lider für immer schließen.

Nach den Wünschen, die ich vielleicht noch habe, hat Sandro mich gefragt. Ich wusste nicht, was ich ihm antworten sollte. Wie kann ich mir jetzt noch etwas wünschen?

Der einzige Wunsch, den ich gehabt hätte, wäre, dass ich als Magd im Haus meines Vaters Sandro begegnet sein möge.

Manchmal nimmt er meine Hand, äußerst behutsam, er weiß, wie tief der Schmerz in den Knochen sitzt. Mehr wagt er nicht, und mehr brauche ich auch nicht.

Doch, ich habe einen Wunsch, einen letzten, ich werde Sandro davon erzählen.

Auch wenn ich nicht mehr sehen werde, wie er in Erfüllung geht.

18

Dienstag, 10. Oktober

Schwerelos und aus purem Licht ist das weiße Hotelzimmer in der Morgensonne; eine duftige Wolke hoch oben über der Stadt. Blinzelnd fängt sich Gemmas Blick an den einzigen Farbtupfern, das gerahmte Foto einer Meereswoge an der Wand gegenüber, darunter eine mit Hibiskusblüten bemalte Ukulele und drei sommerlich bunte Bandanas.

Während Gemma sich noch fragt, ob sie hier oben wirklich das Meer rauschen hört oder es die Klimaanlage ist, schärft sich ihr Blick und wandert weiter, auf die andere Hälfte des Bettes; sie ist unberührt geblieben.

Gemma zieht die Schiebetür auf und tritt auf den Balkon. Hinein in die klare Morgenluft, noch ungetrübt von feuchter Tropenhitze. In das Brausen der Großstadt, das Rauschen des Meeres und die ersten Stimmen von Pool und Strand, die von beiden Seiten hereinrollen und sich zwischen den beiden Hotelkomplexen verwirbeln.

Im Schneidersitz auf einem der geschwungenen, überbreiten Stühle aus Metallgeflecht und eine Wolldecke über den Schultern, sieht Sisley auf. Seine langen Finger, die gerade noch emsig mit den bunten Karos eines Plastikwürfels beschäftigt waren, kommen zum Stillstand.

»Guten Morgen.«

»Guten Morgen. Danke.«

Sisleys Lächeln ist zaghaft, als er den Kaffeebecher entgegennimmt.

»Ein Rubik's Cube?«

Sisley betrachtet den Würfel in seiner Hand, als sähe er ihn zum ersten Mal.

»Den habe ich immer in meinem Rucksack, wenn ich verreise. An sich stellt er keine Herausforderung dar. Aber er ist effektiv, um Ordnung in meine Gedanken zu bringen, wenn das Chaos unterwegs übermächtig wird.«

Er unterdrückt ein Gähnen, das wie ein Krampf durch seinen Kiefer, seine Halsmuskeln läuft.

»Warst du die ganze Nacht hier draußen?«

Unter der leichten Röte, die die Sonne gestern hinterlassen hat, ist sein Gesicht blass, die Haut fast transparent. Umso dunkler zeichnen sich die Schatten unter seinen Augen ab, die Spuren eines Bartes; seine Haare sind zerzaust.

»Ja. Ein faszinierender Kontrast. Auf der einen Seite all die Lichter und Energie der Metropole, die offenbar nie schläft, und hinter dieser glitzernden Matrix der abnehmende Mond. Und gegenüber die endlose stille Finsternis des nächtlichen Meeres.«

Gemma spürt seinen Blick auf sich, als sie sich an das Geländer stellt.

Befangenheit steht greifbar auf dem halbrunden Balkon; einen Moment lang wünscht sie sich, sie hätte sich etwas anderes übergezogen, anstatt in ihrem dünnen Seidenpyjama hier zu stehen, mit dem der Wind sein Spiel treibt.

Himmel und Meer sind eins in ihren irisierenden Blautönen, die Segelboote im Yachthafen wie eine Spiegelung der Wolken und umgekehrt.

Blau und Weiß wiederholen sich auch in den beiden Pools weit unter Gemmas Füßen, in den gepolsterten Liegen, den Loungesofas; Palmen wiegen sich in der Brise, fast zu grün, zu glänzend, um echt zu sein.

Surreal ist die Leuchtkraft der Farben; ein fast klischeehaftes Abbild dessen, was man unter paradiesisch versteht. Nur die materialistisch-nüchternen Fassaden der Hochhäuser bewahren den Ausblick davor, ins Kitschige abzugleiten.

»Eigentlich wollte ich etwas anderes sagen.«

Sisley dreht den Kaffeebecher zwischen den Handflächen.

»Du bist sicher enttäuscht. Ich nehme an, du hast einen anderen Verlauf dieser Nacht erwartet. Eine direkte Fortsetzung dieser Momente am Strand gestern. In diesem schicken Hotelzimmer auf Hawaii, das Meer praktisch vor dem Fenster. Sinnlicher Tropenzauber, ein Maximum an Romantik und all das. Die Versuchung war da, das gebe ich zu.«

Gemma nippt an ihrem Kaffee, der erstaunlich gut ist für Instantpulver. Wie Sisley ist sie froh, etwas in der Hand zu halten, mit dem sie sich beschäftigen, ein paar Sekunden bis zu ihrer Antwort herausholen kann.

»Ich weiß nicht genau, was ich erwartet habe. Enttäuscht trifft es nicht ganz, das bin ich nicht. Eher erleichtert. Dieser Kuss gestern hat mich verwirrt.«

»Küsse«, präzisiert Sisley. »Plural. Es gab mehr als einen. Nur für das Protokoll.«

Scheu erwidert er ihr Lächeln, wirkt dann wieder ernst.

»Verwirrt bin ich auch. Normalerweise handele ich nicht so unüberlegt. So spontan. So … unbeherrscht.«

»Ich auch nicht.«

»Aber diese ganze Situation …« Er holt tief Luft. »Es ist alles gerade so extrem. Die vergangenen zwei Wochen waren extrem. So vieles, was ständig auf mich einstürmt und mich überrollt, dass ich manchmal keinen klaren Gedanken mehr fassen kann. Und ich habe noch nie eine Frau wie dich kennengelernt. Privat, meine ich. So klug und schön und stark. Mit Charakter und wohltuend rational und …«

»Neurotisch.«

»Genau. Neurotisch wie eine echte New Yorkerin. Was wir Engländer spleenig nennen und das auch – nebenbei bemerkt – geradezu erfunden haben.«

Der ernste Ausdruck auf seinem Gesicht bleibt, nur in seinen geröteten Augen glimmt es einen Moment lang auf.

»Neurotisch genug, dass du nicht versuchst, mir meine Eigenarten abzutrainieren. Du willst nicht, dass ich anders aussehe, mich anders gebe, als ich bin. Du hältst es jetzt schon zwei Wochen unter mehr als widrigen Umständen und teilweise auf engstem Raum mit mir aus. Der absolute Glückstreffer.«

Seine Augenlider flattern, während die Finger seiner

einen Hand einen nervösen Rhythmus gegen die Tasse trommeln.

»Ich brauche nur mehr Zeit, Gemma. Ich weiß, das ist für gewöhnlich der Todesstoß für jedes Beziehungsgespräch, das habe ich aus Erfahrung gelernt. Aber es ist so. Ich brauche mehr Zeit und mehr Ruhe. Bis sich dieses unglaubliche Chaos in meinem Kopf beruhigt hat. Ich habe Angst, dass ich es vermassele, wenn ich es jetzt überstürze. Und genauso Angst habe ich, es zu vermasseln, wenn ich jetzt wieder einen Schritt rückwärts mache und dich um Geduld bitte. An mangelnden Gefühlen oder fehlendem Willen liegt es nicht, das musst du mir glauben.«

Hilflos sieht er sie von unten herauf an. Dabei wirkt er verstörend jung und altersweise zugleich, wie zwischen zwei unterschiedlichen Zeitabläufen gefangen, die auch sein überentwickeltes Gehirn nicht miteinander versöhnen kann.

Die Angst, einen Fehler zu begehen, der katastrophale Folgen nach sich zieht, ist Gemma vertraut.

Neu ist ihr hingegen der Raum, den Sisley mit seinen Worten öffnet - licht und weit. Ohne eine Zwangsjacke aus Ansprüchen und Erwartungen, aus Spielregeln, die unweigerlich mit den Regeln kollidieren, die Gemmas Leben bestimmen.

Ein großes, ein unwahrscheinliches Glück, nach dem sie greifen kann.

»Ich brauche auch ein bisschen Zeit, Sisley.«

Die Erleichterung, die wie der salzige Wind über den Balkon streicht, entspannt ihrer beider Mienen.

»Ich hoffe, du hast nicht die ganze Nacht damit verbracht, über uns nachzudenken.«

Mit dem Kaffeebecher deutet sie auf Tablet, Notizbuch und Stifte, die sich um die Stuhlbeine verteilen.

»Nein. Obwohl es sicher äußerst romantisch wäre, das zu behaupten.«

Sisleys Grübchen tanzt über seine Wange; als er gleich darauf darüberreibt, scheint er es wegwischen zu wollen, um ernsthafter zu wirken.

»Ich habe viel recherchiert und nachgedacht. Aber es ist wie verhext. Sobald ich zwei Dinge zusammengebracht habe, stellt sich mir die Frage, an welchen Platz sie gehören. Und das ist jedes Mal der Haken. Ich kann zwar die Details erkennen und zusammenfügen, das Gesamtbild bleibt dennoch lückenhaft.«

»Zum Beispiel?«

Er setzt sich auf dem Stuhl zurecht, schiebt die Wolldecke von den Schultern seines Hawaiihemdes.

»Seit der Antike werden Edelsteinen Heilkräfte zugeschrieben, eine Überzeugung, die von esoterischen Strömungen unserer Tage wieder aufgegriffen wird. Edelsteine werden als Amulette oder Handschmeichler empfohlen oder sollen durch Auflegen auf die Energiezentren ihre Wirkung entfalten. Und es gibt Edelsteinwässer, bei denen, wie der Name schon sagt, ein Edelstein seine angeblich heilende Energie an das Wasser abgibt, in den man ihn legt. Was nicht ohne Risiko ist, wie gerade das Beispiel des Malachits zeigt. Denn ein Edelsteinwasser vom Malachit, regelmäßig zu sich genommen, bewirkt eine schleichende Vergiftung. Kurioserweise mit genau denselben Symptomen, die zu Lucrezias überliefertem, psychischem und physischem Zustand passen. Ein Leiden an den Nerven, das wir heute wohl Depression nennen würden. Schwäche, Müdigkeit, Kraftlosigkeit. Gewichtsverlust, Blässe, Arthritis, eine Schädigung der Leber und Entzündungen der Atemwege.«

Gemma führt zwar die Tasse zum Mund, vergisst aber, daraus zu trinken.

»Und das ganze Porträt ist grün wie Malachit. Erzählt es vielleicht nicht nur von Lucrezias Leben, sondern auch von ihrem Tod? Wie Brownings *My Last Duchess*? Ist die Legende womöglich wahr, dass Alfonso sie vergiften ließ?«

»Möglich. Aber genau Browning passt da für mich nicht hinein. Konnte er in Erfahrung gebracht haben, wie Lucrezia starb? Aber wann und wo? Und dann ist da noch die Malachitbrosche, die er sechzehn Jahre nach seiner literarisch so fruchtbaren Italienreise Elizabeth Barrett schenkte. Ein Zufall? Und warum wissen wir nicht mehr über diese Brosche? Wo ist sie abgeblieben?«

Das Koffein hat in Gemmas Kopf zu zirkulieren begonnen, entfaltet nach und nach seine Wirkung.

»Wir können uns auch fragen, wo sie herkam. Hat Lucrezia vielleicht eine Mitgift in diese Ehe gebracht?« Sisley hebt triumphierend den Finger.

»*Esattamente*! Nämlich zweihunderttausend Scudi in Gold, eine mehr als beträchtliche Summe, das wissen wir. Aber damit dürfte es nicht getan gewesen sein. Üblich waren zudem auch prunkvolle Kleidungsstücke und manchmal Ländereien. Ein absolutes Muss neben einer profanen Kiste voller Gold stellten natürlich auch Juwelen dar. Damit geizten die Medici bei Lucrezias Heirat sicher nicht. Und trotzdem wissen wir darüber rein gar nichts.«

»Weil sie vermutlich mit Lucrezias Tod in Alfonsos Vermögen aufgegangen sind? Das er für Kunst und Musik und seine Soldaten ausgegeben hat?«

»Ist naheliegend. Ich hätte auch keinen Grund gehabt, etwas anderes zu denken. Wäre ich nicht bei meinen Recherchen auf den Aufsatz eines gewissen William Andicott, Dozent an der Universität von Chicago, gestoßen, der sich genau mit der Frage beschäftigt hat und die Hypothese aufstellte, Lucrezias Mitgift könnte noch irgendwo aufzufinden sein.«

Gemmas Katzenaugen weiten sich, schimmern lichtgrün.

»Die ganze Zeit über suchen wir nach einem Schatz?«

Sisley wiegt bedächtig den Kopf, streicht sich eine Haarsträhne hinter das Ohr.

»Es ist zumindest nicht von der Hand zu weisen. Wenigstens nicht die Idee eines Schatzes. Was auch erklären könnte, weshalb sich Morgan Andicott auf dieselbe Spur wie wir gesetzt und sich derart beharrlich an unsere Fersen geheftet hat. Wirklich beantworten kann uns das vermutlich nur dein Vater. Was mich zum dritten Rätsel bringt, das mich beschäftigt. Die Begegnung gestern im Beach Park. Es war nur eine Eingebung, der ich gefolgt bin, als ich gesagt habe, du sollst ihm das Schmuckstück zeigen. Aber dann war es wie eine Bestätigung dessen, was ich seit ein paar Tagen vermutet habe. Dass dein Vater dir dieses Schmuckstück geschickt hat, während die E-Mails mit Brownings *Duchess* von Morgan Andicott stammen.

An einen Zufall glaube ich nicht. Aber wie genau beides zusammenhängt, darüber können wir nur spekulieren.«

Am weißen Strand irgendwo zwischen Pool und türkisfarbener Badelagune kreischt ein Kind sein ganzes Glück heraus, unbeschwert und lebensfroh.

Gemma fragt sich, ob sie auch jemals wieder eine solche Unbeschwertheit erleben wird, und sei es nur in Momenten. Ein Stück Freiheit von ihren Ängsten und Zwängen. Ein Gefühl von Glück, das nicht in der Notwendigkeit von Routine und Kontrolle gleich wieder erstickt wird. Eine Art von Ruhe, innerem Frieden.

Sie zieht den zweiten Balkonstuhl heran und lässt sich wie Sisley mit gekreuzten Beinen darauf nieder.

»Sobald wir das hier zu Ende gebracht haben und wieder zu Hause sind …«

Bewusst lässt sie den Rest des Satzes in der Strandluft von Waikiki hängen, mit allen Unsicherheiten und Hoffnungen, Träumen und Risiken.

Sisley nimmt ihre Hand und drückt seinen Mund darauf.

»Ja.«

Die Finger über dem Raum zwischen den beiden Stühlen verschränkt, trinken sie schweigend ihren Kaffee aus.

Wie ein Versprechen, auch den Ozean zu überbrücken, der in ihrer beider normalen Leben zwischen ihnen liegt.

Vor dem Wandspiegel zwirbelt Gemma ihre Haare zum Knoten, während Sisley im Badezimmer das Wasser laufen lässt. Trotz aller Strapazen sieht sie gesünder aus, als sie sich in Erinnerung hat; ihre Haut ist stärker gebräunt, von mehr Sommersprossen gesprenkelt als nach dem ganzen vergangenen Sommer in New York. Noch betont durch das türkisgrüne T-Shirt; zu Hause trägt sie nie solch intensive Farben. So wenig Make-up, nur eine Spur von Mascara im unretuschierten Gesicht.

Sisley streckt den Kopf durch den Türspalt, die untere Gesichtspartie weiß von Rasierschaum.

»Was hältst du davon, den Tag in der sicher herrlich klimatisierten und laut Internet mehr als großzügig bemessenen Buchhandlung in der Ala Moana Mall zu verbringen?«

Der zweite Hunger außer dem Sehnen, in langen, gleichmäßigen Schritten ihren Ängsten, ihrer Unruhe davonzulaufen, und nicht weniger beißend: der Hunger nach Büchern. Nach ihrer physischen, greifbaren Realität, nach stillen, seligen Lesestunden.

»Nichts lieber als das.«

»Fabelhaft.«

Ein breites Grinsen spaltet den Schaumbart, als Sisley die Tür wieder schließt. Für einen kurzen Moment kann Gemma einen Blick auf seine glatte Brust mit den markigen Schlüsselbeinen werfen. Auf die dunkle Linie von seinem Nabel hinunter zum Bund der Boxershorts, die locker auf seinen Hüftknochen hängt.

Eine Hitzewelle durchglüht Gemma bis in die Haarwurzeln. Ihr Ebenbild gegenüber schneidet eine alberne Grimasse, und Gemma lacht sich selbst im Spiegel an, die Augen glänzend wie Meerglas.

Umso heftiger erschrickt sie über das elektronische Schnarren des Telefons.

»Miss Cabot? Hier ist Lacey von der Rezeption. Ihr Wagen wird in fünfzehn Minuten hier sein.«

Als Sisley aus dem Badezimmer kommt, harrt Gemma immer noch mit dem Hörer in der Hand aus, im beharrlichen Pulsieren des Freizeichens.

Keiner von ihnen beiden hat ein Taxi bestellt.

»Meinst du, wir können ihm trauen?«, fragt Gemma flüsternd, als Sisley sich auf dem Ledersitz neben ihr niederlässt.

»Sag du es mir.«

Sisley mustert den Fahrer im mattblauen Hawaiihemd, der jenseits der getönten Scheibe lachend die Hand hebt und einem Kollegen etwas zuruft, bevor er sich anschickt, hinter dem Steuer Platz zu nehmen.

»Du hast doch dein ganzes Leben im Moloch New York verbracht. Woran erkennt man gefährliche Subjekte?«

Ungeachtet ihrer Beklemmung muss Gemma lachen. »Ich habe gelernt, dass diejenigen, die am bedrohlichsten wirken, immer die sind, die in der Subway unaufgefordert aufstehen, um Senioren ihren Platz anzubieten.«

Der Wagen rollt an, und dann füllt nur noch die Popmusik aus dem Radio den Innenraum, das summende Hauchen der Klimaanlage.

Palmen säumen die vorbeiziehenden Designerläden und Luxusboutiquen, Hotelhochhäuser und Restaurants. Unvermittelt ist der Strand da, blendend weiß vor dem Türkis, dem Saphirblau der Wellen, schaumgekrönt und von der Sonne überglänzt. Zwischen den Spaziergängern und Surfern, Sonnenanbetern und Schwimmern breitet eine überlebensgroße Statue mit Surfbrett die mit Blumenketten geschmückten Hände aus; der Segen einer modernen hawaiianischen Gottheit.

Sisley spürt Gemmas Anspannung und nimmt ihre Hand, drückt sie fest.

Gemma ist melancholisch zumute, als aus dem Radio eine volle, in ihrer Tiefe, ihrer Resonanz unendlich weiche Stimme zu ihr heranströmt, sie einhüllt.

Somewhere over the Rainbow, begleitet von einer Ukulele im Reggae-Rhythmus.

What a wonderful world.

Nahtlos geht die Musik in die beschwingte Sprechstimme des Radiomoderators über, der die neueste Position von Tropensturm Ana durchgibt, und das Taxi taucht in einen schattigen Tunnel aus Laubdächern ein.

Im Rückspiegel fängt Gemma den neugierigen Blick des Fahrers auf.

»Geht's zum Heiraten?«

Sisley beugt sich vor. »Nein. Wie kommen Sie darauf?«

Der Fahrer hebt überrascht die Brauen. »Weil ich sonst nur Paare an den Kahala Beach bringe, die sich dort vor der Hochzeit ein bisschen umsehen wollen oder zu ihrer Trauung unterwegs sind.«

Sisley zieht das Handy aus der Tasche seiner Shorts.

»Insgesamt knapp zwanzig Minuten bis dorthin. Wir müssten also bald da sein.«

Gemma nickt nur. Feierlich und gleichzeitig bang ist ihr zumute, mit aufgeregt schlagendem Herzen und einem immer wieder aufzuckenden Impuls zur Flucht.

Vielleicht ist es so, wenn man zu seiner eigenen Hochzeit unterwegs ist; ein ähnliches Übergangsritual von einem Leben zum anderen wie diese Fahrt in der dunklen Limousine zu einem unbekannten Strand.

Die Flanken des Diamond Head gleiten vorüber, der bemooste Rücken eines seit Jahrtausenden über der Stadt schlafenden Drachen, der sich selbst in den Schwanz beißt. Honolulu wird beschaulicher, in Eiscremefarben und einer ganz eigenen Mischung aus tropisch und rustikal. In Blütenfeuerwerken explodieren Hibiskus und Bougainvilleen vor den Häusern, die sich zu Villen auswachsen, die Einfahrtstore von steinernen Figuren bewacht.

Das Taxi biegt ab.

Schweigend gehen Gemma und Sisley über den schattigen Parkplatz, den von einer kleinen Brücke überspannten Kanal entlang und schlagen den Pfad zwischen öffentlichen Toiletten und dem Picknickplatz unter einer Pergola ein.

Zum ersten Mal, seit sie in Hawaii ist, stockt Gemma der Atem.

Aus einer anderen Welt scheint dieser Strand zu sein, in seiner Klarheit, seinen kräftigen Farben. Der Inbegriff des paradiesischen Klischees und gerade deshalb von überwältigender Schönheit. Gemma ist versucht, die Hände in den Sand zu graben, ins Wasser hineinzulaufen, um sicher zu sein, dass er real ist, keine Fototapete aus den Achtzigern.

Menschenleer und still ist es hier, trotz Tennisplatz und Beach Club und Apartmentblocks, die sich den Strand entlangziehen.

Ein zweites Mal bleibt Gemma die Luft weg, als sie in der Ferne eine Silhouette ausmachen kann, kaum zu unterscheiden von den Felsen der kleinen Landzunge. Endlose Sekunden starrt sie dorthin, bis sie sicher ist, dass dort wirklich jemand sitzt. Jemand, der sich auf eine Art bewegt, die wie eine Einladung wirkt und der Gemma dennoch nicht traut.

Hilfesuchend dreht sie sich zu Sisley um.

»Diesen Weg würde ich liebend gerne mit dir gehen, Gemma. Aber ich glaube, das musst du allein tun.«

Gemma nickt, obwohl es ihr schwerfällt.

»Lass dir so viel Zeit, wie du willst. Ich bin da, wenn du mich brauchst.«

Nur widerstrebend lösen sich ihre Finger aus Sisleys, die Kraft, die sie von ihm fortzieht, ist stärker.

Unerbittlich treibt sie Gemma vorwärts, unter den Palmen hindurch und vorbei an Rasenflecken, grün wie Absinth und so akkurat ausgezirkelt, dass sie das Ihre zu dieser überirdischen Vollkommenheit beitragen. Und bei keinem ihrer Schritte durch den Sand, weich wie sonnenwarme Butter, scheinen Gemmas Füße den Boden zu berühren.

Sie wartet auf etwas wie ein Gefühl, eine Erinnerung, eine Gewissheit. Doch da ist nicht mehr als nervöse Wissbegierde und der unbedingte Wille, endlich am Ziel ihrer Suche zu sein.

Die Silhouette klart sich auf, gewinnt an Konturen, an Farben und Schärfe. Ein Mann ist es, in schwarzem T-Shirt, ausgewaschenen Jeans und Sneakers, der unter seiner Baseballkappe zu ihr hinsieht, dann wieder den Kopf wendet, zum Meer, dabei seine Hände knetet.

Als Gemma ihn fast erreicht hat, steht er langsam auf. In dem Maße, in dem Gemmas Schritte langsamer werden, zögert er, nimmt dann die Sonnenbrille ab, steckt sie mit einer unsicheren Bewegung in die Gesäßtasche der Jeans.

Gemma staunt, wie nah das Computerbild der Wirklichkeit gekommen ist. Wie fern es ihr doch bleibt.

Seine kurz geschnittenen Haare unter der Kappe mit dem Logo der USS Arizona sind noch immer maronendunkel wie Gemmas, nur silbern durchkämmt. Dieses Gesicht ist nicht künstlich glatt wie sein digitaler Doppelgänger. Von ledrigem Kupferbraun, ist es ein Gesicht mit Poren und Unebenheiten, Pigmentflecken und kleinen Asymmetrien, die Konturen, die Winkel der Knochen schärfer herausgearbeitet als vor dreißig Jahren.

Als hätte jemand einen Abzug der Fotos, die Gemma kennt, jahrelang in einer Hosentasche voller Sand und Staub mit sich herumgetragen, zwischendurch in den schweißfeuchten Händen gehalten und Kaffee oder Tee darüber verschüttet.

Silberstoppelig ist auch der Bart, der weniger an einen Obdachlosen erinnert, mehr an einen raubeinigen Abenteurer, einen weltmeererfahrenen Skipper.

Sie weiß nicht, wie sie ihn ansprechen soll, Vater, Dad, Daddy, Clifford. Diesen fremden alten Mann, der aussieht wie ihr Vater. Den sie um einen halben Kopf überragt und immer noch misstrauisch mustert.

Seine Stimme ist es, an die sie sich nicht bewusst erinnert, die jedoch etwas aus der Kindheit zurückbringt, eine Stimmung, ein Gefühl und jeglichen Zweifel beiseitewischt.

»Gemma.«

Sie ist wieder vier Jahre alt, bereit, ihm entgegenzulaufen und sich in seine Arme zu werfen.

Sie ist vierunddreißig Jahre alt und erstaunlich gefasst. Es muss der Schock sein.

Eine Ahnung dämmert in ihr herauf, zwischen Nachbildern von Zelten und Schlafsäcken in einem schmucklosen Park; eine noch frische, flüchtige Erinnerung, die sich aus ähnlich zermürbten Gesichtern herausarbeitet. Eine Bewegung aus dem Augenwinkel, die sie in jenem Moment an einem vorbeiziehenden Radfahrer festgemacht hat.

»Ich habe dich gesehen. Gestern. Im Ala Moana Beach Park. Für weniger als eine Sekunde, dann warst du verschwunden.«

»Ich hatte lange gehofft, du würdest den Weg hierher finden.« Rauchig ist seine Stimme, ein bisschen wie abgenutzt. »Aber als ich dich dann sah, war ich doch … unvorbereitet.«

Was der künstliche Alterungsprozess durch die Software ebenfalls verschwiegen hat, ist der Sturm in seinen Augen, aufgewirbelt durch die gegensätzlichen Kräfte von Verlust, Glück und Trauer, Hoffen und Bangen. Nass glänzen diese Augen, und wie mit dunklen Sonnenstrahlen tasten seine Blicke Gemma ab. Fast wie heimgesucht wirkt er; unklar bleibt, wer von ihnen beiden der Geist aus der Vergangenheit ist.

»Du hast mir das Schmuckstück geschickt. Diese Kopie des Ohrrings auf dem Porträt in Grün. Lucrezias Ohrring.«

Eine Tatsache inzwischen, keine Frage; sie bedarf auch keiner Erwiderung.

»War das alles wirklich nötig?«

Mit einem tiefen Atemzug nimmt Clifford Bernstein wieder seinen Platz auf dem Felsen ein.

»Willst du dich setzen?«

Unschlüssig verharrt Gemma auf der Stelle. Wie auf halbem Weg im Alter eines trotzigen Teenagers eingependelt kommt sie sich vor, der um keinen Preis Zugeständnisse machen will.

»Warum?«

Rau, massiv und schwer wie die Felsen ist ihre Frage. Vielleicht die wichtigste, die entscheidendste aller Fragen.

Die grelle Sonne wirft Schlaglichter auf die Unebenheiten an seinen Armen, auf eine zerknitterte und verzogene Stelle an seinem Hals.

Unwillkürlich streichen Gemmas Finger über ihre eigenen Narben; sie ist unschlüssig, wie sie dieses Band zwischen ihnen empfinden soll, das über eine geteilte DNA, gemeinsames Blut hinausgeht.

»Das ist eine lange Geschichte«, antwortet er schließlich, sanft und doch auf eine gewisse Art distanziert.

»Ja. Dreißig Jahre lang.« Beißend klingt ihre Stimme, angeätzt von Bitterkeit.

»Länger als das, Gemma. Und ich weiß, ich komme dabei nicht gut weg.«

Er trägt schwer an seiner Last, mit gebeugtem Rücken und hängenden Schultern. Seine Hände sind unruhig, als wolle er nach etwas greifen, das zu fragil ist, zu nebulös, um sich fangen zu lassen. Mit diesen Fingern, die noch kräftig sind, aber bereits welken und dabei sind, sich zu krümmen. Die Hände eines viel älteren Mannes; abgearbeitete Hände, die einen Großteil ihres Lebens fest zugepackt haben, um ein kärgliches Brot zu verdienen.

An seiner linken Hand blinkt es golden auf.

»Du trägst noch immer deinen Ehering.«

Clifford Bernstein spreizt die Hand, betrachtet sie wie erstaunt.

»Es grenzt an ein Wunder, dass er mir nie gestohlen wurde. Sein Gegenstück habe ich immer hier.«

Seine Linke presst sich auf sein Brustbein; unter dem Kragen des T-Shirts lugt ein Stück einer Lederkordel hervor.

»Ich habe immer gedacht, ihr Ring wäre zusammen mit ihr ein Raub der Flammen geworden«, sagt Gemma heiser.

»Es war der letzte Augenblick, den wir …«

Die Lebendigkeit von Clifford Bernsteins Augen erlischt.

»Ich wollte etwas von ihr für mich …«

Ihm versagt die Stimme, er verstummt; es dauert einige Herzschläge, bis er sich wieder fängt und in Richtung des Strandes nickt.

»Dein Freund?«

Gemma folgt seinem Blick. Die Hände in den Hosentaschen, watet Sisley durch das Wasser, seinerseits jetzt zu einer Silhouette geworden.

Sie hat nicht das Bedürfnis, ihn zu definieren, in eine bestehende Kategorie einzuordnen; sie will es nicht, kann es nicht, es genügt, dass er da ist. Wenn auch so fern und schattenhaft, als hätte sie auf ihrem Weg durch den Sand die Grenze zwischen dem Reich der Lebenden und der Toten überschritten.

Nah genug ist er, dass Gemma ein wenig von ihrer Abwehr schmelzen fühlt, sich schließlich doch noch auf einem der Felsen niederlässt.

Schweigend sehen sie auf das Meer hinaus, Vater und Tochter. Auf dieses bestechende Blau, die Nuancen von Türkis im Goldfunkeln der Sonne.

Immer dann, wenn sie einander nicht verstohlen mustern. Blicke wie hauchfeine Insektenfühler, die sich langsam über die Kluft von dreißig Jahren hinweg ausstrecken. Über den Abgrund zweier Leben, vor langer Zeit entzweigerissen.

Die Vergangenheit türmt sich hinter ihnen auf wie die Grate und Verwerfungen der grünen Berge über der Stadt; es ist schwer, einen Anfang zu machen.

»Warst du die ganze Zeit über obdachlos?«

»Das kommt darauf an, wie man diesen Status determiniert. Es gab immer Zeiten, in denen ich ein festes Dach über dem Kopf hatte. Zu Hause war ich jedenfalls nirgendwo, und selten blieb ich länger an einem Ort.«

»Außer in San Francisco.«

Seine Lippen, kaum mehr als ein Einschnitt in seinem altersgebeizten Gesicht, krümmen sich zu einem Lächeln.

»Nach San Francisco bin ich immer wieder zurückgekehrt, das stimmt.«

»New York lag offenbar nie auf deiner Route.«

Gemma schämt sich nicht für die schneidende Kälte in ihrer Stimme, die ihr Vater gelassen hinnimmt.

»Ich war oft in New York, Gemma. Die ersten Jahre

sogar ausschließlich. Ich nehme an, ich muss dir nicht erzählen, wie gut man sich von dieser Stadt verschlingen lassen kann. Ich habe immer darauf geachtet, dass weder du noch Bernice noch Nellie mich bemerken. Aber ich musste mich doch überzeugen, dass du gut aufgehoben bist.«

Wie seltsam, den Vornamen ihrer Großmutter aus seinem Mund zu hören. Eine willkommene Ablenkung von dem Tumult aus Gefühlen und Gedanken, den seine übrigen Worte in ihr aufrühren.

»Als das Internet aufkam, wurde es leichter. Überall sprossen Internetcafés aus dem Boden, und das anfangs noch leere Netz füllte sich rasant mit Daten, Informationen und Recherchemöglichkeiten. So konnte ich aus der Ferne immer das Wichtigste in deinem Leben mitbekommen.«

»Dann weißt du, dass Grandma vor ein paar Jahren gestorben ist.«

»Ich habe es in den Online-Ausgaben der *Post* und der *Times* gelesen. In dieser Zeit war ich besonders in Gedanken bei dir.«

Gemma denkt an den erstickenden Sumpf, durch den sie während Grandmas Krankheit geirrt ist, allein, nur mit Nellie an ihrer Seite. An den Sturz in den Abgrund, danach; mehr denn je hätte sie da einen Vater gebraucht.

Durch ihre Sonnenbrille fixiert sie den Horizont, an dem sich Wolkenmassen zu einem schneeigen Hochgebirge zusammenschieben.

»Du hast nicht ein einziges Mal angerufen, mir nie geschrieben.«

»Nein. Für dich musste mein Tod genauso eine unerschütterliche Tatsache sein wie für alle anderen auch. Ich wollte nicht das kleinste Risiko eingehen. Ich musste dich in Sicherheit wissen.«

»In Sicherheit wovor?«

Wie aus verwittertem Stein gemeißelt wirken seine Züge für einen Augenblick, die Augen stumpf und hart wie Lavabrocken.

»Ich habe mich damals mit dunklen Mächten eingelassen, Gemma. Und es vergeht bis heute kein Tag, an dem ich das nicht bereue.«

»Gehört Morgan Andicott zu diesen dunklen Mächten?«

So etwas wie ein Lächeln gleitet über sein Gesicht, voll dürrer Ironie.

»Morgan Andicott kam erst später ins Spiel. Nach dem Tod ihres Großvaters. Zumindest nehme ich an, dass es sich um die Enkelin von Professor Andicott handelt. Es ist das Einzige, was aufgrund der Faktenlage Sinn macht. Plötzlich war sie da und fragte überall nach mir. In St. Anthony's, in St. Boniface. Ich habe sofort meine paar Habseligkeiten gepackt und bin so weit weg geflohen, wie es nur ging.«

Seine Miene erhellt sich, zeigt eine fast schalkhafte Abenteuerlust.

»Früher war alles einfacher, vor dieser hochentwickelten Sicherheitstechnik. Bevor man damit angefangen hat, Passagiere und ihr Gepäck wie Glas zu durchleuchten. Sonst wäre ich damals auch nicht so einfach von Florenz wieder nach New York gekommen. Aber jetzt blieben mir nur die leeren Weiten Alaskas. Oder eben Hawaii, um irgendwo zwischen all den anderen Obdachlosen, Touristen und Einheimischen möglichst tief unterzutauchen.«

»Woher hattest du das Geld für den Flug?«

Seine Brauen heben sich, seine Augen funkeln spöttisch.

»Man findet immer eine Arbeit, wenn man will. Auch ohne Sozialversicherungsnummer. Keine intellektuell anspruchsvolle, gut bezahlte Arbeit. Nichts Festes und manchmal auch nicht ganz legal. Aber man findet sie. Und selbst wenn ich die hundertfünfzig Dollar für das Ticket nicht selbst zusammenbekommen hätte, hätte sich eine Agentur gefunden, die sie übernimmt. Nachdem man mir dort im Auftrag irgendeiner Stadtverwaltung meine Zukunft im Paradies in den schillerndsten Farben geschildert hätte. Natürlich ohne zu erwähnen, wie hart die Wirklichkeit in diesem sogenannten Paradies ist. Wie teuer man hier für das Leben bezahlt und wie oft es regnet. Sie wissen genau, wie tief sich die Fantasie von Hawaii in den Köpfen festgesetzt hat. Vielleicht umso hartnäckiger bei denjenigen, die das Träumen bereits verlernt haben, weil ihr Alltag von grauer, trockener Zähigkeit ist wie ein alter Kaugummi. Und genauso gut wissen sie, dass diese Obdachlosen dann hier festsitzen, weil sich kaum einer jemals einen Rückflug auf das Festland leisten kann.«

Je länger er spricht, desto deutlicher hört Gemma die unterschiedlichen Akzente heraus, die er über die Jahrzehnte aufgelesen und sich zu eigen gemacht hat. Die knappe Schneidigkeit Neuenglands und die weiche Aussprache des Südens. Die langgezogene Trägheit des Mittleren Westens und die lebhafte Offenheit Kaliforniens.

Die Stecknadelköpfe, mit denen Gemma ihre Vorstellung vom Vagabundendasein ihres Vaters auf einer Karte der Vereinigten Staaten festpinnt, dicht an dicht, ergeben eine eigene Dimension für das Leben, das ihr Vater ohne sie verbracht hat.

»Das Päckchen mit dem Schmuckstück war in Las Vegas abgestempelt.«

Clifford Bernsteins Blick folgt den geblähten Segeln eines Auslegerkanus.

»Hawaiis neunte Insel, wie man hier sagt. Es war keine große Schwierigkeit, jemanden zu bitten, ein Päckchen dort aufzugeben. Wesentlich schwieriger war es, diese Nachbildung anzufertigen. Dale hat mir dabei geholfen, du hast ihn gestern ja kurz kennengelernt. Meine größte Sorge war es, nicht rechtzeitig damit fertig zu werden. Und meine zweitgrößte, dass es dich auch wirklich erreichen würde. Ob du auch bereit wärst, diese Fährte aufzunehmen. Aber du warst es. Sonst wärst du jetzt nicht hier.«

Nicht nur Morgan Andicott hat im Hintergrund die Fäden gezogen, an denen Gemma hing; ihr eigener Vater hat es genauso getan.

»War das von Anfang an dein Plan? Dass ich irgendwann anfangen soll, nach dir zu suchen?«

»Nicht unmittelbar, nein. Zuerst wollte ich nur einen Hinweis auf Robert Browning hinterlassen. Darauf, woran ich gearbeitet habe, für die Nachwelt im Allgemeinen. Ein paar Jahre später hielt ich es für angebracht, von Baylor aus eine weitere Fährte zu legen. Für alle Fälle. Wie eine

Rückversicherung, zum Teil für mich, hauptsächlich aber um deinetwillen.«

»Du hattest keine Garantie, dass ich diese vielen ausgestreuten Brotkrumen auch auflesen und verstehen würde.«

»Du bist meine Tochter, Gemma.« Wie poliert glänzen seine Augen. »Und genauso die Tochter deiner Mutter. Natürlich würdest du all diese Rätsel lösen können, früher oder später. Die Beiträge, die du ab und zu für das Blog der Map Division schreibst, zeugen von deiner Brillanz.«

Gemma errötet und ärgert sich darüber, dass ihr dieses Lob so viel bedeutet.

»Morgan Andicott hat sie ebenfalls gelöst, und deutlich früher als ich.«

Wie Feuerstein und Pyrit sind sie, die sich aneinander reiben und dabei entzündliche Funken sprühen.

»Was will Morgan Andicott?«

»Offenbar das, was ihr ihrer Meinung nach zusteht. Das, was ich – ebenfalls ihrer Meinung nach – ihrem Großvater weggenommen habe.«

»Hast du das?«

Unruhig bewegen sich seine Schultern unter dem T-Shirt; jetzt erst sieht Gemma, dass er viel zu schmal für dessen Größe ist, zu knochig.

»Heute bin ich mir nicht mehr sicher. Damals … damals war ich noch jung und ehrgeizig. Natürlich ging mir nicht mehr aus dem Kopf, was William Andicott beim Umtrunk auf einer Konferenz über Lucrezias Mitgift gesagt hatte. Das ist sicher jedem so gegangen, der bei diesem Gespräch anwesend war. Aber Andicott tat jahrelang nichts weiter, als diese Hypothese zu wiederholen und allein mit Gedankenspielen zu untermauern.«

Hitzig klingt er in seinem Versuch, sich zu rechtfertigen.

»Aber dann war ich in Frankfurt, ebenfalls zu einer Konferenz. Ein paar Stunden hatte ich mir für das Museum abgezweigt. Eigentlich für den Botticelli. Für Bronzinos Dame in Rot, für Bellinis Madonna in Ultramarinblau. Eher zufällig kam ich an der Dame in Grün vorbei und blieb dann an ihr hängen. Nicht nur, weil sie mich sowohl an Eleonora von Toledo erinnerte als auch an Lucrezia de' Medici. Da ist etwas an diesem Gemälde … Oder vielmehr in diesem Gemälde. Etwas Rätselhaftes, das viele weitere Rätsel in sich birgt wie bei einer Matrjoschka. *My Last Duchess* kam mir in den Sinn und die Legende vom Gifttod Lucrezias. Ab diesem Zeitpunkt …«

Seine dunklen Augen glosen. Jetzt kann Gemma den Sog seines Charismas spüren, das sie nur von Bildern her kannte. Diese Leidenschaft, die auch sie angetrieben und um die halbe Welt geführt hat. Als hätte er seine Faszination, seine Begeisterung in die Spuren eingewoben, die er für sie ausgelegt hat; vielleicht ist sie auch in dieser Hinsicht schlicht ihres Vaters Tochter.

»In diesen ganzen Jahren, die ich zwischen Obdachlosen verbracht habe, war ich nicht ein einziges Mal in Versuchung, zu irgendwelchen Drogen zu greifen. Nicht, weil ich jeden Tag vor Augen hatte, was es mit den Menschen macht. Mit ihrem Körper, ihrem Verstand, vor allem mit ihrer Seele. Sondern weil ich da begriffen habe, dass meine Forschung damals meine ganz persönliche Droge war.«

»War es das denn wert?«

Da ist keine Freude in seinem Lächeln, noch nicht einmal Heiterkeit.

»Zwei volle Tage lang glaubte ich das, ja. In Santa Maria Maddalena dei Pazzi, in der Nische, in der bis zur Umgestaltung Botticellis *Annunciazione* hing, fand ich, was ich gesucht hatte. Unter den Bodenplatten, die einfach über dem früheren Steinboden verlegt worden waren. Mehr als nur einen Schatz. Ein Zeitzeugnis von unschätzbarem immateriellem Wert. Nicht nur den Mond, den ganzen Sternenhimmel hielt ich damit in den Händen.«

»Du hast den Boden aufgebrochen? Einfach so?«

»Ein Steinmetz ging mir dabei zur Hand, und die Kirche selbst bekam eine großzügige Spende. Ich habe teuer dafür bezahlt, Gemma.«

Ein hohles Echo hat sich in seine letzten Worte geschlichen; seine Augen senken sich auf seine Finger, die er ineinander verflochten hat, um ihres Zitterns Herr zu werden.

»Viel zu teuer. Ich werde den Rest meines Lebens diese Schuld abtragen, und selbst dann wird es noch nicht genug gewesen sein.«

»Was ist passiert?«, flüstert Gemma.

Ihre abwehrende Haltung ist fast verflogen. Sie ist nicht sicher, ob sie diesen Mann, der ihr Vater ist, mag; etwas an ihm berührt sie dennoch.

Hilflos wirkt er jetzt, als ob er dabei ist, in seinen Erinnerungen zu ertrinken.

»Ich weiß nicht, wie genau es dazu gekommen ist. Möglich, dass der Steinmetz geplaudert hat, vielleicht jemand unbemerkt Zeuge wurde. Ob Andicott oder ein anderer

Kollege mir doch noch auf die Schliche kam, mich ausspioniert hatte. Ich habe später viel darüber gegrübelt und es irgendwann aufgegeben. Es hätte ohnehin nichts mehr geändert.«

Wie sich seine Stirn in angestrengte Falten legt, seine Augen unter der Baseballkappe sich verengen, als ob ihn körperliche Schmerzen quälen, geht Gemma nahe.

»Das waren solch goldene Tage, Gemma. Ich war zwar erschöpft, aber auch im Rausch. Wir beide waren es, deine Mutter und ich. Endlich trug die Arbeit der letzten Jahre Früchte. Das Wagnis, für ein Jahr unser ganzes Leben hinter uns zu lassen und mit dir nach Italien zu gehen. Und was für Früchte das waren! Wie bedeutsam meine Entdeckung letztlich war, würde sich erst noch zeigen, trotzdem wollten wir nichts als feiern. Uns selbst und das Glück, das uns zuteil geworden war.«

Eine Weile ist nur das Rauschen des Ozeans zu hören. Das metallische Knistern der Palmblätter im Wind und der Ruf eines Vogels irgendwo in der wolkenmarmorierten Bläue.

»Die Nacht war warm. Eine dieser unbeschreiblich schönen Nächte, in denen man glaubt, der Sommer würde nie zu Ende gehen. In denen das Herz ganz frei und leicht ist und überquillt vor Seligkeit. Etwas später sind wir dann doch in die Küche, weil deine Mutter fröstelte. Bei Wein und Kerzenlicht saßen wir zusammen, wie so oft, nachdem wir dich ins Bett gebracht hatten, und feierten uns und unser Leben.«

Zerschlissen klingt seine Stimme, wie darum bemüht, nicht vollends zu zerfasern.

»Wir dachten, es wäre ein Nachbar, an der Tür, irgendwo aus der Straße, vielleicht war etwas passiert. Stattdessen war es ein Fremder, der sich an mir vorbeidrängte, ins Haus, der Stimme deiner Mutter folgte, die nach mir rief. Er beschimpfte uns, drohte, forderte, diesen Kunstschatz, der allein Italien gehörte, herauszugeben. Wir versuchten, mit ihm zu reden, das versuchten wir wirklich, Gemma, aber es entbrannte trotzdem ein hässlicher Streit. Deine Mutter herrschte ihn an, er solle verschwinden, und dann hatte er ein Messer in der Hand. Sylvia griff zu einem Stuhl und schlug nach ihm, und ich griff nach der Weinflasche und ging dazwischen, aber ich kam zu spät, viel zu spät, und irgendjemand muss eine der Kerzen … Da … da war so viel Blut. So unglaublich viel Blut, und dann nur noch Feuer.«

Das ferne Echo von zornigen Stimmen, das die Stille der Nacht zerwühlt, und polternder Tumult. Schreie und Stöhnen und dann das Prasseln des Feuers, Hitze und Rauch.

Gemma ist unsicher, was davon eigene Erinnerungen sind und was erst jetzt zusammengesponnene.

»Meine Mutter …«

Mit fahriger Hand fängt Clifford Bernstein die Tränen ab, die durch die Furchen seines Gesichts hinabrinnen.

»Sie war tot, Gemma. Noch bevor das Feuer sich durch die Küche fraß. Er hatte sie im Handgemenge zu schwer verletzt.«

Wie trockenes, splitterndes Holz kommen die Worte aus seinem Mund.

»Ich wollte bei ihr warten, auf den Rauch oder die

Flammen, was von beidem schneller gewesen wäre. Aber es gab ja noch etwas viel Kostbareres zu retten als ihren Ring.«

Sonne und Wind, die ihr das Salz in die Wangen brennen, verraten Gemma, dass auch ihr die Tränen gekommen sind.

»All die Jahre, die mich dieser Traum verfolgt, wusste ich nie genau, ob es sich wirklich so abgespielt hat. Dass du mit mir aus dem Fenster geklettert bist.«

Sie sieht ihn nur noch verschwommen hinter den Tränen, die ihr aus den Augen stürzen; seiner Hand, die nach ihr greift, weicht sie aus.

»Warum hast du mich alleingelassen?«

»Ich wollte Sylvia nicht dem Feuer preisgeben. Erst als ich wieder im Haus war, bemerkte ich meinen Fehler. Die Flammen hatten den Zugang zur Küche bereits abgeschnitten. Das Einzige, was ich noch tun konnte, war, meinen Fund in Sicherheit zu bringen. Ein Reflex. Im Rückblick denke ich, es war nichts als Feigheit. Weil ich die Fragen fürchtete, die die Bergung seiner Überreste vielleicht nach sich gezogen hätte. Deshalb bin ich wohl auch in die Nacht hinaus geflüchtet, anstatt umzukehren.«

Die Kluft zwischen ihnen reißt erneut auf.

»Du hast mich neben dieser brennenden Ruine alleingelassen!«

Das Schweigen neben ihr klingt nach einem Eingeständnis seiner Schuld; wie von den Klauen eines wilden Tieres aufgerissen fühlt sich Gemmas Brustkorb an.

»Alles, was ich getan habe, habe ich getan, weil ich dich

schützen wollte«, kommt es endlich schwach von ihm. »Das musst du mir glauben.«

Gemma lacht auf, zornig und bitter.

Ich hab getan, was ich tun musste, und zog es durch, ganz und komplett, geht es ihr durch den Kopf. *I did it my way.*

»Du hast nur daran gedacht, deine eigene Haut zu retten, weil du etwas gestohlen hast, das nicht dir gehört!«

»Verblendet war ich, Gemma, das ist wahr, und ich habe es viel zu spät erkannt.«

»Ich kann dir keine Absolution erteilen. Und ich will es auch nicht.«

»Das erwarte ich auch nicht von dir.«

»Warum erzählst du mir dann all das?«

»Sie war hier. Morgan Andicott. Vor ein paar Monaten. Sie hat sich nach mir erkundigt, bei den Obdachlosen im Park des Iolani Palace, am Waikiki Beach und auch im Ala Moana Beach Park. Niemand hat etwas herausgelassen. Für die sind solche neugierigen Fragen gleichbedeutend mit Polizei, anderen Behörden oder sonst etwas, das Ärger nach sich zieht. Etwas, das sie möglicherweise ihr provisorisches Zuhause kostet, über dem ohnehin immer das Damoklesschwert hängt, aufgelöst und zwangsweise umgesiedelt zu werden. Trotzdem habe ich darüber nachgedacht, von hier wegzugehen. Vielleicht doch den Sprung über die grüne Grenze nach Kanada zu wagen oder nach Mexiko, solange es noch möglich ist, obwohl ich mich eigentlich zu alt dafür fühle. Oder vielleicht hier in Honolulu an Bord eines Frachters zu gehen, der mich ans andere Ende der Welt bringt.«

»Warum hast du es nicht einfach getan?«

Gemma kümmert es nicht, wie grausam sie klingt.

»Ich wollte abwarten, ob du den Weg zu mir findest. Ich brauche deine Hilfe, Gemma.«

»Wobei könntest du meine Hilfe brauchen?«

»Ich kann nicht ungeschehen machen, was damals passiert ist. Und auch nicht, dass ich dich damals im Stich gelassen und fast dein ganzes Leben versäumt habe. Ich würde alles dafür geben, wenn das möglich wäre. Aber Morgan Andicott wird so lange keine Ruhe geben, bis sie hat, was sie will. Um mich selbst mache ich mir keine Sorgen, nur um dich, Gemma.«

Jetzt sieht Gemma, wie alt er wirklich ist; eine verbrauchte morsche Hülle, die von Willenskraft allein aufrechterhalten und vorwärtsgetrieben wird.

»Bitte hilf mir, das in Ordnung zu bringen, was ich damals falsch gemacht habe.«

Arme und Beine ineinander- und umeinandergeschlungen, drängen sich Gemma und Sisley auf einem der beiden Balkonstühle zusammen.

Gemma braucht jetzt diese halbe Abgeschlossenheit des Balkons; sie erträgt weder ein Zimmer noch die Weite des freien Himmels. Sie braucht die klaren Linien des Geländers vor Augen, die akkuraten Muster der Hotelfassaden im Blick.

»Wirst du ihn wiedersehen?«

»Ich weiß es nicht.«

Sisley stopft die Wolldecke fester um Gemma; nie hätte sie sich vorstellen können, auf Hawaii zu frieren.

Bleiern lastet der Himmel auf der Stadt. Innerhalb

weniger Stunden haben sich am Horizont Wolken wie aus Aschestaub gesammelt und die Farben von Himmel und Meer ausbluten lassen.

Im Taxi hat das Radio fast im Minutentakt die aktuellen Werte zur Stärke von Ana durchgegeben und die jeweils jüngste Berechnung, wann sie auf die Küste O'ahus treffen wird. Die Wahrscheinlichkeit, dass Ana noch Fahrt aufnimmt, von einem Tropensturm zu einem Hurrikan anwächst, ist hoch.

To make landfall. Ein Ausdruck, der Gemma immer an den D-Day und Omaha Beach erinnert hat; an den Einfall kampfbereiter und zu allem entschlossener Truppen, mehr ein aggressiver Akt als ein Naturereignis.

Sie verspürt keinen Drang, hastig ihre Sachen zu packen und vielleicht doch noch einen Flug auf das Festland zu erwischen. Obwohl sie sich nach Hurrikan Sandy ausmalen kann, was eine im Vergleich zum stählernen New York so kleine und ungeschützte Insel mitten im Ozean zu erwarten hat.

Erstaunlich gleichmütig hat sie die Aufrufe im Radio, sich mit Lebensmitteln und vor allem Trinkwasser einzudecken, an sich vorbeiziehen lassen, die Meldungen über Notfallpläne, Evakuierungsstrategien und Notunterkünfte.

Es kann nicht schlimmer sein als der Sturm, den sie an diesem Tag am friedlichen Kahala Beach überstanden hat.

Wie Muskelkrämpfe durchzieht sie das Schaudern, wenn sie daran denkt, dass die Urne im Familiengrab der Cabots nicht die Asche ihres Vaters enthält. Sondern die eines namenlosen Italieners, des Mörders ihrer Mutter.

Immer neue Tränen rinnen ihr über das Gesicht, wenn ihr bewusst wird, wie schändlich ihr Vater sie im Stich gelassen hat. In jener Nacht und an jedem einzelnen Tag danach, dreißig Jahre lang.

Ihr Vater. Ein Dieb, ein Lügner und ein Betrüger. Ein Phantom, jahrzehntelang auf der Flucht.

»Ich war dreizehn«, flüstert Sisley nach einer Weile an ihrem Ohr, »als herauskam, dass mein Vater eine Affäre hatte. Erst waren da die Anrufe zu jeder Tages- und Nachtzeit, bei denen immer aufgelegt wurde. Irgendwann hatte ich eine vollkommen verweinte weibliche Stimme in der Leitung, die nach meinem Vater gefragt hat. Schließlich ist diese Frau eines Nachts bei uns vor der Tür gestanden, heillos betrunken, und hat eine fürchterliche Szene gemacht. So hat es meine Mutter erfahren.«

Sisley zögert; seine Muskeln spannen sich für Gemma fühlbar an, als ob er zum Sprung über eine Hürde ansetzt.

»Es war furchtbar, sie so leiden zu sehen. Entweder haben sie gar nicht miteinander geredet oder stundenlang nur gestritten. Einmal hat meine Mutter sogar eine Vase nach ihm geworfen, eine ihrer kostbaren Laliques.«

Inmitten schwerer Ernsthaftigkeit hört Gemma ein Schmunzeln heraus.

»Aber sie haben sich wieder zusammengerauft. Offenbar war das, was sie verbindet, am Ende doch stärker als das, was meinen Vater für kurze Zeit von ihr weggezogen hat. Wenn man sie heute zusammen sieht, ist es ganz und gar unvorstellbar, dass es jemals eine solche Krise gab. Im Nachhinein bin ich beeindruckt davon, wie sie um ihre Ehe gekämpft haben. Und ich glaube, nicht nur für uns Kinder.«

Er seufzt.

»Was ich damit sagen will ... Für mich ist damals eine Welt zusammengebrochen. Das Bild, das ich von meinem Vater hatte, von diesem über jeden moralischen Zweifel erhabenen Streiter für Gerechtigkeit und alles Gute, diesem leidenschaftlichen Familienmenschen, lag unrettbar in Trümmern. Ich habe lange gebraucht, um zu verstehen, dass auch er nur ein Mensch ist. Mit Makeln, mit Fehlern, manche davon sogar gravierend. Letztendlich war das eine befreiende Erfahrung für mich, weil ich, der Sonderling, mich seither ihm gegenüber nicht mehr ganz so unvollkommen und mangelhaft fühle.«

Gemma bleibt stumm, während sie seine Worte in sich aufnimmt.

»Trotzdem«, setzt Sisley nach einiger Zeit neu an, »denke ich ab und zu darüber nach, inwieweit uns Kinder jene Episode geprägt hat. Ob ich deshalb so wenig empfänglich für Romantik und große Gefühle bin. Während Pissarro nichts anbrennen lässt, wie man so schön sagt, aber immer dann scheut wie ein Rennpferd vor dem Wassergraben, wenn es ernsthafter wird. Und Brontë ist sowieso kein Mann gut genug. An jedem findet sie einen unverzeihlichen Haken und wirft ihn meist früher als später und völlig abrupt aus ihrem Leben.«

Sein Mund streift ihre Schläfe.

»Bei dir habe ich zum ersten Mal das Gefühl, dass es vielleicht doch möglich ist. Große Gefühle, ohne daran zu ersticken. Ein Zusammensein, das beiden gerecht wird.«

Gemma sieht ihn unverwandt an.

»Wie Elizabeth Barrett und Robert Browning?«

Sisleys Blick verliert sich irgendwo zwischen dem stahlgrauen Meer und den sich unaufhaltsam gegen die Insel schiebenden, finsteren Wolkenbergen.

Das schätzt sie an ihm, dass er solche Dinge nie auf die leichte Schulter nimmt, sondern gründlich darüber nachdenkt, bevor er aus tiefster Überzeugung antwortet.

»Ein bisschen. Aber hauptsächlich eben wie Gemma und Sisley.«

Schweigend sehen sie zu, wie die Nacht sich über O'ahu senkt und auf ihren schwarzen Schwingen die ersten tobenden Ausläufer des Tropensturms mitbringt.

19

Mittwoch, 11. Oktober

Die Nacht ist weit fortgeschritten, als Gemma und Sisley endlich die Schiebetür aufziehen und von der sturmumtosten, lichterglänzenden Aussicht auf dem Balkon in die Stille des Zimmers treten.

»Möchtest du auch noch einen Tee?«

Gemma antwortet nicht; im sanften Schein der Nachttischlampe zeigt ihr Smartphone am Ladekabel fünf verpasste Anrufe einer unbekannten Nummer, gefolgt von einer Textnachricht, alle aus den letzten Stunden.

»Jemand vom Hotel hat ein Kuvert unter der Tür durchgeschoben«, sagt Sisley. »An dich adressiert.«

Beide Nachrichten sind identisch.

Ich habe deinen Vater.
Diamond Head, Sonnenaufgang

Die Scheinwerfer des Mietwagens schneiden einen Lichtkegel aus der Finsternis, vom Regen ausgewaschen, während die Scheibenwischer in fieberhaftem Takt arbeiten. Auf dem nassen Asphalt der fast leeren Straßen zischen die

Reifen; es rauscht und schäumt, wenn zu beiden Seiten eine Fontäne Pfützenwasser hochschießt.

»Sonnenaufgang ist sechs Uhr fünfundzwanzig«, liest Sisley von seinem Handy ab, bevor sein Daumen in schnellen Tippbewegungen über das Display fliegt. »Man braucht wohl etwa eine Stunde bis zum höchsten Punkt des Kraters, je nach Tempo und Fitness. Und angesichts des Lageplans hängt das auch davon ab, ob man den Teil des Rundwegs nimmt, der außen entlangführt, oder den durch die Tunnel in der Bergflanke.«

Gemma zieht ihr Smartphone aus der Tasche ihres Trenchcoats; sie hat nur das Nötigste dabei, im Hotelzimmer hastig in die Taschen ihres Mantels, ihrer Shorts gestopft.

»Speicher bitte alle Informationen, die du finden kannst, bei mir ein, ja? Danke.«

Sie spürt Sisleys Augen auf sich, während er sich mit ihrem Handy beschäftigt.

»Ich will ja kein Spielverderber sein …«

Das Navigationssystem unterbricht ihn, und Gemma biegt scharf auf eine schmale gewundene Straße ab.

»Aber abgesehen davon, dass du eindeutig zu schnell fährst, ist der Diamond Head ein State Monument. Verwaltet als State Park, unterliegt er geregelten Öffnungszeiten. Normalerweise öffnet er um sechs, aber wie der Website zu entnehmen ist, bleibt besagter State Park aufgrund der stürmischen Ana heute geschlossen.«

Gemma will gerade abbremsen, als der Berg sie von drei Seiten her einkesselt. Im Näherkommen kann sie im Scheinwerferlicht einen Tunnel ausmachen.

Das Gittertor steht offen, deutlich sichtbare Spuren von Gewalt im Metallrahmen.

»Andere hat das auch nicht gestört«, murmelt Gemma und gibt Gas.

Jenseits des Tunnels streifen die Scheinwerfer eine Handvoll niedriger Gebäude und einen einsamen Kompaktwagen auf dem Parkplatz. In einem engen Kreis umzirkelt Gemma langsam das andere Auto, prägt sich die Buchstaben und Ziffern unter dem Regenbogen des Nummernschilds ein, entdeckt schließlich den Strichcode in einem der Fenster.

»Auch ein Mietwagen«, flüstert sie, steuert dann ihr eigenes Fahrzeug hinter eines der Gebäude.

Auf einem geteerten Pfad durcheilen sie den Grund des Kraters.

Schwache Lichtkreise aus den Smartphones erhellen ihren Weg; von beiden Seiten drängen sich die dunklen Silhouetten der Sträucher heran, geduckt wie Raubtiere auf der Lauer, die Schattenrisse der Bäume stumme Wächter der Nacht; fast windstill ist es hier.

Gemmas Locken sind dabei, sich mit Regen vollzusaugen, Wasser läuft ihr in den Kragen des Trenchcoats. Sie beneidet Sisley um seine Wachsjacke; seine Jeans ist jedoch bereits bis zu den Schienbeinen hinauf durchtränkt. Auch Gemma spürt, wie bei jedem ihrer Schritte Regenwasser an ihren nackten Waden hochspritzt.

In Serpentinen windet sich der Wanderweg über die Flanke des Kraters. Der Stein ist glitschig, selbst unter ihren Gummisohlen, tückisch durch Sprünge und klaffende Löcher. Als Anas gierige Windfinger sich wieder nach ihnen ausstrecken, an ihren Kleidern, den Haaren zerren und ihnen in die Gesichter schlagen, sucht nicht nur Sisley Halt an dem Geländer aus Eisenrohren.

Kaum merklich sickert es grau in die Finsternis aus Nacht und Sturmwolken, und Gemma schreitet kräftiger aus.

»Müsste sich der Weg nicht irgendwo hier gabeln?«, ruft sie über ihre Schulter.

»Nach dem ersten Tunnel«, antwortet Sisley gepresst hinter ihr. »Dort nimmst du die lange Treppe. Der Weg durch den Fels ist wesentlich kürzer.«

Etwas in seiner Stimme, an der Formulierung lässt Gemma stehen bleiben.

»Sisley?«

»Ich kann nicht weiter, Gemma.«

Mit beiden Händen umklammert er das Geländer; im Licht ihres Handys ist sein nasses Gesicht totenbleich, seine Wangenknochen scharfe Grate unter der Haut.

»Solange es dunkel war und ich mich an dir als Lichtfleck orientiert habe, ging es noch. Aber jetzt …«

Sisley meidet den Blick in den Krater hinunter, dessen Abhänge sich zögerlich aus der Dämmerung schälen.

»Der Weg ist aus solidem Stein, er hält dich. Genau wie das Geländer.«

»Erzähl das bitte meinen Beinen«, erwidert Sisley mit einem dürren Auflachen. »Die gehorchen mir einfach nicht mehr. Ich kann nichts machen, Gemma, es ist stärker als ich.«

Sie kennt dieses übermächtige Muskelzittern, diesen

totalen Verlust jeglicher Kontrolle. Diese Hilflosigkeit und die Scham. Trotzdem will sie nichts unversucht lassen.

»Gib mir deine Hand. Ich halte dich fest, den ganzen Weg hinauf.«

»Das geht nicht, Gemma. Wenn ich falle, reiße ich dich mit nach unten.«

»Wir werden nicht fallen. Wir halten uns. Wenigstens bis zum ersten Tunnel. Dort bist du im Trockenen.«

»Ich kann nicht. Weder vor noch zurück.«

Gemma weiß um seine Not. Wie fürchterlich es ist, in dieser Panik gefangen zu sein, allein.

Sie legt den Kopf in den Nacken und sieht zu der Felswand über ihnen hinauf. Zerrissen fühlt sie sich, zwischen zwei gegensätzlichen Richtungen, zwei Menschen.

»Denk nicht einmal daran, jetzt mit mir umkehren zu wollen. Hier gibt es kein Entweder-oder, Gemma. Du musst da hinauf. Dann eben ohne mich.«

Mit beiden Händen umschließt Gemma sein Gesicht, küsst ihn fest auf den Mund.

»Warte hier auf mich, ja?«, murmelt sie gegen seine Haut.

»Keine Sorge«, flüstert er und zieht eine Grimasse. »Ich laufe bestimmt nicht weg. Vergiss nur nicht, mich abzuholen, wenn du wieder herunterkommst.«

Das Lächeln auf ihrem Gesicht hält nur ein paar Schritte an. Die Ungewissheit, was sie oben erwarten mag, schmeckt ranzig auf ihrer Zunge, und der Weg durch das regendurchpeitschte und sturmzerwühlte Zwielicht erfordert Konzentration.

Die beiden Treppen aus Beton erklimmt sie im Laufschritt; von schwindelerregender Steilheit sind sie, für ein paar Augenblicke kann Gemma ahnen, welche Tortur sie für Sisley bedeutet hätten.

Die zwei Tunnel hingegen sind eine Herausforderung für Gemma selbst. Enge, abgeschlossene Räume lösen bei ihr nur dann Panik aus, wenn sie an Feuer denkt; ein Gedanke, der in dieser Regennacht nicht aufkommen will. Stattdessen überfällt sie die Angst, sich zu verirren, irgendwo in einem Labyrinth in den Tiefen des Bergs verlorenzugehen, darin zu ersticken.

»Das ist ein State Park«, sagt sie sich selbst halblaut vor. »Ausgerichtet auf gedankenlose, übermütige, leichtsinnige Touristen. Ich kann hier nirgends verlorengehen.«

Das Gefühl der Beklemmung bleibt, während Gemma die ansteigenden Betonpfade entlanggeht, die sich durch die Gänge schieben, nur grob aus dem Fels herausgehauen. Das Licht aus ihrem Smartphone, das die abgeschalteten Lampen der Tunnel ersetzt, wirft bei jedem Schritt zuckende Schatten über den rauen Stein. Viel zu klein ist der Raum, den es erhellt; alle paar Minuten glaubt Gemma, in der Dunkelheit dahinter in einer Sackgasse zu enden, in einen Abgrund zu stürzen.

Angstschweiß mischt sich unter ihren regennassen Kleidern mit dem körperlicher Anstrengung, und die feuchtwarme Luft erschwert das Atmen.

Fluchend zwängt sich Gemma das Metallgerüst der engen Wendeltreppe hinauf, die in einem senkrechten Tunnel nach oben führt. Der unstete Lichtschein in ihrer Hand gaukelt ihr bei jedem Schritt gähnende Lücken in den Stufen vor, kippende Ebenen und Irrwege; der Geruch von feuchtem Metall und Rost hinterlässt in ihrem Mund einen Nachgeschmack wie von Blut.

Wind bläst ihr ins Gesicht, doch Gemmas Aufatmen gerät ins Stocken, als sie den Spalt entdeckt, der eine halbe Körperlänge über ihr quer im Beton klafft. Viel zu eng kommt er ihr vor, als dass sie hindurchpassen könnte; für einen Augenblick bekommt sie keine Luft in dieser Zwangsjacke aus Fels, Beton und Eisen.

Der Lichtfleck ihres Smartphones beleuchtet Betonstufen und rostfleckige Metallstangen, die als Geländer nach draußen führen.

»Bleib rational, Gemma«, raunt sie sich zu. »Niemand baut Stufen und ein Geländer, wenn die Öffnung dahinter zu schmal ist. Nicht hier.«

Die Hand schon an einer der Metallstangen, verstaut sie ihr Handy sicher in der Beintasche ihrer Shorts und zieht sich geduckt vorwärts, stützt sich mit der anderen Hand an der Betonlast über ihr ab.

»Touristen, Gemma«, murmelt sie dabei vor sich hin. »Jeden Tag Dutzende, vielleicht Hunderte von Touristen. Da ist bestimmt noch keiner stecken geblieben.«

Nur ein paar halb krabbelnde Schritte sind es, und sie ist frei, stolpert in den Wind und Regen hinein, dem Eisenzaun entgegen. Unter ihr gähnt die Tiefe, dahinter das kochende Meer, so weit Gemma sehen kann, unter einem Himmel aus fahlem Morgenlicht und Wolkendunkel.

Anas wuchtige Atemstöße lassen Gemma taumeln, während sie sich auf dem schmalen Pfad zwischen Fels und Zaun entlanghangelt; mehr als ein Mal verliert sie das

Gleichgewicht und kracht schmerzhaft mit der Schulter, der Hüfte gegen eine scharfe Steinkante. Auf unsicheren Beinen rettet sie sich an das nächste Geländer und nimmt in langen Schritten die Gitterstufen der letzten Etappe. Den beiden Aufbauten auf dem Gipfel entgegen, hässliche kleine Pavillons aus militärisch-rauem Beton, die im Sturm weißlich leuchten wie Knochen.

Eng ist es unter ihren Dächern, eine unüberschaubare und willkürliche Anordnung von Geländern und Streben, Treppen und Betonklötzen und Gitterrosten. Ein paradoxer Raum wie aus einer Zeichnung von Escher. Siebenhundert, vielleicht achthundert Fuß über der Kolonie aus Glühwürmchen, die Waikiki sein muss, gerade im Morgen des Tropensturms erwachend und Welten entfernt.

Gemmas Rufe rupft ihr der Wind aus dem Mund, der in ihren Ohren pfeift, sich dann zu einer schwachen Stimme formt.

Ein dunkles Bündel kauert sich unter dem Dach zusammen: ein alter Mann, schwer atmend, von Regen und saurem Schweiß durchweicht.

»Geh wieder, Gemma. Hörst du? Du musst gehen.«

Instinktiv sinkt sie in die Hocke, umfasst seine Schulter.

»Was ist passiert?«

»Sie hat gesagt, du seist in Gefahr. Aus demselben Hotel sei sie, deshalb habe sie es mitbekommen. Aufgeregt und besorgt war sie, deshalb war ich nicht misstrauisch. Erst hier.«

Seine Schulter ist warm und klebrig; als Gemma ihre Handfläche betrachtet, ist sie dunkel von Blut.

»Sie hat ein Messer, Gemma.«

Obwohl sie weiß, dass es unsinnig ist, beginnt sie, ihn fahrig abzutasten. Als könnte sie abmessen, wie viel Lebenskraft schon aus ihm geflossen ist, wie viel davon noch in ihm steckt, zwischen den Knochen, die ihr brüchig vorkommen, unter der Haut, die dort nass ist von Blut, wo der Stoff seines T-Shirts aufklafft.

Einen Arm um sich geschlungen, hält er Gemmas Hand fest.

»Ist sicher nicht allzu schlimm. Ich bin nur so müde.«

Wie grausam, einen alten Mann mit der Sorge um seine Tochter in eine Falle zu locken. Ihn in einer Sturmnacht wie dieser mit Drohungen und Messerhieben die Flanken des Kraters hinaufzujagen, wohl wissend, dass oben angekommen Alter, Erschöpfung und blutende Wunden als Fesseln genügen würden.

»Verzeih mir, Gemma. Wenn ich von Anfang an gewusst hätte, was sie vorhat ...«

Unbeholfen streicht Gemma ihrem weinenden Vater über die lederne Haut, den drahtigen Bart.

»Nein, es ist meine Schuld. Durch mich muss sie dich letztlich doch noch gefunden haben.«

Ein Geräusch hinter ihr lenkt sie ab, ein Schaben wie Stoff über eine Kante, dann wie das Auftreffen von Gummisohlen auf dem Boden.

Eine kleine, schmale Person in Trekkinghose und Kapuzenanorak, feste Wanderstiefel an den Füßen, die Augen im blassen Gesicht wie aus der Regendämmerung gemacht.

Gemma kennt dieses Gesicht, herzförmig und fein wie ein Blütenblatt. Fast jeden Tag hat sie es gesehen, zwischen den Atlanten und Lexika des Lesesaals und in ihrem Büro. Während sonniger Mittagspausen im maigrünen Bryant Park, jede von ihnen eine Plastikbox mit Salat auf den Knien; über einem Kaffee, einem Stück mitgebrachten Kuchens in der Teeküche.

Sie kennt es nur nicht mit dunkel gefärbten Haaren. Der akkurate Pixie-Cut ist hellblond gewesen, so lange sie zurückdenken kann, ein oder zwei Jahre lang, sie weiß es nicht mehr genau.

»Linda? Linda Thompson?«

»Linda Morgan Andicott Thompson. Hättest du dir je die Mühe gemacht, mich näher kennenzulernen, hättest du das gewusst.«

Erinnerungsfetzen und Gedankensplitter wirbeln zu Gemma heran; manche finden sofort ihren richtigen Platz, andere trudeln weiter ziellos umher.

»Mein Großvater hat mir immer von dem Schatz erzählt, den er entdeckt hat.« Linda hilft ihr allzu gern auf die Sprünge. »Der Schatz einer Prinzessin, den ihm ein anderer gestohlen hat. Kein Märchen, wie sich herausstellte, als ich größer wurde. Die Wahrheit, untermauert und gestützt von Daten, Namen, Fakten. Ein ganzes Archiv hatte er dazu angelegt.«

»So hast du mich gefunden.«

»So habe ich dich gefunden. Mit deinem erstklassigen Abschluss von Bryn Mawr und in deiner tollen Position in der Map Division. Und nicht ein einziges Mal hast du dich dazu herabgelassen, mit mir außerhalb der Bibliothek etwas trinken zu gehen oder auch nur mehr als lediglich belanglose Worte mit mir zu wechseln.«

Zäh wie Schleim ist das Schuldgefühl, das in Gemma aufquillt; sie hat tatsächlich kaum je wirklich auf Linda geachtet. Es ist ihr nicht einmal groß aufgefallen, wenn sie für eine Woche oder zwei nicht im Lesesaal war; eine Kollegin unter vielen, die ihren Urlaub nimmt, wie sie es auch jetzt vielleicht getan hat.

Es ist kein schlechtes Gewissen, das Bestand hat, es verwässert und fließt ab.

»Es ist dir doch gar nicht um mich gegangen, sondern nur um diesen Schatz.«

»Du hättest es darauf ankommen lassen können. Das hätte uns beiden viel erspart. Aber du kreist immer nur um dich selbst. Um deine Neurosen, von denen du glaubst, dass niemand sie bemerkt, während jeder in der Map Division davon weiß. Blind wie ein Maulwurf bist du, wenn es um andere Menschen geht.«

Gemma zuckt zurück wie unter einer Ohrfeige, vor Lindas harschen Worten ebenso wie vor der Erkenntnis, die mit gläserner Kante durch sie hindurchschneidet.

Zu blind war sie gewesen, die Zeichen zu erkennen. Der Priester in Florenz, der sie an Andrew Sullivan erinnert hat, war die Brücke zu Linda. Eine Sinnestäuschung, die gleichwohl einen Sinn ergab. Vielleicht in etwas wurzelnd, das Linda einmal gesagt hatte, in einer Nuance ihres Tonfalls, einer Geste, einem Blick; Grund genug für Gemma, sie nicht näher an sich heranzulassen, ohne ihrem unguten Gefühl weiter Beachtung zu schenken.

Sie hätte erraten können, wie nahe ihr Verfolger ihr wirklich war. Nah genug, um mühelos Gemmas eng und regelmäßig getaktetes Leben zu überwachen; nah genug, um sich ihre Adresse im Village, ihre Mobilnummer aus der Mitarbeiterliste der Map Division zu beschaffen.

Weit genug entfernt, dass Gemma sich erst jetzt daran erinnert, Linda vor den Personalräumen einmal mit einem Motorradhelm in der Hand gesehen zu haben.

Wie ein Farbenblinder hat sie nur die Kontraste von Hell und Dunkel gesehen und keines der bunten Details; sie hat nicht gewusst, dass das Leben so viele Zwischentöne aufweist. So viele feine Nuancen, so schwierig zu entdecken unter der Oberfläche menschlichen Bewusstseins.

»Du bist so unglaublich berechenbar, Gemma. Seit Florenz folge ich dir wie dein Schatten, und selbst da hast du mich kein einziges Mal wahrgenommen.«

Seit Florenz. Nicht seit Oxford, nicht seit Frankfurt.

Erst in Florenz hat Linda die Fährte Clifford Bernsteins aufgenommen, mit seinem Eintrag im alten Gästebuch von Santa Maria Maddalena dei Pazzi.

Nur derjenige, der weiß, dass Lucrezias Schatz dort einmal vergraben lag, würde unter allen Kirchen in Florenz ausgerechnet dort seine Spurensuche beginnen.

»Dein Großvater hat damals diesen Mann geschickt«, flüstert Gemma, kaum hörbar im Tosen des Windes, dem Rauschen des Regens. »Er hat meine Mutter auf dem Gewissen.«

»Es war ein Unfall. Sie hätten nur herausgeben müssen, was sie gestohlen hatten.«

Zu schnell kommen diese Worte, wie abgespult.

»Deinem Großvater hat es genauso wenig gehört wie meinem Vater.«

»Er hatte die Idee! Ihr habt sie ihm gestohlen!«

Lindas Stimme ist eins mit dem Heulen Anas.

»Andicott hätte es nie gefunden.« Als ein raues, keuchendes Kratzen gräbt sich Clifford Bernsteins Stimme zwischen sie. »Er hatte das Gemälde nicht. Das Gemälde ist der Schlüssel.«

Nur wer das Porträt der Dame in Grün entschlüsselt hat, hätte in Santa Maria Maddalena dei Pazzi gesucht. Wie Clifford Bernstein.

»Meines Vaters Arbeit wollte dein Großvater sich krallen, und sich noch nicht einmal selbst die Hände dabei schmutzig machen. Meine Mutter ist dabei ums Leben gekommen – und du stehst jetzt hier und erhebst Ansprüche darauf?«

Lindas Geduld ist erschöpft, vielleicht hat Gemma auch an einer wunden Stelle gerührt; silberscharf blitzt es in ihrer Hand auf.

Im Sturmesgrau, das weder Tag ist noch Nacht, kann Gemma unter dem Geländer eine Form ausmachen, die an eine erstarrte Schlange erinnert; ein Ast, von Anas Wirbeln irgendwo abgebrochen und hier gelandet.

Sie stürzt darauf zu, greift ihn sich, doch Linda ist schneller. Das Messer peitscht über Gemma, zieht noch durch den Trenchcoat hindurch eine glühende Spur, die sie leise aufschreien lässt.

»Wo ist es?«

Gemma hat nicht die Wendigkeit Lindas, aber Kraft; der Hieb, der Linda in die Seite trifft, lässt sie zurücktaumeln.

»Sie weiß es nicht«, keucht Gemmas Vater; bei jedem

seiner angestrengten Atemzüge verkrampft sich etwas in Gemma. »Nur ich weiß es.«

»Dann sag endlich, wo du es versteckt hast!«

Nichts hier scheint für Gemma noch real zu sein. Dieser fahlgraue Morgen auf einem Berggipfel Hawaiis, in Windböen und Regen. Ihr totgeglaubter Vater und Linda, bis vor ein paar Wochen auf selbstverständliche Art ein Teil ihres Alltags zu Hause in New York, verbunden durch eine Vergangenheit, die sie miteinander teilen, aber nicht gemeinsam haben. Dieser Streit um einen Schatz, den Gemma nie gesehen hat und an den sie noch immer nicht recht glauben mag. In einem viel zu kleinen, viel zu verwinkelten Krähennest aus Beton und Eisen, Hunderte von Fuß über dem Erdboden.

Unwirklich wie der Schatten, der sich hinter Linda reckt, so etwas wie einen abgebrochenen Ast, ein Stück Holz in den Händen.

Linda schreit auf, sackt auf die Knie, und der Schatten begräbt sie unter sich.

Gemma stürzt vorwärts, versucht, Lindas Finger aufzubiegen. Ein heißer Schmerz jagt durch ihre Handfläche, dann bekommt sie die Metallkanten frei, taumelt zurück. Mit aller Kraft schleudert sie das Messer von sich, über das Geländer hinweg und in die Ferne, ihr Ausruf dabei halb angestrengter Laut der Verzweiflung, halb zorniger Befreiungsschrei.

Lindas Weinen klingt ähnlich verzweifelt, ähnlich zornig, von fast kindlicher Enttäuschung.

»Lass sie gehen.«

»Bist du sicher?«

Geisterhaft bleich schimmert Sisleys Gesicht, die Augen fast schwarz wie die Haare, die ihm nass am Kopf kleben.

Dies ist kein Showdown aus einem Film, in dem der Schurke am Ende vom Berghang in den Tod stürzt.

Dies ist das wirkliche Leben, in dem sie alle Gewinner und Verlierer zugleich sind. Geprägt von dem Erbe, das ihre Eltern, ihre Großeltern ihnen hinterlassen haben. Von Erfahrungen und Erlebnissen, manche davon tief und nur schwer wieder abzuschütteln. Manchmal ein Segen, manchmal ein Fluch, und es bedeutet einen Kraftakt, sich seinen eigenen Weg dazwischen hindurchzuschaufeln.

Gemma nickt, und aufstöhnend wälzt Sisley sich schließlich zur Seite.

Mühselig stemmt sich Linda in die Höhe, sie zittert; eine Marionette der Begierde und der Träume ihres Großvaters, deren Fäden jetzt zerschnitten sind. Ihr Leben lang von Ereignissen heimgesucht, die sich abgespielt haben, bevor sie überhaupt auf der Welt war.

»Verschwinde. Verschwinde aus meinem Leben. Such dir ein eigenes.«

Ohne einen Blick zurück lässt sich Gemma vor Clifford Bernstein nieder, während Lindas hastige, stolpernde Schritte auf den Metallstufen der Treppe ausklingen.

»Sei ehrlich – wie schlimm verletzt fühlst du dich? Meinst du, du schaffst es den Berg wieder hinunter, mit unserer Hilfe?«

»Ich denke, es geht«, erwidert er zögerlich. »Mir ist nur schwindelig.«

»Warten Sie.«

Sisley geht vor ihm in die Hocke und angelt eine kleine

Wasserflasche aus der Tasche seiner Wachsjacke, schraubt sie für Gemmas Vater auf.

»Sisley Ryland-Bancroft. Auch wenn die Umstände alles andere als ideal sind, freut es mich, Ihre Bekanntschaft zu machen, Mr Bernstein.«

Als hätte er mit Mühe und Not eine Schiffskatastrophe auf stürmischer See überlebt, so sieht er aus; so fühlt sich Gemma, als mit den herunterrinnenden Regenbächen auch das Adrenalin aus ihr herausfließt, der Wind die letzten Reste mit sich fortreißt.

»Wie bist du doch noch hier heraufgekommen?«

»Mehr oder weniger auf allen vieren.« Um Sisleys Mund zuckt es, als er ihren Blick auffängt. »Frag bitte nicht genauer nach, das verkraftet mein männliches Ego nicht.«

Vorsichtig helfen sie Clifford Bernstein vom Boden auf und führen ihn die Treppen hinunter, den ganzen Weg über das Rückgrat des schlafenden Drachen und die Serpentinen in seiner rauen Flanke hinab.

20

Freitag, 13. Oktober

Die bloßen Füße im Gras, blinzelt Gemma über den cremigen Sand hinweg auf das Meer, cyanblau wie das Ei eines amerikanischen Rotkehlchens. Heitere Wolken segeln über den pfauenblauen Himmel und lächeln auf ihre Zwillinge, die Segelboote, hinab und zu den Surfern hinunter.

Hinter ihr mischt sich das Klackern eines Pingpongballs mit scheppernder Rapmusik und einer verträumt gezupften Ukulele. Aus verschiedenen Richtungen weht der Geruch von Gegrilltem heran, von Sonnenmilch und Kokosnussöl, durchzogen von Tabakrauch und dem Räucherstäbchenduft von Marihuana.

Ein weiterer Tag im Paradies.

Gemmas letzter hier; morgen Vormittag geht ihr Flug nach New York.

Ana ist schon fast vergessen; launisch wie eine echte Windsbraut ist sie weitergezogen, auf die leeren Weiten des Ozeans hinaus. Nachdem die Sturmböen verweht sind und die Nässe der starken Regenfälle unter der Tropensonne verdunstet ist, nicht mehr als eine kleine Turbulenz, wie sie selbst im Garten Eden einmal vorkommen kann.

Gemma hingegen ist noch dabei, die Trümmer beiseitezuräumen, die ihr eigener Sturm hinterlassen hat; dafür wird sie einige Zeit mehr brauchen.

»Wirst du rechtliche Schritte gegen sie einleiten?«, fragt die rauchige Stimme neben ihr, die ihr gerade vertraut zu werden beginnt.

»Daran gedacht habe ich, und das mehr als ein Mal. Beweise dafür hätte ich sicher genug zusammen.«

Gemma ist selbst verwundert, wie wenig Groll sie trotz allem gegen Linda hegt, bereits oben auf dem Gipfel des Diamond Head wie vom Wind davongetragen, im Regen davongeflossen.

Ohne Lindas Gier nach dem Schatz der Medici hätte Gemma sich niemals auf die Spuren ihrer Vergangenheit begeben, niemals ihren Vater gefunden.

Dankbar ist vielleicht ein zu starkes Wort. Aber in manchen Momenten empfindet Gemma so etwas wie Dankbarkeit für diese Reise, die hinter ihr liegt. Gerade auch für die gefährlichen Augenblicke, in denen sie über sich und die Grenzen, die sie sich selbst immer gesetzt hat, hinauswachsen musste.

Dankbar für all das, was diese Reise ihr gegeben hat.

Ein Staunen ist ihr geblieben, über das unwahrscheinliche Chaos dieser Welt, das am Ende doch immer ein Muster ergibt. Darüber, wie einzelne Leben über Zeit und Raum miteinander verknüpft sein können; eine Tiefe des Seins, vielschichtig und unergründlich, auf die man nur selten von der Oberfläche aus einen Blick erhaschen kann.

Über den Zufall, der sich als schicksalhaft erweist, und Schicksal, das ganz zufällig daherkommt.

Wie vom Sturm durchgeschüttelt fühlt sie sich – und frei. Ein gutes Gefühl, auch wenn sie sich manchmal etwas verloren vorkommt in dieser Freiheit, und ohne festen Halt.

Gemma hat jedoch noch einen weiteren Grund, Linda nicht anzuzeigen.

»Sollte es eine polizeiliche Untersuchung geben, bleibst auch du nicht davon verschont.«

»Wäre das nicht nur recht und billig, nach allem?«

Die Sätze, die sie wechseln, scheuern auf ihrer Haut. Unwillkommene Verwerfungen sind es in der glatten, friedlichen Sorglosigkeit des Strands hier auf Hawaii; Schattenflecken auf der tropischen Lebensfreude zwischen *Aloha* und *Mahalo*, die Gemma doch eigentlich mit jeder Pore aufsaugen will, um so viel wie möglich davon mit nach Hause zu nehmen.

Gesagt werden müssen sie trotzdem, in den paar Stunden, die ihnen noch bleiben.

»Ich glaube nicht, dass es mir zusteht, eine solche Entscheidung über dich zu treffen. Zumindest will ich sie nicht treffen.«

»Das ehrt dich, Gemma. Trotzdem solltest du tun, was du für richtig hältst.«

»Ich weiß nicht mehr, was das ist«, flüstert sie nach einer kleinen Pause.

»Du wirst es wieder wissen, mit der Zeit. Auch wenn du dann feststellen musst, dass es nicht mehr dort ist, wo du es früher verortet hast.«

Ungewohnt ist es, diesen väterlichen Rat zu hören; fast

ihr ganzes Leben hat sie sich solche Momente ersehnt, unerwartet sind sie jetzt da, und Gemma weiß nicht, wie sie damit umgehen soll.

Sie beobachtet einen grau-weißen Vogel, der an einem Stück Ananas pickt, das jemand im Gras liegen lassen hat; die Federn seines roten Kopfes sind aufgerichtet wie bei einem Irokesen.

»Am meisten bedrückt mich der Gedanke, dass du niemals mehr in dein altes Leben zurückkehren kannst, wenn ich diese ganze Geschichte auf sich beruhen lasse. Du wirst nie wieder offiziell Clifford Bernstein sein.«

»Muss ich das denn?«

Gemma schluckt ihre Antwort hinunter. Vorsichtig sind sie beide im Umgang miteinander, einander umkreisend, sich langsam vortastend und manchmal scheu.

»Auch wenn es nach einem sehr abgenutzten Klischee klingt oder nach einer Ausrede, auch wenn es dir vielleicht sogar wehtut, Gemma – Clifford Bernstein ist in jener Nacht vor dreißig Jahren gestorben.«

Gemmas Miene ist angespannt, um ihre Brauen zuckt es. Es tut tatsächlich weh.

»Ich kann nicht mehr zählen, auf wie viele verschiedene Namen ich seither gehört habe. Wie viele Namen ich in Formulare geschrieben und auf Dokumenten bei mir getragen habe. Es waren immer nur Namen, und trotzdem war das jedes Mal ich, in jedem einzelnen Moment. Derjenige, der ich heute bin, ist die Summe all dieser Identitäten. Und doch mehr als das.«

Seine Stimme wird weich, gleicht sich dem Rauschen des Meeres an.

»Ich werde dich nicht um Verzeihung bitten, Gemma. Weil ich nicht glaube, dass man beschließen kann, jemandem zu vergeben. Es geschieht, oder es geschieht eben nicht. Ich bin sicher kein Vater, auf den du stolz sein oder den du guten Gewissens vorzeigen kannst. Vielleicht magst du mich nicht einmal besonders und fühlst dich auch nicht als meine Tochter. Mit Sicherheit habe ich jedes Recht verwirkt, an deinem Leben teilzunehmen. Aber trotz all meiner Fehler, trotz der Distanz und der verstrichenen Zeit habe ich nie aufgehört, mich als dein Vater zu fühlen.«

Clifford Bernstein, der wie ein Phönix dem brennenden Haus entkommen war und nur mit dem Inhalt seines Geldbeutels in der Hosentasche noch vor ihr wieder nach New York zurückkehrte. Mit dem Geld, das er sich von seinem eigenen Konto stahl, als Startkapital, arbeitete er als Holzfäller in Montana, Viehtreiber in Texas und auf einer Krokodilfarm in Florida.

Tausend provisorische, bizarre, verwegene Leben in einem einzigen, während Gemma sich mit Mühe und Not an ihrem eigenen, kleinen, angestrengt geordneten Leben festklammerte.

Es ist schwierig, ihn nicht zum Helden einer buntschillernden Abenteuergeschichte zu erhöhen. Es ist genauso schwierig, ihn nicht zu verurteilen oder gar zu verdammen.

Wie mit dem Spachtel auf der Palette ineinandergestrichene Ölfarben sind Gemmas Empfindungen dabei, zu einem undefinierbaren Brei vermischt; auch das wird sie zu Hause genau betrachten, analysieren und ordnen müssen.

»Ich kann dich jetzt besser verstehen«, flüstert sie in die Meeresluft. »Jetzt, da ich alles weiß. Das Gesamtbild vor Augen habe.«

»Ja?«

»Ja.«

Mit einem wehen Gefühl betrachtet Gemma die kahl rasierte Stelle auf Clifford Bernsteins Wange, durchzogen von einer blutverkrusteten Naht. Unter dem Ärmel des T-Shirts lugt ein breiter Saum aus Mullbinde hervor; ein großflächiges Heftpflaster klebt auf seinem Hals, weitere überdecken die Schnitte auf seinen Armen, der Rest ist unter seinem marineblauen T-Shirt verborgen. Er hat Glück gehabt, hieß es im Krankenhaus; Messerstechereien unter Obdachlosen gingen meist schlimmer aus.

Ihr Vater, wie sie sich staunend immer wieder vorsagt.

»Wärst du nicht besser doch noch ein paar Tage im Krankenhaus geblieben? Bis deine Wunden wenigstens ein bisschen verheilt sind?«

Sie weiß nicht, wie es ist, als Erwachsene mit einem alternden Vater umzugehen; ihr fehlt das Fundament einer vollständigen Kindheit, von Teenagerjahren und jungem Erwachsenenalter. Ihr einziger Trost ist, dass Clifford mit ihr genauso wenig Erfahrung hat.

Die Bauen hochgezogen, wirft er ihr über den Rand der Sonnenbrille einen ironischen Blick zu.

»Wir haben Duschen hier, weißt du. Gleich da hinten. Und solange auf den öffentlichen Toiletten das Klopapier nicht ausgeht, weil der Frachter irgendwo auf hoher See festhängt wie beim letzten Tropensturm, wüsste ich nicht, warum ich mich nicht auch hier erholen könnte.«

Gemma lächelt, ein beschämtes Nachglühen auf dem Gesicht.

Sie lernt gerade erst, ihren Blick auf die Parallelgesellschaft zu schärfen, in der ihr Vater lebt. Auf Menschen wie Jay, der jeden Morgen frisch geduscht und rasiert aus dem Camp radelt, um in einem Vorort von Honolulu im Supermarkt Regale aufzufüllen, während seine Frau die beiden Mädchen in die Schule bringt und dann in verschiedenen Privathaushalten putzen geht. Ein Tankwart lebt hier mit seiner ganzen Familie, das jüngste Kind gerade ein Jahr alt; zwei alte Männer, die jeden Monat ihre Rente von der Bank abholen, sogar eine Lehrerin, die in dem Auto schläft, in dem sie jeden Tag zu ihrer Grundschule fährt.

Auch hier gibt es Arm und Reich; manche leisten sich ein Smartphone, um den Anschluss an die Welt jenseits des Ala Moana Beach Parks nicht zu verlieren, andere leiden Hunger und wühlen in den Mülleimern nach Essbarem oder nach Pfandflaschen, um ein paar Cent in die Hand zu bekommen.

Not hat viele Gesichter; gemeinsam ist ihnen, dass ihnen das regelmäßige Budget fehlt, um sowohl die horrenden Mieten als auch die hohen Lebenshaltungskosten Hawaiis bezahlen zu können.

»Ich habe hier alles, was ich brauche, Gemma. Die Sonne und das Meer. Die Menschen hier und eine besondere Nähe zur Natur. Im Sommer hat dort vorn am Strand eine der selten gewordenen Mönchsrobben ihr Junges bekommen und ist für ein paar Wochen geblieben, bis es alt genug war, auf das Meer hinauszuziehen. Das hat mich sehr berührt.«

»Also wirst du hierbleiben, auf Hawaii?«

Die Falten in seinen Augenwinkeln fächern sich auf.

»Es ist seltsam. Ich bin zwar mehr aus Zufall hier gelandet und gerade mal ein halbes Jahr hier … Aber es gefällt mir. Mehr als nur das. Hier habe ich zum ersten Mal das Gefühl, meinen Frieden gefunden zu haben. Was sicher mit den Ereignissen der letzten Tage zusammenhängt. Aber trotzdem.«

Gemma nickt, das flaue Gefühl vager Enttäuschung im Bauch, obwohl sie mit dieser Antwort gerechnet hat.

»Vor allem habe ich das Gefühl, ich kann hier etwas bewegen. Die Arbeit, die ich in St. Anthony's geleistet habe, war auf jeden Fall etwas wert. Allerdings gibt es in San Francisco viel mehr Hilfsprogramme als hier, und auf wesentlich höherem Niveau. Hier ist das, was ich tun kann, fast schon deprimierend elementar. Irgendwo auf einem Rasen oder auf einer Parkbank sitzend jemanden, der seit Jahren oder Jahrzehnten nichts anderes mehr vor sich hin buchstabiert hat als Flaschenetiketten und Straßenschilder, wieder mit dem richtigen Lesen und vor allem dem Schreiben vertraut zu machen. Aber gerade dieses Grundlegende ist das, was mir dabei wichtig ist. Diese winzigen Schritte nach anstrengenden Geduldsproben, nach vielen Fehlschlägen – die machen dieses Tun für mich besonders wertvoll.«

Er macht eine kleine Pause, wie zögernd.

»Vermutlich klingt das, als wollte ich Abbitte leisten, Buße tun. In gewisser Weise stimmt das auch. Andererseits wollte ich nie etwas anderes als Lehrer sein. Nicht, weil ich überzeugt bin, dass ich alles besser weiß. Sondern weil ich selbst erlebt habe, wie Bücher, wie Wissen den Horizont erweitern und das Leben verändern können. Diese Erfahrung will ich weitergeben.«

Gemma nickt; darin erkennt sie den Vater wieder, den sie in ihrer Erinnerung getragen hat, ohne dass sie es in Worte fassen könnte.

Sie wirft einen Blick über die Schulter, zu Sisley, der Dale in die Lösungsstrategien für Ernö Rubiks Würfel eingeweiht, beide ein Bier vor sich.

»Auch wenn es mir vielleicht nicht zusteht, mein Urteil abzugeben – ich mag ihn. Er hat den Kopf in den Wolken, aber die Füße fest am Boden und dazu noch das Herz am rechten Fleck.«

Gemma kann hören, wie er zögert.

»Du bist ein verschlossener, in sich gekehrter Mensch, Gemma. Aber in seiner Nähe lebst du auf.«

Gemmas Lippen umspielt ein kleines Lächeln.

Es fühlt sich nach dem richtigen Moment an, die Idee anzusprechen, die sie mit Sisley entworfen und skizziert hat, im Warteraum des Krankenhauses, in einer wieder fast schlaflosen Nacht und beim Frühstück am Hotelpool. Mit Fiona, in einem Telefongespräch, das fast zwei Stunden gedauert hat, während Sisley im Hotelbett neben ihr den längst überfälligen Schlaf nachholte, seine Wange an ihrem Oberschenkel, seine schlafschwere Hand vertrauensvoll auf ihrem Schienbein.

»Mir gefällt es auch hier. Obwohl ich von der Insel viel zu wenig gesehen habe.«

»Immerhin den Diamond Head.«

Gemma lacht. »Nachts und im Tropensturm, das können nicht viele von sich behaupten. Ich … ich würde gerne wieder hierherkommen.«

Clifford Bernstein ist einen Moment lang still; sein Adamsapfel bewegt sich heftig auf und ab, als müsste er etwas schlucken.

»Ich würde mich freuen«, bringt er schließlich heraus.

Gemmas Finger durchkämmen den getrimmten Rasen neben ihren Khakishorts.

»Ich habe mir sogar überlegt, ein Haus hier zu kaufen. Nichts Großes, Edles – nur ein paar Zimmer?«

Gemma weiß nicht, wie sie sein Schweigen einordnen soll, ob als Zustimmung, Abwarten oder Ablehnung; überhastet spricht sie weiter.

»Aber da es doch eine weite Strecke ist von New York, könnte ich nicht oft herkommen. Mir wäre wohler, wenn ich das Haus in der Zwischenzeit nicht leer und unbewacht wüsste. Wenn ich wüsste, jemand hat ein Auge darauf und kümmert sich ein bisschen darum.«

Clifford Bernstein schweigt noch immer, ein unruhiges Zucken auf dem Gesicht; zitternd fährt sein Zeigefinger unter dem Rand der Sonnenbrille entlang.

»Das klingt nach einem guten Plan«, sagt er schließlich, die Stimme wie von einer Last an Gefühlen beschwert.

Stille breitet sich zwischen ihnen aus, während beide sich mit dem Gedanken vertraut machen, nach dreißig Jahren wieder ein Teil des Lebens des anderen zu sein.

»Heute …«, beginnt Clifford nach einer Weile heiser.

Er beendet diesen Satz nicht, er muss es auch nicht; Gemma denkt schon den ganzen Tag daran.

»Ja.«

Heute hätte Sylvia Elizabeth Forsythe Cabot Bernstein ihren sechsundfünfzigsten Geburtstag gefeiert.

Gemmas Herz setzt einen Schlag aus, als ihr Vater sich am Kragen seines T-Shirts zu schaffen macht, das Lederband hervornestelt und über seinen Kopf zieht; in der Tropensonne blinkt es golden daran.

»Sie wäre stolz auf dich.«

Gemma lässt ihren Tränen freien Lauf, als sie den Ehering ihrer Mutter an sich nimmt. Unter dem Heftpflaster pocht der Schnitt in ihrer Handfläche; ein Sinnbild dafür, wie nahe Glück und Leid, Trauer und Hoffnung beieinanderliegen.

Es ist genug gesagt, fürs Erste.

Schweigend sitzen sie nebeneinander, Vater und Tochter, und blicken auf das Meer hinaus.

In diesem Verlust, der sie verbindet und in dem sie sich nahe sind.

In einer Art von Abschied, der bereits ein Wiedersehen in sich trägt.

VIII

Da steht sie, als wäre sie lebendig. Erhebt Euch, so es Euch beliebt?
Dann stoßen wir zur Gesellschaft unten. Ich sag's gern wieder,
des Grafen, Eures Gebieters, wohlbekannte Großzügigkeit
ist reichlich Gewähr, dass kein gerechter Anspruch
auf Mitgift mir verweigert wird;
Obwohl seine schöne Tochter selbst, wie ich zu Beginn
bereits schon bekannt, mein Ziel allein. Nein, lasst uns
zusammen hinabgehen, werter Herr. Achtet doch auch auf Neptun,
ein Seepferd zähmend, als Kostbarkeit angesehen,
für mich von Claus von Innsbruck in Bronze gegossen!

Was für eine seltsame Nacht das ist.

Während das flackernde Kerzenlicht mich beständig daran erinnert, dass auch ich bald verlöschen werde, leuchtet der volle Mond am Himmel wie ein Versprechen. Sein silbernes Licht birgt die Gefahr, uns zu verraten, und doch ist es eben dieses Licht, das den Weg aus der Stadt weisen wird.

Das Bündel ist geschnürt, klein genug, um Sandro nicht zu behindern, wenn er es sich auf den Rücken bindet und sich am Seil die Mauer hinunterhangelt. Viel zu schwer kommt es mir vor, um damit durch den Burggraben zu schwimmen. Aber er ist stark, während mir inzwischen sogar die Feder in meiner Hand wie aus Blei erscheint.

Vielleicht halte ich dieses Bündel auch für schwerer, als es ist, weil es für mich ein solch erhebliches Gewicht besitzt. Nicht sein materieller Wert. Sondern das Wissen, dass dies alles ist, was von mir bleiben wird. Die Erinnerung an das, wer ich einmal war und was ich hätte sein können.

Sandro wird es an einen sicheren Ort bringen, zusammen mit diesen Seiten, nichts davon soll der Herzog von Ferrara sein Eigen nennen.

Mein Grab ist bereit, im Kloster von Corpus Domini, zwischen all den anderen d'Este der Vergangenheit. Das ist der Herzog seinem Namen schuldig. Seinem Stolz.

Mich schaudert, wenn ich an die schwere Steinplatte denke, die sich bald über mir schließen wird. Meine Lungen verkrampfen sich, wenn ich sie vor mir sehe, ich kann nicht atmen, und der Husten durchschüttelt mich, gegen den ich nicht mehr ankämpfen kann.

Der Herr über meinen Leib, mein Schicksal war der Herzog. Er wird nicht auch noch der Herr über meine Erinnerung sein. Über meine Seele.

Der *Dottore* wartet schon auf der anderen Seite des Burggrabens, mit einem zweiten Seil, für die zweite Mauer, mit trockenen Kleidern. Um danach so zu tun, als kehrte er wahrhaftig von der kurzen Reise in das Castello Estense zurück, die ihm der Herzog gnädigst gestattet hat. Diese Reise, um die Heilkräuter vom Land zu holen, die mir, der Herzogin, Rettung versprechen, wenigstens Linderung.

Wir wissen, dass sie mir nichts nützen werden. Aber sie waren die beste List, um unseren Plan gelingen zu lassen.

Danach wird er nicht mehr von meiner Seite weichen. Es ist ein kleiner Trost, um eine liebevolle Hand zu wissen, die meine hält. Um ein bekanntes Gesicht, eine vertraute Stimme, um Fürsorge und eine Seele, die mir wohlgesinnt ist. Ich bin froh, nicht gänzlich einsam sterben zu müssen.

Wie seltsam es ist, wenn beinahe alles gesagt, alles getan ist.

Angst habe ich nur noch davor, Sandro Lebewohl zu sagen, für immer und ewig. Das wird das Schwerste sein.

Danach wird es leichter. Ich werde die Feder ruhen lassen. Mich zurücklehnen und davon träumen, wie Sandro durch die Nacht geht und in den Frühling hinauszieht. Etwas von mir wird ihn begleiten, in diese wiedererwachende Welt mit ihren aufbrechenden Blüten und dem knospenden Grün, und daraus wird er ein Gemälde erschaffen.

Gut wird er mich malen, das hat er mir versprochen, gesund und stolz und stark. Die Lucrezia, die ich hätte sein können, hätte ich ein anderes Leben leben können.

Ich wünschte nur, ich könnte es noch sehen. Ich wünschte, ich könnte diese Lucrezia sein.

Jedes Leben ist endlich, das weiß ich, und keines kennt nur Glück und Sonnenschein, auch das weiß ich. Ich hätte mir nur gewünscht, mehr davon erleben zu dürfen.

Etwas mehr Zeit in den Händen zu halten als diese sechzehn Jahre, die mir durch die Finger geronnen sind wie die Schatten der Nacht.

Ich stelle mir vor, wie ich unter Sandros kräftigen Händen zu neuem Leben erwache. Vielleicht stiehlt sich dabei eine Träne in seine Olivenaugen, wenn er sich an meine Stimme erinnert, an mein Lachen, vielleicht lächelt sein Mädchenmund.

Erzähl meine Geschichte, Sandro.

Nicht aus Rache. Noch nicht einmal für Gerechtigkeit, sondern zum Andenken.

Erzähl von mir. Von Lucrezia.

Als wäre ich noch lebendig.

21

Dienstag, 17. Oktober
New York City

Unaufhörlich wandern Gemmas Augen durch den großzügigen Raum hoch oben über der Fifth Avenue. Viel Weiß, viel Gold und Kristall, dazwischen wie künstlich glänzende Palmen und empfindlich aussehende Orchideen, mit Blick auf den Central Park, der in den warmen Farben des Indian Summer leuchtet.

Dies war einmal ihr Zuhause, bis sie vor fast einem Jahrzehnt zum letzten Mal die Eingangstür hinter sich zugezogen hat. Hier ist sie großgeworden, inmitten einer ähnlich elegant-prunkvollen Umgebung, nur mit dem Geschmack einer früheren Generation eingerichtet.

Gemmas Blick trifft sich mit dem Mrs Bristows, vielleicht ein paar Jahre älter als Gemma, von den in feinsten Nuancen blond gesträhnten Haaren bis hin zu den teuren High Heels der Inbegriff des New Yorker Geldadels.

Unter dem unauffälligen, aber professionellen Make-up Mrs Bristows steigt eine feine Röte auf, als ob sie sich dabei ertappt fühlt, wie sie ihrerseits Gemma mustert. Der Jetlag, der Gemma seit der Landung am frühen Sonntagmorgen beharrlich im Griff hält, hat ihr keine Energie übrig gelassen, sich etwas Schickeres aus dem Schrank herauszusuchen als Jeans, Rollkragenpullover und Sneakers, zu mehr als zu Mascara und Pferdeschwanz aufzuraffen.

»Danke, dass Sie uns die Erlaubnis hierfür erteilen, Mrs Bristow. Und dann auch noch derart kurzfristig. Ich weiß das sehr zu schätzen.«

»Ach, nicht doch.« Verlegen spielt Mrs Bristow mit der Goldkette im Ausschnitt ihrer Seidenbluse. »Das ist doch selbstverständlich. Und das ist ja alles auch so unglaublich aufregend.«

Knirschend löst sich endlich das Gitter des Luftschachts oben unter der Decke; Staubflusen wehen herunter, und Mrs Bristow gibt einen erstickten Laut von sich, als eine langbeinige Spinne das Weite sucht.

Der Hausmeister oben auf der Leiter mustert erst das verschnörkelte Gitter in seiner Hand, späht dann in den Schacht hinein, bevor er den Schraubenzieher in der Brusttasche seines Overalls verstaut und zu Gemma hinunternickt.

»Ma'am.«

»Entschuldige bitte.« Pissarros englischer Akzent ist ähnlich geschliffen wie der Sisleys. »Darf ich zuerst? Sozusagen als neutraler Beobachter?«

Sportlich sind seine Bewegungen, als er die Leiter erklimmt; Sisley hat erzählt, dass Pissarro lange Rugby gespielt hat. In den feinknochigen, scharfen Zügen ist die Familienähnlichkeit unverkennbar; trotzdem sind die beiden Brüder grundverschieden.

In dem blauen Hemd mit weißem Kragen und Manschetten zu der gut geschnittenen grauen Hose und den blank polierten Oxfordern, die Schläfen trotz seiner zweiunddreißig Jahre bereits angegraut, könnte Pissarro das Werbegesicht für exquisiten Whiskey sein oder für Luxusuhren. Eine fast schon gläserne Klarheit geht von ihm aus, sicher auch durch die blauen Augen, eine zielstrebige, in manchen Momenten rastlose Energie; Gemma kann ihn sich gut in einem Gerichtssaal vorstellen.

Umso mehr hat sie die spürbare Nähe zwischen den Brüdern berührt. Die unerwartete Herzlichkeit, mit der Pissarro sie am Flughafen begrüßt hat, natürlich durchzogen von einer Spur Neugierde.

Sisley zieht sein vibrierendes Handy aus der Tasche seiner ausgebeulten Cordhose.

»Cesare ist gerade gelandet«, beantwortet er Gemmas fragenden Blick. »Er kommt dann direkt zu deinem Apartment.«

Noch einmal flammt das Blitzlicht von Pissarros Kamera auf, dann dreht er sich zu ihr um.

»Willst du, Gemma?«

Das Herz schlägt ihr bis zum Hals, als sie die Leiter hinaufsteigt, ein nervöses Zittern in den Knien.

Staubverhangene Spinnweben durchziehen den Luftschacht; der Boden ist von toten Insekten übersät, dazwischen krabbelt es. Gemma muss sich strecken, um an das Lederbündel heranzukommen, sich auf der Kante des Schachts aufstützen und einen Fuß von der obersten Stufe der Leiter lösen, bis sie es ertasten kann.

Dann hält sie ihn in den Händen. Den Schatz, nach dem sie wochenlang auf zwei Kontinenten gesucht hat, ohne überhaupt zu wissen, ob es ihn gibt und woraus er besteht. Für den ihre Mutter mit dem Leben bezahlt und der Gemma den Vater gekostet hat.

Dreißig Jahre lang schlummerte er dort, wo niemand ihn je vermutet hätte, im Wohnzimmer ihrer Großmutter. Schwer ist er, und doch ist sein physikalisches Gewicht nichts gegen die Bedeutung, die er für Gemma hat. Und Gemma weint wie ein kleines Kind.

Es ist Abend geworden, als Sisley endlich das letzte der altersmürben Blätter zur Seite legt, die vom Stapel auf seinem Knie eins nach dem anderen in Gemmas Schoß gewandert sind.

Mit dem letzten abgelesenen und von Sisleys tiefer, weicher Stimme gleich ins Englische übertragenen Wort Lucrezias ist zwischen den Bücherregalen des kleinen Wohnzimmers Stille eingekehrt. Nachdenklich, berührt und bewegt, losgelöst von Raum und Zeit; zumindest kommt es Gemma so vor.

In ihrer eigenen Welt harren sie aus, Gemma und Sisley, auf Gemmas weißem Sofa, und ihre Blicke verhaken sich ineinander.

Behutsam fährt Gemmas Finger unter Sisleys Auge entlang und fängt die Träne auf, die sich gerade gelöst hat; er lächelt, versonnen und ein bisschen traurig.

Ihr sanfter Elf. Ihr Wanderer zwischen den Zeiten, der imaginierten und realen Welten.

Nach und nach dringt das übrige Zimmer wieder in Gemmas Bewusstsein. Die Erinnerung daran, dass Cesare irgendwann die Stehlampe eingeschaltet hat. Wie Pissarro sich mehrmals in die Küche geschlichen hat, um frisches Teewasser aufzusetzen; wie selbstverständlich bewegen sie sich in Gemmas vier Wänden.

Sisleys Arm um ihre Schultern, betrachtet Gemma den Stapel in ihrem Schoß. Die Bibliothekarin in ihr ist entsetzt, dass sie dieses kostbare, empfindliche, über vierhundert Jahre alte Dokument der Wohnraumluft ihres Zuhauses aussetzt, ohne schützende Handschuhe berührt. Doch in der Hauptsache ist sie heute Gemma, die sich niemandem anders verpflichtet fühlt als sich selbst.

Ihre Stimme ist die erste, die sich in das Schweigen schleicht, wie auf leisen Sohlen.

»Also hat er sie gemalt.«

Ihre Hand legt sich auf den Papierstoß neben ihr, auf Sisleys gesammelte Recherchenotizen, ein Ausdruck der Dame in Grün obenauf.

»Wie eine Göttin des Frühlings, mithilfe der Skizzen, die er in Ferrara von ihr anfertigte. In Grün, wie das Symbol für ewiges Leben. Grün wie der Malachit, der sie getötet hat. Voller Hinweise darauf, wo er ihre Mitgift und ihre Aufzeichnungen versteckte, während das Gemälde auf verschlungenen Wegen schließlich nach Frankfurt am Main kam.«

Sie sieht zu Cesare hinüber, der es sich in Gemmas Lesesessel gemütlich gemacht hat.

»Warum ausgerechnet in Santa Maria Maddalena dei Pazzi?«

Cesare scheint seine Antwort lange abzuwägen.

»Ich weiß es nicht. Möglich, dass zu jener Zeit gerade kleinere Restaurationsarbeiten stattfanden und er einen der dort tätigen Künstler kannte, somit Zugang zur Kirche und der Nische mit dem Botticelli erhielt. Vielleicht hatte er auch persönliche Gründe.«

»Das Bild hat er nicht signiert«, sagt Sisley. »Als wollte er damit deutlich machen, dass es nicht zu seinem sonstigen Werk gehört, für sich allein steht. Wie aus einer anderen Welt. Möglicherweise hat er es auch genauso empfunden, diese Zeit in Ferrara. Mit Lucrezia.«

»Was wurde aus Allori?«, erkundigt sich Pissarro, der an einem der Regale lehnt.

Cesare lächelt. »Ein berühmter Künstler, der seinem Namen alle Ehre machte. Bis heute einer der großen Vertreter des Manierismus, in einem Atemzug mit seinem Lehrmeister Bronzino genannt. Er hat dann auch tatsächlich noch geheiratet. Recht spät, wenn ich es richtig in Erinnerung habe, irgendwas um die vierzig. Wir wissen von einem Sohn, Cristofano, der ebenfalls Maler wurde. Wenn auch von bescheidenerem Ruhm als sein Vater, der für die damalige Zeit übrigens bemerkenswert alt wurde, über siebzig.«

Einige Herzschläge lang hängt jeder seinen eigenen Gedanken nach.

Gemma ist es nicht gewohnt, so viele Menschen bei sich zu haben; zu ihrem eigenen Erstaunen macht es ihr nichts aus, im Gegenteil. Eine neue Art von Lebendigkeit hat mit Cesare und Pissarro Einzug gehalten, wenn auch nur für ein paar Stunden. Mit Sisley, für ein paar Tage.

Mit ihnen ist das leicht, was ihr sonst so schwergefallen ist: Zusammensein.

Unwillkürlich wandern ihre Augen durch das Zimmer

in den neutralen Farben, bunt allein durch die Unmengen an Büchern, die vielen Erinnerungsstücke an ihre Eltern, an Grandma. An ihr bisheriges Leben.

Vielleicht sollte sie das Apartment neu streichen. In einer anderen Farbe, einer Farbe, die sie bisher nie in Erwägung gezogen hat. Die Möbel umstellen, die mehr oder weniger noch immer an demselben Platz stehen, seit sie hier eingezogen ist. Sich vielleicht von etwas Altem trennen, etwas Neues kaufen.

»Demnach deutet alles darauf hin«, sagt Pissarro, der an einem der Regale lehnt, »dass Alfonso sie tatsächlich vergiften ließ, um eine andere heiraten zu können und sich möglicherweise doch noch einen Erben zu sichern.«

»Zumindest waren Lucrezia, Allori und auch der Arzt dieser Überzeugung«, schwächt Cesare seine Schlussfolgerung ab. »Die Briefe, die zwischen ihm und Cosimo und Eleonora hin und her gingen, sprechen allerdings dagegen. Darin hat sich Alfonso tief erschüttert gezeigt und auch eine Trauerzeit für den Hof angeordnet.«

»Worte sind billig«, entgegnet Gemma mit einer Schärfe, die ihr selbst neu ist. »Genauso wie Rituale der Höflichkeit. Es ändert nichts daran, dass sie in einer lieblosen Ehe gefangen war und zutiefst unglücklich, bevor ihr Leben dieses viel zu frühe, grausame Ende nahm.«

»Hast du eigentlich etwas Stärkeres da als Tee?«, erkundigt sich Pissarro. »Ich könnte einen kräftigen Schluck vertragen.«

Gemma setzt zu einer bedauernden Antwort an, doch Cesare lässt sie nicht zu Wort kommen.

»Wartet, ich habe euch etwas mitgebracht.«

Er verschwindet im Flur, in dem er seinen Koffer abgestellt hat; er und Pissarro werden im selben Hotel übernachten. Mit einer Flasche in der Hand kehrt er zurück.

»Ein herrlicher Grappa aus dem Piemont. Als hätte ich es geahnt.«

»Genutzt hat es Alfonso allerdings nichts«, erzählt Sisley, als sie mit Gemmas Wassergläsern anstoßen. »Cosimo hat sich auf seine Weise gerächt und die von Alfonso begehrte Johanna von Österreich mit seinem Sohn Francesco verheiratet. Für Alfonso blieb nur Barbara übrig, für damalige Verhältnisse schon recht alt und eher unattraktiv zu nennen. Angeblich war die Ehe glücklich, aber auch Barbara starb ein paar Jahre später. Nachdem Alfonsos dritte Ehe ebenfalls kinderlos blieb, setzte er einen Neffen als Erben ein, den der Vatikan aber nicht anerkannte, und mit Alfonsos Tod fiel Ferrara wie befürchtet an den Kirchenstaat.«

»Das erinnert mich an unseren King Henry«, wirft Pissarro ein. »Der hatte letzten Endes allerdings mehr Glück mit seiner Erbfolge.«

»Aber auch mehr Frauen«, gibt Cesare zu bedenken.

Ein kurzes Aufsprudeln von Gelächter dringt durch das Zimmer, bringt einen Lichtstreif von Heiterkeit in die andächtige Stimmung.

»Bronzino verfasste übrigens zwei Elegien auf Lucrezia«, erzählt Cesare. »Nach einem Trost für die Unglücklichen, Untröstlichen, die sie zurückgelassen hat, fragt er darin und schreibt etwas von vergeblichen Hoffnungen, einem blinden Leben, Ängsten und Schatten. Als hätte er geahnt, dass mit Lucrezias Tod nicht nur eine erneute

Eiszeit zwischen Florenz und Ferrara hereinbrach. Cosimo und Eleonora hatten zwar den früheren Glanz der Medici wiederaufleben lassen und mit ihren vielen Kindern den fast schon ausgestorbenen Zweig der Familie neu begrünt. Aber danach schlug das Schicksal unbarmherzig zu. Noch im selben Jahr, im Dezember, starben sowohl Eleonora von Toledo als auch ihre Söhne Giovanni und Garzia in Pisa an der Malaria. Und auch Isabella, eine begabte Dichterin und Musikerin, soll von ihrem Gatten ermordet worden sein, angeblich, weil sie ihn betrogen habe.«

Mit dem Glas in seiner Hand deutet er auf die Dame in Grün neben Gemma.

»Mit Lucrezias Tod begann der unaufhaltsame, elende Verfall der einst so stolzen Medici.«

Gemma blickt Sisley an.

»Glaubst du, es gibt einen Zusammenhang zwischen dem Malachit aus Lucrezias Aufzeichnungen und der Malachitbrosche Elizabeth Barretts?«

Sisley reibt sich das Gesicht. »Ich weiß es nicht. Aber ich stelle mir gern vor, dass dem so wäre.«

»Wie hat dein Vater das Ganze eigentlich in die Wohnung deiner Großmutter gebracht?«, fragt Pissarro nach dem nächsten Schluck Grappa. »Ihr hattet damals doch bestimmt auch schon einen Doorman vor dem Haus.«

»Er hatte schlichtweg Glück. Mein Vater kam nach New York, als meine Großmutter bereits nach Florenz unterwegs war. Und der Doorman, der an jenem Tag Dienst hatte, war schon recht betagt. Er erkannte meinen Vater zwar, wusste ihn aber nicht so recht einzuordnen. Nur, dass er zur Familie gehörte, und weil er sich offenbar nicht die Blöße geben wollte, nach dem Namen zu fragen, zögerte er auch nicht lange und schloss meinem Vater mit dem Generalschlüssel auf. Ein paar Tage später ist er dann wohl in Rente gegangen, und irgendwie ging dabei dann unter, dass der angeblich tote Schwiegersohn in der Wohnung war.«

Pissarros Brauen heben sich, wie anerkennend. »Was für ein Schlitzohr, dein alter Herr.«

Cesare holt seine Brille aus der Innentasche seines Jacketts und beugt sich vor, um das Lederbündel auseinanderzuschlagen, das bisher fast unbeachtet zwischen dem Teegeschirr und dem angeschnittenen Kuchen lag.

Nach den ersten, halb erschrockenen, halb ehrfürchtigen Blicken haben sie es vorgezogen, es vorläufig zu ignorieren. Zu gewaltig, zu überwältigend ist diese Pracht aus Gold und Rubinen, Smaragden und Saphiren, Perlen und Diamanten.

Von Cesares Lippen fließen gemurmelte Liebkosungen, bevor er den Blick wieder davon lösen kann.

»Was hast du jetzt damit vor?«

»Ich hatte gehofft, du könntest mir das sagen.«

Cesare bläst die Wangen auf und lässt den Atem langsam ausströmen.

»Ich bin kein ausgemachter Fachmann, was Juwelen angeht, aber allein schon der materielle Wert ist auf jeden Fall beträchtlich. Hinzu kommt die Verarbeitung, da sind ein paar besonders ausgefallene, kunstvolle Stücke darunter. Und dann natürlich der historische Wert. Die Mitgift einer Medici-Tochter … Das nenne ich einen wirklichen Schatz.«

Gemma betrachtet das Durcheinander aus Colliers, Ringen und Ohrringen, das ein solches Unheil über ihre Familie gebracht hat; fast ist sie versucht, an so etwas wie einen Fluch zu glauben.

»Genau das macht mir Angst. Die Vorstellung, dass sich noch einmal ein Schatzsucher auf die Fährte meines Vaters setzt und diesen Schatz um jeden Preis für sich haben will.«

Cesare seufzt inbrünstig, wie von einer tiefen Sehnsucht geplagt.

»Ich würde lügen, wen ich jetzt behauptete, ich hätte kein Interesse daran. Ich sehe die entsprechende Sonderausstellung schon vor mir, ergänzt um Porträts und Artefakte aus jener Zeit. Das wäre sensationell. Natürlich gäbe es noch Rechtliches zu klären, wie etwa mit den heutigen Nachfahren der Medici. Aber ich bin zuversichtlich, dass man da eine Einigung erzielen könnte. Es wäre nicht das erste Mal, dass wir etwas aus einer sogenannten privaten Sammlung in unseren Bestand aufnehmen. Gerade auch die Entdeckung im Luftschacht gäbe einen geeigneten Aufhänger. Wie die sprichwörtlichen Caravaggios auf dem Dachboden, die bei einer Renovierung entdeckt werden. Vorausgesetzt natürlich, das wäre in deinem Sinne.«

Gemma zuckt mit den Schultern. »Abgesehen davon, dass es mir nicht gehört, wäre ich froh, es loszuwerden.«

Cesare zeigt sein breites Grinsen. »Ich glaube, du bist die erste Frau, die gegenüber derartigen Preziosen eine solche Gleichgültigkeit an den Tag legt. Sisley, die ist wie gemacht für dich!«

»Du müsstest mir nur versprechen, dass keine Spur jemals zu mir oder meinem Vater führt.«

»Mein feierlichstes Kuratoren-Ehrenwort, Gemma. Und mehr noch mein Versprechen als Sisleys und dein Freund.«

Er hebt sein Glas wie zum Schwur und leert es dann in einem Zug, als müsste er sich Mut antrinken; mit gebleckten Zähnen gibt er einen genießerischen Laut von sich und hustet kurz.

»Ich weiß zwar noch nicht, wie ich es durch die Flughafenkontrollen und den Zoll bekommen soll, aber dafür findet sich bestimmt eine Lösung.«

Mit dem leeren Glas deutet er auf die Seiten in Gemmas Schoß.

»Wie es allerdings damit aussieht, weißt du sicher besser, als Expertin für alte Dokumente. Ich für meinen Teil könnte mir vorstellen, dass die Echtheit dieser Aufzeichnungen ohne geklärte Herkunft zweifelhaft bleibt.«

Gemmas Kehle ist eng, als sich ihre Augen auf Pissarro richten.

»Was könnte das für meinen Vater bedeuten?«

Pissarro runzelt die Stirn und spannt die Mundwinkel an, während sich sein Blick ganz auf den bernsteinhellen Grappa in seinem Glas konzentriert.

»Aus dem Stand lässt sich das nicht beantworten. Das kommt in erster Linie darauf an, ob italienisches Recht angewandt wird oder amerikanisches. Inwieweit der Faktor Zeit mit eingerechnet wird und die besonderen Umstände …«

Gemmas Blick senkt sich auf das Manuskript in ihrem

Schoß, in seiner historischen Bedeutung nicht weniger wertvoll als die Geschmeide der Medici in ihrer Lederhülle.

Unwillkürlich tastet sie nach dem fragilen Gebilde aus Draht und Perlen, das ihr den Weg zu ihrem Vater gewiesen und das er ihr kurz vor ihrem Abflug aus Honolulu zurückgegeben hat wie ein Versprechen.

Lucrezias Worte zu vernehmen, über Zeit und Raum hinweg, hat sie eigentümlich berührt. Dieses viel zu kurze, unglückliche Leben, dem Robert Brownings Dichterseele erst fast dreihundert Jahre später Gehör gab und das seither im Limbus zwischen Wahrheit und Legende schwebt.

Ein Leben, so kurz wie ein Wimpernschlag im Gefüge der Zeit.

Während Sisley daraus vorlas, waren sie hier gewesen, zwischen ihm und Gemma, Pissarro und Cesare.

Lucrezia. Robert Browning und Elizabeth Barrett. Clifford und Sylvia Bernstein.

Vergangenheit, Gegenwart und Zukunft waren sich hier begegnet und ineinandergeflossen, in Gemmas kleinem Apartment in Greenwich Village.

»Du brauchst dich auch nicht heute zu entscheiden, was du damit machst«, sagt Sisley leise neben ihr.

Gemma muss an den Mann denken, der sich damals, in jener Nacht in Florenz, in das Haus drängte und ihre Mutter tötete. Von ihrem Vater mit einer Weinflasche niedergeschlagen und dem Feuer überlassen, vielleicht auch durch den Hieb allein zu Tode gekommen. Dessen Asche seit dreißig Jahren im Familiengrab der Cabots neben der Asche Sylvias ruht. Ohne Namen ist er geblieben, für

Gemma ohne Gesicht; sie fragt sich, ob nicht auch ihn jemand vermisst.

Sie hat keine Handhabe, das Grab öffnen und seine Urne entfernen zu lassen. Nicht ohne Staub aufzuwirbeln, das weiß sie.

Die Vergangenheit ist nicht ungeschehen zu machen. Die Wirklichkeit ist oft chaotisch und manchmal hässlich, und nicht alles im Leben lässt sich wieder in Ordnung bringen.

Das Reich der klaren Regeln von Richtig und Falsch hat Gemma längst hinter sich gelassen; jetzt muss sie lernen, sich in der Wildnis von Unsicherheiten und Zweifeln zurechtzufinden, im Land der unwägbaren Konsequenzen. Ohne Landkarte und nur auf ihren inneren Kompass angewiesen.

»Nein«, flüstert sie. »Aber bald.«

Zwischen den Ufern von Morgen und Abend

Werde alt mit mir,
das Beste ist noch nicht hier.
ROBERT BROWNING

Florenz, Juni 1857

Das Kirchengeläut, stets ein feierlicher, erhabener Klang, bewegend im besten Sinne, war verhallt. Nur noch lebhafte Stimmen ergossen sich von der Straße durch die geöffneten Fenster. Die Schritte von Mensch und Pferd, das Knirschen von Wagenrädern und manchmal das Fragment eines gepfiffenen Liedchens.

Pen hatte Wilson ungeduldig an der Hand hinter sich hergezerrt, nach draußen, um Kuchen zu kaufen oder Katzen zu streicheln, irgendwas zu erleben; bis auf das Ticken einer Uhr, behaglich und wie verträumt, war es still in der Casa Guidi.

Einer dieser überwältigend schönen Sommertage war es, an denen die Sonne Schwung und Lebenskraft gab, ihre Gluthitze sich noch nicht in den Gassen staute, Körper und Geist ermattete.

Die Bäume stehen in ihrem grünen Nebel wie im Bann der Freude, hatte Elizabeth es heute nach dem Aufstehen beschrieben.

Ein erstickter Schrei aus dem Schlafzimmer schreckte Robert Browning auf; er warf den Pinsel von sich, ohne sich um die Farbspritzer zu kümmern, die sich über den Tisch verteilten.

In Tränen aufgelöst kauerte Elizabeth in ihrem schwarzen Seidenkleid auf dem Boden, auf dem Teppich vor sich ausgebreitet den Inhalt ihrer Schmuckschatulle, den sie mit zitternden Fingern durchwühlte. Robert erkannte die Goldbrosche mit den Topasen, die er ihr zum ersten Hochzeitstag geschenkt hatte. Den Siegelring aus Chalcedon, der die Inschrift L'AMITIE, Freundschaft, trug, geerbt von einem Onkel Elizabeths, und das Onyxkreuz mit Diamantsplittern und einer Perle aus den Flitterwochen.

»Was ist, Ba?«

»Ich kann sie nicht finden!«

»Was kannst du nicht finden?«

»Die Brosche aus Malachit. Ich muss sie verloren haben! Gott, Robert, ich habe sie verloren!«

Robert ließ sich auf die Knie nieder, mit etwas mehr Mühe als früher. Fünfundvierzig Jahre alt war er jetzt, und er hatte zugenommen. Seine immer schon solide Gestalt war geradezu vierschrötig zu nennen; Elizabeth machte keinen Hehl aus ihrer Begeisterung für ihr stattliches Mannsbild.

Zärtlich fasste er Elizabeth bei den knochigen Schultern. Schlecht sah sie aus, ausgezehrt und weiß wie Papier, tiefe Schatten unter den rot geäderten Augen; seit Tagen hatte sie kaum etwas gegessen, nicht richtig geschlafen.

»Und wenn schon. Es ist nur eine Brosche, Ba.«

»Aber du hast sie mir geschenkt. Zum achten Hochzeitstag. Erinnerst du dich? Sie war mir so wertvoll.«

»Ich weiß, Ba.«

Er wusste in der Tat, um was sie so sehr trauerte; im Mai war die Todesnachricht aus England eingetroffen.

»Es dauert mich, dass es nun endgültig vorbei ist«, raunte er, die Hand an ihrer Wange, kalt und glänzend wie nasses Porzellan. »Alle Hoffnung darauf, dass sich die Dinge zum Besseren wenden. Dieser Kummer wird sicher lange nicht vergehen.«

»Ohne ein Wort, ohne ein Zeichen ist er gestorben. Als ob er mir die Tür vor dem Gesicht zugeschlagen hat, als er ging. Wie konnte er mir das antun? Er war doch mein Vater, ich seine Tochter. Warum konnte er mir nicht vergeben?«

Behutsam schloss er sie in seine Arme und ließ sie weinen.

Als ihre Tränen versiegten, die Schluchzer abebbten, half er ihr vom Boden auf.

»Leg dich ein bisschen hin, Ba. Ruh dich aus.«

»Ich bin versucht, nur noch zu liegen«, murmelte sie, unsicher stehend, fast schwankend, und an ihm Halt findend. »Mich nicht mehr zu rühren, nicht mehr zu sprechen. Tausend Jahre lang.«

»Es wird besser, mit der Zeit.«

Sie nickte. Erst mechanisch, dann überzeugter.

»Ja. Das wird es.«

Scheu lächelte sie ihn von unten herauf an, mit den dunklen Augen, den kohlschwarzen Ringellocken noch immer mädchenhaft, trotz ihrer einundfünfzig Jahre, tupfte mit dem Handrücken ihre zarten Wangenknochen ab.

»Und daran halte ich mich fest. Ich gebe nicht auf, das verspreche ich dir.«

Nein, sie gab nicht auf, das hatte sie nie getan.

Der Wille, der in diesem zerbrechlichen Wesen brannte und ihr aus den Augen loderte, hatte ihn gefangen genommen, als er ihr zum ersten Mal leibhaftig gegenübersaß, der verehrten Dichterin; zusammen mit ihrem Verstand, klar und in tausend Facetten funkelnd wie ein Diamant, ihrer empfindsamen Dichterseele.

Ein Schmetterling aus Stahl war sie, der sich furchtlos in den stärksten Sturm warf, Beulen und Schrammen davontrug, aber niemals unter seinem Toben einknickte.

Eines Tages würde sie daran zerbrechen, das wusste er; auseinandergerissen durch die widerstreitenden Kräfte von Licht und Schatten, von Leben und Tod, und sie war ihm dadurch umso kostbarer.

Wie warmer Sirup floss die Abendsonne von den Dächern und sammelte sich in Pfützen zwischen den langen Schatten.

Die Anzugjacke locker über der Schulter, beschattet von seinem Hut, grüßte Robert, wenn er angesprochen wurde; man kannte ihn, den vollbärtigen Engländer, den Gatten der großen englischen Dichterin.

Elizabeths Bitte, nicht zu lange fortzubleiben, noch im Ohr, lenkte er seine Schritte zum Wasser hin, auf den Ponte Santa Trinita.

Tief durchatmend nahm er sich Zeit. Seine Augen wanderten über die schmalen, pastellfarbenen Häuser zu beiden Seiten, die Kirchtürme dahinter und über die verschachtelte Fassade des Ponte Vecchio, der sich zwischen den beiden Ufern spannte.

Beinahe unbemerkt waren die Jahre vorbeigeflossen wie die Wasser des Arno unter ihm. Ein Dutzend Jahre, seit er Elizabeth den ersten Brief geschrieben hatte von so vielen. Fast elf Jahre waren sie verheiratet, seit zehn Jahren war die Casa Guidi ihr Zuhause.

Jahre voller Glück und Sorge, reich an Erfahrungen und Erlebnissen und Verlusten.

Noch immer, ein halbes Jahr später, trauerte er um John Kenyon, Freund und Förderer und nebenbei noch Elizabeths Cousin, mehr ein Vater für sie wie der eigene, leibliche.

Und wie der gute Geist in einem Märchen hatte Kenyon sie von ihrem Darben erlöst. Zehntausend Pfund hatte er ihnen beiden vermacht; für die nächsten Jahre hatten sie ausgesorgt.

Eine Erleichterung, für die er zutiefst dankbar war, auch wenn sie Salz in seine Wunden streute.

Er war kein Dichter, der von seiner Poesie leben konnte, noch nicht einmal Ehren oder gar Ruhm dafür erntete.

Einen neuen Kurs hatte er einschlagen wollen mit *Men and Women*. Seinen Namen vom Schmutz der Kritiker reinwaschen, vom Fluch der Erfolglosigkeit befreien.

Alles hatte er dafür gewagt. Seine ganze Seele hineingegossen. Jede Zeile, jedes Wort mit scharfer Feder und Schweiß poliert. Und doch alles verloren.

Es ist wirklich höchste Zeit, fand die *Saturday Review, dass solcherlei unterbunden wird, falls möglich. Hier ist ein weiteres Buch voller Wahnsinn und Mystizismus.*

Die *robuste Energie*, die die große George Eliot dem Band bescheinigte, *geprägt von einem subtilen, durchdringenden Geist*, änderte nichts daran, dass die Gedichte zwar nach nur drei Tagen die gesamten Kosten wieder hereingeholt hatten, seither jedoch wie Blei in den Regalen der Buchhändler lagen.

Die Kritik des Athenaeum hatte recht: eine *Verschwendung von Energie,* Dichter und Werk auf ewig dazu verdammt, im Dunkeln zu bleiben.

Er würde niemals ein zweiter Shelley sein, nie die Dichterkrone des Poet Laureate tragen wie Tennyson. Nie mit Elizabeth mithalten können.

Für einen Neuanfang fehlte ihm die Kraft, die Zuversicht.

Im Februar hatte er den seinerzeit so verschmähten *Sordello* noch einmal vor sich auf dem Schreibtisch gehabt und nach den ersten zaghaften Versuchen daran wieder in der Schublade verstaut.

Jetzt malte er, wie Elizabeth Romane las, zum Zeitvertreib und zur Zerstreuung.

Der Traum, den er mit Elizabeth zusammen getraumt hatte, war ausgeträumt. Sein löwenhaftes Dichterherz hatte aufgehört zu schlagen.

Er betrachtete den Stein in seiner Hand, grün wie die

Hügel hinter Florenz. Zum zweiten Mal hatte er ihn heute gestohlen, dieses Mal als goldgefasste Brosche aus Elizabeths Schmuckschatulle.

Die Musen hatte er damit zähmen wollen, das Schicksal mit purer Willenskraft bezwingen.

Der närrische Aberglaube einer Künstlerseele.

Ein Sinnbild für sein eigenes vergebliches Streben, das er Elizabeth mit diesem Geschenk aufgebürdet hatte. Als ob sie nicht genug an ihrer eigenen Last trug.

Solange Elizabeth lebte und schrieb, würde er immer nur der blasse Mond im strahlenden Licht ihrer Sonne sein. Was konnte er dagegen schon ausrichten?

Doch genau wie der Mond nur existieren kann, weil er sich im Bann der Sonne hält, schien es ihm undenkbar, sich von Elizabeth zu entfernen. Gerade jetzt. Als ob sich ein Kreis geschlossen hätte, war Elizabeth in den Zustand zurückgekehrt, in dem er sie kennengelernt hatte. Eine Invalidin, erdrückt von der Last ihres zerbrechlichen Leibes, dem Gewicht der schwarzen Schatten auf ihrer Seele.

Närrisch auf ihre eigene Art, wie sie Pen verzärtelte und mit der Welt der Geister anbändelte. Wie sie noch immer seine Arbeiten vergötterte und in ihm den besseren Dichter sah, ihn für unfehlbar hielt und keine Kritik an ihm je gelten ließ.

Welcher Mann würde da nicht schwach werden?

Welcher Mann würde sich nicht schämen, niemals die Silhouette auszufüllen, die der liebende Blick der Frau entwarf? Verwundet in seinem Stolz, seiner Ehre?

Elizabeth hatte all das, was er sich in seinem Leben

ersehnt hatte – Kritikerlob und Ruhm und einen Bestseller nach dem anderen.

Auch wenn es schmerzte – *Aurora Leigh* war nicht weniger als ein göttliches Buch. Etwas noch nie Dagewesenes, Aufrüttelndes hatte sie schaffen wollen mit diesem Romangedicht, alle Grenzen der Konvention und ihres Geschlechts sprengen. Und es war ihr gelungen.

Einsam blieben die Stimmen, die an der Handlung Anstoß nahmen und daran, dass der Verfasser eine Frau war, das Werk *hysterisch* und *forciert* nannten; die Herzen der Leser lagen Elizabeth zu Füßen.

Obwohl es nicht der Ironie entbehrte, dass Aurora Leigh, die titelgebende Poetin, die Kunst der Liebe vorzog. Während Elizabeths Liebe zu Robert und Pen sie zwar ausfüllte, sie jedoch nur im Schreiben ihre wirkliche Bestimmung sah.

Eine doppelte Ironie, dass Aurora Leigh sich am Ende doch zu Romney bekennt, der erblindet ist. Wie Elizabeth blind blieb für Roberts Mängel als Dichter.

Kunst ist viel, aber Liebe ist mehr.

Elizabeth verdiente alle Ehre dieser Welt für dieses Werk. Doch noch mehr verdiente sie so viel irdisches, kleines, alltägliches Glück, wie sich diesem Leben abringen ließ, in der Zeit, die blieb.

Elizabeth musste schreiben, um zu leben. Und um der Nachwelt noch viel mehr Zeugnisse ihres erstaunlichen Talents zu hinterlassen, musste sie leben.

Alles, was er noch tun konnte, war, die Schatten, die sie schon so lange heimsuchten und nie auf Dauer von ihr weichen wollten, von ihr fernzuhalten. Dafür zu sorgen, dass sie aß und schlief und atmen konnte. Sie am Leben zu halten, so lange es ging, und Pen ein guter Vater sein.

Mehr als das lag nicht in seiner Hand.

Es war keine große Geste Roberts, nur ein leichtes Rucken im Handgelenk, und der Malachit glitt aus seinen Fingern, beschrieb einen Bogen in der Luft und versank in den Fluten des Arno.

Robert wählte die Liebe.

22

Freitag, 20. Oktober

Sieben Stockwerke unter dem Marmorbau der New York Public Library, zwischen den Wänden in Klinikfarben und im Licht der Neonlampen, überfällt Gemma dasselbe merkwürdige Gefühl wie am ersten, am zweiten Tag in ihrem Apartment: eine seltsame Mischung aus Vertrautheit und Fremde.

Auf den Tag genau einen Monat ist es her, dass sie in das Flugzeug nach Oxford gestiegen ist. Eine Reise, die ein klares Ziel hatte, einen festgesteckten Zeitrahmen.

Einen Monat später steht sie wieder hier, im Archiv der Map Division, und nichts ist mehr wie vorher.

Mindestens ein ganzes Jahr scheint sie fort gewesen und nicht als dieselbe Person zurückgekehrt zu sein, so fühlt es sich an.

Im monotonen Surren der Klimaanlage klappt Gemma die Kuchenbox auf, hebt das Manuskript Lucrezias heraus, das sie auf diesem Weg in die Bibliothek geschmuggelt hat, und bettet es sorgsam in die Schublade.

Zweifel kriechen in ihr hoch, sie zögert.

Ihr Blick wandert über die Abfolgen der Schubladen mit

Karten und Stadtplänen, die Atlanten in ihren Fächern. Am Montag wird sie an ihren Schreibtisch zurückkehren, der sicher von Post überquillt, genauso wie ihre Mailbox, wieder halbe oder ganze Tage hier unten in der Gruft mit Katalogisieren beschäftigt sein. Freudig ist die Begrüßung von Kathryn und Mark ausgefallen, und doch hat Gemma dabei eine Kluft gespürt, die früher nicht da war. Vielleicht aufgerissen von diesem einen Halbsatz zu Lindas überraschender Kündigung, beiläufig erwähnt zwischen dem aktuellen Stand der Digitalisierung, zweier spektakulärer Neuerwerbungen und Claires Schwangerschaft.

Linda ist nicht mehr hier, und trotzdem spürt Gemma noch ihren Schatten. Ein Echo der seltsamen Verbindung, die ihre beiden Lebenswege hier zusammengeführt hat.

Gemma sehnt sich nach der Klarheit, nach der Stabilität eines fixen Tagesablaufs, eines geregelten, unaufgeregten Lebens; sie sehnt sich nach Ruhe, nach Stille. Aber sie weiß nicht, ob sie hier wieder arbeiten kann und will. Sie fragt sich, was von ihrer Faszination für die Bibliothek und die Map Division ihrer Liebe zu Büchern und alten Karten geschuldet war und was davon der Sehnsucht nach einem Ort, der sie vor der Unberechenbarkeit des Seins beschützt.

Die Karte ihres alten Lebens hat ihre Gültigkeit verloren. Die Berge darauf sind zusammengebrochen, Flüsse haben ihren Lauf verändert; Städte sind untergegangen, und Ozeane haben Landstriche überflutet, neue Inseln freigegeben.

Gemma wird eine neue Karte anfertigen müssen, von diesem neuen, noch unbekannten Land, das vor ihr liegt.

Gemmas Blick fällt auf Sisley. Die Hände in den Taschen seiner Cordhose, einen Besucherausweis an seine braune Strickweste unter dem Sakko geklemmt, wandert er zwischen den Rollregalen hindurch, einen Ausdruck seligen Staunens auf dem Gesicht.

Ein neues Land ist es, das sie mit Sisley betreten hat, von dem sie nicht weiß, was sie darin vorfinden und erleben wird. Wie weit es reicht oder welchen Namen sie ihm geben soll – Beziehung, Liebe, Seelenverwandtschaft, Lebensmenschen.

Sicher ist es noch zu früh dafür, vielleicht braucht sie das auch nicht; nur dass sie gern in diesem Land ist und nicht mehr von dort weggehen möchte, das weiß sie.

Ihre Augen treffen sich, und er lächelt.

»Es ist unglaublich. Ich glaube, ich könnte hier Wochen verbringen, ohne einmal ans Tageslicht zu wollen.«

Er stellt sich neben sie und betrachtet die Kuchenbox, in der noch eine Plastikmappe liegt, ergänzt um einen USB-Stick.

Das Ergebnis ihrer Recherchen zu Lucrezia, Browning und der Dame in Grün, die sie gemeinsam in den letzten Tagen niedergeschrieben haben, auf Gemmas Sofa, die Beine ineinandergeschlungen, nachts im Bett, Schulter an Schulter.

»Ich werde deinen Kuchen vermissen.«

Gemma lacht auf, während sich ihre Augen mit Tränen füllen.

Viel zu wenig Zeit hatten sie hier füreinander, obwohl sie es genossen hat, mit ihm, Pissarro und Cesare ins Metropolitan Museum zu gehen und in einem italienischen

Restaurant den Abend bis in die Nacht hinein auszudehnen, mit Sisley zusammen Nellie zu besuchen.

Er streichelt ihr über den Rücken. »Es sind doch nur sieben Stunden Flug. Gut, und eineinhalb Stunden Pendelbus. Dafür haben wir die ganze moderne Technik auf unserer Seite. Und schließlich bleiben uns noch immerhin eineinhalb Tage.«

Sonntagvormittag geht sein Flug zurück nach Oxford, auch er muss am Montag wieder seine Arbeit am Magdalen College aufnehmen.

Flugpläne, Urlaubs- und Feiertage werden ein Raster auf der Landkarte ihres neuen Lebens bilden; zumindest, bis Gemma weiß, wie dieses neue Leben aussehen wird.

Der Gedanke daran macht ihr Angst, und gleichzeitig sprudelt Vorfreude in ihr hoch; es ist wirklich wie der Aufbruch zu einem neuen, noch unbekannten Kontinent.

Gemmas Welt ist größer geworden, sie reicht jetzt von Florenz über Oxford bis nach Hawaii, wo Clifford Bernstein an seinem neuen Smartphone übt, das er sich nach langem Zögern und vielen überzeugenden Worten doch noch zum Abschied hat schenken lassen.

»Das ist kein Ende, Gemma. Das ist ein Anfang.«

Sie nickt und legt Mappe und USB-Stick zu Lucrezias Aufzeichnungen in die Schublade, zögert dann erneut.

Wie bei ihren mühseligen Gehversuchen, den Zwang zu bezähmen, kommt sie sich vor; einen winzigen, zaudernden, zweifelnden, ängstlichen Schritt nach dem anderen, mit dem sie lernen will, sich selbst zu vertrauen. Sich ein ums andere Mal ein Gefühl von Sicherheit zu erobern, dass der Herd, das Bügeleisen auch wirklich ausgeschaltet sind, die Tür zugezogen und abgeschlossen ist.

»Ich bin genau wie mein Vater«, flüstert sie nach einer Weile. »Wie damals, als er seiner Besessenheit für Lucrezias Schatz gefolgt ist. Als er in jener Nacht erst mich, dann seinen Fund in Sicherheit brachte und einfach flüchtete. Ich weiß, dass ich etwas Unrechtes vorhabe, und mache es trotzdem. Weil ich davon überzeugt bin, dass ich damit jemanden beschütze, der mir wichtig ist.«

Sisley ist einige Augenblicke lang still; Gemma kennt inzwischen diese Art von Schweigen, wenn er angestrengt über etwas nachdenkt.

»Seit der Affäre meines Vaters«, sagt er schließlich, »habe ich einen überaus großen Respekt für Eltern im Allgemeinen und für die meinen im Besonderen. Nicht nur, dass sie die grundsätzliche Plackerei auf sich nehmen, Kinder zu bekommen und großzuziehen. Genauso sind sie auch einfach Menschen, die sich mit all den Schwierigkeiten und Fallstricken eines Erwachsenenlebens herumschlagen müssen. Erschwerend kommt da allerdings hinzu, dass ihnen mehr oder weniger bewusst sein muss, wie sehr diese Schwierigkeiten und Fallstricke und ihr Umgang damit einen Einfluss auf die Kinder haben. Das stelle ich mir als eine ungeheure Herausforderung vor.«

Er klemmt sich eine Haarsträhne hinter das Ohr.

»Du bist nicht genau wie dein Vater. Kein Kind ist genau wie sein Vater oder seine Mutter, noch nicht einmal exakt eine Mischung aus beiden. Es gibt da diese Theorie der Diskontinuität, die besagt, dass Talent zwar vererbt wird, Genie aber nicht. Was zum einen damit zusammenhängt, dass Genie etwas höchst Seltenes ist und für gewöhnlich mit einer Wahrscheinlichkeit von eins bis maximal fünf auf zehn Millionen berechnet wird. Zum anderen werden mit ziemlicher Sicherheit Intelligenz, Kreativität und bestimmte Begabungen genetisch vererbt.«

Zunehmend gerät er in Fahrt, sprudelt die Worte nur so hervor.

»Genie ist jedoch mehr als das. Fleiß gehört dazu, Ehrgeiz, Zielgerichtetheit, Entscheidungsfreudigkeit und andere Verhaltensweisen, zudem beeinflusst durch äußere Umstände und manchmal durch dramatische Lebensereignisse. Besonders schön zu sehen übrigens bei den Brownings. Beide Wunderkinder, beide als Genies betrachtet, sowohl von Zeitgenossen als auch von der Nachwelt, während ihr gemeinsamer Sohn Pen zwar eine gewisse künstlerische Begabung erkennen ließ, es darin aber nicht sonderlich weit brachte. Insofern halte ich es auch für ausgeschlossen, dass unsere Kinder jemals zu Genies werden würden, obwohl zweifellos von großer Intelligenz. Es sei denn, bis dahin ist das Klonen eine gängige Praxis geworden, und …«

Unter Gemmas Lachen reibt er sich über die Stirn.

»Ich rede zu schnell und zu viel, nicht wahr? Und vermutlich nichts als unzusammenhängendes, hoffnungslos unpassendes Zeug. Darauf verfalle ich immer, wenn ich durcheinander bin. Es ist nur …«

Seine Augen beginnen zu leuchten, seine Gesten bekommen einen halb fahrigen, halb energiegeladenen Schwung.

»Ich fühle mich wie ein Teenager. All diese Hormone,

die gerade mein Gehirn überfluten. Ich meine, ich habe mich als Teenager keineswegs so gefühlt. Ich schätze, ich habe meinen damaligen Hormonüberschuss voll und ganz sublimiert und in meine Beschäftigung mit der Literatur investiert. Aber so muss sich ein Teenager fühlen, in diesem ganzen Hormonchaos, wie ich momentan.«

Eine verlegene Röte auf dem Gesicht, verstummt er.

Sie wollten sich Zeit lassen, miteinander, und haben jetzt gelernt, dass Gefühle keinem Plan folgen, keinen Regeln. Nicht einmal ihren eigenen.

Damit begonnen haben sie, den Atlas ihrer beiden Kontinente zu entwerfen, deren sensible Stellen es zu erforschen gilt, ihre Verwerfungen und Abgründe, die Grenzen auszuloten. Mit Regenwäldern, in denen man sich zu zweit verlieren kann, und Ozeanen, über die sie sich treiben lassen. Bis sie an deren Wüstenstränden angespült werden, durstig nach mehr.

An einer eigenen Geschichte der Kontinentaldrift schreiben sie, von zwei Monolithen, die sich gegenseitig unwiderstehlich anziehen, deren Begegnung mal langsam und sanft vonstatten geht, mal gewaltig ist und bis in die Tiefen hinein erschütternd.

Dafür haben sie Zeit gefunden, in den letzten Nächten.

»Es … verwirrt mich«, setzt Sisley neu an, sich behutsam vortastend. »Und gleichzeitig habe ich mich noch nie so lebendig gefühlt. So …«

»So gefunden«, ergänzt Gemma.

»Ja. Gefunden. Geht es dir auch so?«

Gemma nickt.

Sie wagt den Sprung ins kalte Wasser.

»Romantische Menschen würden vielleicht sagen, dass dieses Hormonchaos nichts anderes ist als Liebe.«

Das Glück strahlt ihnen beiden aus den Augen, in diesem Moment.

»Ja.« Das Grübchen gräbt sich tief in seine Wange. »Romantische Menschen würden wohl so etwas behaupten.«

Gemma erwidert sein Lächeln, während neue Tränen zu fließen beginnen.

»Entschuldige. Normalerweise weine ich nicht so viel. Vielleicht liegt das auch an den Hormonen.«

Behutsam wischt Sisley ihr über die nassen Wangen.

»Das war auch eine Menge, was du in der letzten Zeit zu verkraften hattest. Das muss ja irgendwie raus.«

Beide senken sie den Blick wieder auf Lucrezias Manuskript in der Schublade.

»Tue ich das Richtige?«

»Das kann ich dir nicht beantworten, Gemma. Ist es denn das, was du tun willst?«

Gemma starrt auf die altersgilben Seiten.

»Ich dachte mir, hier ist es gut aufgehoben. Hier kann ihm nichts geschehen. Dieser Teil des Archivs wird wohl erst in ein paar Jahren katalogisiert, vielleicht auch erst in einigen Jahrzehnten. Solange es hier liegt, ist auch mein Vater in Sicherheit. Bis vielleicht eines Tages jemand Lucrezias Aufzeichnungen findet, der besser weiß, was er damit anfangen soll, als ich jetzt.«

»Ich verstehe.«

»Es ist nicht richtig und auch nicht falsch. Es ist nur das Einzige, was mir einfällt. Die beste aller Möglichkeiten.

Ich hätte nur nicht gedacht, dass es so schwer sein würde, es aus den Händen zu geben. Es loszulassen.«

Schweigend betrachten beide Lucrezias Vermächtnis, das Gemmas Leben gleich zwei Mal unwiderruflich verändert hat. Tief durchatmend stellt sich Sisley hinter sie und legt die Arme um Gemma.

»Du wirst immer wissen, dass es hier ist.«

Ihre Hände in seinen, schließen sie gemeinsam die Tür zur Vergangenheit.

Da sitzt sie.

Zwischen dunkelroten Wänden, in einem der kleineren Räume des Kunstmuseums am Flussufer. Obwohl sie nicht besonders groß ist, bleiben die Besucher vor ihr stehen.

Es sind ihre Farben, die anlocken. Die vielen Meter malachitgrüner Seide, die sich an den Ärmeln bauschen und von der Taille des Kleides hinabfließen. Der üppig drapierte Vorhang in Moosgrün hinter einer Schulter, der Ausblick aus einem Fenster (oder ist es ein gerahmtes Gemälde im Gemälde?) hinter der anderen: ein Städtchen an einem Fluss, eine Landschaft unter stürmischem Himmel, in Tannengrün und Meeresgrün, verwaschenem Türkis und Petrol, Oliv und Pistazie.

Ein Ozean in Grün, mit hellen Gischtsäumen und goldenen Glanzlichtern, der das Auge bannt und darin umherschweifen lässt und doch immer wieder auf das Gesicht im Zentrum lenkt.

Traurig sieht sie aus, finden manche; gelangweilt wirkt sie auf andere oder verträumt. Einige beschleicht vielleicht das Gefühl, sie nicht zum ersten Mal zu sehen.

Wer ist sie?

Sie ist keine Mona Lisa, sie lächelt nicht. Ihr Blick verliert sich im Raum zwischen Modell, Maler und Betrachter, zwischen Vergangenheit und Gegenwart.

Wer war sie?

Das kleine Schild an der Wand verrät nichts darüber, es ist schlicht das Bildnis einer Dame. Der Name des Künstlers sagt den wenigsten etwas, ohnehin wird es ihm nur zugeschrieben.

Spätestens jetzt geht jeder Besucher weiter, um endlich den Dürer zu sehen und den Tizian. Die Holbeins und Rembrandts, Cranachs Venus und eine weizenblonde Schönheit von Botticelli. Das halb ätherische, halb verruchte Porträt eines androgynen Mädchens, das noch immer als Porträt der Lucrezia Borgia gelesen wird, obwohl Kunsthistoriker das längst widerlegt haben. Und natürlich Goethe, den berühmtesten Sohn dieser Stadt, den Nationaldichter, mit Schlapphut und einem dramatisch in Falten gelegten Reisemantel, lässig hingegossen in einer italienischen Landschaft.

Für Ikonen wie diese sind sie in den ausladenden Sandsteinbau aus der Gründerzeit gekommen.

Vielleicht erinnern sie sich an die Dame in Grün, wenn sie später im Shop des Museums zwischen Kunstpostkarten auf ihr Abbild stoßen. Oder viel später, wenn sie ihr auf dem Cover eines historischen Romans wieder begegnen, der prall ist von verbotener Liebe, von Geheimnissen und Intrigen, Verrat und Mord.

Unsere Dame in Grün wartet weiter geduldig. Darauf, dass man ihren Platz im Gefüge von Raum und Zeit ausfindig macht. Ihr den Namen zurückgibt.

Was wir allzu leicht vergessen: Ein Gemälde ist mehr als das, was das bloße Auge sieht. Etwas von dem Maler, der daran gearbeitet hat, ist in das Bild hineingeflossen, mit jedem Farbtupfer, jedem Pinselstrich. Etwas vom Modell ist eingefangen und unsterblich gemacht.

Andeutungen und Symbole sind darin versteckt. Geheimnisse, die es zu enträtseln gilt. Eine Geschichte, die erzählt werden will.

Und manchmal ist ein Gemälde selbst der Schlüssel zu einem Geheimnis.

Only connect …

Das erste Mal begegnete ich der Dame in Grün im April 2009.

Für eine Ausstellung zu Caravaggio, über den ich gerade schrieb, war ich nach Frankfurt gefahren, und auf meinem anschließenden Rundgang durch das Städel Museum blieb ich an diesem Porträt aus der Renaissance hängen. Es war nicht nur der Ausdruck der porträtierten Dame, der einen Sog auf mich ausübte, nicht nur die Farbgebung und Atmosphäre. Wie Clifford Bernstein empfand ich es als rätselhaft, und ich witterte eine Geschichte, die ich gern erzählen würde.

Ein ums andere Mal kehrte ich ins Städel zurück. Für Caravaggio und Botticelli, Bellini und Cranach – vor allem aber, um immer wieder meine Dame in Grün zu besuchen, die mir nicht aus dem Kopf ging und über die ich unbedingt mehr wissen musste.

Die zahlreichen Zuschreibungen, die dieses Gemälde über die Zeit erfahren hat, die vielfältigen Spekulationen zu seinem Modell verstärkten noch meine Faszination. Eine gewisse physische Ähnlichkeit der Dame in Grün mit Eleonora di Toledo und ihrer Tochter Lucrezia führte mich schließlich zu Brownings *My Last Duchess* und in die Welt von Elizabeth Barrett und Robert Browning.

Zwischen recherchierten Fakten und Imagination

wuchs die Idee für einen Roman auf drei Zeitebenen heran, von verschiedenen Leben, die über Raum und Zeit hinweg miteinander verknüpft sind. Eine Geschichte, die letztlich jedoch in der Schublade landete.

Etwas fehlte. Ich wusste nur nicht, was.

Trotzdem ließ mich die Dame in Grün mit ihren Rätseln nicht los. Ein einziger Satz in einer Biografie Elizabeth Barretts über eine Malachitbrosche, deren späteren Verbleib ich nicht in Erfahrung bringen konnte, brachte mich im Mai 2014 schließlich auf die Spur von Malachit als mögliches Gift.

Ich hatte mein Missing Link gefunden.

Ab diesem Zeitpunkt nahm nach und nach die Idee zu »Die Farben der Erinnerung« ihre neue – und endgültige – Gestalt an: eine ganz persönliche Interpretation dessen, wie es vielleicht gewesen sein könnte, mit Lucrezia und der Dame in Grün, mit Elizabeth Barrett und Robert Browning, verwoben mit der Spurensuche von Gemma und Sisley.

Virtuell besuchen lässt sich die Dame in Grün in der digitalen Sammlung des Städel Museums: https://sammlung.staedelmuseum.de/de/werk/bildnis-einer-dame.

Die im Roman verwendeten Passagen aus Briefen und Zitate aus Werken von Elizabeth Barrett und Robert Browning sowie Brownings *My Last Duchess*, das abschnittsweise Lucrezias Kapiteln vorangestellt ist, sind von mir selbst ins Deutsche übertragen worden.

Mein Dank gilt meinen Begleitern auf dieser Reise über zwei Kontinente und in drei verschiedenen Jahrhunderten: Jörg, E. L., AK und Sanne, Mariam und Thomas Montasser, Leonora Tomaschoff, Emily Modick, Ilse Wagner und dem Team von Goldmann.

Ihnen ist es zu verdanken, dass aus jener zufälligen Begegnung im Museum mehr als acht Jahre später dieses Buch geworden ist.

Unsere Leseempfehlung

448 Seiten
Auch als E-Book erhältlich

Köln 1945: Kurz vor Kriegsende flieht Antonia von Brelow ins einstmals prachtvolle Stadthaus der Familie in Köln. Um Geld zu verdienen, vermietet sie Zimmer. So bildet sie eine Gemeinschaft mit der Tänzerin Elisabeth, der Krankenschwester Katharina, dem Arzt Georg und ihrem intriganten Schwager Richard. Alle Bewohner des Hauses verschweigen ihre Vergangenheit, doch das größte Geheimnis hütet Antonia selbst: die Identität des Vaters ihrer kleinen Tochter Marie. Gemeinsam mit Georg, zu dem sie sich immer stärker hingezogen fühlt, tritt Antonia schließlich eine Reise zum dunkelsten Punkt in ihrem Leben an ...